中国青少年研究中心 编

中国
未成年人

ZHONG GUO WEI CHENG NIAN REN SHU JU SHOU CE

数据手册

科学出版社

北 京

内 容 简 介

本书以中国青少年研究中心对中国未成年人所作的大量研究为主要依据,收录了中国青少年研究中心近十年来对中国未成年人调查研究的最具代表性和权威性的数据成果,并辅以国内相关研究机构的相关数据,从生存环境、家庭生活、思想道德、学习发展、身心健康、休闲娱乐、消费习惯等诸多方面对我国未成年人的发展状况进行了全面描述。

本书适合各级团委、教育局、妇联、少先队工作委员会、关心下一代工作委员会工作及研究人员;中小学教师;各类院校教育学、心理学、社会学专业的教师和学生;少年儿童新闻出版影视等传媒工作及研究人员;关心少年儿童成长的家长们阅读。

图书在版编目(CIP)数据

中国未成年人数据手册/中国青少年研究中心编.—北京:科学出版社,2007

ISBN 978-7-03-020682-4

Ⅰ.中… Ⅱ.中… Ⅲ.青少年-统计资料-中国-手册 Ⅵ.D432-66

中国版本图书馆 CIP 数据核字(2007)第 183041 号

责任编辑:王 炜 赵丽艳 / 责任制作:魏 谨
责任印制:赵德静 / 封面设计:来佳音

北京东方科龙图文有限公司 制作

http://www.okbook.com.cn

科学出版社出版
北京东黄城根北街 16 号
邮政编码:100717
http://www.sciencep.com

新蕾印刷厂印刷
科学出版社发行 各地新华书店经销

*

2008 年 1 月第 一 版 开本:B5(720×1000)
2008 年 1 月第一次印刷 印张:21
印数:1—4 000 字数:380 000

定 价:39.80 元
(如有印装质量问题,我社负责调换〈长虹〉)

编委会名单

主　任：郗杰英

副主任：孙云晓　安国启　孙宏艳

委　员：李玉琦　赵长春　邓希泉　王小东　孙宏艳　鞠　青
　　　　杨长征　刘俊彦　刘秀英　李艳

主　编：孙宏艳

副主编：王小静

撰　稿（按姓氏排序）
　　　　陈　晨　关　颖　李　冰　马　军　孙宏艳　王小静
　　　　闫玉双　余益兵　翟立原　赵　霞

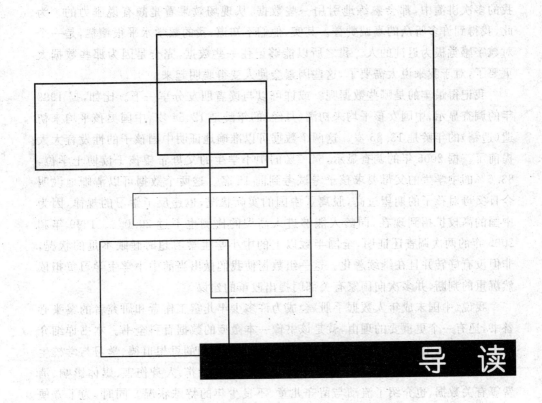

导　读

　　在多年从事儿童教育和研究工作的过程中,我有一个越来越强烈的愿望,就是能有一本关于我国未成年人的数据手册。我相信,与我有同样愿望的人还有很多。因此,当这本中国青少年研究中心组织编纂的《中国未成年人数据手册》问世后,会成为许多少年儿童工作者和研究者的案头必备书。

　　为什么我会有这样一个想法呢?因为没有准确而丰富的数据,很难做出科学的判断,也就很难有效地开展工作。例如,有的领导在重要讲话中说:"现在的孩子都是独生子女"。这就是一个不准确的判断,因为中国未成年人有 3.67 亿(如今减少了一些),而独生子女只有一亿左右。即使在城市里,也并非所有的孩子都是独生子女。准确的说法是,中国的许多农村和少数民族地区大多数孩子不是独生子女,但在城市里大部分孩子是独生子女。

　　数据的重要性与时代的变化息息相关。特别是在今天这样一个信息化的时代,千变万化的社会造就出千变万化的孩子,让人们对未成年人的了解变得日益困难。由于缺乏足够的数据,或者对已有数据不够重视,出现了复杂的对象简单的教育的矛盾现象,这是今天教育工作苍白无力的重要原因。

　　当然,我产生这样的念头,不都是失败的教训所致,也有一些成功的体验。在我的多次讲演中,都会熟练地引用一些数据,从现场效果看是颇有说服力的。为此,我得到许多听众的真诚赞誉。其实,他们不知道,我的数学水平很糟糕,是一个对数字感觉极为迟钝的人。我之所以能够记住一些数据,完全是因为那些数据太重要了,对于我来说太需要了,这些因素会使人变得聪明起来。

我记得最牢的是哪些数据呢?或许可以与读者朋友分享一下。比如,据1999年的调查显示,中国女孩平均来初潮(月经)的年龄是12.54岁,中国男孩平均来初遗(遗精)的年龄是13.85岁。这两个数据可以准确地证明中国孩子的性发育大大提前了。据2005年的调查显示,54.7%的中小学生的父母希望孩子读博士学位,83.6%的中学生的父母要求孩子考试考到前15名。这两个数据可以清晰地说明今日父母对孩子的期望过高,脱离了中国的实际状况,也违反了学习的规律,因为中国的高校扩招到现在,同龄人能够进入高校的比例也不过20.0%。1999年和2005年的两次调查还证明,全国半数以上的中小学生学习超时睡眠不足的状况,非但没有好转并且在继续恶化。这一组数据使我们做出当前中小学生学习负担依然沉重的判断,并多次向国家有关部门提出改革的建议。

我说《中国未成年人数据手册》会成为许多少年儿童工作者和研究者的案头必备书,还有一个更重要的理由,就是该书像一本微型的数据百科全书。本书详细介绍了未成年人生存环境概况、未成年人与家庭以及他们的思想道德、学习与学校生活、心理健康、生理发育与卫生状况、课余生活、科学素养、人身伤害、媒体影响、消费等有关数据,也介绍了流动与留守儿童、不良少年的特殊状况。同时,为了方便读者开阔视野,还附录了两个国际比较的研究报告,即《中日韩美四国高中生生活意识比较》和《中日韩三国首都小学生生活习惯调查》。

2005年6月1日,在出席中国少年先锋队第五次全国代表大会开幕式之前,党中央总书记和国家主席胡锦涛对身边的少先队员说,希望全国的小朋友勤奋学习、快乐生活、全面发展。胡锦涛同志的希望之语引起广泛的关注,其中,最引人注目的是"快乐生活",因为这是一个比较新的表达。

我想,曾担任过团中央第一书记和全国少年先锋队工作委员会首任主任的胡锦涛同志,是了解少年儿童生活实际状况的。本书可以对他的殷切期望做出充分解读。

2005年"中国青少年学习和生活的现状与期望"课题调查显示,57.6%的中小学生因"学习压力大"而苦恼。

中小学生普遍体验到苦恼的事情主要集中在以下8个方面:学习压力大(57.6%)、不被人理解(53.9%),其次是成绩不好(38.7%)、没时间玩(33.9%)、遭受不公平对待(28.2%)、家庭不和(24.0%)、有困难没人帮助(23.8%)、同学关系不好(21.7%)。其中,"学习压力大"成为占据中小学生烦恼的首位,近六成学生因为学习问题烦恼。

另据国家统计局 2005 年"中小学学生学习生活状况专项调查"结果显示,多数中学生认为自己的课业负担"比较重"或"过重",二者的比例合计占全部中学生的58.0%。中学生每天在步入校门时心情"愉快"和"平静"的比例接近三分之二,超过三分之一的中学生感到"郁闷"、"紧张"、"疲惫"、"厌烦"、"焦虑"或"恐惧"。不同年级中学生步入校门时的心理感受相近,其中感觉"郁闷"和"疲惫"的中学生比例均达到 10.0%。高三学生感觉"疲惫"的比例最高,为 18.0%。

更深一层分析发现,当代中小学生对快乐和苦恼的体验普遍与其学习有关。2005 年"中国青少年学习和生活的现状与期望"课题调查显示,当被问到"你通常在什么事情上最容易感到幸福和快乐(限选三项)"时,42.4%的中小学生因"学习成绩提高"而感到快乐和幸福。面对"生活过得好"、"上网"、"家庭和睦"、"受人尊重"、"学习成绩提高"、"玩得痛快"、"得到父母表扬"、"得到老师表扬"、"实现了目标"、"做了好事"、"有充足的零花钱"、"其他"等多个选项,中小学生们认为,最快乐最幸福的两样事情是:实现目标(48.7%)和学习成绩提高(42.4%);比较容易让中小学生有快乐和幸福体验的两样事情是:受人尊重(39.2%)和家庭和睦(37.3%);其次是:上网(27.0%)和得到老师的表扬(23.0%)。而玩得痛快却被排在第七位(19.2%),这种现象值得人们深思。由此可见,捍卫童年,让孩子快乐生活,是今日教育的神圣使命。

然而,一谈起少年儿童的问题,许多人也容易夸大其词。比如,在不少媒体报道中,似乎今天的大部分孩子都有心理疾病,都需要去做心理治疗,这显然不是一种科学的态度。

请看本书的数据介绍:

2001 年,北京师范大学发展心理研究所"中小学生心理素质建构与培养研究"课题组调查显示:小学生心理基本健康的比例是 79.4%,有异常心理问题倾向的比例是 16.4%,有严重心理行为问题的比例是 4.2%;初中生心理基本健康的比例是 82.9%,有异常心理问题倾向的比例是 14.2%,有严重心理行为问题的比例是2.9%;高中生心理基本健康的比例是 82.7%,有异常心理问题倾向的比例是14.8%,有严重心理行为问题的比例是 2.5%。总之,小学生、初中生和高中生心理健康的比例都在 80.0%左右,而有严重心理行为问题的比例都只在 5.0%以下。我国中小学生心理健康状况总体良好。

当我说《中国未成年人数据手册》会成为少年儿童工作者和研究者的案头必备书时,我也在想,作为最关心孩子的人,广大的父母朋友是否也可以成为本书的读者呢？细细想来，也是完全可以的，因为今日父母的文化水平越来越高，掌握一些数据有利于教育孩子。请看下面这些数据：

从中小学生的心理感受来看，有9.1％的被调查者将"父母只顾自己，不关心我"列为最害怕的事情，而有5.8％的被调查者将"父母经常把我一个人留在家中"列为最害怕的事情。"父母只顾自己，不关心我"会导致孩子消极的念头的产生。"把孩子一人留在家中"可能会让孩子们感到害怕、恐惧和孤独。缺少人际交往的孩子在日常的学习、生活当中也会出现各方面的问题，需引起各方注意。

2005年，上海市儿童医学中心的调查显示，52.0％的儿童意外伤害发生在家里。暑假期间，不少父母担心孩子户外活动不安全，常常让孩子待在家中。这项调查给人们敲响警钟：孩子居家安全不容忽视。据调查，发生在家中的儿童意外伤害，有六成是在儿童被单独留在家中、没有大人照料的情况下发生的。而另一项调查显示，8.6％和47.4％的儿童称，父母经常或偶尔把自己一个人留在家中。

信息化时代不能不研究媒体对人的影响，可是，研究的结果却常常出乎人们的意料。

1996年中国青少年研究中心"中国独生子女人格发展现状与教育"课题调查研究发现：第一，报纸接触指数与独生子女的成就需要呈显著正相关，杂志接触指数也与独生子女的成就需要呈显著正相关，即独生子女接触报纸、杂志越多，成就需要越强烈；第二，报纸、杂志接触指数与独生子女的谦卑需要呈显著负相关，这说明独生子女接触报纸、杂志越多，谦卑需要越少；第三，报纸接触指数与独生子女的持久需要呈显著正相关，电视接触指数则与独生子女的持久需要呈显著负相关，说明独生子女报纸接触越多，持久需要越强烈，但电视接触越多则持久性越弱；第四，书籍接触指数与独生子女的攻击性需要呈显著负相关，杂志接触指数也与独生子女的攻击性需要呈显著负相关，即独生子女接触书籍、杂志越多，攻击性需要越少。但电视接触指数则与独生子女的攻击性需要呈显著正相关；此外，游戏机接触指数与亲和需要、持久需要有显著负相关，与谦卑需要和攻击性需要呈显著正相关。

用一句通俗的话来说就是，看书看报看杂志越多，对成功的渴望越强烈，并且坚持性越稳定；看电视玩电子游戏越多，攻击性越强，并且坚持性越不稳定。

随着互联网的发展和普及，它对少年儿童的负面效应也逐渐引起人们的关注。其中网络成瘾和网络过度使用的发生率不断升高，对少年儿童身心健康构成极大威胁。

2005年，中国青少年网络协会首次在北京发布《中国青少年网瘾数据报告（2005）》，报告显示，网瘾现象在全国普遍存在，我国网瘾青少年约占青少年网民总数的 13.2％；在非网瘾群体中约 13.0％的网民有网瘾倾向。根据调查，初中生和职高学生网瘾现象最为令人担忧，初中生、失业或无固定职业者、职高学生中网瘾的比例均达到 20.0％ 以上。13－17 岁的青少年网民中网瘾比例最高。

电脑和互联网都是一把双刃剑。大量数据告诉我们，互联网的发展和普及既对少年儿童有某些负面效应，更让他们如虎添翼信心倍增。

2005 年"当代中国少年儿童发展状况调查"显示，在对电脑和网络这些新媒介的使用技术上，少年儿童的掌握能力要远远超出父母等长辈。

调查表明，有 73.2％的少年儿童使用过计算机，而他们的父母使用过计算机的只有 36.6％，比孩子整整相差 1 倍；在使用过计算机的被调查者中，回答父母"上过网"的是 55.6％，回答自己"上过网"的是 52.5％，即父母的上网比例略高于孩子。但是本次调查数据显示，在电脑和互联网的知识和技巧掌握上，有 70.1％的少年儿童认为"父母比自己懂得少"，另有 9.8％认为"父母与自己差不多"，只有20.1％认为"父母比自己懂得多"。这也是我们在生活中能经常见到的事实。这种状况在农村更为突出，认为父母比自己"懂得少"的比例高达 78.9％。

此外，随着少年儿童年龄的增长，有越来越多的孩子感觉父母比自己懂得少。调查表明，认为"父母比自己懂得少"的小学一年级到三年级学生有 47.2％，小学四年级到六年级学生有 66.5％，初中一年级到三年级学生有 86.9％。这种状况向父母作为教育者的角色提出了挑战。

毫无疑问，21 世纪是两代人相互学习共同成长的世纪。相互学习就要从相互了解开始，而真正的相互了解前提必定是相互尊重。或许，这本《中国未成年人数据手册》可以成为我们了解当代少年儿童的一把钥匙。

孙云晓

2007 年国庆节写于北京

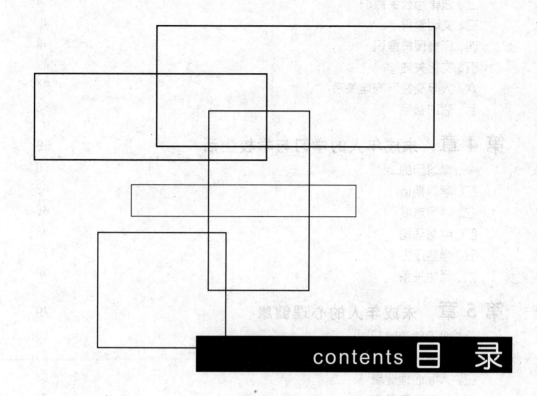

contents 目 录

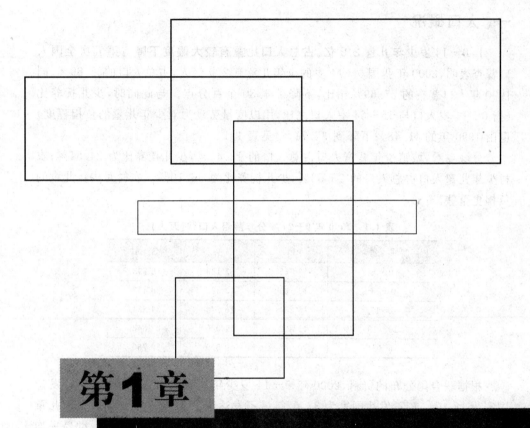

第1章

未成年人生存环境概况

一、人口概况

1.0—14岁少年儿童2.9亿,占总人口比重有较大幅度下降 第五次全国人口普查表明,2000年我国0—14岁的少年儿童有2.9亿人,占总人口的22.89%。同1990年人口普查的27.69%相比,下降了4.80个百分点。与此同时,少儿抚养比(指0—14岁人口与15—64岁人口之比,用以度量劳动力对少年儿童的负担程度)也由1990年的41.48%下降到32.71%(见表1.1)。

分城乡看,城镇少年儿童人口占总人口的18.42%,少儿抚养比为24.51%;农村少年儿童人口占总人口的25.52%,少儿抚养比为38.10%。农村对少年儿童的负担更重些。

表1.1 2000年0—24岁分年龄组人口数(万人)

年　龄	男	女	合　计
0—4	3 765	3 133	6 898
0—14	15 130	13 323	28 453
0—17	18 264	16 270	34 534
10—19	11 822	11 020	22 843
15—24	10 082	9 679	19 760

根据联合国公布的资料,2000年0—14岁少年儿童人口占总人口比重,发达国家为18.0%,较不发达国家为33.0%,最不发达国家为43.0%。据联合国儿童基金会的数据估算,2001年中国儿童占全国人口总数的比例为29.3%,世界平均水平为34.7%。

(数据来源:《中国2000年人口普查资料》,国家统计局;《学会动态》2003年第3期,中国少先队工作学会秘书处;《世界儿童状况2003》,联合国儿童基金会)

2.青春期儿童人口数量最多 根据第五次全国人口普查数据计算,2000年,我国18周岁以下未成年人口总数为3.46亿,占全国人口总数的比例为27.79%。未成年人口中男童数约1.83亿,女童数约1.63亿,分别占全国人口总数的14.70%和13.09%。其中:

学前期儿童人口总数约8 591万,占全国总人口数的6.91%,占未成年人总人口数的25.00%,其中,男童数约4 681万,女童数约3 911万,分别占全国人口总数的3.77%和3.15%;

学龄期儿童人口总数约12 457万,占全国总人口数的10.02%,占未成年人总人口数的 36%。其中,男童数约 6 607 万,女童数约 5 850 万,分别占全国人口总数的 5.32% 和 4.71%;

青春期儿童人口总数约 13 486 万,占全国人口总数的 10.85%,占未成年人总人口数的 39%。其中,男童数约 6 977 万,女童数约 6 509 万,分别占全国人口总数的 5.61% 和 5.24%。

(数据来源:《中国 2000 年人口普查资料》,国家统计局;《中国儿童的生存与发展:数据和分析》,中国儿童中心)

3. 近七成未成年人在农村 根据第五次全国人口普查数据计算,2000 年,我国 18 周岁以下未成年中近七成生活在农村,城市和县镇未成年人比例分别为 18% 和 13%。其中:

全国城市儿童人口总数约 6 279 万,占全国总人口数的 5.05%。其中,男童数约 3 254 万,女童数约 3 025 万,分别占全国人口总数的 2.62% 和 2.43%;

全国县镇儿童人口总数约 4 463 万,占全国总人口数的 3.59%。其中,男童数约 2 373 万,女童数约 2 089 万,分别占全国人口总数的 1.91% 和 1.68%;

全国农村儿童人口总数约 23 792 万,占全国人口总数的 19.15%。其中,男童数约 12 637 万,女童数 11 155 万,分别占全国人口总数的 10.17% 和 8.98%。

(数据来源:《中国 2000 年人口普查资料》,国家统计局;《中国儿童的生存与发展:数据和分析》,中国儿童中心)

4. 人口数量控制成绩显著 据 2000 年第五次人口普查结果,2000 年 11 月 1 日中国人口为 12.95 亿,其中大陆人口为 12.66 亿。同 1990 年第四次人口普查相比,大陆人口 10 年间共增加 13 215 万人,平均每年增加 1 279 万人,年平均增长率为 1.07%。2001 年人口出生率为 13.38‰,死亡率为 6.43‰ 自然增长率为 6.95‰。实行计划生育 30 多年来,如按 1970 年出生率为 3.34%,自然增长率为 2.6% 计算,全国累计少出生人口 3 亿多,人口对资源和环境的压力得以有效缓解,促进了经济发展和人民生活水平的提高。

(数据来源:《中国 2000 年人口普查资料》,国家统计局;《第五届亚太人口会议中国国家报告》,国家计划生育委员会)

5. 我国出生人口性别比持续升高 据我国 1982 年、1990 年、2000 年人口普查资料及 1987 年、1995 年 1% 人口抽样调查显示,我国出生人口性别比持续升高,出生人口性别比例失调情况加剧。1982 年、1987 年、1990 年、1995 年、2000 年我国出生人口性别比(以女孩为 100)分别为 108.5、110.9、111.3、115.6、116.9。2006 年,国家统计局《中华人民共和国 2006 年国民经济和社会发展统计公报》公布,2006 年我国出生人口性别比为 119.25。

资料还表明,我国出生性别比的城乡差距也在逐渐加剧,农村出生性别比的上升幅度明显大于城市(见图1.1)。

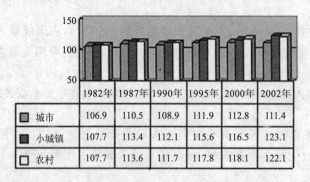

	1982年	1987年	1990年	1995年	2000年	2002年
■ 城市	106.9	110.5	108.9	111.9	112.8	111.4
■ 小城镇	107.7	113.4	112.1	115.6	116.5	123.1
□ 农村	107.7	113.6	111.7	117.8	118.1	122.1

(数据来源:中国1982年、1990年、2000年人口普查资料;1987年、1995年1%人口抽样调查;《中华人民共和国2006年国民经济和社会发展统计公报》,国家统计局)

图1.1　1982-2002年主要年份我国城乡出生人口性别比

6. 2001年全国0-6岁残疾儿童分布情况　我国每年发生出生缺陷约80万-100万人,除死亡外,出生缺陷所导致的残疾给家庭、社会造成了沉重负担。2001年《中国0-6岁残疾儿童抽样调查报告》显示,我国0-6岁儿童中,城市残疾儿童现患率为1.33%,占0-6岁残疾儿童总数48.8%;农村残疾儿童现患率为1.4%,占0-6岁残疾儿童总数51.16%。其中,男性残疾儿童现患率为1.46%,占0-6岁残疾儿童总数57.63%;女性残疾儿童现患率为1.25%,占0-6岁残疾儿童总数42.37%。

(数据来源:2001年《中国0-6岁残疾儿童抽样调查报告》,中国残疾人联合会、卫生部)

7. 截至2000年底,全国18周岁以下流动儿童人口达1 982万　根据第五次人口普查数据,2000年我国18周岁以下的流动人口达1 982万,占全部流动人口19.37%;6-14岁属于义务教育阶段的流动少年儿童占全部流动未成年人的43.8%,约868万;15-18岁的流动少年儿童占全部流动少年儿童的28.8%,约870万。

(数据来源:《中国2000年人口普查资料》,国家统计局)

8. 2005年全国孤儿总数57.3万人　据民政部调查,我国目前有208个专门的儿童福利机构,还有近600个综合福利机构中设有儿童部。这些福利机构收养了6.6万名弃婴和孤儿。

民政部2005年对孤儿状况的一次调查显示,全国孤儿总数为57.3万人,其中的11.5%生活在福利机构,享受国家的福利政策,有比较好的"生活、教育、治疗、康复"条件。另外的孤儿散居于社会,绝大多数由亲属抚养,国家通过低保、五保、农村特困户救助和教育救助、医疗救助等多项制度来保障他们的生活和发展。

（数据来源：《我国各类福利机构收养孤儿 606 万名》,邱红杰,《北京青年报》,2006 年 1 月 30 日第 A7 版）

9. 边远地区和沿海地区婴儿死亡率相差 4.4 倍 我国是一个发展中国家,地域辽阔,受历史、地理、经济、文化等多种因素的影响,各地经济发展存在显著差异,儿童发展极不平衡。2003 年底全国农村绝对贫困人口 2 900 万,多数分布在西部地区。2003 年,边远地区和沿海地区孕产妇死亡率相差 5.8 倍,婴儿死亡率相差 4.4 倍;农村地区婴儿死亡率比城市地区高 2.5 倍以上,孕产妇死亡率高 2 倍以上。

（数据来源：《中国儿童发展状况国家报告（2003－2004 年）》,国务院妇女儿童工作委员会）

10. 当前大城市家庭结构以核心家庭为主 2005 年 1 月 7 日,国务院妇女儿童工作委员会办公室与中国儿童中心联合公布"中国 10 城市 0－6 岁儿童健康状况调查"结果。调查表明,在调查的 8 000 多个样本中,3 人户家庭比例最高,达 66％;按 0－6 岁儿童数量划分,现有 1 个儿童的家庭比例高达 95％。这反映了当前大城市家庭结构是以核心家庭为主。

（数据来源：《中国 10 城市 0－6 岁儿童健康状况调查》,国务院妇女儿童工作委员会、中国儿童中心）

二、生存环境

1. 农村儿童发展环境进一步优化 2003 年,农村自来水普及率达到58.18％,比 2002 年提高了 1.54 个百分点;农村卫生厕所普及率达到50.92％,比 2002 年提高了 2.26 个百分点（见图 1.2、图 1.3）。

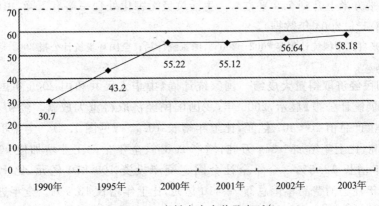

图 1.2　农村自来水普及率（％）

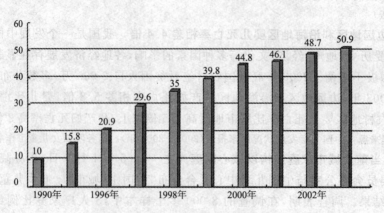

图 1.3　农村卫生厕所普及率(%)

(数据来源:《中国儿童发展状况国家报告(2003—2004 年)》,国务院妇女儿童工作委员会)

2. 国家城市化快速发展　1995—2004 年,中国城市化快速发展,城市化率水平已由 1995 年的 29.04%上升到 2004 年的 41.76%。城市化率十年内增长了近 13 个百分点,城市环境也得到了进一步改善。2002—2005 年,城市污水处理率由 39.97%上升到 51.99%;城市生活污水处理率由 22.3%上升到 37.4%;城市燃气普及率由 67.2%上升到 81.5%(2004 年数据);城市烟尘控制区数由 3 369 个上升到 3 452 个;生活垃圾清运量由 13 650 万吨上升到 15 577 万吨;人均公共绿地面积由 5.4 平方米上升到 7.9 平方米。生活垃圾无害化处理率略有下降,由54.24%下降为 52.1%(2004 年数据)。

(数据来自:《中国统计年鉴 2002—2005》,国家统计局;《全国环境统计公报 2002—2005》,国家环保总局)

3. 国民经济取得重大成绩　国家统计局《中华人民共和国 2006 年国民经济和社会发展统计公报》显示,2006 年,我国国民经济取得重大成就。经初步核算,全年国内生产总值 209 407 亿元,比上年增长 10.7%(见图 1.4)。全年粮食产量 49 746 万吨,比上年增加 1 344 万吨,增产 2.8%;全年全部工业增加值 90 351 亿元,比上年增长 12.5%。全年全社会固定资产投资 109 870 亿元,比上年增长 24%。全年社会消费品零售总额 76 410 亿元,比上年增长 13.7%。全年进出口总额 17 607 亿美元,比上年增长 23.8%。其中,出口 9 691 亿美元,增长 27.2%;进口 7 916 亿美元,增长 20%。出口大于进口 1 775 亿美元,比上年增加 755 亿美元。但是,我国经济社会发展中仍然存在一些问题,主要表现在经济增长方式粗放,经济结构矛盾突出。

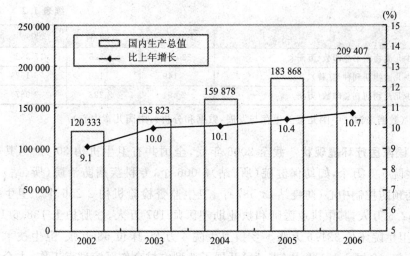

（数据来源:《中华人民共和国 2006 年国民经济和社会发展统计公报》,国家统计局）

图 1.4 2002 年－2006 年国内生产总值及其增长速度

4. **国家文化环境现状** 截止 2006 年末,全国共有艺术表演团体 2 766 个,文化馆 2 889 个,公共图书馆 2 767 个,博物馆 1 593 个。广播电台 267 座,电视台 296 座,教育台 46 个。全国有线电视用户 13 862 万户,209 个城市开展有线数字电视业务,用户 1 262 万户。年末广播综合人口覆盖率为 95%;电视综合人口覆盖率为 96.2%。全年生产故事影片 330 部,科教、纪录、动画影片 62 部。全国出版各类报纸 416 亿份,各类期刊 30 亿册,图书 62 亿册(张)。年末全国共有档案馆 3 994 个,已开放各类档案 6 355 万卷(件)。国家颁布了首批 518 项国家级非物质文化遗产名录。

（数据来源:《中华人民共和国 2006 年国民经济和社会发展统计公报》,国家统计局）

5. **少年儿童文化环境建设发展缓慢** 与 2002 年相比,2004 年儿童剧表演团体机构数没有发生变化,仍为 12 个;与儿童关系密切的科教片、纪录片、美术片生产数量呈下降趋势,数量由 2002 年的 69 部/年减少为 2005 年的 42 部/年。与上述两项相比,少儿图书馆发展较快,其总藏量和流通人次分别增长了 34.1% 和 38.2%,少年儿童读物(图书和期刊)有所增加(见表 1.2)。

表 1.2 少年儿童图书场馆及图书出版情况

	2002 年	2003 年	2004 年
少儿图书馆机构数(个)	88	85	105
少儿图书馆总藏量(千册(件))	11 615	10 646	15 581
少儿图书馆总流通人次(千人次)	9 643	8 152	13 322
少儿读物图书种类(种)	7 393	7 588	7 989

	2002 年	2003 年	2004 年
少儿读物图书总印数(万册)	23 042	19 895	17 992
少儿读物期刊种类(种)	149	149	152
少儿读物期刊总印数(万册)	2 491	2 222	2 057

(数据来源:《中国儿童的生存与发展:数据和分析》,中国儿童中心)

6. 国家医疗环境现状　截至 2006 年底,全国共有卫生机构 30 万个,其中医院、卫生院 5.9 万个,妇幼保健院(所、站)3 006 个,专科疾病防治院(所、站)1404个,疾病预防控制中心(防疫站)3 587 个,卫生监督检验机构 2 256 个。卫生技术人员 452.5 万人,其中执业医师和执业助理医师 197 万人,注册护士 138.6 万人。医院和卫生院床位 321.6 万张。乡镇卫生院 4 万个,床位 68 万张,卫生技术人员85.7 万人。全国 1 451 个县(市、区)开展了新型农村合作医疗试点工作,占全国县(市、区)总数的 50.7%;4.1 亿农民参加了新型农村合作医疗,参合率 80.5%。

(数据来源:《中华人民共和国 2006 年国民经济和社会发展统计公报》,国家统计局)

7. 妇幼保健及儿童医疗机构情况　2000-2005 年,全国儿童医院总数及医院人员数均有所增加。其中,儿童医院数由 36 个上升为 58 个,医院人员数由18 219人上升为 25 109 人,床位数由 9 835 张上升为 14 353 张;妇产(科)医院数由 44 个上升为 127 个,医院人员数由 12 455 人上升为 18 789 人,床位数由 7 532 个上升为11 961 个;妇幼保健院(所、站)数量略有波动,但人员数由 168 302 人增加到187 633人,床位数也由 71 153 张增加到 94 105 张。

(数据来原:《中国卫生统计年鉴》(2003-2005),卫生部)

8. 社会各界积极救助失学少年儿童　为帮助因家庭贫困失学的儿童重返校园,由中国青少年发展基金会发起的"希望工程"自 1989 年 10 月 30 日开始,经过15 年的运作,筹集捐款达 24 亿元人民币,资助了 258 万多名失学儿童,建设希望小学 11 000 多所,培训希望小学老师 12 000 多名,为 13 000 多所农村学校配备小型图书馆——希望书库。全国妇联中国儿童少年基金会实施了以帮助儿童少年"远离失学、远离疾病、远离犯罪、远离伤害"为宗旨的"中国儿童少年安全健康成长计划"(简称"安康计划")。目前,"安康计划"为城市社区配备了"安康益家",为中小学校特别是贫困地区中小学校配备"安康教室"815 个,"安康远程教室"210 个,近20 万儿童和教师受益。

(数据来源:中国儿童发展状况国家报告(2003-2004 年),国务院妇女儿童工作委员会;《首届中国消除贫困奖项目奖获得者:中国青少年发展基金会希望工程项目》,中国扶贫基金会)

9. 得到救助的社会弃婴和孤儿人数逐年增多　民政部《中国民政统计年鉴》

数据显示,我国社会福利院、福利类收养和救助机构对弃婴和孤儿的救助抚养情况逐年改善,更多的弃婴和孤儿得到了社会的救助。2001－2004 年,社会福利机构抚养的弃婴人数由 15 563 人上升到 19 287 人、孤儿数由 1 908 人上升到 3 189 人;儿童福利院床位数由 22 554 张上升到 29 592 张;儿童福利院年末在院人数由 20 656 人上升到 27 752 人;国家办收养性单位中的儿童数由 42 341 人上升到 55 987 人;集体办收养性单位中的儿童数 7 560 人上升到 8 511 人;民办收养性单位中的儿童数由 689 人上升到 1 790 人。

(数据来源:《中国民政统计年鉴》(2002－2005 年),民政部)

10.残障儿童受到特殊保护 2003 年,全国有 192 个专门的儿童福利机构,近 600 个综合福利机构中设有儿童部,共收养孤残儿童 5.4 万名。中国残联系统已建立聋儿听力语言康复机构 1 700 余个,脑瘫儿童、智力残疾儿童、孤独症儿童康复中心及社区康复机构上万个,2003－2004 年,通过开展康复训练,已使 10 余万脑瘫儿童、智力残疾儿童、聋儿得到不同程度的康复。在普通学校随班就读和附设特教班就读的残疾儿童招生数和在校生数分别占特殊教育招生总数和在校生总数的 63.64％和 66.23％。

(数据来源:《中国儿童发展状况国家报告(2003－2004 年)》,国务院妇女儿童工作委员会)

11.社会各界关爱孤残儿童 为帮助和保护孤残儿童,2004 年,中央集中的彩票公益金中安排了 2 亿元用于儿童福利事业。其中,为了帮助福利机构中的残疾孤儿回归家庭、回归社会,中央财政安排 1 亿元,民政部筹集 6 亿元,从 2004 年开始,用 3 年左右时间,开展"残疾孤儿手术康复明天计划",每年为 1 万名左右的残疾孤儿实施手术康复,争取到 2006 年使福利机构中所有具有手术适应症的残疾孤儿得到手术康复。中国残联实施了专项彩票公益金残疾人康复项目,决定在 2004 年至 2005 年,组派 18 批国家医疗队为 3 600 名肢体残疾儿童免费实施矫治手术,为 5 600 名贫困聋儿购置配发助听器,为 4.8 万名贫困聋儿补贴康复训练费用;通过实施"彩票公益金助学"、"扶残助学"和"中西部盲童入学"等项目,共资助 4 万余名贫困残疾儿童入学。

(数据来源:《中国儿童发展状况国家报告(2003－2004 年)》,国务院妇女儿童工作委员会)

三、教育环境

1.国家教育投入总额不断增加 近年来,我国教育经费总额不断增加。2005 年,全国教育经费为 8 418.84 亿元,比上年的 7 242.6 亿元增长 16.24％。其中,国家财政性教育经费(包括各级财政对教育的拨款、教育费附加、企业办中小学支出以及校办产业减免税等项)为 5 161.08 亿元,比上年的 4 465.86 亿元增长 15.57％。据统计,2005 年全国国内生产总值为 183 084.8 亿元,国家财政性教育经费占国内生产总值比例为 2.82％,比上年的 2.79％增加了 0.03 个百分点。按预算内教育经费包含城市教育费附加的口径计算,2005 年全国预算内教育经费占财政支出 33 930.28 亿元(2006 年《中国统计年鉴》公布数)比例为 14.58％,比上年 14.90％下降了 0.32 个百分点。

2005 年全国教育经费执行情况监测结果表明,政府教育投入总量继续增加,国家财政性教育经费占 GDP 的比例比上年有所增加,但预算内教育经费占财政支出比例比上年有所下降,有一些省、自治区、直辖市没有达到《教育法》规定的教育投入增长要求。

(数据来源:《2005 年全国教育经费执行情况统计公告》,教育部、国家统计局、财政部)

2. 中央政府加大对农村义务教育支持力度 2003 年 9 月,国务院召开了全国农村教育工作会议,作出了《关于进一步加强农村教育工作的决定》,明确提出,到 2007 年,西部地区"普九"人口覆盖率要达到 85％以上,青壮年文盲率降到 5％以下。从 2003 年开始用三年时间,安排专项资金 60 亿元,支持中西部农村地区基本扫除现存的中小学危房。2004 年 2 月国家新增 100 亿元专项经费支持西部地区农村寄宿制学校建设。2004 年中央财政免费发放教科书的经费每学期达到 8.7 亿元,中西部农村地区 2 400 万家庭困难学生在义务教育阶段免费得到了教科书;从 2005 年春季开始,对农村家庭贫困生实行"两免一补"(免书本费、免杂费、补助寄宿生生活费)的范围,从 2 400 万人增加为 3 000 万人,对 592 个国家级贫困县约 1 600 万农村孩子免除书本费和杂费,同时,逐步对寄宿生提供生活补助,平均免除书本费、杂费,每名小学生为 200 元,每名初中生为 340 元。从 2006 年开始,全部免除西部地区农村义务教育阶段学生学杂费,2007 年扩大到中部和东部地区;并对贫困家庭学生免费提供教科书并补助寄宿生生活费。2005－2007 年全部落实"两免一补"政策,国家财政共安排 227 亿元资金。2006－2010 年 5 年间,中央与地方各级财政累计将新增农村义务教育经费约 2 180 亿元。

(数据来源:《中国儿童发展状况国家报告(2003－2004 年)》,国务院妇女儿童工作委员会;《追求和谐、公平的教育》,杨东平;《财政部呼吁全社会监督两千亿农村教育经费落实》,陈黛,《第一财经日报》,2005 年 12 月 29 日)

3. 农村义务教育全面纳入公共财政保障范围 教育部 2007 年第 2 次例行新闻发布公告,在继续巩固和完善教职工工资保障机制的基础上,把"两免一补"、提高学校公用经费保障水平、校舍维修改造所需经费全面纳入财政保障范围。据测算,"十一五"期间,中央与地方各级财政将累计新增农村义务教育经费约 2 182 亿元,其中中央新增 1 254 亿元,地方新增 928 亿元。

(数据来源:《农村义务教育经费保障机制改革的主要内容及实施步骤》,教育部)

4. 幼儿教育、小学教育占全部教育经费支出比重下降 《中国教育经费统计年鉴(2002—2005)》统计数据显示,我国幼儿教育及小学教育经费总额增加,但所占全部教育经费支出的比重却呈逐年下降趋势(见表1.3、表1.4)。

表1.3 全国幼儿教育经费支出及比重

年　份	全国幼儿园教育经费支出		全国幼儿园财政预算内教育经费支出	
	金　额（千元）	占全国教育经费比重（%）	金　额（千元）	占全国财政预算内教育经费支出比重（%）
2001	5 884 793	1.38	3 284 157	1.36
2002	6 619 142	1.31	3 736 907	1.30
2003	7 288 571	1.27	4 154 232	1.29
2004	8 537 330	1.28	4 872 214	1.30

表1.4 全国普通小学教育经费支出情况

年　份	全国普通小学教育经费支出(千元)	全国普通小学财政预算内教育经费支出(千元)	全国普通小学生均预算内事业费支出(元)	全国普通小学生均预算内公用部分支出(元)	全国普通小学占全部教育经费支出的比重(%)
2001	118 652 196	80 407 022	645.28	45.18	27.85
2002	135 878 340	98 115 202	813.13	60.21	26.92
2003	146 928 830	108 020 369	931.54	83.49	25.63
2004	169 884 326	126 105 025	1 129.11	116.51	25.48

(数据来源:《中国教育经费统计年鉴》(2002—2005),教育部、国家统计局;《2001—2004年全国教育经费执行情况统计公告》、《2005年全国教育经费执行情况统计公告》,教育部、国家统计局、财政部)

5. **全国普通初中生均预算内事业经费支出及公用经费支出不断增长** 据统计,全国普通初中生均预算内事业经费支出及公用经费支出均不断增长。

2003—2004年,全国初中生均预算内事业经费支出由1 052.00元增长为1 246.07元。2005年,全国普通初中生均预算内事业费支出为1 498.25元,比上年年增长20.24%,其中,农村普通初中生均预算内事业费支出为1 314.64元,比上年的1 073.68元增长22.44%。2005年,普通初中生均预算内事业费支出增长最快的是湖南省(33.99%)。

2003—2004年,全国初中生均预算内公用经费支出由127.31元增长为164.55元,增幅为29.25%。2005年,全国普通初中生均预算内公用经费支出为232.88元,比上年增长41.53%。其中,农村普通初中生均预算内公用经费支出为192.75元,比上年的125.52元增长53.56%。2005年,普通初中生均预算内公用经费支出增长最快的是海南省(261.10%)。

（数据来源：《中国教育经费统计年鉴》(2002－2005)，教育部、国家统计局；《2001－2004 年全国教育经费执行情况统计公告》《2005 年全国教育经费执行情况统计公告》，教育部、国家统计局、财政部)

6. 全国高中各类经费支出持续增长　近年来，全国普通高中、职业中学的生均预算内事业经费支出、生均预算内公用部分经费支出持续增长。全国普通高中生均预算内事业经费支出由 2003 年的 1 606.58 元增长为 2004 年的 1 758.63 元，增幅 9.46％，2005 年增长为 1 959.24 元，比上年增长 11.41％。普通高中生均预算内事业费支出增长最快的是宁夏回族自治区，2004－2005 年增幅为 34.12％；同一时期生均预算内公用费用经费支出情况分别为：2003 年 264.83 元，2004 年 290.31 元(比上年增长 9.62％)、2005 年 363.54 元(比上年增长 25.22％)。2005 年普通高中生均预算内公用经费支出增长最快的是海南省(127.64％)。

全国职业中学生均预算内事业费支出由 2003 年的 1 684.79 元增长为 2004 年的 1 842.58 元，增幅 9.37％，2005 年增长为 1 980.54 元，比上年增长 7.49％。2005 年职业中学生均预算内事业费支出增长最快的是新疆维吾尔自治区(45.27％)；生均预算内公用费用支出由 2003 年 239.23 元增长为 2004 年 267.70 元，增幅 11.90％，2005 年增长为 336.66 元，比上年增长 25.76％。2005 年，职业中学生均预算内公用经费支出增长最快的是新疆维吾尔自治区(438.06％)。

（数据来源：《中国教育经费统计年鉴》(2002－2005)，教育部、国家统计局；《2001－2004 年全国教育经费执行情况统计公告》《2005 年全国教育经费执行情况统计公告》，教育部、国家统计局、财政部)

7. 各级生均经费支出农村中小学明显偏低　教育部《中国教育经费统计年鉴》(2003、2004)数据显示，各级生均经费支出的绝对数额分布中，除高等学校相对偏高以外，农村中小学则明显偏低。2003 年农村普通中学生均经费支出 1 210.75 元，只有全国普通中学生均经费平均水平(2 166.45 元)的 55.89％；农村普通小学生均教育经费为 1 058.25 元，比上年增长了 10.97％，也只有全国普通小学生均水平(1 295.66 元)的 81.68％。考虑到农村学校在学人数的庞大，城乡差距愈发明显。生均公用经费和生均基建费更能显示中小学生均经费的城乡差距：2003 年农村普通中学生均公用经费为 306.81 元，是全国普通中学生均水平(715.62 元)的 42.87％；生均基建费为 36.81 元，是全国生均水平(184.17 元)的 19.99％。2003 年农村普通小学生均公用经费为 200.49 元，是全国生均水平(280.27 元)的 71.53％；生均基建费为 25.79 元，是全国生均水平(43.14 元)的 59.78％(见表 1.5)。

表1.5 2003年各级学校生均教育经费及其增长

| | 教育经费支出 | | 事业性经费支出 | | | | 基建支出 | |
| | | | 小计 | | 其中:公用部分 | | | |
	元	%	元	%	元	%	元	%
总　计	2 625.17	12.80	2 363.20	12.77	924.66	16.64	261.94	13.13
普通高等学校	14 962.77	−1.04	12 147.76	−1.99	6 475.66	0.95	2 815.01	3.29
职业中学	3 423.34	4.37	3 198.30	5.13	1 284.95	13.03	225.04	−5.44
普通高中	3 983.47	2.77	3 504.26	4.90	1 585.66	7.60	479.21	−10.57
普通初中	1 668.74	8.74	1 565.38	9.28	477.30	12.25	103.36	1.11
普通小学	1 295.66	12.14	1 252.52	13.14	280.27	17.69	43.14	−10.59
农村普通中学	1 210.75	7.22	1 173.94	8 028	306.81	10.88	36.81	−18.29
农村普通小学	1 058.25	10.97	1 032.46	12.24	200.49	16.28	25.79	−23.77

(数据来源:《2005年:中国教育发展报告》之《2003—2005年度中国教育经费报告》,王烽)

8. 我国普通中小学校办学条件进一步改善　截至2004年底,全国普通中小学校舍建筑面积123 284.12万平方米,比上年增加4 733.60万平方米。小学体育运动场(馆)面积达标率51.38%、音乐器械配备达标率40.08%、美术器械配备达标率38.17%、数学自然实验仪器达标率50.91%;普通初中体育运动场(馆)面积达标率66.38%、音乐器械配备达标率55.2%、美术器械配备达标率53.72%、理科实验仪器达标率70.57%。各项指标均比上年有所提高。普通高中体育运动场(馆)面积达标率为74.63%;体育器材配备达标率75.21%;音乐器材配备达标率68%;美术器材配备达标率67.89%;理科实验仪器达标率79.7%;建立校园网的学校占普通高中学校总数的比例为52.29%。各项办学条件均比上年有所改善。

(数据来源:《2004年中国教育事业发展状况》,教育部)

9. 10亿元专项资金扩大农村中小学远程教育试点　2004年,中央财政投入专项资金10亿元,地方按一定比例配套投入,在全国20个省级试点单位包括西部地区12个省区市、新疆生产建设兵团、中部地区的6个省和东部一个省,进一步扩大农村中小学远程教育试点。目前,各省区市的实施方案已经制订完毕,将总共建设教学光盘播放点20 977个、卫星教学收视点48 605个、计算机教室7 094间,共涉及116个地市、808个县。此前,中央财政已投入专项资金3.64亿元,在西部地区的12个省区市和新疆生产建设兵团进行了试点示范。

(数据来源:《中央财政投入10亿元扩大农村中小学远程教育试点》,丁伟,《人民日报》,2004年6月22日第二版)

10. 幼儿园教育普及水平提高　2006年,全国幼儿园园数达13.05万所,比上年增加6 093所,增长4.9%;新入园幼儿1 391.3万人,比上年增加35万人,增长

2.6％；在园幼儿2 263.9万人，比上年增加84.8万人，增长3.9％。学前教育毛入园率达到42.5％，比上年提高1.1个百分点。小学招生中接受学前教育的比例达到84.7％，比上年提高1.34个百分点，与2001年相比，提高了近5个百分点。

（数据来源：《2006年教育事业统计快讯》，教育部）

11. 义务教育普及与巩固水平持续提高

表1.6　2003—2006年全国小学学龄儿童净入学率（％）

年　份	2003	2004	2005	2006
全国小学学龄儿童净入学率	97.15	98.95	99.15	99.27

截至2006年底，我国小学女童净入学率达到99.29％，比男童高出0.04个百分点，除西部个别省外，全国大多数省男女童入学率性别差异基本消除差异。小学五年巩固率有所提高。2006年，全国小学五年巩固率为98.81％，比上年提高0.37个百分点。受流动人口的影响，东中部的广东、浙江、江苏、上海、海南、吉林等12个省份超过100％，而西部地区小学五年巩固率相对较低，西藏、甘肃、宁夏和青海低于90％。

数据显示，近年来，我国义务教育持续发展，小学学龄儿童净入学率、初中教育毛入学率、初中毕业生升学率均明显提高（见图1.5、图1.6）。

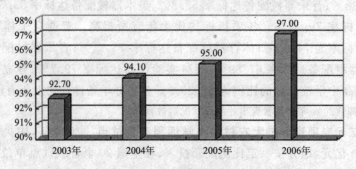

图1.5　2003—2006年全国初中教育毛入学率（％）

12. 小学招生人数由持续减少转为上升，增量主要在农村　2006年，全国小学招生1 729.36万人，出现明显回升，比上年增加57.61万人，增长3.45％，招生人数增长主要体现在农村。2006年，全国农村招生1 461.08万人，比上年增加66.71万人，增长4.78％，全国有23个省份农村小学招生规模均有所增加，其中河北、河南、湖南、福建、山东和四川6省增加人数超过6万，占全国农村小学招生增加人数的比例将近70％，另外，其中河北、福建、湖南3省农村小学招生比上年增长比例在10％以上。

（数据来源：《2006年教育事业统计快讯》，教育部）

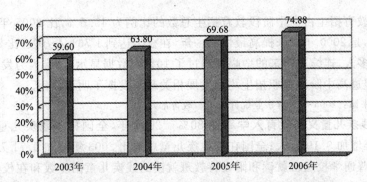

（数据来源：《2004 年中国教育事业发展状况》、2006 年教育事业统计快讯，教育部）
图 1.6　2003－2006 年全国初中毕业生升学率（％）

13．**初中招生首次超过小学毕业生人数**　2006 年，全国初中（含职业初中）招生 1 929.56 万人，虽比上年减少 58.02 万，但却超过小学毕业生人数，这在我国历史上尚属首次（见表 1.7）。

表 1.7　2001－2006 年全国小学毕业生升学情况（万人）

年　份	2001	2002	2003	2004	2005	2006
小学毕业生数	2 397	2 352	2 268	2 135	2 020	1 929
初中招生数	2 288	2 282	2 220	2 095	1 988	1 930

据统计，2006 年全国 31 个省份中，有 12 个省份初中招生人数超过小学毕业生数，其中 3 个为东部人口流入省、市，3 个为中部人口大省，6 个是西部省份，分别是内蒙、广西、重庆、四川、陕西和新疆。

经初步分析，初中招生人数超过小学毕业生人数的原因主要是国家对农村义务教育实施"两免一补"政策，加强了寄宿制初中建设。

2006 年，全国小学寄宿生占在校生总数的 6.57％，全国初中阶段寄宿生占在校生总数的 37.27％。

（数据来源：《2006 年教育事业统计快讯》，教育部）

14．**中等职业学校在校生连续三年增幅均超过 10％**　2006 年，全国高中阶段教育招生 1 602.6 万人，比上年增加 69.2 万人，增长 4.5％，在校生规模达到 4 296.3 万人，比 2005 年增加 265.4 万人，增长 6.6％，增幅比上年下降了 4 个百分点。其中，普通高中招生 871.2 万人，比上年减少 6.5 万人，比上年下降了 0.7％，在校生达到 2 514.5 万人，比 2005 年增加 105.4 万人，增长 4.4％，增幅明显放缓，比上年减少近一半。2006 年，我国有中等职业学校 14 668 所，比 2005 年增加 202 所，是 2003 年以来学校数增加最多的一年。中等职业教育招生 731.4 万人，比 2005 年增加 75.8 万人，增长 11.6％，连续两年来的增速都超过了 10％。2006 年，中等职业教育招生占高中阶段教育招生总数的比例为 45.6％,比 2005 年提高 2.9 个百分点,是 2000 年以来提高最快的一年,在校生达到 1 764.4 万人,比 2005 年增加 164 万多人,连续三年来的增幅都超过了 10％。数据显示,国家大力发展中等职业教育、促进高中阶段普职招生均衡发展相关政策发挥了明显作用。

(数据来源:《2006 年教育事业统计快讯》,教育部)

15. 残疾儿童义务教育入学率达 80％　2004 年,全国招收残疾儿童 5.08 万人,比上年增加 0.19 万人;全国在校残疾儿童总数比 2003 年增加 0.71 万人(见图 1.7)。在普通学校随班就读和附设特教班就读的残疾儿童招生数和在校生数分别占特殊教育招生总数和在校生总数的 62.02％ 和 65.35％。残疾儿童毕业人数 4.67 万人,比 2003 年增加 0.22 万人。

图 1.7　2004 年全国在校残疾儿童数

截止到 2005 年,全国特殊教育学校已经发展到 1 593 所,普通中小学附设特教班 718 个,共有 36.44 万儿童接受着各种形式的特殊教育。全国未入学的适龄残疾儿童人数已由 2002 年的 32.3 万人减少到 2005 年的 24.3 万人。我国残疾儿童的义务教育入学率已达到 80％(见表 1.8)。

表 1.8　新中国成立以来特殊教育学校数、在校学生数、专职教师数的发展情况

年　份	学校数(所)	在校学生数(人)	专职教师(人)
1949	42	2 000	
1957	66	7 538	718
1960	479	26 701	
1965	266	22 850	2 613
1975	246	26 782	3 445
1981	302	33 497	4 861
1987	504	52 876	9 860
1991	886	85 008	16 011
1996	1 428	321 063	27 016
2001	1 531	386 400	28 500
2005	1 593	3644 000	

（数据来源：《中国教育年鉴》：1949－1981、1991－1992、2002；《中国教育统计年鉴》：1987；《2004年全国教育事业发展统计公报》，教育部；《中国儿童的生存与发展：数据与分析》，中国儿童中心）

16. 民办教育持续发展　2004年，全国各级各类民办学校（机构）共有7.85万所，在校生达1 769.36万人，比上年增加352.96万人，增长24.92％。其中民办普通高中2 953所，在校生184.73万人；民办中等职业学校1 633所，在校生109.94万人。民办普通初中4 219所，在校生315.68万人；民办职业初中24所，在校生1.49万人。民办普通小学6 047所，在校生328.32万人。民办幼儿园6.22万所，在校生584.11万人。

2005年，全国共有各级各类民办学校（教育机构）8.62万所（不含民办培训机构2.9万所），各类在校学生达2 168.1万人。其中：民办幼儿园6.88万所，在园儿童668.09万人；民办普通小学6 242所，在校生388.94万人；民办普通初中4 608所，在校生372.42万人；民办职业初中25所，在校生1.49万人；民办普通高中3 175所，在校生226.78万人；民办中等职业学校2 017所，在校生154.14万人，另有非学历教育学生14.91万人。此外，还有民办培训机构29 048所，889.5万人次接受了培训。

（数据来源：《2004年全国教育事业发展统计公报》、《2005年全国教育事业发展统计公报》，教育部）

17. 每年需要补充20多万新教师　高中阶段正值人口高峰期，2003年我国普通高中教师84万人，师生比为16.7：1，职业高中有教师26.9万人，师生比为14.3：1。如果以18：1的师生比来算，还需要补充专任教师110多万，每年需要补充20多万新教师。

（数据来源：《全面建设小康：教育政策选择的重点与难点》，袁振国，《中国教育报》2003年4月6日第四版）

18. 学历不合格的教师主要在农村　教师质量是教育质量的保证。据统计，我国义务教育阶段教师多半在农村：906.43万名小学和初中专任教师中，城市县镇教师占43.71％，农村教师占56.29％。2004年全国共有49.9万名代课人员，主要集中在农村小学，75.9％分布在中西部农村小学。从整体统计数据上看，我国教师的学历提高非常快，2002年小学、初中、高中教师学历达标率已经分别达到96.8％、90.4％和72.9％，小学教师具有大专学历的达到27.4％，初中教师具有本科学历的达到19.7％。但城乡相差悬殊，层次越高，差距越大。高中教师学历合格率上海、北京分别达到95.6％和91.2％，但低于70％的有11个省，其中江西、甘肃、青海低于60％；小学教师专科学历北京已达到52％，而低于20％的有10个省，初中教师本科学历北京、上海已分别达到53％和64％，而河北、广西、贵州才分别达到 13.6%、8.9%和 10.9%。学历不合格的教师主要在农村。

（数据来源：《义务教育阶段教师多半在农村》，吕诺，《人民日报》2006 年 3 月 8 日第二版；《全面建设小康：教育政策选择的重点与难点》，袁振国，《中国教育报》2003 年 4 月 6 日第四版）

19. 义务教育发展不均衡的矛盾仍然突出 国家教育督导报告显示，我国中、西部地区生均拨款水平过低，一些县生均预算内公用经费严重不足，"保运转"问题依然存在。2004 年，初中生均预算内公用经费东部地区为 304 元，西部地区为 121 元。全国尚有 113 个县（区）的小学、142 个县（区）的初中生均预算内公用经费为零，这些县（区）85%以上集中在中、西部地区。同时，中、西部和农村地区生均教学仪器设备配置水平还不能完全适应基本教学要求，地区间、城乡间差距均较大，1/3 以上省份的差距还有所扩大；中级及以上职称教师比例的地区间、城乡间差距较大。总体上看，教育投入不足，优质教育资源短缺，校际之间差别较大。

（数据来源：《首个国家教育督导报告显示义务教育趋向均衡差距仍大》，董洪亮，《人民日报》2006 年 2 月 24 日 第十一版）

20. 农村初中生辍学率上升 据调查，2005 年全国初中学生辍学率为 2.26%，其中西部地区为 3.67%，是全国平均水平的 1.4 倍。而据华东师范大学袁振国教授主持的国家社会科学基金项目"十五"规划国家重点课题"转型期中国教育重大政策案例研究"调查表明，农村初中学生辍学率严重反弹，课题组对辽宁、吉林、黑龙江、河南、山东、湖北 6 省 14 县的 17 所农村初级中学进行的一份调查显示，辍学率最高的为 74.37%，平均辍学率约为 43%，大大超过了把辍学率控制在 3%以内的"普九"要求。2001 年，全国初中的升学率平均为 53%，但城市里的初中升学率达 70%、80%、90%不等，有些城市的初中升学率达 100%，而农村的初中升学率是 30%、40%不等，有些经济欠发达地区的初中升学率甚至不足 30%。

（数据来源：《"十一五"规划：教育公共政策的调整》，刘海波；《抽样调查 17 所农村中学显示初中平均辍学率 43%》，原春琳、谢湘，《中国青年报》2005 年 6 月 27 日教育（A6）版）

附：中国儿童发展状况基本指示数

5 岁以下儿童死亡率排名		96
5 岁以下儿童死亡率排名	1990 年	49
5 岁以下儿童死亡率排名	2005 年	27
(1 岁以下)婴儿死亡率	1990 年	38
(1 岁以下)婴儿死亡率	2005 年	23
新生儿死亡率	2000 年	
总人口(千)	2005 年	1 315 844
全年出生人数(千)	2005 年	17 310
每年 5 岁以下儿童死亡人数(千)	2005 年	467
人均国民收入(美元)	2005 年	1 740
出生时预期寿命(年)	2005 年	72
成人识字率(%)	2000—2004 年	91
小学净入学率/出席率(%)	2000—2005 年	99
40%收入最低家庭占总收入百分比	1994—2004 年	14
20%收入最高家庭占总收入百分比	1994—2004 年	50

　　根据《2001 年世界儿童状况》提供的统计数据,目前发达国家 5 岁以下儿童死亡率为 6‰,发展中国家为 90‰;发达国家年出生人口为 9 768 000 人,发展中国家为 116 269 000 人;发达国家低出生体重婴儿发生率为 6%,发展中国家为 17%;农村饮水条件得以改善的人口百分比发达国家为 100%,发展中国家为 70。

　　(数据来源:2006 年世界儿童状况官方汇集)

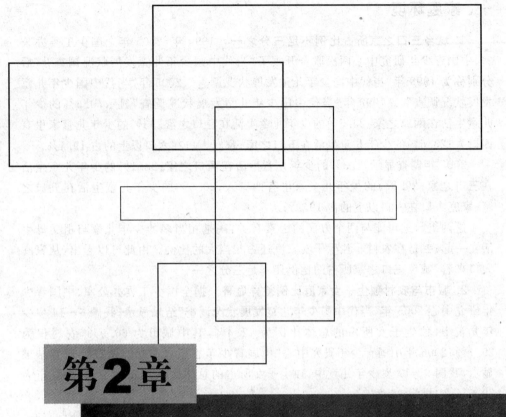

第2章

未成年人与家庭

一、家庭环境

1. **城乡三口之家所占比例不足三分之一** 1999 年、2005 年全国少工委办公室、中国青少年研究中心两次联合开展了"当代中国少年儿童发展状况调查"[1]（后分别称为 1999 年"当代中国少年儿童发展状况调查"、2005 年"当代中国少年儿童发展状况调查"）。1999 年"当代中国少年儿童发展状况调查"显示，0.6％的少年儿童生活在两口之家；23.5％的少年儿童生活在三口之家；33％的少年儿童家里有四口人；23.5％的少年儿童生活在五口之家；家庭人口在六口以上的占 19.4％。

2005 年调查显示，1.3％的少年儿童生活在两口之家；28.1％的少年儿童生活在三口之家；29.8％的少年儿童家里有四口人；20.9％的少年儿童生活在五口之家；家庭人口在六口以上的占 19.9％。

这两组数据可能与两个方面的因素有关：一是相当多的少年儿童与祖父母生活在一起；二是在农村非独生子女家庭还占相当大的比例。由此可以看出，从家庭人口来看，城乡三口之家所占的比例还不足三分之一。

2. **城市与农村独生子女家庭比例差异显著** 据全国少工委办公室、中国青少年研究中心 2005 年"当代中国少年儿童发展状况调查"结果显示，我国 6－14 岁少年儿童中，独生子女所占的总体比例为 42.4％，其中城市为 66.9％，农村仅为 29.7％；2006 年中国青少年研究中心"中国青少年思想道德状况调查"[2] 调查结果显示，我国 9－17 岁少年儿童中，独生子女所占的总体比例为 56.5％，其中城市为 79.6％，农村为 36.2％。

两次调查中，城市独生子女与农村独生子女比例相差均在 40 个百分点左右，由此说明，我国城市与农村独生子女家庭比例差异显著。

3. **我国 6－14 岁少年儿童父母的职业多为工人和农民** 全国少工委办公室、中国青少年研究中心 1999 年、2005 年"当代中国少年儿童发展状况"两次调查表明，我国 6－14 岁少年儿童父母的职业多为工人和农民，其次为私营或个体劳动者。1999 年，父亲职业为农民、工人和私营个体劳动者的比例分别为 60.1％、10.8％、7.8％；母亲职业为上述三种的比例分别为 45.8％、17％、11.1％，均位列前三名。2005 年，父亲职业为农民、工人和私营个体劳动者的比例分别为 27.2％、29.1％、14％，位列前三名；母亲职业为上述三种的比例分别为 37.4％、14.9％、11％，分别位列第一、第二和第四名（位列第三的是"无业或下岗人员"，比例为 11.5％。）

4. **城市、农村少年儿童的父母文化程度存在显著差异** 2000 年，中国儿童中心"中国少年儿童素质状况抽样调查"[3] 显示，农村少年儿童父母文化程度的分布集中在"初中",城市少年儿童父母文化程度的分布集中在"高中";在城市,高中以上文化程度的父亲比例占 42.32%,在农村,高中以上的父亲只占 5.25%。有 29.93% 的城市少年儿童的父亲拥有大专以上的学历,仅有 2.49% 的农村少年儿童的父亲拥有相同学历,两者相差 27.44 个百分点;21.12% 的城市少年儿童的母亲拥有大专以上的学历,仅有 1.44% 的农村少年儿童的母亲拥有相同学历,两者相差近 20 个百分点。反映出城市和农村之间的巨大差距。

5. 半数以上父亲文化程度在初中(含初中)以下　全国少工委办公室、中国青少年研究中心 1999 年"当代中国少年儿童发展状况调查"显示,我国 6－14 岁少年儿童的父亲文化程度"小学或小学以下"总体百分比为 15.8%;"初中"为 44.3%;"高中、中专、技校"为 27.7%;"大专"为 5.8%;"大学本科"或以上为6.4%。

2005 年"当代中国少年儿童发展状况调查"显示,父亲文化程度"小学或小学以下"总体百分比为 15.1%;"初中"为 43.3%;"高中、中专、技校"为 24.4%;"大专"为 7.3%;"大学本科"为 8.7%;"硕士或以上"为 1.2%。

可见,从 1999 年到 2005 年,我国 6－14 岁少年儿童的父亲文化程度略有提高,但仍有半数以上父亲的文化程度在"初中"(含初中)以下。

6. 六成母亲文化程度在初中(含初中)以下　全国少工委办公室、中国青少年研究中心 1999 年"当代中国少年儿童发展状况调查"显示,我国 6－14 岁少年儿童的母亲文化程度"小学或小学以下"总体百分比为 28.1%;"初中"为 40.2%;"高中、中专、技校"为 23.4%;"大专"为 4.6%;"大学本科或以上"为 3.7%。

2005 年"当代中国少年儿童发展状况调查"显示,母亲文化程度"小学或小学以下"总体百分比为 25.4%;"初中"为 39.8%;"高中、中专、技校"为 21.7%;"大专"为 6.4%;"大学本科"为 5.8%;"硕士或以上"为 0.9%。

数据显示:我国 6－14 岁少年儿童的母亲超过六成文化程度在"初中"(含初中)以下,整体受教育程度低于父亲受教育程度。

7. 城市、农村少年儿童家庭收入存在显著差异　2000 年,中国儿童中心"中国少年儿童素质状况"抽样调查显示,城市、农村少年儿童家庭收入存在显著差异。在农村,有 81.56% 的少年儿童家庭年平均现金收入在一万元以下。而在城市,有 29.19% 的少年儿童家庭月平均收入在千元以下。调查表明,城市的中等收入水平相当于农村的最高收入水平,可以看出中国城市和农村家庭经济收入的差距是明显的。

8. 子女教育费用支出比重已接近家庭总收入的1/3　零点调查与指标数据合作完成的"2005 年中国居民生活质量指数研究"[4] 调查显示,子女教育的支出比重已接近家庭总收入的 1/3。2004 年 10 月至 2005 年 10 月一年时间里,有子女上学或上幼儿园的家庭,用于子女的教育总费用平均为 3 522.1 元,约占全家年收入的

30.2％。其中拥有就学阶段孩子的农村家庭中,子女教育花费占家庭收入的比重达到了 32.6％;城市和小城镇家庭中,子女教育花费占家庭收入的比重也分别达到了 25.9％和 23.3％。调查表明,教育花费成为城乡居民致贫的首要原因。城市、小城镇、农村的贫困人群中均有 40％－50％的人提到家里穷是因为"家里有孩子要读书",特别是农村家庭,教育花费是他们的头号家庭开支。相比城市和小城镇,农村家庭教育负担越来越重。

（数据来源:零点调查与指标数据《2005 年中国居民生活质量指数研究报告》）

二、父母对子女的成长关注

1. **学习成绩成为父母关注的轴心**　据全国少工委办公室、中国青少年研究中心 1999 年"当代中国少年儿童发展状况调查"报告,86.7％的少年儿童在回答"父亲主要关注你哪些方面?"时,首选"学习成绩",82.8％在回答"母亲主要关注你哪些方面?"时,首选"学习成绩"。更有 26.5％认为"父母只关心我的学习成绩",其中,持这种想法的城市少年儿童比例高达 34.4％,比同龄农村少年儿童的比例高出 10 个百分点。

2005 年"当代中国少年儿童发展状况调查"发现,88.2％的少年儿童在回答"父亲主要关注你哪些方面?"时,首选为"学习成绩",回答"母亲主要关注你哪些方面?"时,学习成绩的比例也是位列第一,达到 78.7％。近半数少年儿童认为"父母只关心我的学习成绩",比例较 1999 年上升了 18.6％。

中国儿童中心承办的"中国少年儿童素质状况抽样调查"中,当让父母们回答"对孩子前途最大的期望是什么"时,有 53.47％的父母把"将来上大学"当作孩子最有前途的选择,远远超过了"只要他/她将来生活幸福"（17.8％）和"对国家和社会有用的人"（13.75％）;11％的父母"完全同意""只要孩子学习好,其他的什么都不重要",仅 27％的父母"完全不同意",其他大部分家长"比较同意"或"比较不同意"。对"孩子有健康的身体、良好的情绪比学习还重要"这一观点,仅有 5％的父母"完全同意",32％的父母竟然"完全反对"。甚至 6％的家长认为"孩子自己打扫房间会耽误学习"。

2. **仅有三分之一的母亲在孩子有不良情绪时采取科学方法**　全国少工委办公室、中国青少年研究中心 2005 年"当代中国少年儿童发展状况调查"表明,除学习外,我国 6－14 岁少年儿童的父亲对孩子的主要关注面还有:"身体健康"（42.9％）、"安全"（39.8％）、"思想品德"（23.1％）、"做作业"（21.7％）、"在校表现"（14.1％）;母亲们对孩子关注的还有:"身体健康"（42.4％）、"安全"（40.4％）、"做作业"（22.7％）、"思想品德"（19.3％）、"在校表现"（13.7％）。相对以上选项,我国的父母亲对孩子成长过程中心理、情绪、性格、爱好等重要方面关注不够。在孩子们的回答选项中,父亲们对

"心理健康"、"体育锻炼"、"个人爱好"、"特长培养"、"情绪变化"、"性格培养"的关注程度比例分别为10.3%、9%、5%、4.5%、1.8%、5.1%;母亲们对上述选项的关注比例分别为11.7%、6.6%、6.2%、5.6%、3.8%、6.4%。

同年,全国妇联儿童部、《中国妇女》杂志、中国家庭教育学会和华坤女性调查中心"千名母亲问卷调查"[5]显示,51.24%的妈妈不清楚孩子最大的压力是什么;58.09%的妈妈"常常忽略"和无法及时觉察孩子情绪上的变化。而在发现孩子有不良情绪时,32.88%的妈妈会"先劝慰,没效果就责骂",21.23%的妈妈会"随他(她)去",10.85%会"直接责骂",35.06%会"想办法了解孩子产生情绪的原因,并帮助孩子面对和解决它"。数据说明,妈妈对孩子的心理关注不够,仅有三分之一的母亲方法较科学。

(数据来源:中国青少年研究中心2005年"当代中国少年儿童发展状况"统计结果;《千名母亲调查显示:三成妈妈不知如何与孩子沟通》,李仁主,《北京青年报》,2005年5月29日)

3. 学习成绩成为父母评价孩子的首要标准 2002年广东省妇联、家庭教育研究会对全省家庭教育进行问卷调查,共回收4485份问卷。问及当父母者"您考虑孩子前途时最为关心的问题是什么?"前三项回答依人数比例的高低为:"学到知识"占80.6%;"良好行为习惯"占43.9%;"身体健康"占37.3%。又问及"您认为好孩子的主要标准是什么?"前三项回答依次为"学习成绩好"占36.8%;"道德品质好"占36.2%;"身体好"占27.8%。这项调查表明,当今父母关注孩子的重心是智力的开发,评价孩子的首要标准是学习成绩。

(数据来源:《未成年人思想道德建设:困惑与对策》,刘好光,《中国教育报》,2004年4月27日第3版)

4. 中小学生父母对孩子的学习成绩期望值偏高 2005年,中国青少年研究中心"中国青少年学习和生活的现状与期望"[6]调查显示:76.2%的中小学生父母要求孩子的学科成绩达到80分以上。其中,小学生父母对孩子的学科成绩要求比例分别为:"门门都是满分"9.3%、"95分以上"34.9%、"90分以上"32.2%、"85分以上"6.8%、"80分以上"3.8%、"门门及格"4.4%、"没有要求"8.6%,累计起来要求孩子成绩在90分以上的总体比例达到76.4%。中学生父母对孩子的学科成绩要求比例分别为:"门门都是满分"1.3%、"95分以上"6.3%、"90分以上"21.6%、"85分以上"20.5%、"80分以上"19.9%、"门门及格"8.7%、"没有要求"21.6%。对职业高中学生的调查显示,高达75.6%的职高生父母要求孩子的专业成绩在"班上前15名",其中,5.6%的父母对孩子的专业成绩名次要求为"总是做第一名"。数据说明,绝大多数中小学生父母对孩子的学习成绩都抱有较高期望。

5. "独立自主"是父母对孩子最重视的行为品德 2002年,广东省妇联、家庭教育研究会一项家庭教育的调查结果显示,对"您最为重视孩子的行为品德是什么?"八个备选答案中,父母的前四项回答依次为:"独立自主"(60.5%)、"勇于拼搏"(27.5%)、"诚实守信"(28.6%)、"尊老爱幼"(35.9%)。

2005年,全国妇联儿童部、《中国妇女》杂志、中国家庭教育学会和华坤女性调查中心"千名母亲调查"问卷显示,"孩子撒谎"是妈妈最不能容忍的行为。当问到"您在什么情况下会打孩子"时,29.85%的妈妈表示她们无论在哪种情况下都不会打孩子。而在打过孩子的妈妈中,"孩子撒谎"是她们打孩子的第一原因,占16.91%;其次是"孩子不听话",占16.32%;排在第三位的是"孩子考试成绩差",占12.35%。

（数据来源:中国少先队工作学会秘书处,《学会动态》,2003年第3期;《千名母亲调查显示三成妈妈不知如何与孩子沟通》,李仁主,《北京青年报》,2005年5月29日)

6. 愿意和孩子一道了解偶像的母亲过半 2005年,全国妇联儿童部、《中国妇女》杂志、中国家庭教育学会和华坤女性调查中心"千名母亲问卷调查"显示:82.35%的妈妈知道孩子现在的兴趣是什么,61.25%的妈妈能说出孩子最要好的3个朋友的名字,72.02%的妈妈知道孩子在学校中和同学相处得是否融洽。83.5%的妈妈每隔一段时间都会和孩子的老师交流一次,其中"每星期交流一次"的占13.97%,"半个月一次"的占9.41%,"一个月一次"的占14.26%,"两个月一次"的占11.18%,"三个月一次"的占11.76%,"半年一次"的占22.94%。而"从没和老师交流过"的妈妈占16.48%。

调查同时显示,对于孩子最崇拜的偶像,妈妈们的态度并不热心。52.77%的母亲会和孩子"一道了解"他们的偶像,但也有37.31%的妈妈会以"自己的观点评价"孩子的偶像,还有9.92%的母亲对孩子的偶像所持的态度是"不屑一顾、冷嘲热讽"。

7. 随着孩子年级的增高,父母对老师的了解越来越少 1998年,中国青少年研究中心、北京师范大学教育学院、北京出版社共同主持的"中小学生学习与发展调查研究"课题[7]调查结果显示,绝大多数父母对孩子的班主任和主科老师有一定的了解,但随着年级的增高,父母对孩子老师的了解越来越少(见表2.1)。

调查还显示,父母对学校的安排比较配合,75%-80%的父母经常参加学校组织的家长会,但也有2%左右的父母从不参加家长会。

表2.1 "父母是否了解孩子的老师"调查结果(%)

	不知道	知道班主任	知道班主任和主科老师	几乎都知道	其他
小学	2.0	27.1	51.5	19.2	0.2
初中	2.8	30.3	49.7	16.3	0.8
高中	5.9	53.8	28.5	11.2	0.7

8. **1/4 多的父母希望子女将来进入党政机关工作,而中学生们更喜欢"外资企业"** 2005 年,中国青少年研究中心"中国青少年学习和生活的现状与期望"调查显示,被调查中学生父母对孩子今后的从业希望位列前五位的分别是:"机关干部"(22.2%)、"医务人员"(18.0%)、"中小学教师"(9.3%)、"军人、警察"(7.6%)、"工程技术人员"(7.2%)。中学生对"希望自己以后做什么工作"位列前五位的回答为"商业人员"(12.7%)、"机关干部"(11.4%)、"工程技术人员"(9.9%)、"军人、警察"(9.4%)、"文艺人员"(9.1%)。

调查还发现,对于"你父母希望你在什么单位工作?",中学生们的回答位列前三位的分别是"党政机关"(26.5%)、"外资企业"(19.5%)、"国有企业"(17.8%);对于"你希望在什么单位工作?",25.1% 的中学生选择了"外资企业",比例位列第一,紧随其后的是"高新技术企业"(23.8%)、选择"党政机关"的仅为 15.2%

数据表明,我国中学生的择业观和父母对孩子的期望存在偏差,父母们对孩子未来的择业期望相对传统,而中学生则有相当一部分表现出了"从商"、"重商"的强烈愿望。但是,对于"科研"、"服务"、"工人"、"个体"等职业的选择,父母和中学生的期望都不高,比例均在 2.2% 以下。

9. **中学生父母和孩子普遍希望未来在京津沪穗深等大城市工作** 2005 年,中国青少年研究中心"中国青少年学习和生活的现状与期望"调查显示,父母和中学生们对于未来的工作地点期待非常一致。对于"你父母希望你以后在哪个地方工作?"中学生们的回答选项分别为"京津沪穗深等大城市"(39.9%)、"国外"(23.2%)、"东部沿海地区的城市"(21.2%)、"中部地区的城市"(12.8%)、"基层或农村"(2.4%)、"老少边穷地区的城市"(0.6%);对于"你希望你以后在哪个地方工作?"中学生们的回答选项分别为"京津沪穗深等大城市"(35.0%)、"东部沿海地区的城市"(28.2%)、"国外"(21.2%)、"中部地区的城市"(11.1%)、"基层或农村"(1.8%)、"老少边穷地区的城市"(2.6%)

10. **三成年轻父母期望子女拥有权势和名利** 零点研究咨询集团 2005 年采用随机抽样方式,对北京、上海、广州、武汉、成都、西安、沈阳七个城市的 2 252 名 14—60 岁的当地居民进行了入户访问。调查者根据年龄,把受访者分为三个群体进行研究,年龄 56—60 岁的为老年群体,年龄为 36—55 岁的为中年群体,年龄在 14—35 岁之间的为青年群体。

调查发现,不同年龄段的父母,对子女的期望明显不同。对老年父母而言,孩子未来生活稳定、安逸最重要,62.8% 的老年父母希望子女未来家庭幸福,有 12.8% 的老年父母希望孩子未来生活安逸。而年轻父母最为看重的是子女能够拥有权势和名利,能够拥有很强的社交能力。青年人中分别有 39.3% 和 14.5% 的人选择了这两项,而中年群体这两项的选择率分别为 31.2% 和 11.2%,老年群体对这两项的选择率为 27.6％和 5.9％。值得注意的是,目前还没有孩子的居民比已经有孩子的居民更看重孩子在未来"有权势和名利",他们对此项的选择率为40.2％,高出已有孩子居民近 1 个百分点。

调查还发现,被调查者希望儿子将来"事业有成"的比例位列第一(39.2％),而希望女儿将来"家庭幸福"的比例位列第一(54.6％),"有道德"的比例位列第二(35.7％),"事业有成"的比例位列第三(33.5％),明显低于对儿子的期望。

(数据来源:《调查:三成年轻父母期望子女拥有权势和名利》,李洁言,《中国青年报》,2005年 5 月 26 日)

三、家庭教养方式

1. **半数左右少年儿童将父母视为好朋友**　2005 年,全国少工委办公室、中国青少年研究中心"当代中国少年儿童发展状况调查"发现,51.2％的少年儿童将母亲视为自己的好朋友,46.7％的少年儿童将父亲视为自己的好朋友,较 1999 年"当代中国少年儿童发展状况调查"比例有较大幅度的增长,1999 年这两个选项的比例分别为 36.5％和 36.2％。父母由高高在上的"家长"逐渐变为与孩子平起平坐的"朋友",反映了当前亲子关系变化的趋势正朝着平等民主的方向转变。

2. **父母对儿童自主权的认可和尊重意识增强**　全国少工委办公室、中国青少年研究中心 1999 年、2005 年"当代中国少年儿童发展状况"两次调查显示,对于"我自己的事情自己拿主意",1999 年认为这一陈述"非常符合"、"比较符合"实际的少年儿童比例分别为 19.2％、30.8％;认为"不太符合"、"很不符合"的比例分别为 31.3％、18.7％。其中,农村少年儿童选择前两项的总体比例为 47.8％,比城市少年儿童低 8.7％;2005 年,选择"经常"、"有时"的少年儿童比例分别为 22.9％、40％,选择"很少有"、"从来不"的比例则分别为 24.9％、12.3％。

对于"父母遇事时,愿意听取我的意见"这一陈述,1999 年认为"非常符合"、"比较符合"自己实际的少年儿童比例分别为 20.7％、36.9％,认为"不太符合"、"很不符合"的比例则分别达到 27.5％、14.9％;2005 年选择"经常"、"有时"的少年儿童比例分别为 19.8％、38.0％,选择"很少有"、"从来不"的比例为 30.2％、12.0％。

对"父母鼓励我自己作决定"这一陈述,1999 年认为"非常符合"、"比较符合"自己实际的少年儿童比例分别为 33.0％、34.5％,认为"不太符合"、"很不符合"的比例分别为 21.9％、10.6％;2005 年选择"经常"、"有时"的少年儿童比例分别为29.5％、33.4％,认为"很少有"、"从来不"的比例分别为 24.8％、12.3％。

数据表明,6－14 岁少年儿童的在家庭生活中,父母亲对其自主权的认可和尊重意识有所增强。

3. **六成儿童认为尊重隐私是好父母的首要标准**　2005 年,上海市少年儿童研究中心"儿童心声"课题组就道德现状、学业负担状况、文化现状、权利维护状况、网络使用状况研究等 5 个课题，对全市 6 000 名少年儿童进行了调查。不少少年儿童表达了"请保护我们的隐私"的心声，在调查中，当被问及"你的父母（或老师）未经你允许会做下列事情吗"，19.1％的孩子反映会翻抽屉，22.9％的孩子反映会翻书包，6.6％的孩子反映会偷看日记，而都不会的只占不到三成。对"好家长"的标准，孩子们认为最重要的是尊重隐私（63.1％），其次是给予结交朋友的自由、鼓励多于批评、注意除成绩之外的其他优点等。

（数据来源：《上海十大"儿童心声"：想要闲暇时间和充足睡眠》，龚瑜，《中国青年报》，2005 年 5 月 29 日）

4. 三成左右的父母限制子女的同伴交往　全国少工委办公室、中国青少年研究中心"当代中国少年儿童发展状况"1999 年、2005 年两次调查发现，父母和孩子在择友标准上并不一致，有些父母甚至因此干涉孩子的正常交友活动。1999 年调查显示：少年儿童最愿意与"聪明好学"（36.7％）、"品行好"（27.6％）、"和自己有相同兴趣"（23.6％）的人交朋友。2005 年的调查结果与此相似：少年儿童最愿意与"品行好"（56.7％）、"学习好"（52.5％）、"和自己有相同兴趣"（29％）的人交朋友。然而，2005 年的调查中，在被问到"你的父母最希望你与什么样的人交朋友"时，70.9％的少年儿童指出父母最希望自己与学习好的人交朋友，其次是与"品行好"（63.6％）、"讲义气"（18.4％）的人交朋友。

择友标准的差异导致部分父母干涉、限制孩子的同伴交往。1999 年，30.8％的少年儿童承认"父母限制我交朋友""非常符合"或"比较符合"自己的实际；2005 年，认为"父母经常或有时限制我交朋友"的少年儿童比例为 29.2％。

5. 超过半数的妈妈没有给孩子一定的空间　2005 年，全国妇联儿童部、《中国妇女》杂志、中国家庭教育学会和华坤女性调查中心"你对孩子了解多少"千名母亲调查问卷显示，当问道"当孩子给同学和朋友打电话时，您会怎么做"时，36.23％的妈妈表示会"坐在旁边听"，19.18％的妈妈会"到其他房间偷听"。而当孩子的朋友或同学到家里跟孩子聊天时，21.12％的妈妈会"参与他们的谈话"，16.68％的妈妈会"坐在一旁听"，13.42％的妈妈则表示"尽管走开，但忍不住会偷听"，69.1％的妈妈偷看过孩子的日记。

数据表明，很多妈妈不太愿意或没有意识到应该适当留给孩子私人空间。

6. 近半数母亲坚决不许子女留怪异发型、穿另类服装　2005 年，全国妇联儿童部、《中国妇女》杂志、中国家庭教育学会和华坤女性调查中心"你对孩子了解多少"千名母亲调查问卷显示，假如孩子出现热衷于染怪异发式、穿另类衣服的情况，47.5％的妈妈表示会"坚决不许"，12.06％的妈妈表示"担心这是孩子变坏的前兆"，12.79％的妈妈表示"看不惯但能包容"，还有 21.91％的妈妈表示会"尽量理解孩子"。

调查结果显示,48.5%的母亲从未给孩子进行过有关性方面的教育,12.67%的母亲给孩子买过有关的书籍,而真正给孩子讲过有关性知识的仅占 39.4%。

7. "民主型"的教育方式正在成为城市家庭教育方式的主流 零点研究咨询集团于 2006 年 4 月采用多阶段随机抽样方式,针对北京、上海、广州、武汉、成都、深圳、大连、济南等 20 个城市的 2553 名 18-60 岁常住居民进行了入户访问。结果表明,"民主型"的教育方式正在成为城市家庭教育方式的主流。在城市居民中,"民主型"家长所占比例最高,为 38.5%。"威慑型"和"溺爱型"比例相当,分别为 20.3%和 24.8%。"发展型"的家长相对比例最少,为 16.3%。调查显示,中老年父母对孩子多采取"威慑型"的教育方式。在青年、中年、老年父母中实行"威慑型"教育方式的比例为 18.7%、20.1%和 22.7%,呈递升趋势。相反,年轻人比较重视"发展型"的子女教育方式。在青年、中年、老年父母中实行"发展型"教育方式的比例分别为 19.1%、16.2%和 12.7%,呈逐渐降低趋势。

(数据来源:《调查显示:低收入家庭教育子女更易溺爱和暴力》,李洁言,《中国青年报》,2006 年 11 月 2 日)

8. 低收入家庭中更有可能存在"溺爱"和"暴力"两种极端现象 零点研究咨询集团于 2006 年 4 月调查显示:家庭收入对子女教育方式有重要影响。

在高收入家庭中有 46.4%采取"民主型"教育方式,有 26.4%的家庭采取"发展型"教育方式,两者所占比例共达到了 72.8%,且两者分别比低收入家庭高出 12.3%和 9.9%。

而低收入家庭中,有 26.1%实行"溺爱型"的教育方式,比高收入家庭高出 9.3%;有 23.3%实行"威慑型"教育方式,比高收入家庭高出 12.9%。低收入家庭中更有可能存在"溺爱"和"暴力"两种极端现象值得引起社会关注。

调查还发现,父母的受教育程度也是影响其子女教育方式的重要因素。具体表现为:低教育水平者更有可能采取"威慑型"与"溺爱型"的教育方式;高教育水平的父母中,有近半数(47.5%)采取"民主型"教育方式,其比例大大高于中低教育水平的家庭。

(数据来源:《调查显示:低收入家庭教育子女更易溺爱和暴力》,李洁言,《中国青年报》,2006 年 11 月 2 日)

9. 独生子女家庭教养方式以民主型为最多数 "我在学校成绩很差或不及格时;父母叫我替他们做事而没有立即服从时;当不小心打破父母喜爱的东西时,父母的反应如何?"调查结果表明,三方面的教养方式均以民主型方式为最多数,专制型其次,溺爱型的为最少数。在学习方面,民主型的占 70.3%,专制型的占 27.0%,溺爱型的占 2.7%;在服从权威方面,民主型的占 43%,专制型的占 41%,溺爱型的占 16%;在日常生活方面,民主型的占 49.4%,专制型的占 39%,溺爱型的占 11.4％。这一调查结果否定了人们习惯上认为独生子女父母对子女过于溺爱的观点。

（数据来源：《独生子女的社会行为取向及其结构性因素分析》，欧阳晓明，《中国青年研究》，2006 年第 8 期）

四、亲子沟通

1. **亲情在少年儿童生活中占有重要地位**　全国少工委办公室、中国青少年研究中心 2005 年"当代中国少年儿童发展状况调查"显示，当被问及"你认为人的最大的幸福是什么？"时，设置了"有知心朋友"、"自由自在"、"有权有势"、"有温暖的家"、"受到尊敬"、"为社会作贡献"、"健康"、"事业成功"、"有钱"、"享受"、"快乐"共十个选项，其中 53.9％的少年儿童认为人生最大的幸福是"有温暖的家"，位居各选项之首，其次是"有知心朋友"（36.1％）、"为社会作贡献"（27.5％）；

2006 年，中国青少年研究中心"中国青少年思想道德状况调查"中，在回答"你认为人的一生什么最重要？（最多选三项）"时，在"权力地位"、"身体健康"、"成功的事业"、"亲情"、"享受生活"、"良好心态"、"高尚的品德"、"友谊"、"金钱财富"、"履行义务"、"尊严"、"自由"、"智慧"共 13 个选项中，33.7％的少年儿童选择了"亲情"，仅次于"身体健康"（59.8％）和"高尚的品德"（39.4％）。可见，我国当代少年儿童依然具有较强的家庭观念，亲情在少年儿童的生活中占有重要地位。

2. **父母是少年儿童最依恋的人**　全国少工委办公室、中国青少年研究中心"当代中国少年儿童发展状况"1999 年、2005 年两次调查显示，"当你在一个陌生的地方，如果只能有一个人同你在一起，你会选择谁？"在母亲、父亲、爷爷奶奶或姥爷姥姥、其他亲戚、老师、同学或其他同龄小伙伴、其他等 7 类人中，母亲是少年儿童最依恋的人。1999 年，40.5％的孩子选择了母亲，排在第一位；25.3％的孩子选择了父亲，排在第二位。2005 年，39.3％的孩子选择了母亲，排在第一位；22.7％的孩子选择了父亲，排在第二位。

数据同时显示，随着年龄的增长，少年儿童对父母的依恋程度呈下降趋势。1999年上述选题对父母的选择比例，小学低年级高达 78.5％；小学高年级 69.1％；初中生 50％。2005 年，小学低年级高达 68.6％；小学高年级 68.1％；初中生 50.9％。

3. **城市少年儿童与父母有更多的互动时间**　全国少工委办公室、中国青少年研究中心"当代中国少年儿童发展状况"1999 年调查显示，有 39.4％的城市少年儿童表示闲暇时间由母亲陪伴，10.7％的城市少年儿童和父亲在一起；相比之下，只有 25.2％的农村少年儿童表示闲暇时间和母亲一起度过，和父亲一起的孩子仅占 9.8％；2005 年调查显示，有 30％的城市少年儿童表示闲暇时间由母亲陪伴，8.6％的城市少年儿童和父亲在一起；相比之下，只有 18.8％的农村少年儿童表示闲暇时间和母亲一起度过,和父亲一起的孩子仅占 6.1%。由此表明,在闲暇时间里,城市少年儿童比农村同龄少年儿童拥有更多与父母在一起的机会。

两次调查还表明,我国 6—14 岁的少年儿童闲暇时有父母相伴的时间趋向减少。1999 年,在空闲时间里,28.7% 的少年儿童有母亲陪伴,10.1% 有父亲相伴;2005 年,只有 22.6% 在空闲时间里有母亲陪伴,有父亲陪伴的比例仅为 6.9%。

4. 中小学生父母在孩子取得成绩时"表扬"为主 2005 年,中国青少年研究中心"中国青少年学习和生活的现状与期望"调查中,中小学生对"当你取得好成绩时,你父母通常怎样对待你?"的回答选项比例分别为"表扬"58.6%、"满足我的任何要求"8.8%、"给我买东西"6.1%、"和我一起出去玩"5.3%、"给我零用钱"3.7%、"上网时间可以更长"0.9%、"其他"16.5%。其中,中小学生的回答比例略有差异,小学生的回答选项比例分别为"表扬"65.7%、"满足我的任何要求"9.0%、"和我一起出去玩"7.2%、"给我买东西"4.9%、"给我零用钱"1.5%、"上网时间可以更长"1.0%、"其他"10.7%;中学生的回答选项比例分别为"表扬"54.3%、"满足我的任何要求"8.6%、"给我买东西"6.8%、"给我零用钱"5.0%、"和我一起出去玩"4.3%、"上网时间可以更长"0.9%、"其他"20.0%。

数据显示,中小学生父母在取得成绩时以精神上的表扬为主,中学生父母比小学生父母更趋于物质上的奖励。

5. 孩子犯错时三成父母会耐心帮助 2005 年,中国青少年研究中心"中国青少年学习和生活的现状与期望"调查中,"当你做了错事,你父母通常怎样对待你?"一题结果显示,36.6% 的父母态度为"耐心帮助",其次是"批评"(17.6%)、"指出错误并提出改正的办法"(15.6%)、"随便说两句就算了"(9.7%)、"训斥"(9.0%)、"减少玩的时间"、"打骂"、"减少或不给零用钱"、"冷落"、"罚搞卫生"、"罚做作业"等处罚态度比例分别为 4.5%、2.7%、1.6%、1.1%、0.6%、0.2%。调查还显示,在孩子犯错时,城乡中小学生父母的态度差异明显。其中,父母持"耐心帮助"态度的城乡小学生比例分别为 46.2%、33%,城市高于农村 13 个百分点;与小学生情况相反,父母持"耐心帮助"态度的农村中学生比例高于城市中学生比例,分别为38.9%、31.2%。

6. 父母与子女亲子沟通状况喜忧参半 全国少工委办公室、中国青少年研究中心 1999 年"当代中国少年儿童发展状况调查"显示:75.2% 的少年儿童认为"父母了解我最需要什么"这一陈述"非常符合"或"比较符合"自己的实际情况;2005年,这一比例上升到 77.4%。但是,调查也显示:认为"经常和父母说心里话"这一陈述"非常符合"或"比较符合"自己的实际情况的少年儿童比例 1999 年为 73.4%,2005 年,这一比例从 5 年前下降到了 58.5%。

7. "好好学习"是妈妈对孩子说得最多的一句话 2005 年,全国妇联儿童部、

《中国妇女》杂志、中国家庭教育学会和华坤女性调查中心"你对孩子了解多少"千名母亲问卷调查结果显示,妈妈对孩子说得最多的一句话是"好好学习",占33.68%,其次是"功课做了没有",占17.21%,排在第三位的是"相信你,你一定行",占17.06%。此外,"看到你这个样子,我心都凉透了",占2.94%,"你怎么那么笨"以及"你真没用",分别占1.32%和0.88%。

8. 父亲支持缺失值得关注 全国少工委办公室、中国青少年研究中心2005年"当代中国少年儿童发展状况调查"调查显示,在被问到"心情不好时,谁最能理解、安慰你"时,仅有10.0%的少年儿童选择了父亲,排在第四位,居母亲(37.4%)、同伴(25.2%)、兄弟姐妹之后(10.1%);在被问到"空闲时间,你和谁在一起的时间最长"时,仅有6.9%的少年儿童选择了父亲,排在第五位,居同伴(38.2%)、母亲(22.6%)、兄弟姐妹(18.7%)及祖辈(7.2%)之后;在被问到"谁最尊重你,让你感到很自信"时,仅有15.5%的少年儿童选择了父亲,排在第四位,居母亲(26.5%)、同伴(21.5%)、老师(16.7%)之后;在被问到"内心的秘密,你最愿意告诉谁"时,仅有8.5%的少年儿童选择了父亲,排在第四位,居母亲(32.4%)、同伴(28.3%)、兄弟姐妹(11.5%)之后;在被问到"在陌生的地方,你最愿意跟谁在一起",选择父亲的为22.7%,选择母亲的为39.3%。由此可见,无论在情感、陪伴、尊重、亲密还是在问题解决方面,母亲都扮演着非常重要、不可替代的角色,而父亲为少年儿童提供的支持都不多,说明父亲在孩子成长中的特殊地位和重要影响尚未得到普遍重视。

9. 孩子越大,越难向妈妈说心里话 2005年,全国妇联儿童部、《中国妇女》杂志、中国家庭教育学会和华坤女性调查中心"你对孩子了解多少"千名母亲调查问卷显示,认为孩子"什么话"都会对自己说的妈妈占23.09%,这些孩子的年龄主要集中在11—12岁,认为孩子"有些话说,有些不说"的占67.5%,这些孩子的年龄主要集中在13—15岁,还有7.35%的妈妈认为自己的孩子"什么话都不对自己说",这些孩子的年龄主要集中在16—17岁。也就是说,孩子年龄越大,越难对妈妈说心里话。

10. 中小学生最看重父母对自己是否信任 2005年中国青少年研究中心"中国青少年学习和生活的现状与期望"调查显示,中小学生最喜欢父母的10种做法是:信任我(63.5%)、说话算数(49.2%)、让我平等参与家庭生活(31.7%)、与我一起讨论人生大事(23.3%)、表扬我(22.7%)、给我辅导功课(16.7%)、对我管得比较松(16.1%)、与我一起锻炼(15.0%)、和我出去游玩(14.9%)、与我一起玩(11.4%)。其中,小学生对父母的三大喜欢是信任我(53.9%)、说话算数(43.7%)、给我辅导功课(33.6%),中学生对父母的三大喜欢是信任我(69.2%)、说话算数(52.5%)、让我平等参与家庭生活(35.9%)。这说明中小学生都特别看重父母是否信任自己。数据还表明,中学生随着独立意识的增强,更加渴望能与父母平等相处,能够更多地参与家庭生活。

11. 中小学生最不满意父母说话不算数 2005 年中国青少年研究中心"中国青少年学习和生活的现状与期望"调查显示,中小学生最不满意父母的 12 种行为是:说话不算数(43.6%)、对我管得太多(32.6%)、他们不和睦(22.7%)、限制我交朋友(21.0%)、不与我交流(20.5%)、拿我出气(17.6%)、不平等地对待我(15.7%)、自己看电视却不让我看(14.8%)、在家玩牌打麻将(13.6%)、总是训斥我(13.4%)、逼我读书(13.0%)、不关心我在学校的表现(10.2%)。其中,小学生对父母的三大不满是说话不算数(43.8%)、对我管得太多(28.0%)、在家玩牌打麻将(20.7%);中学生对父母的三大不满是说话不算数(43.6%)、对我管得太多(35.2%)、限制我交朋友(25.4%)。其中,"说话不算数"、"对我管得太多"是中小学生共同不满意父母的方面,在第三位上的差异,说明中学生同伴群体的吸引力大大增强,他们更渴望能够自由的结交朋友,而对小学生来说,他们更希望父母给他们安静的学习环境,做孩子学习的榜样。

12. 网络已经成为妈妈和孩子交流的一大障碍 2005 年,全国妇联儿童部、《中国妇女》杂志、中国家庭教育学会和华坤女性调查中心"你对孩子了解多少"千名母亲调查问卷显示,25.4%的妈妈表示她们的孩子"经常上网"及"偶尔上网"的占 51.8%,而"从不上网"只占 22.8%。

从调查结果来看,会上网的妈妈有 49.1%,其中,有 20.38%已经开始尝试着"在网上和孩子交流",但还有 54.23%和 25.38%的妈妈表示"没想到要这样做"和"不会做"。网络已经成为妈妈和孩子交流的一大障碍。

13. 母亲们迫切希望得到亲子沟通方面的指导 2005 年,全国妇联儿童部、《中国妇女》杂志、中国家庭教育学会和华坤女性调查中心"你对孩子了解多少"千名母亲问卷调查结果显示,73.68%的妈妈希望"了解别的父母是如何和孩子沟通的",73.53%的妈妈希望当自己和孩子交流出现问题时,能够"有专家可咨询并得到专家的帮助",59.56%的妈妈希望"参加教父母如何和孩子有效沟通的学习班或培训班",70.1%的妈妈需要"专门教父母和孩子正确相处的书籍"。

14. 少年儿童的家庭暴力状况未见缓解 全国少工委办公室、中国青少年研究中心 1999 年"当代中国少年儿童发展状况调查"结果显示,对"父母经常打我"这种现象,4.8%的少年儿童表示"非常符合"自己实际,8%的少年儿童表示"比较符合"自己实际,认为"不太符合"自己实际的少年儿童有 26.8%,认为"很不符合"自己实际的少年儿童有 60.4%;2005 年调查数据表明,在家里,6.4%的少年儿童经常挨打,17.5%的少年儿童有时挨打,很少挨打的少年儿童有 47.3%,从未挨打的少年儿童仅有 28.8%;另外,经常或有时遭到父母训斥和吓唬的孩子有 19.8%,经常遭到父母挖苦和嘲笑的孩子也有 11.4%。数据表明,5 年来,少年儿童的家庭暴力状况未见缓解。

五、家庭参与

1. **我国未成年人具有较强的家庭责任感** 2006 年中国青少年研究中心"中国青少年思想道德状况调查"发现,对"父母为我做事是理所应当的"这一观点,85.4% 的少年儿童表示"完全不赞成"或"不太赞成";86.6% 的少年儿童表示"完全不赞成"或"不太赞成""孩子做家务,父母应该给一些钱";82.2% 对"孩子的主要任务是学习,做家务是父母的事"持反对意见;85.9% 认为"家里遇到困难,孩子也应尽力分担";仅有 38% 认为"孩子是家庭的中心"。数据说明,我国未成年人具有较强的家庭责任感。

2. **少年儿童日常生活行为表现出较强的传统家庭道德观念** 2006 年中国青少年研究中心"中国青少年思想道德状况调查"结果显示,我国多数少年儿童在日常生活中表现出较强的传统家庭道德观念。高达 93.3% 的少年儿童"外出或回家时,主动和父母打招呼";"父母生病时照顾安慰他们,如倒水、拿药、问候等"的少年儿童占 92.8%;81.9% 的少年儿童"吃饭时让父母或老人先吃";78.8% 帮助父母"做家务"。

调查还显示,现代少年儿童和父母语言沟通状况良好。"耐心倾听父母的意见、建议或教导"、"主动与父母聊天"的少年儿童比例分别为 86.1%、72.8%,而"和父母发脾气"的比例仅为 19.2%。

数据说明,在经济快速发展、各种价值观和道德观念激荡的今天,少年儿童依然认可传统的家庭道德观念,并于日常行动中反映出来。

3. **多数中小学生能参与家务劳动** 2006 年,中国青少年研究中心"中国青少年思想道德状况调查"结果显示,多数中小学生能参与家务劳动,但参与情况因性别、年级、地域及家中子女人数等因素存在明显区别(见表 2.2)。

表 2.2 中小学生家务劳动参与现状(%)

	性别分组		年级分组		城乡分组			是否独生子女分组		合 计
	男	女	小学	初中	高中	城市	农村	独生子女	非独生子女	
几乎不	7.0	4.7	5.3	5.0	6.9	6.7	4.5	6.8	4.1	5.7
偶尔	17.8	14.0	14.3	15.2	18.1	18.8	12.9	17.7	12.9	15.7
有时	33.9	31.8	32.3	32.8	33.4	35.7	30.5	35.6	29.6	32.9
经常	41.3	49.5	48.1	45.9	41.6	38.8	52.1	39.9	53.4	45.8

4. 部分少年儿童缺乏劳动意识 全国少工委办公室、中国青少年研究中心1999年、2005年"当代中国少年儿童发展状况"两次调查表明,有相当一部分少年儿童参加了力所能及的家务劳动。2005年,有38.3%的少年儿童经常洗袜子;31.6%经常洗碗、洗菜;23.3%表示经常洗衣服;19.6%经常做饭;1999年,少年儿童在这四个方面的参与率分别为48.5%、42.9%、28.6%、23.1%,比2005年分别高出10.2、11.3、5.3和3.5个百分点。但"经常帮家里买东西"的比例由1999年的24.6%上升到2005年的34.2%,增长了9.6个百分点。2005年调查中新增"整理房间"和"收拾书包"两项调查结果表明,有55%的少年儿童经常整理房间,86.3%经常收拾书包。可见一部分少年儿童缺乏对劳动的主动参与意识。

5. 城市独生子女家务劳动参与不够 1996年,中国青少年研究中心"中国城市独生子女人格发展现状与教育"[8]大型调查中,调查组对10—14岁少年儿童从事家务劳动的状况调查发现,相当多的独生子女不干家务或很少干家务。在调查所列5项劳动种类中,只有15.5%的孩子经常购物;11.6%的孩子经常打扫卫生、整理房间等;8.0%的孩子经常洗碗、洗菜等;6.6%的孩子经常洗衣服;3.9%的孩子经常做饭;另外,有69.7%的孩子,明确表示从没做过或很少做饭;63.2%的孩子表示从没洗过或很少洗衣服;48.1%的孩子表示从没做过或很少做洗碗、洗菜等简单家务劳动;38.6%的孩子从没买过或很少买东西;31%的孩子从没做过或很少打扫卫生、整理房间。

六、独生子女家庭亲子关系状况

1. 城市中小学生独生子女父母给孩子的爱远多于理解 1996年,中国青少年研究中心"中国城市独生子女人格发展现状与教育"调查显示,我国城市中小学生独生子女认为"我妈妈很爱我""我爸爸很爱我"的比例分别为89.3%、81.9%;认为"我妈妈总是鼓励我""我爸爸总是鼓励我"的比例分别为56.9%、54.1%;认为"我妈妈很相信我""我爸爸很相信我"的比例分别为54.2%、54.8%;认为"我妈妈很理解我""我爸爸很理解我"的比例分别为48.2%、36.6%;而认为"我妈妈为我感到自豪""我爸爸为我感到自豪"的比例则分别仅有28.9%和31.6%。可见,城市独生子女感受父母给予自己的爱、鼓励、信任、理解以及因自己而产生的自豪感比例明显下降。

2. 半数以上父母最喜欢夸奖别人的孩子 1996年,中国青少年研究中心"中国城市独生子女人格发展现状与教育"调查显示,在我国城市中小学生独生子女眼中,父母对孩子的消极否定言行"喜欢夸奖别人的孩子"居首,比例高达54.8%,其次为"只关心学习成绩"(40.4%)、"安排孩子不愿意学的学习内容"(37.8%)、"总不让我做想做的事"(27.3%)、"限制我交朋友"(20.8%),认为"家长总是斥责我"、

"家长经常侵犯我的秘密"、"家长经常不尊重我"的比例分别为 17.74%、15%、14.7%,另有部分被调查独生子女经常遭受家庭暴力,"家长经常打我"、"家长经常威胁我"的比例分别为 9.6% 和 6.5%。

3. 限制型家庭中有八成多父母要求孩子选择学习好的同学做朋友 1996 年,中国青少年研究中心"中国城市独生子女人格发展现状与教育"调查显示,城市独生子女父母对子女交友的态度分为鼓励型、干涉型和限制型三种。其中,鼓励型的父母 72.6%"希望孩子和他(她)喜欢的人交朋友",79.8%"愿意孩子邀请朋友们到家里来";干涉型的父母 45.3%"为了学习,要求孩子减少与朋友的交往",49.3%"怕孩子学坏,所以严格限制孩子交朋友",64.9%"不愿意孩子有较亲密的异性朋友";限制型的父母 75.8%"对孩子选择朋友有严格要求",81.6%"要求孩子选择学习好的同学做朋友",64.9%"不愿意孩子有较亲密的异性朋友"。

4. 一成多城市独生子女父亲几乎不与孩子交谈 1996 年,中国青少年研究中心"中国城市独生子女人格发展现状与教育"调查显示,我国城市独生子女母亲与孩子的言语交流多于父亲。在回答"妈妈经常与你交谈吗?"时,"天天谈"的比例为 20.1%,"经常谈"为 36.9%,"有时谈"为 38.2%,"几乎不谈"的比例为 4.8%;在回答"爸爸经常与你交谈吗?"时,上述选项比例分别为 15.1%、29.5%、43.6%、11.8%。数据同时表明,虽然母亲与孩子的言语交流情况多于父亲,但交流的频次仍然需要加强。

5. 八成多城市独生子女与父母交谈的意愿强烈 1996 年,中国青少年研究中心"中国城市独生子女人格发展现状与教育"调查显示,我国城市独生子女与父母交谈的意愿强烈。"你愿意和妈妈交谈吗?"的选项比例为:非常愿意 48.5%、比较愿意 37.2%、不太愿意 11.2%、不愿意 3.1%;"你愿意和爸爸交谈吗?"的选项比例分别为:非常愿意 43.8%、比较愿意 36.5%、不太愿意 13.1%、不愿意 6.5%。

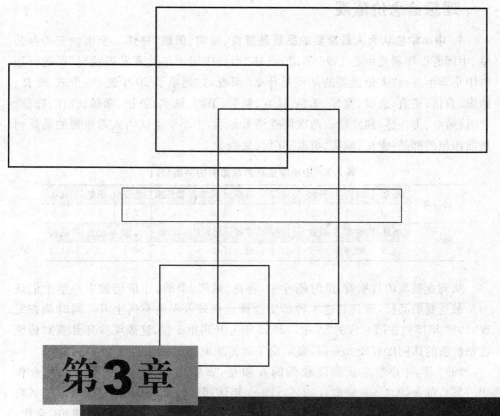

第3章

未成年人思想道德教育

一、理想信念价值观

1. 中小学生认为人最重要的品质是善良、诚实、勇敢、守信　全国少工委办公室、中国青少年研究中心 1999 年、2005 年"当代中国少年儿童发展状况"课题分别对中小学生进行"人最重要的品质是什么"调查，并列举了 20 个选项：勇敢、善良、谦虚、自信、正直、进取、宽容、无私、认真、勤劳、节约、诚实、公正、孝敬、合作、守信、守时、敬业、责任感、独立性。两次调查结果显示，中小学生认为人最重要的品质列居前四位的都是：善良、诚实、勇敢、守信（见表 3.1）。

表 3.1　中小学生认为最重要的品质（%）

1999 年	善良	诚实	勇敢	守信	谦虚	自信	责任感	勤劳	孝敬	认真
	21.0	20.1	9.8	8.1	5.5	4.5	4.0	3.9	3.9	3.0
2005 年	善良	诚实	勇敢	守信	孝敬	勤劳	谦虚	自信	正直	认真
	75.8	52.8	49.0	31.9	31.1	30.8	30.1	29.2	22.6	19.3

从调查获取的数据看，虽时隔 6 年，善良、诚实、勇敢、守信仍被中小学生们认为是最重要的品行，而且对这 4 种品质选择比例较 6 年前有所上升。同时调查发现，1999 年排列在第 9 位的"孝敬"，2005 年上升到第 5 位，这表明少年儿童对传统道德价值的认同度有较大提高，显示出了对传统道德的某种回归。

1999 年，中小学生认同度较低的 5 项是：宽容（1.8%）、节约（0.8%）、合作（0.7%）、敬业（0.4%）、守时（0.2%）；2005 年认同度较低的 5 项是：进取（6.2%）、合作（5.6%）、独立性（5.4%）、敬业（2.7%）、守时（1.9%）。应该说，"进取、合作、独立性、敬业、守时、节约、宽容"也是中小学生适应当今社会发展所需的重要品质，这从一个侧面反映出，中小学生的道德价值略显时代精神不足。

2. 中小学生认为拥有"亲情"、"友谊"和"健康"是人生最大的幸福　全国少工委办公室、中国青少年研究中心 1999 年"当代中国少年儿童发展状况"课题组调查发现，中小学生认为"最幸福"的前 5 项依次是：有温暖的家（47.9%）、为社会作贡献（35.0%）、有知心朋友（28.5%）、健康（15.6%）、事业成功（14.0%）；其余依次为：自由自在（10.3%）、受到尊重（6.9%）、有钱（4.2%）、有权有势（2.2%）。

2005 年，课题组在 1999 年调查的基础上多列出了两个选项：享受、快乐。调查显示，位于前五位的是"有温暖的家"（53.9%）、"有知心朋友"（36.1%）、"为社会作贡献"（27.5%）、"健康"（20.1%）、"快乐"（14.9%）。其余依次为：事业成功（12.6%）、自由自在（9.4%）、受到尊重（7.1%）、有钱（3.5%）、有权有势（1.5%）、享受(0.7%)。

2006年,中国青少年研究中心"中国青少年思想道德状况"课题组对中小学生进行"你认为人的一生中最重要的是什么"的调查。结果显示,位居前5位的依次为:身体健康(59.9%)、高尚的品德(39.5%)、亲情(37.7%)、友谊(31.7%)、良好心态(23.6%)。其余依次为:尊严(21.8%)、成功事业(20.8%)、智慧(12.0%)、自由(10.4%)、享受生活(6.5%)、金钱财富(3.2%)、履行义务(2.8%)、权力地位(2.4%)。

调查表明,中小学生既把个人健康、家庭的和谐、友情等作为人生幸福的重要目标,同时也把具有高尚品德、服务社会作为人生幸福的重要内容。在三次调查中,金钱、权势等均排在后面,这表明生活在市场经济环境下的中小学生并不十分看重金钱和享受。可喜的是,体现现代价值的尊重、尊严逐渐上移,但"为社会作贡献"由1999年的第二位移到2005年的第三位,2006年选项中的"履行义务"也不被绝大多数中小学生所接受,这说明当代少年儿童社会本位继续下移。

3. 追求事业成功是高中生首选的人生理想 2005年,"江苏省大中小学生健康状况"[9] 课题组对江苏省高中生的人生理想进行调查。结果显示,居于首位的是"事业成功"(59%),排在前三位的还有"建立美满和谐家庭"(43.9%)和"有知心朋友"(40.9%);其次是"实现自我"(39.6%)、"受人尊重"(24.0%)、"为社会作贡献"(21.2%);也有一定数量的学生选择"有钱"(18.4%);选择"为共产主义奋斗终生"(6.4%)和"有权有势"(5.7%)的人数最少。调查数据表明,高中生倾向于在个人事业的成就中实现人生理想,同时美满的家庭和知心朋友也是他们所追求的。

4. 家庭学校对中小学生思想品德和理想信念影响最大 中国青少年研究中心2005年"中国青少年学习和生活的现状与期望"课题组和2006年"中国青少年思想道德状况"课题组分别对中小学生进行"在思想品德和理想信念方面,你受哪类影响最大"的调查。

在"思想品德方面",2005年调查显示"对自己影响最大的"是"家庭"(37.7%)和"学校"(30.9%),其余依次为:书籍(9.4%)、电视(8.4%)、其他(7.0%)、互联网(4.9%)、报刊(1.6%);2006年调查显示依然是"学校"(44.5%)和"家庭"(23.9%),其余依次为:书籍(12.1%)、朋友(7.7%)、电视(4.6%)、报刊(3.5%)、网络(2.6%)、广播(1.1%)。

在"理想信念方面",2005年调查显示"对自己影响最大的"是"家庭"(30.5%)和"学校"(26.4%),其余依次是书籍(15.3%)、电视(10.6%)、其他(9.1%)、互联网(5.3%)、报刊(2.8%);2006年调查显示仍是:"家庭"(26.6%)和"学校"(24.6%),其余依次为:书籍(19.1%)、朋友(8.1%)、电视(10.8%)、报刊(5.1%)、网络(3.4%)、广播(2.3%)。

可见在思想品德和理想信念方面,"家庭"和"学校"对中小学生影响最大,书籍、电视和朋友也是重要的影响因素。令人欣喜的是,在现代技术日益发展的今天,书籍对中小学生的影响并没有随之减弱。

5. 八成青少年向往加入共青团和共产党 2006 年,中国青少年研究中心"中国青少年思想道德状况"课题组调查显示,"申请加入共青团"的高中、职高、技校学生占 83.3%、"不想加入共青团"的占 6.3%、"拿不定主意"的占 10.4%;想"申请加入共产党"的占 82%、"拿不定主意"的占 9.1%、"不想加入任何党派"的占 5.1%、想"申请加入民主党派"的占 3.9%。这表明大部分高中、职高、中专、技校学生向往加入共青团和共产党。

6. 大多数中小学生具有平等意识 2006 年,中国青少年研究中心"进城务工农民子女的社会融入及其与城市少年儿童和谐相处研究"[10]课题组对在北京市的进城务工人员子女及城市同学的平等意识进行调查(见表 3.2)。

表 3.2 中小学生平等意识调查(%)

选 题	完全不同意		不太同意		不能确定		比较同意		完全同意	
	农村	城市	农村	城市	农村	城市	农村	城市	农村	城市
不管出生在城市还是农村都应该是平等的	2.9	3.2	4.6	2.8	9.6	9.2	11.0	12.0	71.8	72.7
农村孩子生活在城市就应该有和城市孩子一样的受教育权利	4.3	3.8	4.4	3.4	15	11.5	14.5	14.1	61.9	67.3
不管贫富,一个人都不应该居高临下地对待别人	4.9	3.1	3.9	3.8	12.2	8.9	11.4	12.0	67.6	72.2

调查说明,大部分进城务工人员子女具有较强的平等意识,城市儿童和进城务工人员子女相比较,具有更强的平等意识。

在本次调查中,课题组还设计了"在夏令营中,为了培养大家适应社会的能力,老师把同学分成上士、中士、下士。下士服从中士,给中士打饭,端洗脸水;中士服从上士,给上士打饭,端洗脸水。你怎样看待这件事?"这一题目,结果显示,大部分中小城市学生认为"这样做不公平,不论级别高低大家都是平等的"占 57.1%,其余依次为:"这种训练有利于学生今后在社会上生活"(22.4%)、"这样很公平,下级就应该为上级服务"(10.6%)、"这只是个游戏,不必太认真"(9.9%)。调查说明,大部分中小学生认为人不应分三六九等,但同时也有相当一部分中小学生认为等级有其合理性。

2006 年,中国青少年研究中心"中国青少年思想道德状况"课题组对中小学生平等意识进行调查,设计了"如果班里转来一个看起来家庭条件很困难的同学,你的态度怎样"一题。结果显示,有近六成的同学认为"没什么特别的,跟对别的同学一样"(58.3％)、也有相当一部分同学觉得"挺可怜的,主动跟他交往"(41.0％)、持"穷孩子,不理他"观点的仅占 0.7％。

调查还发现,面对"如果班里有位同学家里经济条件特别好",持"无所谓"态度的占 87.8％、认为"社会太不公平了"占 6.4％、觉得"我真不走运"占 4.2％、抱怨"父母真没本事"占 1.6％。

调查说明,大部分中小学生能够以平等的心态与家庭困难的及家庭经济条件好的同学交往,也有相当一部分学生是因为怜悯而与生活困难的学生交往。调查同时也反映出一些中小学生在潜意识中还不能平等待人,或认为人本身就是有等级的,这说明平等意识的教育还有待于加强。

7. 八成中小学生为自己是中国人感到自豪 全国少工委办公室、中国青少年研究中心 2005 年"当代中国少年儿童发展状况"课题组对中小学生的行为习惯进行调查显示,72％的中小学生认为自己具有"升国旗奏国歌时肃立行礼"的好习惯,占各种好习惯的第一位;2006 年中国青少年研究中心"中国青少年思想道德状况"课题组设计了"路过某处正在升国旗、奏国歌,你会怎么做"一题,调查结果显示,选择"停下站立行注视礼"的占 80.0％、"继续往前走"的占 8.4％、"绕行"占 11.6％。由此可见,绝大多数中小学生在升国旗、奏国歌时认为应该"停下、站立行注视礼"。

"中国青少年思想道德状况"课题组还设计了"作为一名中国人,你的感受是什么"这样一个题目。调查结果显示,78.9％的中小学生感到非常自豪、14.5％的中小学生感到有点自豪、3.6％的中小学生感到无所谓、2.2％的中小学生感到不太自豪、0.8％的中小学生感到一点也不自豪。由此可见,八成中小学生为自己是一名中国人感到非常自豪,但也有些中小学生对此回答比较含糊,说明爱国主义教育还需继续加强。

8. 中小学生主要通过电视了解国内外发生的重大新闻事件 全国少工委办公室、中国青少年研究中心 2005 年"当代中国少年儿童发展状况"课题组调查中小学生"了解国内外发生的重大新闻事件的途径",结果显示:排在首位的是"电视"(74.7％),其次是"报纸"(8.2％)、"杂志"(8％)、"广播"(5.3％)、"其他"(4.0％)、"父母"(3.2％)、"网友"(3.0％)、"网络"(2.6％)、"老师"(2.6％)、"同学或同龄伙伴"(1.9％)。

由此可见,中小学生主要通过电视了解国内外发生的重大新闻事件。

9. 九成多中小学生认为有必要提倡学习雷锋 2006 年,中国青少年研究中心"中国青少年思想道德状况"课题组对中小学生"你认为现在还有没有必要提倡学雷锋"进行调查。结果显示:认为有必要的占 92.5％、认为无所谓的占 5.5％、认为没必要的占 1.5％、不知道雷锋是谁的占 0.5％。由此可见,九成多中小学生认为有必要提倡学习雷锋,但表示"无所谓"的意见也不容忽视。

二、法律与公民意识

1. **大部分中小学生法律意识比较强**　2006 年,中国青少年研究中心"中国青少年思想道德状况"课题组对中小学生的法律行为进行调查。结果表明:"经常"、"有时"用法律知识维护自己的正当权利的中小学生比例分别为 40.7%、29.3%,"偶尔"为 17.4%、"几乎不"为 12.6%。由此可见,有近九成的中小学生能够运用利用法律知识维护自己的正当权利。但同时也有一成多的中小学生几乎没有用法律知识维护自己的权利。

本次研究还调查了中小学生的法律意识状况。结果显示,大部分中小学生法律意识比较强(见表 3.3)。

表 3.3　中小学生法律意识调查(%)

调查选项	完全不赞成	不太赞成	比较赞成	完全赞成	说不清
不做坏事就行,学不学法律没关系	64.9	26.3	4.0	2.8	2.0
学好法律才能更好地保护自己	5.4	4.7	18.6	69.7	1.7
遵守法律是一个公民的责任	6.0	2.9	10.7	78.9	1.5

2. **中小学生对"轮流当少先队干部"和"当少先队干部"认同度下降**　全国少工委办公室、中国青少年研究中心 1999 年和 2005 年"当代中国少年儿童发展状况"课题组设计了"你赞成同学们轮流做少先队干部吗?"这样的题目。1999 年结果显示,"非常赞成"和"比较赞成"的占 72.1%,"不太赞成"占 17.4%、"很不赞成"占 10.5%;2005 年调查显示"非常赞成"和"比较赞成"占 55.0%,"不太赞成"占 24.2%、"很不赞成"占 15.2%、"说不清"占 5.5%。由此可见,中小学生对"同学们轮流做少先队干部"的认同程度下降。这一方面反映"轮流担任少先队干部"可能存在只是一种形式上民主的现象,另一方面也反映出中小学生价值选择的多元。

1999 年、2005 年"当代中国少年儿童发展状况"课题还对中小学生"是否愿意当少先队干部"进行了调查。1999 年结果显示,有 94.4%的中小学生"非常愿意"和"比较愿意"当干部,"不太愿意"占 6.1%、"很不愿意"占 2.0%。

2005 年结果显示,有 80.0%的中小学生"非常愿意"和"比较愿意"当干部,"不太愿意"占 11.7%、"很不愿意"占 2.7%、"说不清"占 5.7%。

可见,大多数中小学生愿意当干部,但认同度呈下降趋势,这也从另一个方面印证了中小学生的价值选择走向多元。

3. **中小学生希望集体利益和个人利益和谐、统一**　全国少工委办公室、中国青少年研究中心 1999 年"当代中国少年儿童发展状况"课题组对中小学生个人与集体的关系进行调查,设计了"只要对国家、人民有益的事,我就会像对待自己的事情那样去做"一题。结果显示,认为"非常符合"和"比较符合"自己想法的占88.0%、认为"不太符合"占8.2%、认为"很不符合"占3.8%。

该次调查还设计了"我会为班级和学校的荣誉放弃个人愿望"的选题,结果显示,认为"非常符合"和"比较符合"自己情况的占60.9%、认为"不太符合"占24.6%、认为"很不符合"占14.4%。

2006年,中国青少年研究中心"中国青少年思想道德状况"课题组设计了"个人利益比集体利益更重要"的选题。调查结果显示,对此持"完全不赞成"意见的占63.4%、持"不太赞成"意见的占21.0%、"完全赞成"占8.8%、"比较赞成"占5.0%。

由此可见,大多数的中小学生能够正确处理个人利益与集体利益的关系。八成多的中小学生认为自己能够像对待自己的事情一样对待国家的事情,六成多的中小学生不同意个人利益比集体利益更重要,但也有近四成的中小学生不会为班级和学校的荣誉放弃个人愿望。这说明他们更希望国家利益、集体利益和个人利益和谐、统一。

三、文明素养

1. **中小学生认为"遵守交通规则"、"讲究卫生,着装得体"、"微笑待人,使用礼貌语言"最能体现文明素养** 2005年,全国少工委办公室、中国青少年研究中心"当代中国少年儿童发展状况"课题组对中小学进行调查"你认为什么最能体现文明素养",并提供了8个选项。结果显示,排在前3位的是:"遵守交通规则"(69.2%)、"讲究卫生,着装得体"(66.2%)、"微笑待人,使用礼貌语言"(63.8%),其余依次为"耐心听他人说话"(55.7%)、"上下楼梯靠右行"(49.8%)、"乘车、购物不拥挤"(48.1%)、"观看比赛时文明喝彩"(34.4%)、"在公共场合中轻声交谈"(31.6%)。由此可见,中小学生认为"遵守交通规则"、"讲究卫生,着装得体"、"微笑待人,使用礼貌语言"最能体现文明素养。

2. **大部分中小学生具有较好的文明礼仪行为** 2006年,中国青少年研究中心"中国青少年思想道德状况"课题组从三个方面对中小学生的文明行为进行调查,结果显示:观看演出从不喝倒彩的占65.9%,偶尔喝倒彩的占18.9%、"有时"占8.4%、"经常"占6.8%;在公共场所经常放低声音交谈的占57.3%、有时放低声音交谈的占22.1%、"偶尔"占11.6%、几乎从不放低声音交谈的占9.0%;从不乱扔垃圾的占60.9%,偶尔乱扔垃圾的占29.8%、有时乱扔垃圾的占7.5%、经常乱扔垃圾的占1.8%;一定等绿灯亮再过马路占81.8%、没有车就过占9.7%、大家过我就过占7.3%、没有警察就过占1.1%。

调查还发现,遇到邻居时"热情打招呼"占67.1%、"对他微笑"占30.0%、"就当他是陌生人"和"假装没看见"仅占2.9%。由此可见,大部分中小学生具有较好的文明礼仪行为。

3. 七成中小学生具有较强的规则意识 2006 年,中国青少年研究中心"中国青少年思想道德状况"课题研究对中小学生的规则意识进行调查。设计了"假如你和朋友买完东西交费时遇到熟人,因此朋友插队站在了前面"的选题,居于首位的选项是"劝说他不要这样做"(70.7%)。但感到"无所谓"的也占到 20.1%,"觉得他丢脸"占 6.2%,"很高兴他这样做"仅占 3.0%。这说明,七成中小学生规则意识比较强。

在本次调查中,还设计了"太遵守规则的人有些不灵活"的选题,调查结果显示,"完全不赞成"和"不太赞成"占 67.6%,其余依次为:"比较赞成"(21.4%)、"完全赞成"(6.9%)、"说不清"(4.0%)。调查结果说明,大部分中小学生从道理上懂得应该遵守规则,但也有相当一部分学生主张采用灵活的方式对待规则。

4. 四成多的中小学生在虚拟空间也不说假话 全国少工委办公室、中国青少年研究中心 2005 年"当代中国少年儿童发展状况"课题组对中小学生在网络空间的诚实行为进行调查。结果显示,即使是在上网时也"从来不说"或"很少说"假话的分别占 44.4%、32.5%,"有时"和"经常"说假话的分别是 17.6%、5.4%。调查结果说明,即便是在虚拟的空间,四成多的中小学生也从不说假话。

2006 年,中国青少年研究中心"中国青少年思想道德状况"课题对中小学生在现实生活中的诚实守信态度进行了调查(见表 3.4)。

表 3.4　中小学生的诚实守信态度调查(%)

选　项	完全不赞成	不太赞成	比较赞成	完全赞成	说不清
答应别人的事要努力做到	6.7	3.5	11.4	77.3	1.2
为了达到目的什么手段都行	73.9	18.1	2.9	3.9	1.3
个人太诚实了就是死脑筋	51.5	31.1	10.4	3.9	3.1
偶尔沾点小便宜,没什么	53.9	31.7	8.9	3.1	2.4

结果显示,"答应别人的事要努力做到","完全赞成"和"比较赞成"占 88.7%;"为了达到目的,什么手段都可以使用","完全不赞成"和"不太赞成"的占 92.0%;"一个人太诚实了就是死脑筋","完全不赞成"和"不太赞成"的占 82.6%;"偶尔沾点小便宜,没什么","完全不赞成"和"不太赞成"的占 85.6%。由此可见,八成以上的中小学生能够认可诚实守信态度及行为。

四、环境保护意识

1. 大部分中小学生环境意识较强 全国少工委办公室、中国青少年研究中心 1999 年和 2005 年"当代中国少年儿童发展状况"课题组对中小学生的环境意识进行调查,设计了这样一道选题,"一个村子计划建一座化工厂,许多村民可以到厂里做工挣钱,但是化工厂可能对河水造成污染。你认为应该怎样办?"(见表3.5)。

表3.5 中小学生的环境意识调查一(%)

选　项	1999年		2005年	
	城市	农村	城市	农村
不建化工厂,以免污染河水	66.8	52.1	65.6	63.9
先把厂子建起来,富起来再治理污染	31.2	37.5	29.6	29.6
只要能挣钱,就该建厂	1.1	6.2	2.8	4.1
建厂有点污染没有关系	0.9	4.3	2.0	2.5

此外,两次调查还设计了另外一道选题:"有人说,每印制4000张贺年卡就相当于砍掉一棵大树,在新年来临要对朋友表达祝福时,你怎样做?"(见表3.6)。

表3.6 中小学生的环境意识调查二(%)

选　项	1999年		2005年	
	城市	农村	城市	农村
还像过去一样买贺年卡送人	7.0	15.9	10.3	10.8
自己尽量少买贺年卡	38.7	45.3	40.0	37.6
自己不再买贺年卡	14.1	12.5	13.9	16.3
自己不再买,还动员周围的人不买	40.2	26.3	35.8	35.3

调查显示,多数中小学生环境意识比较强,但在实际利益与环境保护发生冲突时,仍有少部分中小学生进行了更为实际的选择,如"先把厂子建起来,富起来再治理污染"。

2. 八成多中小学生希望走进大自然　2005年,中国青少年研究中心"中国青少年学习和生活的现状与期望"课题组对中小学调查显示,认为"组织以了解大自然为主的夏令营或冬令营""非常重要"和"比较重要"的占46.7%和38.7%,认为"不太重要"和"不重要"的分别占12.7%、1.9%。由此可见,绝大多数中小学生希望走进大自然,尤其是小学生,随着年级的增高这种愿望也更加强烈(见表3.7)。

表3.7 中小学生的环境意识调查三(%)

选　项	小学四年级	小学五年级	小学六年级
非常重要	44.8	51.0	58.2
比较重要	36.9	35.8	32.4
不太重要	14.1	10.3	8.4
不重要	4.1	2.9	0.9

3．八成左右中小城市学生认为"动物与人一样有生命的权利" 2006年,中国青少年研究中心"进城务工农民子女的社会融入及其与城市少年儿童和谐相处研究"课题组对北京进城务工人员子女及其同窗就读的城市同学的环境意识进行调查。结果显示,认为"动物与人一样有生命的权利"占68.7%,"比较同意"占13.2%、"不能确定"占10.3%、"不太同意"占4.0%、"完全不同意"占3.8%。其中,对此"同意"和"比较同意"的进城务工人员子女占79.5%、城市同学占87.5%。可见,八成左右中小学生认为"动物与人一样有生命的权利",对比发现,城市同学对动物生命权利的认识明显高于进城务工人员的子女。

在该次调查中,还设计了这样一道题,"如果你养了一只小猫,它经常抓家里东西,因此父母要把它扔了,你最可能的反应是什么?"调查结果显示:"既然养了,就要对它负责任,不能遗弃它"(57.3%)、"经常帮它剪指甲,训练它不抓家具"(25.1%);"动物是我的好伙伴,狗不会抓家具,不养猫,可以养只狗"(11.0%)、"家里东西都是花钱买的,别为了一只小动物,让父母不高兴"(6.5%)。调查说明,八成多中小学生能够对动物采取负责任的态度。

4．中小学生环保行为习惯有待加强 2006年,中国青少年研究中心"中国青少年思想道德状况"课题组调查显示,八成以上中小学生环境意识比较强(见表3.8)。

表3.8 中小学的环境意识调查四(%)

选 项	完全不赞成	不太赞成	比较赞成	完全赞成	说不清
一个人做得好对环保起不了太大作用	62.8	25.0	6.7	3.7	1.8
水和电是我们家花钱买来的,在家里我不需要太节约	78.5	16.4	2.5	1.5	1.1
资源减少或用完是几十年、几百年后的事,和我无关	84.0	11.1	1.8	1.5	1.6

在本次调查中,还对中小学生的环境保护行为进行调查。结果显示,经常两面用纸的占40.9%、有时两面用纸的占21.7%、偶尔两面用纸的占17.6%、几乎不的占19.8%;经常使用一次性用品的占14.5%、有时使用一次性用品的占23.0%、偶尔使用一次性用品的占36.6%、几乎不用的占25.8%;经常是"不管是否能吃完,先多要些食物再说"的占3.3%、有时有这种现象的占8.7%、偶尔有这种现象的占21.4%、几乎从来没有的占66.6%。

数据说明,有四至六成的中小学生具有环境保护的习惯,但同时也有为数不少的学生在行为表现上不符合环保的要求,说明培养环保的行为仍是教育面临的一项重要任务。

五、文化关注

1. **"老师素质"和"学校风气"最影响中小学生对学校的态度** 2005年,中国青少年研究中心"中国青少年学习和生活的现状与期望"课题研究调查显示,中小学生认为"影响自己对学校态度的重要因素",排在前两位的是"老师素质"(55.8%)和"学校风气"(55.4%),其余依次为:教学水平(44.3%)、教学方法(40.6%)、校园环境(28.3%)、学校升学率(17.9%)、学校的物质条件(16.9%)、学校地点(7.1%)。由此可见,中小学生最关注老师的素质和学校的风气。

2. **大部分中小学生关注自己生活的社会环境** 2006年,中国青少年研究中心"进城务工农民子女的社会融入及其与城市少年儿童和谐相处研究"课题组调查显示,半数以上进城务工人员子女及其城市同学关注自己生活的社会环境(见表3.9)。

表3.9 北京中小学生社会关注调查(%)

选题	完全不符合		不太符合		不能确定		比较符合		完全符合	
	农村	城市	农村	城市	农村	城市	农村	城市	农村	城市
我很关心我居住小区的环境变化	12.7	6.8	9.2	5.8	22.2	16.8	19.7	25.5	36.2	45.1
小区的活动我经常参加	35.3	17.8	16.1	16.2	21.5	20.1	10.6	15.8	16.6	30.0
我关心北京的发展变化	7.7	5.8	10.2	7.8	20.0	15.7	26.5	25.4	35.7	45.3
我关心老家的发展变化	3.9	11.4	4.0	8.5	12.8	16.4	26.1	22.1	53.3	41.6
我对国内外发生的重大新闻事件非常关注	10.5	6.1	14.6	12.1	24.4	21.1	22.5	27.5	28.1	33.2

以上调查发现,对"我很关心我居住小区的环境变化"、"小区的活动我经常参加"、"我关心北京的发展变化"选择"完全符合"的城市学生明显高于进城务工人员子女,而对"我关心老家的发展变化"选择"完全符合"的农村学生又明显高于城市学生。调查同时发现,在参加小区活动方面,进城务工人员子女远远低于城市学生,也反映了社区活动在关注城市务工人员子女方面还存在差距。

3. **中小学生最喜欢"春节"和"国庆节"** 2006年,中国青少年研究中心"中国青少年思想道德状况"课题研究调查设计"你最喜欢的节日",并提供了17个选项。调查研究显示:排在前二位的是"春节"(60.4%)、"国庆节"(51.3%),进入前五位的依次还有"母亲节"(26.4%)、"'五一'劳动节"(24.6%)、"'六一'儿童节"(23.3%);其余依次为:中秋节(22.6%)、圣诞节(17.1%)、父亲节(12.9%)、愚人节(8.9%)、元宵节(8.4%)、建党节(6.5%)、建军节(5.9%)、"五四"青年节(5.1%)、情人节(3.9%)、端午节(3.4%)、重阳节(2.7%)、其他(1.5%)。由此可见,中小学生最喜欢"春节"和"国庆节",而儿童节并不是中小学生最喜欢的节日。

4. 六成多中小学生不赞成"网络算命" 2006 年,中国青少年研究中心"中国青少年思想道德状况"课题调查发现,完全不赞成"网络算命还是有一定科学道理的"占 61.0%、不太赞成的占 6.8%、说不清的占 4.4%、完全赞成的占 4.2%。

本次调查还显示:几乎不看"有关星座、属相、算命"等方面内容的占 50.9%、偶尔看的占 30.2%、有时看的占 12.7%、经常看的占 6.2%。

由此可见,大部分中小学生并不赞成网络算命,也没有积极了解这方面的内容。

5. 中小学生最崇拜的人首选"父母" 2006 年,中国青少年研究中心"中国青少年思想道德状况"课题组调查显示,中小学生最崇拜的人是"父母"(13.7%),排在前五位的还有"作家"(9.6%)、"民族英雄"(9.3%)、"科学家"(8.9%)、"歌星"(8.7%);其余依次为:"老师"(8.3%)、"发明家"(8.2%)、"十佳队员或杰出青年"(6.2%)、"企业家"(5.2%)、"体育明星"(5.0%)、"影视明星"(3.8%)、"军事家"(3.9%)、"政治家"(3.2%)、"普通劳动者"(2.6%)、"记者"(1.9%)、"劳动模范"(1.4%)。由此可见,中小学生最崇拜的人首选"父母"。

6. 小学生最爱看动画片,中学生最爱看电视剧或电影 全国少工委办公室、中国青少年研究中心 2005 年"当代中国少年儿童发展状况"课题对中小学生"最经常看哪种类型的电视节目"进行调查,结果显示:"动画片"排在首位(58.9%),排在前五位的还有"少儿频道"(37.2%)、"电视剧或电影"(34.6%)、"智力竞赛"(34.4%)、"新闻"(26.6%);其余依次为:"体育节目"(16.9%)、"综艺节目"(15.2%)、"科技节目"(11.7%)、"其他"(8.0%)、"教学节目"(7.3%)、"法治节目"(6.7%)、"军事节目"(6.4%)、"从不看电视"(5.0%)、"生活类节目"(4.0%)、"旅游节目"(3.7%)、"对话节目"(1.9%)。

调查还对中小学生选择电视节目状况进行了年级比较(见表 3.10)。

表 3.10　中小学生选择电视节目年级比较(%)

选　项	小学一到三年级	小学四到六年级	初中一到三年级
动画片	81.5	62.7	36.0
少儿频道	57.0	43.6	14.1
电视剧或电影	17.4	32.8	51.2
智力竞赛	21.6	37.9	42.4
新闻	19.4	26.4	33.0

由此可见,随着年级的不同,中小学生经常看的电视节目有所区别。在小学阶段动画片居于首位,初中阶段电视剧或电影居于首位。

7. 高中生最关心"台湾局势",最不关心"提高教师地位"　2006 年,中国青少年研究中心"中国青少年思想道德状况"课题研究调查了高中生、职高、中专、技校学生"最关心国家和社会上的哪些事情",结果显示,排在首位的是"台湾局势"(46.7%);前十项还有:"2008 年北京奥运会"(29.0%)、"大学生就业"(27.5%)、"保护环境"(21.7%)、"提高生活水平"(19.1%)、"廉政建设与反腐败"(17.2%)、"社会治安"(16.4%)、"素质教育和减负"(15.1%)、"经济改革与发展"(14.8%)、"和谐社会建设"(14.2%);其余依次为:"新技术、新发明"(12.3%)、"流行歌曲"(8.9%)、"影视"(7.3%)、"社会主义荣辱观"(6.3%)、"文化扶贫"(6.2%)、"其他国家对我国的看法"(5.9%)、"医疗改革"(5.8%)、"足球"(3.7%)、"物价"(3.4%)、"住房"(2.2%)、"财富排名"(2.1%)、"下岗"(2.0%)、"提高教师地位"(1.4%)。

由此可见,高中生、职高、中专、技校学生最关心的前五位是:"台湾局势"、"2008 年北京奥运会"、"大学生就业"、"保护环境"和"提高生活水平";最不关心的事是"提高教师地位"。

8. 高中生、职高、中专、技校学生最关心其他国家的"安全与和平"　2006 年,中国青少年研究中心"中国青少年思想道德状况"课题研究调查了高中生、职高、中专、技校学生"最关心其他国家的哪些事情",并列了 18 个选项。结果显示,排在首位的是"安全与和平"(32.1%),排在前七位的还有:"修养素质"(25.6%)、"风景名胜"(22.9%)、"国际地位"(22.0%)、"环境保护"(21.0%)、"恐怖事件"(19.9%)、"风俗习惯"(19.9%);其余依次为:"电影"(15.8%)、"音乐"(15.0%)、"生活水平"(14%)、"留学"(13.9%)、"地震等灾难"(11%)、"新产品"(10.1%)、"学习状况"(9.7%)、"流行疾病防治"(9.5%)、"动画片"(9.4%)、"流行服饰"(6.4%)、"业余生活"(6.4%)。可见,"安全与和平"在高中生心目中占据重要地位。

六、人际交往与同伴关系

1. 八成左右中小学生伙伴交往状况良好　全国少工委办公室、中国青少年研究中心 1999 年和 2005 年"当代中国少年儿童发展状况"课题组对中小学生与同伴关系进行调查(见表 3.11)。

调查结果显示,七成中小学生认为自己朋友的数量能满足自己的期望,八成多的中小学生有一起玩耍的伙伴,七成多的中小学生有知心朋友,近四成中小学生感到自己受到很多人的喜爱。

表 3.11　中小学生与同伴交往调查一(%)

选　项	"很不符合"和"不太符合"	
	1999 年	2005 年
我的朋友比我期望的少	73.3	73.0
没有人和我一起玩	86.5	85.2
我没有什么知心朋友	77.9	76.8
同学中有很多人喜欢我	39.4	39.5

2. 过半数中小学生能够经常考虑朋友的感受　全国少工委办公室、中国青少年研究中心 2005 年"当代中国少年儿童发展状况"课题调查显示,有 77.3％的中小学生认为"如果别人做得比我好,我心里会不高兴""很不符合"和"不太符合"自己;有 73.9％的中小学生认为"我的成功归于我的能力,与别人无关""很不符合"和"不太符合"自己;有 50.8％的中小学生认为"我只有在朋友感到快乐的时候才觉得快乐"。这说明,过半数的中小学生能够摆脱以自我为中心,考虑到朋友的感受。

3. "同学或其他同龄伙伴"为中小学生"好朋友"首选　全国少工委办公室、中国青少年研究中心 2005 年"当代中国少年儿童发展状况"课题组调查结果显示,排在首位的好朋友人选是"同学或其他同龄伙伴"(81.2％),位于前四位的还有"兄弟姐妹"(57.1％)、"母亲"(51.2％)、"父亲"(46.7％);其余依次为:"老师"(32.5％)、"爷爷、奶奶或姥姥、姥爷"(31.2％)、"笔友"(14.0％)、"网友"(6.2％)、"其他"(1.7％)。由此可见,中小学生的好朋友首选是"同学或其他同龄伙伴"。

4. "品行好"、"学习好"是中小学生的主要择友标准　全国少工委办公室、中国青少年研究中心 2005 年"当代中国少年儿童发展状况"课题组调查发现,"品行好"(56.7％)、"学习好"(52.5％)是中小学生择友的主要标准,位于前五位的还有"和自己有相同的兴趣"(29.0％)、"讲义气"(26.4％)、"爱好广泛"(12.3％);排在后四位的为:"其他"(5.0％)、"长相漂亮"(4.0％)、"身体强壮"(3.3％)、"有钱"(2.1％)。

课题研究还调查中小学生"你的父母最希望你与什么样的人交朋友",结果显示,排在第一、二位的选项是"学习好"(70.9％)、"品行好"(63.6％),位于前五位的还有"讲义气"(18.4％)、"和自己有相同的兴趣"(12.9％)、"爱好广泛"(9.4％);排在后四位的为:"其他"(5.0％)、"身体强壮"(3.0％)、"长相漂亮"(2.7％)、"有钱"(2.4％)。

由此可见,中小学生及其父母对"与什么样的人交朋友"的选择基本一致,"品行好"、"学习好"是中小学生及其父母对"交朋友"共同的选择。

5. 学校对中学生人际交往的影响居于首位　2005 年,中国青少年研究中心"中国青少年学习和生活的现状与期望"课题组对中学生和中职生"在人际交往方面,你受哪类影响最大"进行调查。结果显示,学校对中学生人际交往的影响居于首位(见表 3.12)。

表 3.12　中小学生人际交往影响因素调查(%)

选　项	中学生	中职生
家庭	16.5	11.3
学校	61.0	63.5
互联网	5.6	6.9
电视	1.4	2.6
报刊	0.8	0.2
书籍	4.2	2.6
其他	10.5	12.9

　　本次调查还对中学生和中职生调查了"在人际交往方面,你更愿意听谁的意见",数据显示,中学生排在前两位的是"朋友、同学"(53.0%)和"父母"(25.0%),其余依次为:"其他"(10.8%)、"班主任"(7.2%)、"辅导员"(2.3%)、"任课教师"(1.7%);中职生排在前二位的是:"父母"(48.1%)、"班主任"(22.6%),其余依次为:"朋友、同学"(13.8%)、"其他"(6.6%)、"任课教师"(5.8%)、"辅导员"(3.0%)。由此可见,中学生在人际交往方面更愿意听父母、同学及班主任的意见。

　　6. 七成以上中小学生能够与同伴友好相处　2006 年,中国青少年研究中心"中国青少年思想道德状况"课题组对中小学生"在班级生活中的交往"进行调查。结果显示,对"班里同学有了好的学习资料,大家都会相互分享"、"热心帮助生活上或学习上有困难的同学"、"大多数同学都能愉快相处"三种情况,表示符合的分别占 75.0%、76.1%、86.2%。这说明七成以上中小学生能够与同伴友好相处。

　　但调查中也发现中小学生在交往中存在一些问题,"同学的话语有时会伤害别人"(61.9%);"很多同学怕别人超过自己"(51.2%)、"某一方面突出的同学,会受到别人的嫉妒"(38.6%)、"家庭条件好的同学在其他同学面前很有优越感"(30.8%)、"学习好的同学看不起学习不好的同学"(18.2%)。

　　这说明,大部分中小学生的沟通能力有待提高,相当一部分中小学生把学习伙伴看做是竞争对手,一部分中小学生不能以平和的心态看待差异。由此看来,中小学生在交往中存在的问题不容忽视。

七、活动参与

　　1. 半数以上中小学生参加过班干部竞选　全国少工委办公室、中国青少年研究中心 2005 年"当代中国少年儿童发展状况"课题研究调查结果显示,中小学生经常参加的活动是"班干部竞选"(56.8%)、"捐款捐物"(52.4%)、"运动会项目比赛"

（41.9％）；排在前 10 位的还有："办板报"（36.7％）、"兴趣小组"（36％）、"联欢会表演节目"（33.2％）、"布置教室"（30.4％）、"知识竞赛"（29.8％）、"环保卫生"（28.7％）、"植树护绿"（23.0％）；其余依次为："征文比赛"（20.8％）、"给老师或学校提建议"（18.2％）、"书画、摄影竞赛"（16.6％）、"选择校服"（12.0％）、"志愿服务"（9.4％）、"社区活动"（8.2％）、"制定班规"（8.2％）、"进行社会调查"（6.2％）、"新闻报道"（4.7％）、"对儿童政策的制定发表意见"（2.4％）、"其他"（1.6％）。由此可见，在所列的 21 个选项中，中小学生参加最多的活动为"班干部竞选"、"捐款捐物"、"体育比赛"。

2006 年，中国青少年研究中心"中国青少年思想道德状况"课题组对中小学生参加竞选干部的目的进行调查。结果显示，为了"锻炼能力"和"为同学服务"是主要目的，分别占 49.2％、38.4％，其余依次为："使自己的意见充分发挥"（7.9％）、"让家长高兴"（1.8％）、"指挥别人"（1.0％）。

2. 半数以上学校经常组织课外活动和兴趣小组　2005 年，中国青少年研究中心"中国青少年学习和生活的现状与期望"课题组对学校组织课外活动进行调查。结果显示，"学校经常开展课外活动，组织各种兴趣小组"占 57.1％。

本次研究还调查了中小学生最近一年来参加学校组织的活动的情况，并提供了 9 个选项。结果显示，排在首位的是"体育比赛"（56.2％）；其余依次为"看电影"（54.6％）、"课外兴趣小组"（45.8％）、"春游或秋游"（44.5％）、"知识竞赛"（37.4％）、"社区服务"（23.4％）、"歌舞比赛"（22.1％）、"夏令营或冬令营"（13.1％）、"其他"（6.7％）。

数据说明，体育比赛、看电影、课外兴趣小组、春游或秋游等是中小学比较普及的活动，但学生参与的广度还不够理想。

3. 半数以上中小学生积极参与社会活动　全国少工委办公室、中国青少年研究中心 2005 年"当代中国少年儿童发展状况"课题研究对中小学生参与少先队活动状况进行调查。结果显示，排在第一、二位的是"手拉手"（52.7％）和"希望工程"（52.4％）；其余依次为："雏鹰行动"（33.9％）、"假日小队"（31.6％）、"保护母亲河"（23.7％）、其他（9.7％）。

2006 年，中国青少年研究中心"中国青少年思想道德状况"课题研究列出 12 个选项，调查中小学生参与活动的状况。结果显示，居于前三位的是"学习社会主义荣辱观"（63.6％）、"学雷锋和志愿服务"（46.9％）、"手拉手"（31.8％）；其余依次为："文明上网"（22.2％）、"雏鹰争章"（18.0％）、"民族精神代代传"（15.2％）、"少年军校活动"（13.3％）、"学习邓小平理论和'三个代表'重要思想"（12.2％）、"学生素质拓展计划"（8.8％）、"中国少年儿童平安行动"（6.4％）、"'推优入党'活动"（2.7％）、"'挑战杯'活动"（2.6％）。

可见,2005年半数以上中小学生参加了"手拉手"和"希望工程"的活动;2006年,六成多中小学生参加了"学习社会主义荣辱观"的教育活动。这从一个侧面反映出中小学校能够根据形势积极开展相关活动。

4."校园文化活动"最受中学生和中职生欢迎 2005年,中国青少年研究中心"中国青少年学习和生活的现状与期望"课题组对中学生和中职生 "团组织、少先队在学校最受欢迎的活动"进行调查,并列出10个选项。结果显示:中学生排在前三位的是"校园文化活动"、"青年志愿者行动"、"社团活动";中职生排在前三位的是"校园文化活动"、"社团活动"、"学生素质拓展计划"。由此可见,"校园文化活动"最受中学生和中职生欢迎(见表3.13)。

表3.13 中小学生校园文化参与调查(%)

选 项	中学生	中职生
学习邓小平理论和"三个代表"重要思想	11.0	19.4
学习马列和毛泽东著作	6.8	11.3
"三下乡"活动	7.5	14.1
青年志愿者行动	37.1	17.7
学生素质拓展计划	33.6	34.3
校园文化活动	61.0	55.0
社团活动	35.1	40.1
"挑战杯"活动	24.9	21.2
推优入党和推动少先队员入团	20.0	21.0
团日、队日活动	12.2	22.0
文明上网活动	28.5	20.2
其他	1.6	1.0

5. 近八成中小学生参与意识较强 全国少工委办公室、中国青少年研究中心2005年"当代中国少年儿童发展状况"课题组设计"为了更好地开展少先队活动,学校少先队要在少先队员中广泛征求意见,你对此的看法是什么"一题。结果显示,排在首位的是"我是少先队组织的一员,有义务为少先队的发展积极表达自己的意见"(79.3%);其余依次为:"少先队活动怎么组织都可以"(9.8%)、"这是少先队辅导员的事,没有必要征求学生的意见"(6.4%)、"是走形式,即使同学发表了意见也没用"(4.5%)。

2006年,中国青少年研究中心"中国青少年思想道德状况"课题研究设计了"为了评比文明校园,学校要在学生中广泛征求意见,对此你的看法是什么"一题,结果显示:认为"应该积极表达意见"占86.5%;认为"这是走形式,即使发表意见也没用"占 10.3%；认为"这是学校的事，没必要征求学生意见"占 3.3%。

由此可见绝大多数中小学生认为应该对学校的活动积极发表意见。

2005 年，"江苏省大中小学生健康状况"课题组对江苏省初中生参与班级事务情况进行调查。结果显示，"对班里的事务经常发表意见"仅有 12.0%，"有时发表意见"占 36.3%，"很少"和"从来不"发表意见共占 51.4%。这说明学生对班级事物的参与面还比较小。

以上调查可以看出，尽管城市中小学生认为应该对学校的活动积极发表意见，但是认识和实际情况还是存在很大差距。

6. 近六成中小学生最愿意通过社会实践接受教育 2005 年，中国青少年研究中心"中国青少年学习和生活的现状与期望"课题组对中小学生参加社会实践情况进行调查，结果显示，认为"在老师指导下，深入社会进行实践""非常重要"和"比较重要"占 95.5%。

2006 年，中国青少年研究中心"中国青少年思想道德状况"课题组对中小学生参加公益活动状况进行调查，结果显示：愿意"积极参加学校组织义务帮助孤寡老人活动"占 79.9%，"老师安排我就去"占 10.5%，"大多数人去我就去"占 8.1%，"不去参加"占 1.5%。同时，课题组还调查了中小学生最愿意接受哪种教育。排在首位的是"社会实践活动"（58.8%），其余依次为："老师讲道理"（37.0%）、"外出参观"（35.9%）、"少先队或共青团组织活动"（25.2%）、"先进人物报告会"（10.1%）、"各种评比检查"（6.9%）。

由此可见，九成多中小学生认为社会实践非常重要和比较重要，近八成中小学生愿意参加公益活动，近六成中小学生最愿意通过社会实践接受教育。

7. 中小学生从少先队和共青团组织中获得的最大收获是更加热爱自己的国家 2005 年，中国青少年研究中心"中国青少年学习和生活的现状与期望"课题组调查小学生、中学生和中职生"你认为自己从少先队和共青团组织中的收获主要有哪些"。被调查的三类学生群体的首选均是"更加热爱自己的国家"，另外排在前四位的还有"更加遵守纪律"、"增加社会实践经验"、"更加自信"（见表 3.14）。

表 3.14　中小学生从少先队和共青团组织的收获（%）

选　项	小学生	中学生	中职生
更加遵守纪律	41.1	39.1	47.2
更加热爱自己的国家	60.9	49.7	49.6
更加独立	22.9	26.4	23.0
增加社会实践经验	32.5	49.7	47.2
更加自信	37.4	32.8	32.9

续表 3.14

选　项	小学生	中学生	中职生
心情更加愉快	18.3	12.4	12.3
更喜欢与他人交往	22.8	26.2	25.4
增强了表达能力	20.4	18.5	17.3
增强了学习动力	27.8	25.2	23.4
其他	1.0	2.3	2.4

由此可见，中小学生从少先队和共青团组织中获得的最大收获是更加热爱自己的国家，同时，还使自己增强了社会实践经验、纪律性和自信心。

8. **"丰富社会实践活动"、"进行思想道德教育"、"代表和维护青少年的利益"是少先队、共青团的主要作用**　2005 年，中国青少年研究中心"中国青少年学习和生活的现状与期望"课题组调查小学生、中学生和中职生"你认为少先队、共青团在学校中主要发挥了什么样的作用"。结果显示，排在前三位选项均有"丰富社会实践活动"、"进行思想道德教育"、"代表和维护青少年的利益"（见表 3.15）。

表 3.15　少先队和共青团在中小学校的作用(%)

选　项	小学生	中学生	中职生
代表和维护青少年的利益	43.0	38.3	39.8
向上级反映青少年的呼声	24.8	32.6	29.0
促进青少年的相互交往	26.1	33.2	32.3
促进校园文化建设	13.0	24.2	29.0
进行思想道德教育	53.9	39.1	37.5
丰富社会实践活动	41.1	48.6	39.8
促进学生讲究诚信	24.5	19.2	16.2
组织和开展队的活动	20.0	20.7	29.6
推荐少先队员入团和团员入党	10.4	14.8	14.8
帮助少年儿童组成各种兴趣小组	22.7	18.9	19.3
其他	1.4	1.0	0.4

由此可见，少先队、共青团在"丰富社会实践活动"、"进行思想道德教育"、"代表和维护青少年的利益"等方面发挥了重要作用。

9. **七成中小学生认为共青团、少先队应该有固定的活动时间和场所**　2005年，中国青少年研究中心"中国青少年学习和生活的现状与期望"课题组调查中小学生"你认为共青团、少先队活动是否应该有固定的时间和场所"。结果显示，认为有固定时间"非常重要"和"比较重要"的占 70.4%；认为有固定场所"非常重要"和

57

"比较重要"的占 70.6%。由此可见,大部分中小学生认为共青团、少先队活动应该有固定的时间和场所。

在调查中还发现,"共青团、少先队的活动总是与班级活动在一起开展"的占 41.6%。但是,中小学认为"共青团、少先队的活动与班级活动分开进行""非常重要"和"比较重要"占 59.7%。可见近六成中小学生赞成共青团、少先队的活动与班级活动分开进行。

第4章

未成年人的学习与学校生活

一、学习目的

1. 实现人生理想和适应社会竞争是中小学生学习的主要目的　全国少工委办公室、中国青少年研究中心 1999 年"当代中国少年儿童发展状况"课题调查研究显示,中小学生学习的主要目的列居前五位的分别是"将来为社会作贡献"(46.5%)、"实现理想"(19.8%)、"将来找个好工作"(12.6%)、"喜欢学习"(7.8%)、"让父母满意"(6.3%)。

2005 年,"当代中国少年儿童发展状况"课题调查研究显示,中小学生学习的主要目的列居前五位的分别是:"实现理想"(69.5%)、"将来找个好工作"(59.8%)、"将来为社会作贡献"(58.3%),"让父母满意"(46.5%)、"使自己更聪明"(39.2%);

2006 年,中国青少年研究中心"中国未成年人思想道德状况调查"课题研究显示,中小学生学习的主要目的列居前五位的分别是:"实现理想"(60.0%)、"将来为社会作贡献"(44.8%)、"将来找个好工作"(37.9%)、"发挥自己的潜能"(37.1%)、"适应将来社会竞争"(28.4%)。

课题组专家认为,当代中小学生学习目的明确,以实现人生理想和适应社会竞争作为主要学习目的。数据同时说明,随着社会主义市场经济体制的不断发展,当代中小学生的学习目的既体现了强烈的社会责任感,又更理性务实,凸现了个人价值与社会价值的统一。

上述调查中,"使自己更聪明"、"怕老师批评惩罚"等选项也占有一定比例(见表 4.1)。

表 4.1　中小学生学习目的(%)

	1999 年	2005 年	2006 年
让父母满意	6.3	46.5	23.0
喜欢学习	7.8	30.3	15.1
使自己更聪明	—	39.2	14.5
怕老师批评惩罚	0.7	7.1	1.7
担心同学看不起	0.6	7.6	2.3
不知道为什么	—	0.2	0.5

(注:1999 年的调查是采用单项选择的方式,2005 年、2006 年的调查是采用多项选择的方式,所以选项的具体比例有所区别。)

2. 城乡中小学生学习目的群体差异不明显 全国少工委办公室、中国青少年研究中心 2005 年"当代中国少年儿童发展状况调查"课题、2006 年"中国青少年思想道德状况调查"研究显示,我国城乡中小学生学习目的群体差异并不明显。但是,在"将来为社会作贡献"、"适应将来社会竞争"、"使自己更聪明"三个选项上,城市中小学生比农村中小学生的学习目的相对务实(见表 4.2)。

表 4.2 城乡中小学生学习目的比较(%)

学习目的	2005 年		2006 年	
	城市	农村	城市	农村
将来为社会作贡献	56.8	59.2	39.2	49.6
实现理想	69.9	69.3	58.3	61.4
将来找个好工作	62.6	58.4	37.7	38.0
适应将来社会竞争	43.1	36.4	30.6	26.4
让父母满意	45.2	47.1	20.5	25.0
喜欢学习	33.1	28.9	18.0	12.7
使自己更聪明	44.7	36.3	16.8	12.6
发挥自己的潜能	—	—	37.6	36.7
怕老师批评惩罚	8.4	6.3	1.7	1.7
担心同学看不起	8.6	7.0	2.0	2.5
不知道为什么	0.3	0.1	0.5	0.5

3. 仅有 8% 的小学生因为喜欢读书而学习 1998 年,中国青少年研究中心、北京师范大学教育学院、北京出版社共同主持的"中小学生学习与发展调查研究"调查发现,10% 的学生上学以"考大学"为学习目的,其中小学生的人数比例为 14%,超过初中生 4 个百分点;以"为了将来找个好工作"为学习目的的人数比例年级差异显著,分别为小学(13.4%)、初中(23.2%)、高中(33.0%);因为"喜欢读书"而学习的比例不高,分别为小学(8.0%)、初中(11.0%)、高中(5.0%)。

4. "感恩父母"成为城市独生子女的首要学习目的 1996 年,中国青少年研究中心"中国城市独生子女人格发展现状与教育"调查显示,我国城市中小学生独生子女的学习目的前 10 名排名为:

①"报答父母的爱"(76.9%);②"将来为国家作贡献"(66.3%);③"很好地发展自己"(66.1%);④"为将来开创一番事业创造条件"(66.0%);⑤"满足家长对我的期望"(64.5%);⑥"将来在社会上更好的竞争"(59.7%);⑦"为社会服务"(56.8%);⑧"升学时,能上好学校"(56.0%);⑨"将来能找到适合我的工作"(50.8%);⑩"让别人看得起自己"(47.9%)。

后 10 名排名为：①"不努力学习,就会受到家长的指责或惩罚"(19.5 ％)；②"能挣更多的钱"(27.8％)；③"希望同学们佩服自己"(28.7％)；④"提高在同学中的威信"(29.9％)；⑤"喜欢所学科目"(30.1％)；⑥"得到老师的重视"(31.1％)；⑦"经常感到学习的快乐"(33.7％)；⑧"总想弄懂不明白的问题"(36.2％)；⑨"证明我的价值和能力"(43.1％)；⑩"将来能找到社会地位较高的工作"(43.5％)。

可见,近八成城市独生子女将报答父母、感谢父母作为学习的主要目的。

二、学习期待

1. 少年儿童普遍表现出对高学历的高期待　全国少工委办公室、中国青少年研究中心 1999 年、2005 年两次"当代中国少年儿童发展状况调查"相比较,少年儿童的学历期望趋势越来越高(见图 4.1)。近年来,少年儿童对于学历的期望普遍调高,对高等教育的期盼,即对本科、硕士和博士学历的期望比例,由 1999 年的61.1％增长到 2005 年的 83.4％,增长了 22.3 个百分点。尤其是对硕士和博士学历的期望值,分别增加了 6.3 和 16.5 个百分点。少年儿童普遍表现出一种对高学历的高期待。

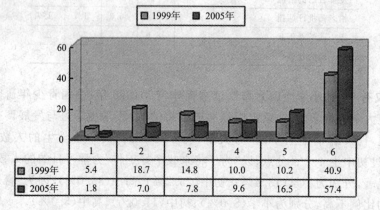

	1	2	3	4	5	6
■ 1999年	5.4	18.7	14.8	10.0	10.2	40.9
■ 2005年	1.8	7.0	7.8	9.6	16.5	57.4

(注：1 代表"初中"；2 代表"高中或中专、技校、职中"；
3 代表"大专"；4 代表"本科"；5 代表"硕士研究生"；6 代表"博士研究生"。)

图 4.1　少年儿童的学历期望比较(％)

2. 城市少年儿童的学历期望高于农村少年儿童　在学历期望上,城乡少年儿童差异明显。城市少年儿童的整体学历期望高于农村少年儿童。全国少工委办公室、中国青少年研究中心"当代中国少年儿童发展状况调查"显示,1999 年,在希望获得大专学历的少年儿童中,城市占 10.1％、农村占 16.3％；在希望获得本科学历的少年儿童中,城市占 10.4％、农村占 9.9％；在希望获得硕士研究生学历的少年儿童中,城市占 14.0%、农村占 8.9%;在希望拥有博士学历的少年儿童中,城市占 57.0%、农村占 35.7%;2005 年,在希望获得大专学历的少年儿童中,城市占 5.5%、农村占 9.0%;在希望获得本科学历的少年儿童中,城市占 8.8%、农村占 10.0%;在希望获得硕士研究生学历的少年儿童中,城市占 17%、农村占 16.2%;在希望拥有博士学历的少年儿童中,城市占 63.6%、农村占 54.2%。

3. 多数中学生不愿意把职业教育作为自己的选择 2005 年中国青少年研究中心"中国青少年学习和生活的现状与期望"课题调查显示,对"读职业学校也是正确的选择"(90.4%)、"职业学校的学生也能成功"(95.4%)、"职业教育是国家创新和提高实用技术的基础"(93.5%)、"国家要出台优惠政策鼓励学生去读职业学校"(76.7%)等观点,绝大多数中学生是赞同的。然而,行为与观念明显相左。调查显示,多数中学生不愿意将读职业学校作为自己的选择。其中,认为"即使自己非常适合读职业学校,也不会选择职业学校"的比例为 52.3%,认为"即使自己想去,父母也不会同意"的比例为 49.8%,还有 13.5%的中学生认为"只有成绩差的人才去职业学校",11.5%的中学生认为"学职业技术只能当工人,社会地位低",29.9%的中学生认为"职业学校的学生,收入比较低",25.3%的中学生认为"职业学校毕业的学生进不了政府机关"。

4. 过半职业高中学生对自己的身份不满意 2005 年中国青少年研究中心"中国青少年学习和生活的现状与期望"课题调查发现,50.7%的职业高中学生对自己的身份不满意;为自己的身份感到自卑的比例为 39.1%;41%的说自己上职业学校是因为成绩不理想,只能上职业高中:他们认为职业学校存在的主要问题有:社会各界对职业教育存在偏见(56.3%)、学生素质低(45.2%)、政府重视不够(41.9%)、学历不符合社会的高学历要求(38.7%),缺少实习机会(32.5%)。

调查还发现,找不到好工作和就业难是职业高中生担忧的主要问题,分别占 65.4%和 64.2%,其次是担心挣钱少(40.0%)、学费高(30.0%)、人际关系难处理(30.0%),而且,这种状况随着年级的增加而递增。

5. 绝大多数中小学生希望通过学习获得解决问题的能力和方法 2005 年中国青少年研究中心"中国青少年学习和生活的现状与期望"课题调查发现,处理和解决问题的能力(50.3%)、思考和解决问题的方法(45.9%)、更好地适应社会的能力(44.1%)、基本的知识素养(42.4%)、人际交往能力(36.2%)、更好地认识世界和人生(32.8%)成为中小学生"最希望从学校学习中获得的内容"。在上述 6 个方面中,有 4 项是与能力、方法密切相关的。

调查还发现,以上几项内容在排序上存在群体差异。其中,小学生最看重的是思考和解决问题的方法(59.1%)、基本的知识素养(53.3%),其次是处理和解决问题的能力(42.1%)、更好地适应社会的能力(33.9%)、人际交往能力(33.8%)、更好地认识世界和人生（30.1％）；中学生最看重的是处理和解决问题的能力（55.2％）、更好地适应社会的能力（50.2％）、其次是思考和解决问题的方法（38.0％）、人际交往能力（37.6％）、基本的知识素养（35.9％）、更好地认识世界和人生（34.4％）；职高学生最看重的是更好地适应社会的能力（56.5％）、处理和解决问题的能力（49.3％），其次是掌握工作的实用技能（43.1％），这一点是与小学生、中学生有明显差异的。此外是人际交往能力（35.6％）、思考和解决问题的方法（30.0％）、基本的知识素养（28.0％）。

6. **半数左右学生认为从教材中获得"实际技能少"** 2005年中国青少年研究中心"中国青少年学习和生活的现状与期望"课题调查显示，中学生认为当前教材主要存在五个方面的缺陷：实际技能少（50.5％）、不注重能力培养（36.7％）、离实际生活远（30％）、不能让学生明白知识的真正意义（30.1％）、不注重学生的参与性（29.6％）。职高学生认为五个缺陷主要是：实际技能少（47.9％）、不注重能力培养（37.4％）、不能让学生明白知识的真正意义（34.6％）、不注重学生的参与性（34.4％）、变化太快（30.2％）。其中，"实际技能少"高居首位，而且比例过半或近半，不注重能力培养居第二位，也有较高比例。

7. **三成多中小学生希望从老师那里获得办事能力和独立能力** 2005年中国青少年研究中心"中国青少年学习和生活的现状与期望"课题调查显示，中小学生最希望从老师那里获得知识（60.4％）、办事能力（36.4％）和独立能力及交往能力（31.1％）；其次是树立信心（26.9％）、道德示范（25.4％）、责任心（24.7％）、获得尊重（20.6％）、上进心（19.8％）、个人友谊（12.1％）。同时，中学生、小学生又略有差异。其中，小学生最希望从老师那里得到的三大收获是：学习知识（53.3％）、独立能力（30.5％）、办事能力与责任心（29.9％），中学生最希望从老师那里得到的三大收获是：学习知识（64.6％）、办事能力（40.2％）、交往能力（33.1％）。

8. **八成多中小学生主要从老师那里"获得知识"** 2005年中国青少年研究中心"中国青少年学习和生活的现状与期望"课题调查显示，当被问到"你从老师那里得到的主要收获是哪些"时，中小学生首选学习知识（82.8％）、道德示范（36.5％）、责任心（34.6％），其次是树立信心（29.0％）、办事能力（26.5％）、独立能力（25.1％）、上进心（24.8％）、交往能力（13.2％）、获得尊重（11.2％）、个人友谊（6.8％）。中小学生的收获也略有差异，小学生从老师那里得到的主要收获位列前三的分别是：学习知识（81.0％）、道德示范（47.8％）、责任心（34.3％），中学生位列前三的主要收获分别是：学习知识（83.9％）、责任心（34.7％）、树立信心（31.3％）。

对比学生从老师那里得到的收获和他们的希望可以看出，学生对办事能力、独立能力、交往能力等适应社会所必需的能力表现出较强烈的需求。

三、学习态度

1. **小学生最喜欢体育课** 1998 年,中国青少年研究中心、北京师范大学教育学院、北京出版社共同主持的"中小学生学习与发展调查研究"调查发现,对学校现有课程,小学生们评价与兴趣各异(见表 4.3)。其中,小学生最喜欢体育课,但数学、语文学得最好。

表 4.3 小学生对各学科的评价和兴趣(%)

	语文	数学	自然	社会	音乐	美术	劳动	体育	外语	电脑	思想品德
最喜欢	15.4	12.6	3.3	0.6	9.7	8.0	0.6	20.1	14.4	13.5	1.7
最不喜欢	5.6	5.9	5.9	8.2	17.7	11.2	10.6	8.9	15.6	8.9	1.1
学得最好	22.2	25.5	2.7	1.3	7.1	8.7	1.3	11.0	12.6	5.7	1.7
最难	8.7	11.6	3.2	3.5	9.8	6.0	1.9	7.1	31.7	15.6	0.6

2. **八成初中生最喜欢学数学** 1998 年,中国青少年研究中心、北京师范大学教育学院、北京出版社共同主持的"中小学生学习与发展调查研究"调查发现,在现行初中所设课程中,学生们最喜欢学的课程是数学,比例高达 79.7%,据所有科目之首(见表 4.4)。

表 4.4 初中生对各学科的评价和兴趣(%)

	语文	数学	物理	化学	生物	外语	思想政治
最喜欢	6.5	79.7	8.7	0.3	5.6	17.8	1.0
最不喜欢	10.1	9.0	5.5	1.2	2.7	6.4	15.7
学得最好	10.5	28.1	3.9	0.3	4.3	24.2	3.0
最难	17.8	15.5	12.3	2.3	1.9	14.9	6.7

	音乐	美术	体育	地理	历史	计算机	劳动技术
最喜欢	6.0	5.9	11.1	2.3	4.9	9.0	1.1
最不喜欢	11.0	8.5	7.4	6.3	9.7	2.4	4.2
学得最好	4.1	4.8	8.0	3.6	1.9	2.8	0.6
最难	6.1	3.6	3.8	4.2	5.4	4.2	1.3

3. **高中生最不喜欢思想政治课** 1998 年,中国青少年研究中心、北京师范大学教育学院、北京出版社共同主持的"中小学生学习与发展调查研究"调查发现,现行高中所设课程中,外语、数学和语文学得最好的学生居多,不喜欢政治课的学生比例愈两成(见表 4.5)。

表 4.5　高中生对各学科的评价和兴趣(%)

	语文	数学	物理	化学	生物	外语	思想政治
最喜欢	7.3	10.3	9.1	6.8	3.4	15.3	2.4
最不喜欢	5.5	11.8	10.8	9.3	3.1	12.0	20.7
学得最好	15.7	18.8	7.1	8.9	1.5	19.5	3.5
最难	6.4	19.1	19.3	11.4	1.6	18.3	9.4

	音乐	美术	体育	地理	历史	计算机	劳动技术
最喜欢	7.5	6.4	8.6	1.9	7.2	13.4	0.5
最不喜欢	4.6	6.5	3.3	3.1	5.3	1.6	2.4
学得最好	2.8	2.9	5.1	3.5	4.9	5.6	0.3
最难	2.2	2.3	1.4	1.7	2.7	3.7	0.5

4. 多数中小学生"喜欢到学校去上学"　全国少工委办公室、中国青少年研究中心 2005 年"当代中国少年儿童发展状况调查"结果显示,93.3%的少年儿童表示"喜欢到学校去上学",而"很不喜欢"或"不太喜欢上学"的比例仅为 1.8% 和 5.0%。调查还显示,课堂内容也非常吸引少年儿童,高达 90.8%的少年儿童"对课堂上所讲的内容感兴趣",而对"课堂上所讲的内容很不感兴趣"和"不感兴趣"的比例分别仅有 1.6% 和 7.6%。

调查表明,少年儿童在课堂上主动性也很强。81.2%的少年儿童表示"在课堂上喜欢回答老师提出的问题",而"不太喜欢"和"很不喜欢""回答老师提出的问题"的比例分别为 17.6% 和 3.2%。与 1999 年相比,少年儿童的学习主动性有显著增强。1999 年的调查表明,少年儿童"喜欢"、"不太喜欢"和"很不喜欢""回答老师提出的问题"的比例分别为 59.7%、27.2% 和 13.1%。比较发现,"喜欢"的比例大幅度增加,增长了 21.5 个百分点;"很不喜欢"的比例则迅速下降,降低了将近 10 个百分点。

5. 因为兴趣而学习的中小学生不足 30%　2001 年 6 月,中国儿童中心"中国少年儿童素质状况"抽样调查中,通过对中小学生喜欢科目情况调查发现,中小学的课程中,除了像物理、化学这样的操作性、探索性较强的课程会受到学生的喜欢外,其他课程的喜欢比例随年级升高呈下降趋势。喜欢"语文"和"数学"的学生比例分别由小学一年级的 65.31% 和 60.77% 降到初中三年级的 39.04% 和 42.90%;喜欢"外语"的学生比例小学随着年级的增高而增高,但初中"外语"随着年级的增高而下降;就连音乐、美术、体育这样极易引起学生兴趣的课程都使学生感到厌烦。

调查中同时发现,农村孩子选择喜欢"语文"、"数学"的比例比城市孩子高,以小学为例,城市中的小学生喜欢"语文"、"数学"的比例在 40%－55%之间,农村小学生喜欢这两门的比例在 60%－70%之间。但是,农村孩子喜欢"外语"的比例却低于城市孩子。

探究原因发现,绝大多数孩子是因为自己"成绩好"才喜欢学的。也就是说,孩子们学习的动力完全来自于对好成绩的追求。结果显示,在回答"为什么喜欢该科目"时,因为"成绩好"的比例基本在 80% 左右,选择"老师讲解好"的占 30% 至40%,而选择"有兴趣"的则基本不超过 30%。可见,相当多的学生学习的外在动机高,内在学习动机缺乏。

6. 九成中小学生认为考试不能成为衡量学生素质的唯一标准 2005 年,中国青少年研究中心"中国青少年学习和生活的现状与期望"课题调查显示,八成中小学生认为考试能促进学习。调查显示,81.1% 的中小学生认为考试能够促进学习,但又有 42.4% 的中小学生认为考试妨碍了学生素质的全面提高。持后一观点的学生基本上是随着年级的增高而增长:小学生为 29.2%,初二为 40.2%,初三为50.2%,高一 53.6%,高二 54.6%,高三 53.3%。有高达 90.8% 的中小学生认为考试不能成为衡量学生素质的唯一标准。

7. 65.1% 的少年儿童赞成老师公布分数 全国少工委办公室、中国青少年研究中心 2005 年"当代中国少年儿童发展状况调查"表明,与 1999 年相比,"老师公布分数的做法"受到越来越多少年儿童的质疑,他们对这种做法的支持率大幅度下降,但是,仍然有高达 65.1% 的少年儿童赞成这种做法(见图 4.2)。

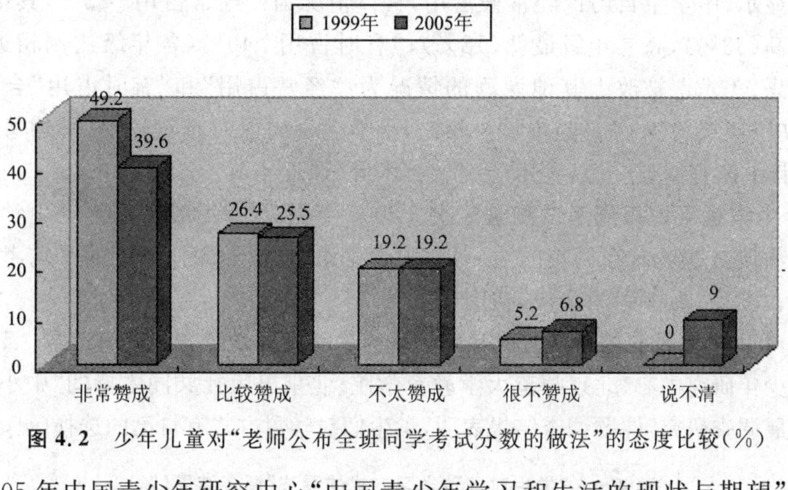

图 4.2 少年儿童对"老师公布全班同学考试分数的做法"的态度比较(%)

2005 年中国青少年研究中心"中国青少年学习和生活的现状与期望"课题调查也显示了与上述两次调查相似的结果。对于"成绩是个人隐私,不应该被公布"这一观点,中小学生们表示"非常赞同""比较赞同"的比例分别为 19.6%、21.8%,表示"比较反对"和"非常反对"的比例则分别高达 32.4%、26.2%。

8. 六成学生对成绩排名持赞成态度 2005 年中国青少年研究中心"中国青少

年学习和生活的现状与期望"课题调查显示,对"你是否赞同成绩排名"这一问题,62.1％的中小学生持赞同意见,其中14.7％的中小学生表示"非常赞同"。表示"比较反对""非常反对"的比例分别为18.7％、10.7％,另有8.5％表示"说不清"。

调查还显示,中小学生们对成绩排名的作用有自己的见解。对于"成绩排名能使人清楚地认识到自己的水平",32.6％的中小学生表示"非常赞同",37.6％的中小学生表示"比较赞同",表示"比较反对"和"非常反对"的比例分别为17.4％、12.4％;对于"成绩排名能提高学习积极性"这一观点的态度比例分别为"非常赞同"(29.6％)、"比较赞同"(36.2％)、"比较反对"(23.4％)、"非常反对"(10.8％)。

调查中还发现,多数中小学生对成绩排名带来的负面影响认识清晰,对于"成绩排名会使排在后面的同学难堪",31.4％的中小学生表示"非常赞同",表示"比较赞同"的比例为34.3％,表示"比较反对"和"非常反对"的比例分别为20.9％、13.4％。

四、学习活动

1. **中学生平均每周上课55节** 2005年国家统计局"中小学学生学习生活状况专项调查"[1]显示,在调查的上一周,中学生平均上课55节,平均每天上课11节。其中,高中生平均每天上课12节,初中生9节。高中生平均每天有3节自习课,初中生有1节自习课。初、高中生每天所上文化课的节数基本接近,高中生略多。调查同时显示,中学生自习课经常被占用,具体情况为:"经常占用"22％,其中,初三年级最高(33％),高二年级最低(18％);"有时占用"40％(各年级比例相近)。体育或音乐、美术课被改上其他课程的情况为:"经常占用"和"有时占用"合计超过25％,初三年级为40％。与中学生相比,小学生每周课时相对较少,平均每周上课32节,其中体育课近3节,艺术(音乐、美术等)课近4节。

2. **中学生平均每周考试测验3次** 2005年国家统计局"中小学学生学习生活状况专项调查"显示,在调查的上一周,中学生语文、数学和外语课的平均考试与测验3次。其中,高中生为3次,初中生为4次。

3. **中小学生喜欢的学习方式和他们认为最有效的学习方式存有差异** 1998年,中国青少年研究中心、北京师范大学教育学院、北京出版社共同主持的"中小学生学习与发展调查研究"课题调查结果表明,学生们对学习方式有自己的选择(见表4.6)。

表4.6 "学生对各种学习方式的看法"调查结果(％)

	最喜欢的学习方式				认为最有效的学习方式			
	小学生	初中生	高中生	总计	小学生	初中生	高中生	总计
实验	19.4	31.5	24.2	25.9	11.0	18.5	18.5	17.0
用电脑	23.9	21.1	20.1	21.2	19.6	12.2	8.9	12.1

	最喜欢的学习方式				认为最有效的学习方式			
	小学生	初中生	高中生	总计	小学生	初中生	高中生	总计
读课外书	14.6	11.3	12.1	12.3	10.8	7.0	4.4	6.6
听讲	9.5	6.9	8.7	8.3	14.0	21.3	25.7	21.9
聊天	3.6	7.6	10.7	8.2	2.2	2.5	4.0	3.1
去图书馆	8.3	5.8	5.8	6.3	8.3	4.7	3.3	4.7
看电视	4.9	5.2	6.2	5.6	0.8	1.4	1.1	1.1
作业练习	6.7	3.6	5.4	5.0	13.8	17.7	21.1	18.5
参观	3.8	2.4	4.3	3.5	2.0	0.8	0.6	0.9
考试	3.0	2.8	1.0	2.1	11.5	9.4	6.1	8.3
背诵	2.3	1.8	1.4	1.7	6.0	4.7	6.4	5.7

　　从表中数据可以看出,学生最喜欢的学习方式依次为实验、用电脑、读课外书;学生认为最有效的学习方式依次是听讲、作业练习、实验和用电脑。显然,学生喜欢的学习方式和他们认为最有效的学习方式之间存有明显差异。

　　4. 上课举手提问的比例随年龄增大而递减　1998 年,中国青少年研究中心、北京师范大学教育学院、北京出版社共同主持的"中小学生学习与发展调查研究"问卷调查结果表明,中小学生们在"上课听讲遇到问题时",他们更愿意在课后请教老师或同学。随着年级的增高,当堂举手提出问题的人数比例急剧减少,翻阅教科书或参考资料自己寻找答案的人数比例则逐渐增多(见表 4.7)。

表 4.7　"上课听讲遇到问题时"问卷调查统计结果(%)

	当时举手提问	课后请教老师、同学	回家问家长	自己找答案	什么也不做	其　他
小学	13.8	55.1	15.9	12.6	1.1	1.6
初中	5.7	62.6	3.7	21.8	1.0	5.2
高中	2.9	62.8	0.7	27.1	2.7	3.9
合计(人)	200	2 049	156	751	59	131

　　5. 教师课堂教学行为改变将直接促进学生学习方式的转变　2005 年中国青少年研究中心"中国青少年学习和生活的现状与期望"调查显示,对"教师课堂教学形式灵活多样"、"同学在课堂上积极参与"、"老师既传授知识,又注意培养学生的观察和动手能力"、"老师在课堂上允许同学提不同意见"、"老师能结合日常生活实例来加强同学对知识的理解"等选题,中小学生认为"大部分是"的比例均超过五成,分别为 52.2%、54.6%、56.9%、78.1%、76.0%;认为"小部分是"的比例分别

为 41.1%、39.9%、34.9%、17%、20.4%。

调查还显示,中学教师比小学教师更注意运用多媒体、计算机来辅助教学。对于"老师在教学中注意运用多媒体、计算机来辅助教学",认为"大部分是"的中学生生比例为 43.1%,小学生的同类比例为 23.9%。

全国少工委办公室、中国青少年研究中心 2005 年"当代中国少年儿童发展状况调查"结果显示,分别有 46.9% 和 32.7% 的少年儿童认为在课堂上,老师"经常"或"有时"组织学生进行小组讨论;另外,还分别有 59.3% 和 23.3% 的少年儿童认为在课堂上,老师"经常"或"有时"鼓励学生提出问题。调查表明,49.6% 和 30.7% 的少年儿童"非常喜欢"或"比较喜欢"在课堂上参加小组讨论。

数据表明,教师的课堂教学行为有了较大改变,这种转变将直接促进学生学习方式的转变。

6. 近四成中小学生认为上课只被要求认真听讲 2005 年中国青少年研究中心"中国青少年学习和生活的现状与期望"调查发现,学生被动接受知识的现状依然存在。调查中,对于"学生只是被要求认真听讲"、"老师讲课基本是重复课本内容"、"老师在课堂上经常让学生做大量习题"等选题,中小学生们认为"大部分是"的比例分别为 39.0%、34.1%、12.1%。调查还发现,中小学生对上述三选题的比例,因年级、城乡差异区别明显(数据见表 4.8)。

表 4.8 中小学生被动接受知识现状比较(%)

		小学生		中学生		职高学生	
		城市	农村	城市	农村	城市	农村
老师讲课基本是重复课本内容	大部分是	38.6	31.8	31.1	36.5	40.8	42.2
	小部分是	56.4	59.6	62.2	55.7	55.4	52.6
	说不清	5.1	8.6	6.7	7.9	3.8	5.2
学生只是被要求认真听讲	大部分是	35.7	41.0	37.5	43.4	48.3	42.2
	小部分是	54.1	46.3	51.3	48.1	43.2	48.3
	说不清	10.2	12.7	11.3	8.5	8.5	9.5
老师在课堂上经常让学生做大量习题	大部分是	12.1	17.7	9.5	12.2	10.9	16.1
	小部分是	75.7	74.0	75.3	73.6	74.4	71.7
	说不清	12.1	8.3	15.2	14.2	14.7	12.2

数据说明,随着年级的升高,中小学生被动接受知识的现状更趋明显,且农村中小学生被动接受知识的状况较城市同龄人更为严重。

7. 中小学生人均拥有教辅资料近 10 本 2005 年"中小学学生学习生活状况专项调查"显示,除了学校发的课本,我国中小学生人均拥有各类教辅资料近 10 本。其中,小学生平均每人有教辅资料近 8 本,分别为语文 3 本,数学近 3 本,外语 2 本。在上学期,中学生人均购买教辅资料近 11 册。其中语文、数学、外语各两册。

五、学业压力

1. **半数多中小学生在校时间超标**　全国少工委办公室、中国青少年研究中心 2005 年"当代中国少年儿童发展状况调查"显示,54.9％的城市小学生、57.9％的农村小学生,56.9％的城市初中生、65.6％的农村初中生每天在校的时间超标。虽然与 1999 年相比,2005 年小学生和中学生在校时间的超标比例均有所缓和,但超标人数仍然过半(见表 4.9)。

表 4.9　少年儿童在校时间超标情况(％)

年　级	国家规定时间	1999 年超标比例		2005 年超标比例	
		城市	农村	城市	农村
小学	6 小时以下	67.0	64.6	54.9	57.9
初中	8 小时以下	60.5	61.6	56.9	65.6

2. **中小学生作业时间超标人数过半**　全国少工委办公室、中国青少年研究中心"当代中国少年儿童发展状况调查"发现,无论是平日还是周末,中小学生在写作业时间上的超标比例均超过一半。

小学一年级到三年级学生中,1999 年平时作业时间超标比例城乡分别为 67.2％和 45.6％;2005 年,平时作业时间超标比例城乡分别为 69.2％和 61.2％,周末作业时间超标比例城乡分别为 76.0％和 79.8％。

小学四年级到六年级学生中,1999 年平时作业时间超标比例城乡分别为 36.8％和 26.3％;2005 年,平时作业超标比例城乡分别为 63.0％和 52.5％,周末作业时间超标比例城乡分别为 70.9％和 70.4％。

初中生中,1999 年平时作业时间超标比例城乡分别为 20.6％和 20.1％;2005 年,平时作业时间超标比例城乡分别为 55.0％和 41.3％,周末作业时间超标比例城乡分别为 65.7％和 54.6％。

从上述数据看,无论是学习日还是周末,2005 年中小学生作业时间超标要远远高于 1999 年。可见,几年来,中小学生的作业负担有增无减,而且,在小学生中,作业超标时间近几年来城乡差距渐渐缩小,农村少年儿童的学业压力也变得越来越重。

(注:国家规定小学一年级到三年级学生平时家庭作业时间为 30 分钟以内,小学四年级到六年级学生平时家庭作业时间为 1 小时以内,初中生国家规定时间是 1.5 小时,但本次调查统计数据是超过 2 小时。)

3. **对待每周上课时间,中小学生心态矛盾** 2005年中国青少年研究中心"中国青少年学习和生活的现状与期望"课题调查显示,小学生一个星期上课时间超过五天的达到32.6%,中学生一个星期上课时间超过五天的更是高达71.6%。而期望将上课时间控制在五天以内的小学生有82.0%,中学生有72.2%。这表明,大多数学生认为现在的学习时间过长,期望能够缩短学习时间。但是,同时又有76.3%的小学生、64.0%中学生认为学校补课增加学生的学习时间是合理的,86.5%的小学生、75.3%的中学生认为学校补课可以提高学生的学习成绩。这两组看似矛盾的数据,恰恰表明了学生内心的矛盾和困惑,一方面他们渴望减轻学习负担,过快乐的生活,另一方面,面临激烈的小升初、初升高及高考竞争,他们又不得不通过延长学习时间来提高学习成绩。

4. **近15%的中小学生课间活动时间"不活动"** 2003年,中国青少年研究中心"城市少年儿童生活习惯研究"[12]调查发现,在课间休息时,"每节课间都出来"的有22.7%,"大部分课间出来"的32.2%,"有时出来"的29.4%,"很少出来"的12.4%,"从不出来"的2.4%。课间活动作为防止和缓解大脑疲劳的有效方法,被相当一些学生忽视了,而且越是感到学习负担重的学生课间出来活动的越少。

2005年,国家统计局"中小学学生学习生活状况专项调查"结果显示,我国中小学学生放学后在校内的自由活动时间也不多。中学生放学后在校内的自由活动时间平均为37分钟。37%的中学生放学后没有在校内的自由活动时间,19%的中学生自由活动时间在半小时之内。小学生放学后在校内的课外活动时间平均为29分钟。

调查还显示,中学生的平均午休时间为96分钟,其中,高中生为102分钟,初中生为84分钟。有60%的中学生有两个小时以内的午休时间,午休时间在一小时以内的学生为16%。

可见,有必要提高学生认识,开发课间的体育运动功能,充分利用课间活动的积极作用。

5. **七成多中小学生认为"考试带来的压力太大"** 2005年中国青少年研究中心"中国青少年学习和生活的现状与期望"课题调查中,对于"考试带来的压力太大"这一陈述,71.6%的中小学生持赞同意见。调查还发现,赞同"考试带来的压力太大"的中小学生人数比例随着年级的增高而逐步增加,至高一年级后这一比例趋于稳定:小学四年级35.7%、小学五年级47.4%、小学六年级66.9%、初二79.3%、初三83.5%、高一89.5%、高二85.8%、高三85.4%、职高84.9%。而且,对该选题持赞同意见的城市学生比例明显高于农村的学生:城市小学生为52.2%、农村小学生为46.2%;城市中学生为87.9%、农村中学生为80.0%;调查同时发现,对该陈述持赞同意见的独生子女的比例高于非独生子女:小学独生子女为52.1%、小学非独生子女为45.2%;中学独生子女为87.8%、中学非独生子女为80.6%。

数据表明,考试给我国中小学生的巨大压力非常普遍,这一现象不容忽视。

6. 升学考试竞争激烈是中小学生对未来的最大担忧 2005 年中国青少年研究中心"中国青少年学习和生活的现状与期望"课题调查显示,近七成中小学生担忧升学考试竞争太激烈,但六成以上的小学生、三成以上的中学生赞同通过考试升入初中。

中小学生对未来的担忧不容忽视。当被问道"你觉得自己未来生活中将面临哪些主要困难(限选三项)"时,升学考试激烈、考不上好大学、学费高、找不到好工作等成为中小学生主要担心的问题。其中,有 66.9% 的中小学生担忧升学考试太激烈,有 41.2% 的中小学生担忧考不上好大学。随着年级的增长,对升学考试太激烈的担忧也在逐渐递增:小学四年级 50.2%、小学五年级 58.5%、小学六年级 64.2%,初二 69.4%、初三 75.3%。而且,对这一问题的担忧城市学生明显高于农村的学生:城市中学生为 76.6%、农村中学生为 66.1%;城市小学生为 66.7%、农村小学生为 45.2%。尽管如此,仍有 63.1% 的小学生赞同通过考试升入初中,36.9% 的中学生赞同通过考试升入高中。中学生赞成最多的是综合衡量排名入学(47.7%)。

7. 高考模式是高中生非常关注的问题 2005 年中国青少年研究中心"中国青少年学习和生活的现状与期望"课题调查显示,高考模式是高中生非常关注的问题。38.4% 的高中生赞成学生向高校提出申请,高校根据其综合表现来招生;21.7% 的高中生赞成全国统一考试、全国统一分数线;14.9% 的高中生赞成全国统一考试、各省(区、市)分别划定分数线;10.5% 的高中生赞成全国重点学校直接面向全国考试招生;9% 的高中生赞成各省(区、市)分别考试、分别划定分数线;5.5% 的高中生赞成所有高校自主考试招生。

8. "学习压力大""不被人理解"是中小学生们的主要烦恼 2005 年中国青少年研究中心"中国青少年学习和生活的现状与期望"课题调查显示,57.6% 的中小学生因"学习压力大"而苦恼。中小学生普遍体验到苦恼的事情主要集中在以下 8个方面:学习压力大(57.6%)、不被人理解(53.9%),其次是成绩不好(38.7%)、没时间玩(33.9%)、遭受不公平对待(28.2%)、家庭不和(24.0%)、有困难没人帮助(23.8%)、同学关系不好(21.7%)。其中,"学习压力大"成为占据中小学生烦恼的首位,近六成学生因为学习问题烦恼。

另据国家统计局 2005 年"中小学学生学习生活状况专项调查"结果显示,多数中学生认为自己的课业负担"比较重"或"过重",二者的比例合计占全部中学生的58%。中学生每天在步入校门时心情"愉快"和"平静"的比例接近三分之二,超过三分之一的中学生感到"郁闷"、"紧张"、"疲惫"、"厌烦"、"焦虑"或"恐惧"。不同年级中学生步入校门时的心理感受相近,其中感觉"郁闷"和"疲惫"的中学生比例均达到 10.0%。高三学生感觉"疲惫"的比例最高,为 18.0%。

2003 年中国青少年研究中心"城市少年儿童生活习惯研究"调查显示,城市初中生学习压力明显超过小学生。在平时感觉"学习负担重"的初中生比例为 48.0%,比小学生(28.4%)超出近二十个百分点;感觉"学习负担一般"的初中生和小学生分别占 41.5% 和 47.4%;感觉"学习轻松"的初中生比例仅为 10.4%,比小学生(24.3%)低近十四个百分点。

9. 中小学生对快乐和苦恼的体验普遍与其学习有关 2005 年,中国青少年研究中心"中国青少年学习和生活的现状与期望"课题调查显示,当被问到"你通常在什么事情上最容易感到幸福和快乐(限选三项)"时,42.4% 的中小学生因"学习成绩提高"而感到快乐和幸福。面对"生活过得好"、"上网"、"家庭和睦"、"受人尊重"、"学习成绩提高"、"玩得痛快"、"得到父母表扬"、"得到老师表扬"、"实现了目标"、"做了好事"、"有充足的零花钱"、"其他"等多个选项,中小学生们认为,最快乐最幸福的两样事情是:实现目标(48.7%)和学习成绩提高(42.4%);比较容易让中小学生有快乐和幸福体验的两样事情是:受人尊重(39.2%)和家庭和睦(37.3%);其次是:上网(27%)和得到老师的表扬(23%)。而玩得痛快却被排在第七位(19.2%),这种现象值得人们深思。

10. 三成多中小学生认为父母在学习方面施加的压力较大 2005 年,中国青少年研究中心"中国青少年学习和生活的现状与期望"调查显示,对来自父母在学习方面所给的压力,中小学生们感觉"非常大"、"比较大"的比例分别为 6.5%、23.7%,感觉"不太大"、"不大"的比例分别为 44.7%、25.1%。其中,中学生感觉压力"非常大"、"比较大"的比例分别为 7.2%、27.9%,小学生感觉压力"非常大"、"比较大"的比例分别为 5.5%、16.5%。

数据说明,我国中小学生除了功课本身的学习压力外,还要承受来自父母所给的学习压力,而中学生所承受的来自父母的学习压力更为沉重。

11. 城市独生子女学习压力大更易感觉孤独 1996 年,中国青少年研究中心"中国城市独生子女人格发展现状与教育"调查显示,学习压力大的城市中小学生独生子女更易感觉孤独。(见表 4.10、表 4.11)

表 4.10 独生子女的学习压力(%)

题目(N=3 275)	比较/非常符合	不太符合	很不符合
我感到学习压力很大	43.6	38.8	17.6
我讨厌考试	39.7	34.5	25.8
我不喜欢考试后排名	53.7	27.5	18.8
我没有时间做我感兴趣的事情	38.2	38.3	23.5

表 4.11　学习压力与独生子女的孤独感(%)

学习压力分组	孤独感分组	
	低分组	高分组
低分组	89.8	10.2
中等分组	80.1	19.9
低分组	65.5	34.5

六、师生关系

1. **中小学生人均有任课教师 10 名**　据国家统计局 2005 年"中小学学生学习生活状况专项调查"结果显示,小学生平均有任课教师 10 位,其中学生感觉喜欢的占 67%,不喜欢的占 19%。中学生平均有任课教师 10 位,其中他们喜欢的教师比例为 50%,不喜欢的教师比例为 24%,不同年级间这一比例差异不大。

2. **师生之间平等与民主的关系初步形成**　全国少工委办公室、中国青少年研究中心 2005 年"当代中国少年儿童发展状况调查"结果表明,少年儿童对于老师关心学生、讲究民主与平等的问题上都有较高评价。其中,65.9% 和 22.4% 的少年儿童认为老师能够"经常"或"有时"关心有困难学生,而认为老师"从来不"或"很少"关心有困难的学生的比例仅为 2.3% 和 9.4%;57.6% 的少年儿童认为"老师经常让大家对班上的事一起出主意、想办法",26.6% 的少年儿童认为"老师有时让大家对班上的事一起出主意、想办法";有 48.5% 的少年儿童认为"老师做错事主动跟学生认错"的事情"经常发生",有 29.4% 的人认为"有时发生",而认为"从来不发生"或"很少发生"的比例只占 5.9% 和 16.2%。

2005 年中国青少年研究中心"中国青少年学习和生活的现状与期望"调查显示,对于"老师总是能够给予我耐心细致的指导和教育"这一陈述,60.6% 的中小学生表示"很赞成",表示"比较赞成"的比例为 35.2%,表示"比较反对"和"非常反对"的比例分别仅占 3.6%、0.6%。

3. **大多数教师能经常鼓励学生**　实施素质教育以来,中小学教育出现了许多可喜的变化,课堂上师生关系也更加融洽。全国少工委办公室、中国青少年研究中心 2005 年"当代中国少年儿童发展状况调查"发现,68.9% 的少年儿童认为"老师经常鼓励取得进步的学生";19.8% 的少年儿童认为老师"有时"这样做;而认为老师"从来不"或"很少"这样做的比例只有 3.2% 和 8.0%。分别有 59.8% 和 24.5% 的少年儿童认为对答不出问题的学生,老师"经常"或"有时"给予提示和鼓励;同时,分别有 43.8% 和 31.9% 的少年儿童对"在课堂上,我可以向老师提出问题"一题表示"非常符合"或"比较符合"自己的实际。

4. 多数教师对待"考试没考好""做了错事"的学生以正面教育为主 2005 年，中国青少年研究中心"中国青少年学习和生活的现状与期望"调查显示，"当学生考试没考好时"，中小学生对老师态度的感受主要为："启发自己找原因"（28.5%）、"安慰鼓励"（20.5%）、"期待我下次进步"（20.2%）、"耐心帮助"（15.5%），"个别批评"、"当众批评"、"用难听的话骂我"、"拿我和别人比差距"、"冷落我"、"其他"等选项的比例均较低，分别为 5.0%、1.9%、0.5%、4.6%、1.2%、2.0%；"当你做了错事时"，中小学生对老师态度的感受主要为："耐心帮助"（30.8%）、"启发自己找原因"（30.3%）、"批评"（22.6%），而"责骂"、"冷落我"、"请家长去学校"、"罚做作业"、"罚搞劳动（搞卫生）"、"随便说两句算了"、"其他"等选项的比例分别只有 1.5%、0.7%、2.7%、0.8%、2.9%、4.8%、2.9%。

数据表明，在学生考试成绩不理想和犯错误时，多数老师对待学生的态度以正面教育为主，这是良好师生关系形成的重要原因。

5. 多数学生十分珍惜与教师的亲密关系 全国少工委办公室、中国青少年研究中心 2005 年"当代中国少年儿童发展状况调查"表明，随着师生之间民主与平等关系的逐步形成，少年儿童与老师的关系更加亲密。1999 年少年儿童将老师视为好朋友的比例为 29.0%，2005 年增长到 32.5%，增长了 3.5 个百分点。此次调查还表明，在"遇到难解决的问题，你最愿意向谁求助"这样的问题上，少年儿童的首先对象是"老师"，比例为 26.9%，其次才是"同学或同龄伙伴"（23.7%）、"母亲"（18.0%）和"父亲"（15.3%）。另外，调查表明，30.6% 和 27.7% 的少年儿童认为"把自己的感受告诉老师""非常符合"和"比较符合"自己的实际情况。这种朋友式的亲密关系，使广大的少年儿童非常珍惜，高达 89.2% 的被调查者坦承"很珍惜老师和我之间的关系"。

6. 少数教师身上不良习惯和行为依然存在 全国少工委办公室、中国青少年研究中心 2005 年"当代中国少年儿童发展状况调查"显示，"处理事情不公正"、"不允许学生辩解"等不良习惯和错误行为在少数教师身上依然存在（见表 4.12）。

表 4.12 少数教师不良习惯和错误行为发生率（%）

	经常	有时
处理事情不公正	8.5	15.6
不允许学生辩解	7.2	14.6
不喜欢学习差的学生	7.9	13.0
不喜欢经济条件差的学生	6.4	17.1
不喜欢相貌不好的学生	3.7	6.0
不喜欢爱提意见的学生	3.6	7.1

续表 4.12

	经常	有时
不守信用	4.9	10.4
要求或暗示学生送礼	3.3	5.2
挖苦、嘲笑学生	3.2	5.9
推搡、打骂学生	3.4	8.2

7. 中小学生认为教师最重要的素质是"教学水平高"、"道德品质好"、"尊重学生"

2005 年,中国青少年研究中心"中国青少年学习和生活的现状与期望"课题调查了解了中小学生最喜欢什么样的教师。数据显示,教学水平高、道德品质好、尊重学生是中小学生最看重的教师素质。当被问到"你认为具备哪些素质对老师最重要(限选三项)",多数中小学生认为教师的教学水平高(53.9%)、道德品质好(50.3%)、尊重学生(31.6%)是他们最看重的素质。其中,小学生认为教师应该具备的最重要素质依次为:道德品质好(65.6%)、认真负责(53.6%)、教学态度好(51.4%)、不偏心(25.2%)、爱护学生(20.9%)、讲课有趣(19.5%)、有幽默感(19.2%)、懂得多(17.1%)、有爱心(14.5%);中学生认为教师应该具备的最重要的素质依次为:教学水平高(55.4%)、尊重学生(49.6%)、道德品质好(41.0%)、知识水平高(36.5%)、教学态度好(32.7%)、有幽默感(22.7%)、公平公正(19.4%)、爱岗敬业(16.0%)、有奉献精神(13.5%)、有爱心(10.2%)。可以看出,中小学生对教师的期望有所不同,小学生最看重老师的思想品质,而中学生更看重老师的教学水平。

8. 中小学生认为老师的道德水平应该是全社会最高的 2005 年,中国青少年研究中心"中国青少年学习和生活的现状与期望"课题调查显示,89.1%的学生认为老师的道德水平应该是全社会最高的;69.7%的学生反对老师进行家教时向学生收钱;95.5%的学生认为老师要能够针对不同学生的特点进行教育;94.3%的学生认为老师和学校都应该能容纳有缺点的学生;65.6%的学生反对学生不听话就被严肃处理;84.0%的学生不喜欢衣着不整洁的老师上课。

从以上数据可以看出,中小学生对教师的道德品质有较高的期望和要求。

附：部分国家和地区义务教育的相关数据

国家	入学年龄	结束年龄	每年学生入学天数	每天学生在校时长（初中）
奥地利	6	16	215	5.6
捷克共和国	6	15	193	4.5
丹麦	7	16	200	6.0
英格兰	4/5	16	190	5.5
芬兰	6	16	190	4.5
法国	6	16	180	5.5
德国	6	16	188—208	5.1
匈牙利	5	16	185	3.8
爱尔兰	6	15	183	6.0
立陶宛	7	16	185	4.2
荷兰	5	16	200	5.3
挪威	6	16	190	4.5
葡萄牙	6	15	180	5.2
苏格兰	4/5	16	190	5.5
瑞典	7	16	178	—
澳大利亚	6	15	200	5.5
加拿大	6/7	15/16	180—200	7.5
日本	6	15	210—240	—
新西兰	6	16	190	—
美国	6	16	180	5.7

（数据来源：中国教育资讯报　2002 年 3 月 27 日）

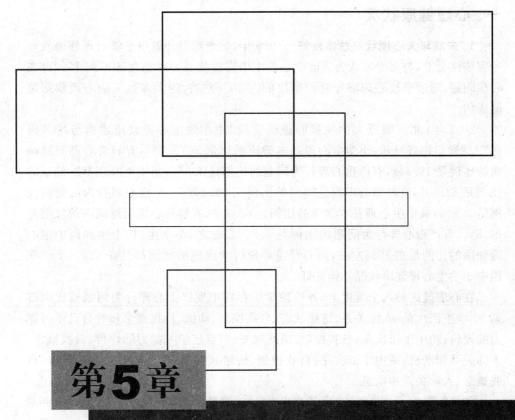

第5章
未成年人的心理健康

一、心理健康状况

1. 未成年人心理状况总体良好　1999 年,教育部召开的中小学心理健康教育专家座谈会上,与会专家认为当前中小学生中需要接受心理治疗的不到 1％,存在心理问题,通过学校心理辅导就能解决的占 10％左右,绝大多数人的心理状态是健康的。

2001 年,北京师范大学发展心理研究所"中小学生心理素质建构与培养研究"[13]课题组调查显示:小学生心理基本健康的比例是 79.4％,有异常心理问题倾向的比例是 16.4％,有严重心理行为问题的比例是 4.2％;初中生心理基本健康的比例是 82.9％,有异常心理问题倾向的比例是 14.2％,有严重心理行为问题的比例是 2.9％;高中生心理基本健康的比例是 82.7％,有异常心理问题倾向的比例是 14.8％,有严重心理行为问题的比例是 2.5％。总之,小学生、初中生和高中生心理健康的比例都在 80％左右,而有严重心理行为问题的比例都只在 5％以下。我国中小学生心理健康状况总体良好。

在心理健康的六个维度上,各阶段学生存在中度以上心理行为问题按比例排列,小学生依次是:人际关系、情绪状态、自我控制、动机、自我概念和对自己学习能力的评价;初中生依次是:自我控制、情绪状态、对自己学习能力的评价、自我概念、人际关系和动机;高中生依次是:自我控制、情绪状态、对自己学习能力的评价、自我概念、人际关系和动机。

(数据来源:《一项大型调查表明:我国中小学生心理健康状况总体良好》,鲍东明,《中国教育报》,2001 年 4 月 15 日)

2. 情绪问题是青少年面临的主要心理问题　2006 年,上海思想政治工作研究会和上海社会科学院青少年研究所在其公布的《青少年心理健康状况蓝皮书》[14]中指出,青少年群体中的情绪不健康现象令人担忧,约 24.7％的人存在情绪障碍的现象,21.1％存在一定的情绪问题,55.2％的人情绪健康维持在正常水平,但其均值 15.68 远远高于流调抑郁量表(CES－D)中国常模的均值 11.52。

来自华东师范大学心理系的调查:在 16－25 岁的社区青少年群体中,敌意、妄想、焦虑、强迫、躯体化、恐怖和抑郁等几方面的心理问题检出率都明显高于 SCL－90 中国常模,而且社区青少年在对社会的态度上明显比普通青少年更为消极和冷漠。

上海市中小学心理辅导协会的一份调查显示,6－11 岁的儿童中,心理问题同样不容忽视,该群体中各类行为障碍检出率为 23.2％,远远高于高中生的 13.9％和初中生的 9.1％。其中注意缺损障碍,又名儿童多动症的发生率在这一群体的各种心理问题中占第一位。

专家指出,在心理健康方面,不同年龄阶段表现出不同的特点。6－11岁的主要心理健康问题为儿童多动症;11－18岁为情绪障碍,而16－25岁则主要表现为社会态度顺应问题。

(数据来源:《青少年心理健康状况蓝皮书》,梁燕,《检察风云》,2006年第8期)

二、自我认识

1. 少年儿童自我接纳程度普遍提高　全国少工委办公室、中国青少年研究中心"当代中国少年儿童发展状况"课题组先后于1999年和2005年两次对青少年自我接纳状况的调查结果表明,大多数少年儿童对自己的相貌、体型、健康状况、性格以及学习状况均具有较高的自我接纳程度。2005年的调查数据显示,相对于1999年而言,当代少年儿童的自我接纳程度均有普遍提高,尤其是在对自身形貌和体型、性格和健康状况方面有较大幅度提高(见图5.1)。

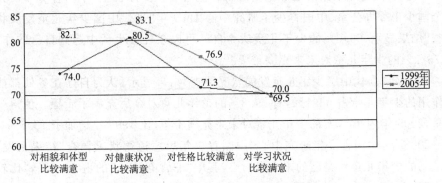

图5.1　少年儿童自我接纳程度(％)

2. 城市儿童的自我接纳高于农村儿童　全国少工委办公室、中国青少年研究中心2005年"当代中国少年儿童发展状况"课题组研究发现,总体上,城市少年儿童在自我接纳方面均优于农村少年儿童,尤其在对相貌、体型、健康、性格、学习状况等方面差异明显(见图5.2)。将自我接纳划分为高分组、中等分组和低分组后分析发现,高分组中农村儿童占8.3％,城市儿童占16.5％;中等分组中农村儿童占68.2％,城市儿童占68.7％;低分组中农村儿童占14.8％,低分组中城市儿童占23.5％。

值得注意的是,1999年调查数据显示,农村儿童对自己的学习状况满意程度要高于城市少年儿童,分别为27.4％、20.3％;2005年,城市儿童对学习满意状况要好于农村儿童,农村和城市分别为32.7％和26.3％。

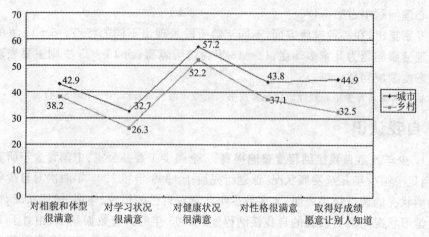

图 5.2 2005 年城乡少年儿童自我接纳程度比较(%)

3. **少年儿童对未来的信心稳步提高** 全国少工委办公室、中国青少年研究中心全国少工委办公室、中国青少年研究中心 1999 年"当代中国少年儿童发展状况调查"结果显示,66.0%的少年儿童认为自己可以在社会生活中起到自己的作用,有 76.2%的少年儿童对未来充满希望。

2005 年"当代中国少年儿童发展状况调查"结果显示,认为自己在各处都能起到作用的少年儿童占 68.1%,有 89.8%的少年儿童对今后充满了希望。值得一提的是,2005 年约 90.0%的少年儿童对未来充满希望,比 1999 年增加了 13.6%。

2006 年,中国青少年研究中心"中国青少年思想道德状况调查"结果也发现,91.1%的少年儿童对自己的未来有信心,其中"非常有信心"的占 60.9%,"比较有信心"的占 30.2%。与以前相比,今天的少年儿童对未来更加充满期望。

4. **四成多少年儿童"经常感到泄气"** 全国少工委办公室、中国青少年研究中心 2005 年"当代中国少年儿童发展状况"课题组调查发现,42.8%的少年儿童"经常感到泄气";42.1%"感到不被别人重视";39.7%"碰到一位陌生人,我常常感到他比我强";36.8%"常常感到自己是别人的负担"。

而在 1999 年,"经常感到泄气"的比例为 43.1%;"经常感到别人对我毫不重视"的比例为 45.9%;"觉得自己是别人的负担"的比例是 36.7%;"遇到一位陌生人,我常常感到他比自己强"的比例为 45.0%。

尽管少年儿童对未来充满期待,但在竞争激烈的社会环境中,他们心理承受能力却很有限,对现实的自信心有待增强。

5. **中学生总体上有较高的自尊水平** 2005 年,"国内五城市未成年人发展联合调查"课题组[15]采用罗森伯格自尊量表对我国五城市未成年人的联合调查发现,反映正向自尊因素上的总体平均分为 3.81 分,接近五点评分的"基本符合"的水平,反映负向自尊因素上的总体平均分为 2.37 分,接近五点评分的"不太符合"的水平(见表5.1)。可见,中学生总体上自我感觉良好,对自我有着积极正面的评价。

表 5.1 五城市中学生自尊条目的得分情况

项　目	平均分	标准差
自尊(正向)		
我对自己是有信心的	4.05	1.03
我觉得自己和别人一样,是个有价值的人	4.04	1.03
别人能做到的事情我一般都有能力做到	3.85	0.91
我觉得自己有好多好的品质	3.6	0.98
总体来说,我对自己感到满意	3.53	1.03
自尊(负向)		
我有时觉得自己什么都做不好	2.84	1.15
我希望自己能够更加自信,但我做不到	2.75	1.26
我有时觉得自己一无是处	2.19	1.22
我觉得我没有什么能让自己感到满意的地方	2.12	1.08
总体来说,我觉得自己可能一事无成	1.97	1.08

(数据来源:《2005 年国内五城市未成年人发展联合调查:中学阶段青少年发展状况报告(2006)》,中国科学院心理研究所)

三、人际心理健康

1. **多数少年儿童拥有和谐的同伴关系**　全国少工委办公室、中国青少年研究中心 2005 年"当代中国少年儿童发展状况"课题组调查发现,60.5%的少年儿童认为同学中有很多人喜欢自己,76.8%的少年儿童有知心朋友,38.2%的少年儿童表示在空闲时间,他们与同伴在一起的时间最长,这一比例远远超过选择母亲、父亲及其他重要他人的比例;36.1%的少年儿童认为人生最大的幸福是"有知心朋友"。

2005 年"国内五城市未成年人发展联合调查"课题组调查发现,认为同学关系基本和谐和有时和谐的人数占总数的 98.4%,认为同学关系基本不和谐的人数比例仅为 0.9%。在"完全不是"(1 分)到"完全是"(5 分)的评分中,中学生和谐同学关系维度平均得分为 3.82 分,基本接近"基本和谐"(4 分)的水平;不和谐同学关系的平均得分为 1.87 分,接近"基本不和谐"(2 分)的水平。这表明,中学生同学关系基本上是积极、和谐的。

另一方面,"当代中国少年儿童发展状况"课题组(2005)调查发现,同学和同龄伙伴也是少年儿童心理健康的重要支持源。调查数据显示:42.0%的初中生认为

"心情不好时,同学或同龄伙伴最能理解、安慰自己";28.7%的初中生认为"同学或同龄伙伴最尊重自己,让自己感到自信";45.0%的初中生表示"内心的秘密,最愿意告诉同学或同龄伙伴";35.1%的少年儿童表示"遇到难解决的问题,最愿意向同学或同龄伙伴求助"。

2. 部分中学生存在人际交往的不良倾向　2005 年"国内五城市未成年人发展联合调查"课题组调查发现:中学生在"班里的大部分同学是自私的"问题上的平均得分为 2.67 分,基本接近"有时是"的水平;在"如果有同学获得奖励,很多人会嫉妒"的得分为 2.16 分。这表明,部分中学生在同学交往中会出现嫉妒、自私的不良倾向。

"当代中国少年儿童发展状况"课题组先后两次调查发现:少年儿童对"我的成功归功于我的能力,与别人无关"表示符合("比较符合"和"非常符合")的比例 1999 年为 18.8%,2005 年为 26.0%;对于"当我的朋友需要我帮助时,我一般先做完自己的事情再帮助他"表示符合的比例,1999 年为 17.9%,2005 年为 29.9%;对于"如果别人作的比我好,我心里就会不高兴"表示符合的比例,1999 年为 17.9%,2005 年为 22.6%。另外,1999 年对于"一听到自己熟悉的人获得成功,就像自己失败了一样"表示符合的比例为 30.1%。

可见,今天的少年儿童在人际关系处理方式上不如 5 年前,主要表现为更加自我、自私、嫉妒,这是一个值得关注的问题。

3. 部分中学生未能防范网络交友的潜在伤害　全国少工委办公室、中国青少年研究中心 2005 年"当代中国少年儿童发展状况"课题组调查发现,在上过网的少年儿童中,有 12.4%的少年儿童将网友选为自己的好朋友,17.6%曾经将家庭或学校地址、电话号码告诉网上认识的人,18.7%曾经与网上认识的朋友见面。如果不能对网络交友有理智的认识,网络交友不慎有可能对少年儿童的发展造成潜在威胁。

四、家庭心理健康

1. 高达 45.1%的少年儿童认为父母经常只关心自己的学习成绩　全国少工委办公室、中国青少年研究中心 2005 年"当代中国少年儿童发展状况"课题组调查发现,"经常和父母说心里话"的比例从 5 年前的 39.9%降到了 27.7%;高达 45.1%的少年儿童认为"父母经常只关心我的学习成绩",而 1999 年的调查数据是 22.0%。另外,1999 年的调查还显示,34.0%的少年儿童认为"父母了解我最需要什么",有 24.8%的少年儿童认为父母并不了解自己的需要。由于缺乏对孩子内心世界的了解,父母就很难在必要的时候为孩子提供恰当的支持。

2. 父亲给孩子的情感支持有待增强　全国少工委办公室、中国青少年研究中心 2005 年"当代中国少年儿童发展状况"课题组调查发现:当被问到"心情不好时,谁最能理解、安慰你"时,有 10.0%的少年儿童选择了父亲,而 1999 年的比例为

15.0%；当被问到"空闲时间,你和谁在一起的时间最长"时,有 6.9% 的少年儿童选择了父亲,1999 年为 10.1%；当被问到"谁最尊重你,让你感到很自信"时,仅有 15.5% 的少年儿童选择了父亲,1999 年为 16.7%；另外,2005 年调查数据还显示,在内心有秘密时,仅有 8.5% 的少年儿童选择向父亲倾诉;在遇到难解决的问题时,15.3% 的少年儿童选择向父亲求助。

由此可见,无论在情感、陪伴、尊重、亲密还是在问题解决方面,父亲为少年儿童提供的支持都不多,而且有逐年下降的趋势。

3. 近 1/4 的孩子挨过父母打　全国少工委办公室、中国青少年研究中心全国少工委办公室、中国青少年研究中心 1999 年"当代中国少年儿童发展状况"课题组调查数据显示,11.5% 的孩子表示"父母总是训斥自己";15.1% 的孩子表示"父母限制自己交朋友";5.6% 的孩子表示"父母经常威胁自己";4.8% 的孩子表示"父母经常打自己"。

2005 年"当代中国少年儿童发展状况"课题组调查表明,在家里 6.4% 的孩子经常挨打,17.5% 的孩子有时挨打,很少挨打的孩子有 47.3%,从未挨打的孩子仅有 28.8%；另外,经常遭到父母训斥和吓唬的孩子有 5.1%,经常遭到父母挖苦和嘲笑的孩子也有 3.1%。

家庭暴力将给孩子一生的发展埋下巨大的阴影和隐患,父母应该用更多的耐心和爱心来取代粗暴。

五、情绪状况

1. 大多数中学生的情绪状态积极健康　2005 年,"国内五城市未成年人发展联合调查"课题组调查发现,有 6.9% 的中学生报告自己经常或每天都处于消极情绪中。在五级评分的量表中,5 项积极情绪的评分值均在 3.0 分以上,9 项消极情绪的评分值中有 7 项在 3.0 分以下,有 2 项在 3.0 分以上;积极情绪的平均得分为 3.52 分,消极情绪的平均得分为 2.78 分(见表 5.2)。这说明,大部分中学生的情绪状况是积极的。

表 5.2　中学生消极情绪与积极情绪状况

项　目	平均分	标准差
我感到愉快	3.72	1.03
我感到高兴	3.71	1.14
我感到心情舒畅	3.62	1.04
我感到轻松	3.31	1.10
我感到精力充沛	3.22	1.09

续表 5.4

项　目	平均分	标准差
我感到有压力	3.35	1.13
我感到疲乏	3.18	1.17
我感到忧闷	2.91	1.00
我感到烦躁	2.85	1.04
我感到自己不知怎么做才好	2.8	1.04
我感到紧张	2.72	1.06
我感到孤单	2.49	1.13
我感到悲伤	2.4	1.04
我感到没人能帮助我	2.38	1.15

（数据来源：《2005 年国内五城市未成年人发展联合调查：中学阶段青少年发展状况报告 (2006)》,中国科学院心理研究所）

2. **中学生消极情绪随年龄增长呈上升趋势**　2005 年,"国内五城市未成年人发展联合调查"[16]课题组调查发现,初一学生的积极情绪平均分最高（3.7 分）,高二学生的平均得分最低（3.4 分）;初一学生的消极情绪平均分最低（2.59 分）,而高二学生的平均得分最高（2.93 分）。随着年级的升高,中学生的情绪状态呈消极情绪上升,积极情绪下降的趋势,年级间的显著差异表现在初中和高中之间,在高中趋于稳定（见图 5.3）。

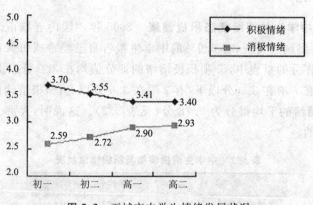

图 5.3　五城市中学生情绪发展状况

3. **约 1/3 少年儿童经常感到烦躁和苦恼**　2005 年,中国青少年研究中心"《意见》发布一年后的调查"[11]结果显示:有 22.7% 的被调查少年儿童认为自己感到烦躁的时候比较多,7.2% 感到烦躁的时候非常多;有 21.8% 表示感到苦恼的时候比较多,7.1% 的表示感到苦恼的时候非常多;13.7% 表示感到痛苦的时候比较多,

4.5%感到痛苦的时候非常多;18.0%表示感到伤心的时候比较多。5.4%感到伤心的时候非常多。

4."学习压力大"占据中小学生烦恼的首位 2005年,中国青少年研究中心"中国青少年学习和生活的现状与期望"课题组调查发现,中小学生普遍体验到苦恼的事情主要集中在以下8个方面:

学习压力大(57.6%)、不被人理解(53.9%)、成绩不好(38.7%)、没时间玩(33.9%)、遭受不公平对待(28.2%)、家庭不和(24%)、有困难没人帮助(23.8%)、同学关系不好(21.7%)。其中,"学习压力大"占据中小学生烦恼的首位,近六成学生因为学习问题烦恼。

5. 近半数少年儿童感受到孤独情绪 1996年,中国青少年研究中心"中国少年儿童思想道德文化状况调查"[17]结果显示,当问及"你孤独吗"的时候,在中学生中回答"非常孤独"占4.9%;"比较孤独"占17.0%;"一般"占30.8%;"不孤独"占47.3%。在校学生中,回答"非常孤独"占4.1%;"比较孤独"占10.0%;"一般"占31.8%;"不孤独"占54.1%。

全国少工委办公室、中国青少年研究中心2005年"当代中国少年儿童发展状况"调查数据显示,23.7%的少年儿童感到孤独。与此相关的是,26.7%的少年儿童认为自己的朋友比期望的少;14.7%的少年儿童感到没有人和自己一起;23.1%的少年儿童没有知心朋友;39.5%的少年儿童认为同学中没有多少人喜欢自己。与1999年的调查数据(1999年的比例依次为20.0%,26.7%,13.5%,22.2%,39.4%)相比,感到孤独的少年儿童略有增多。

2007年,北京大学儿童青少年卫生研究所公布了来自全国13个省约1.5万名10-24岁的初中、高中和大学生的大型调查报告。其公布的《中学生自杀现象调查分析报告》显示,在过去12个月中,分别有50.1%的男生和56.9%的女生报告感到孤独;分别有64.6%的男生和72.6%和女生经常或是因学习压力或是因成绩问题感到心情不愉快;分别有37.1%和39.9%的男女生经常或总是因担心某事而失眠;分别有17.0%的男女学生连续两周或更长时间感到非常伤心或绝望而停止日常活动。

六、幸福感

1. 绝大多数少年儿童拥有幸福、快乐的生活体验 2005年3月,中国青少年研究中心"《意见》发布一年后的调查"显示,当被问到"你平时有多少快乐的心理体验"时,有36.7%的少年儿童感到快乐的时候非常多,43.0%表示感到快乐的时候比较多,有15.4%的少年儿童感到快乐的时候很少,有4.2%说不清,只有0.7%表示从来没有感到过快乐。

2006 年 11 月,中国青少年研究中心"中国青少年思想道德状况调查"显示,有 86.3％的少年儿童认为自己是快乐的。其中,"非常快乐"的为 50.1％,"比较快乐"的为 36.2％,"不太快乐"的有 5.4％,很不快乐的仅为 1.2％,还有 7.1％"说不清"。

2. **达到目标和提高成绩是少年儿童感到最幸福快乐的事情** 2005 年,中国青少年研究中心"《意见》发布一年后的调查"显示,中小学生对快乐的体验普遍都与其学习活动关系密切。当被问到"你通常在什么事情上最容易感到幸福和快乐(限选三项)"时,在"生活过得好"、"上网"、"家庭和睦"、"受人尊重"、"学习成绩提高"、"玩得痛快"、"得到父母表扬"、"得到老师表扬"、"实现了目标"、"做了好事"、"有充足的零花钱"、"其他"等多个选项中,中小学生们认为最快乐最幸福的两样事情是:实现目标(48.7％)和学习成绩提高(42.4％);比较容易让中小学生有快乐和幸福体验的两样事情是:受人尊重(39.2％)和家庭和睦(37.3％);其次是:上网(27.0％)和得到老师的表扬(23.0％)。在他们心中,实现目标、成绩提高才是最幸福的事情。

1996 年中国青少年研究中心"中国城市独生子女人格发展现状与教育"课题组关于"你认为你现在最大的苦恼是什么"的调查也显示,有 71.0％的学生选择了"学习成绩不好"、"才能不足"、"不能实现理想"等,29.0％的学生选择了"孤独、不被人理解"、"得不到别人尊重"等。这从反面证实了上述结论。

七、心理压力

1. **学业和考试压力是中学生心理压力的主要来源** 2005 年"国内五城市未成年人发展联合调查"课题组对中学生的心理压力进行调查,问卷包括 15 个条目,采用五级评分,最后归纳为"没有压力"、"略有压力"和"压力较大"三类。结果发现,中学生感到压力最大的三个方面是:"升学和考试压力"(62.3％)、"课业负担过重"(37.7％)、"父母对自己的要求过高"(34.9％)。中学生感到压力最小的三个方面是:"有关青春期发育的问题"(5.5％)、"去学校路上不够安全"(5.8％)、"自己的相貌不够好"(9.5％)(见表 5.3)。

表 5.3 中学生心理压力的来源(％)

	压力较大	略有压力	没有压力
升学和考试压力	62.3	32.0	5.8
课业负担过重	37.7	55.6	6.7
父母对自己的要求过高	34.9	52.8	12.3
父母不和造成的家庭问题	22.3	27.0	50.7
来自学校和压力的压力	21.3	56.1	22.6
父母离异	20.6	16.2	63.2

续表 5.3

	压力较大	略有压力	没有压力
与父母之间的冲突	18.6	51.6	29.8
家庭经济困难	15.5	37.3	47.2
来自于同学之间关系的压力	11.3	56.6	32.1
有时失眠	11.3	46.4	42.4
自己太胖,体重超重	11.1	31.9	56.9
恋爱	10.9	34.3	54.8
自己的相貌不够好	9.5	44.7	45.8
去学校的路上不安全	5.8	44.0	49.2
有关青春期发育的问题	5.5	45.1	49.5

(数据来源:《中学阶段青少年发展状况报告(2005),"国内五城市未成年人发展联合调查"课题组》)

另外,对15项压力来源的进一步分析,可以归纳为"升学压力"、"学校压力"、"家庭压力"、"青春期压力"和"形象压力"五个方面。调查结果也表明,五个方面压力的平均分分别为:3.31、2.17、2.07、2.01和1.9。相对强度而言,升学问题是中学生生活压力中最大的压力源,即由于升学和考试、课业负担过重和父母要求过高等产生的压力,而"形象压力"对中学生相对较小。

2. **不同年级中学生心理压力表现出不同的特点** 2005年,"国内五城市未成年人发展联合调查"课题组调查发现,对不同年级中学生而言,升学压力在所有五类压力中评分最高,均达到3.0分以上。相对而言,高中生面临的心理压力会更大,初一学生在"家庭压力"方面的压力最高,青春期压力从初二开始逐渐成为中学生相对重要的压力源(见表5.4)。

表5.4 中学生五类心理压力的比较

	初一	初二	高一	高二
升学压力	3.13	3.29	3.4	3.4
学校压力	2.14	2.1	2.04	2.04
家庭压力	2.06	2.18	2.19	2.19
青春期压力	1.94	2.01	2.07	2.07
形象压力	1.84	1.88	1.95	1.95

(数据来源:《中学阶段青少年发展状况报告(2005)》,"国内五城市未成年人发展联合调查"课题组)

3. **升学压力和形象压力是中学女生主要的压力** 2005年,"国内五城市未成年人发展联合调查"课题组调查发现,中学女生在升学压力和形象压力上的得分高于男生,但男生在家庭压力上的得分比女生更高,在学校压力和青春期压力方面男女生没有显著差异(表5.5)。

表5.5 中学生五类心理压力的性别比较

	男生	女生
升学压力	3.27	3.34
学校压力	2.16	2.17
家庭压力	2.11	2.04
青春期压力	2.01	2.01
形象压力	1.83	1.95

(数据来源:《中学阶段青少年发展状况报告(2005)》,
"国内五城市未成年人发展联合调查"课题组)

4. **两成多中学生存在抑郁倾向** 1999 年,安徽医科大学公共卫生学院采用抑郁自评量表(CES−D),采取分层整群抽样方法,对抽取的安徽省初一至高三 6 个年级共 12 430 名中学生进行抑郁症状的问卷调查。结果表明,中学生抑郁症状发生率为 22.8%,其中女生高于男生,农村学生高于城市学生;高中生高于初中生(见表5.6)。

表5.6 中学生抑郁症状的年级、性别与城乡分布(%)

报告率	年级						性别		城乡	
	初一	初二	初三	高一	高二	高三	男	女	农村	城市
	15.8	20.1	26.3	25.5	24.7	56.8	21.2	24.9	25.2	15.4

(数据来源:《安徽省中学生抑郁心理症状及其相关因素》,张洪波等,《中国学校卫生》,2001 年 6 期)

2005 年,中国青少年研究中心"《意见》发布一年后的调查"发现,表示"平时感到抑郁的时候比较多"的少年儿童为 14.6%,有 4.6%"感到抑郁的时候非常多"。在抑郁的体验上,也存在一定的年级差异,初中生感到抑郁的比例更高,感到抑郁比较多的为 16.7%,而小学生则为 12.7%。

5. **约两成中学生曾考虑过自杀** 2002 年 12 月 3 日到 9 日,在北京心理危机与干预中心举办的首届国际自杀预防研讨会上,北京回龙观医院历时 7 年的调查结果显示:自杀已成为 15−34 岁青少年人口中第一位死因,占相应人群死亡人数的 19.0%。

(数据来源:《我国青少年自杀问题研究的重要性和紧迫性》,李建军,《青年研究》,2004 年 6 月)

2004 年,上海市儿科医院与上海教科院普教所进行的一项调查结果显示:在上海 8 个区 2 500 多名中小学生中，竟有 5.85% 的孩子曾有过自杀计划，其中自杀未遂者达到 1.71%，有 24.39% 的中小学生曾有"活着不如死了好"的想法，其中曾认真考虑过该想法的人数达到 15.23%。

（数据来源：《快乐孩子心》，《上海家庭报》，2004 年 10 月 18 日）

2006 年，"两岸四地（广州、香港、澳门和台湾）健康教育促进项目"课题组[18]调查发现，广州市中小学生自杀意念平均报告率为 14.5%，其中小学生 12.5%，初中生 13.6%，高中生 18.1%，且女生的自杀意念报告率（15.5%）高于男生（12.3%）；自杀意念报告率随年级升高呈上升趋势（见表 5.7）。

表 5.7　中学生抑郁症状的年级、性别分布（%）

学段	男生		女生		合计	
	报告人数	报告率	报告人数	报告率	报告人数	报告率
小学	98	10.6	202	13.7	300	12.5
初中	256	13.3	121	14.4	386	13.6
高中	87	12.3	279	21.4	366	18.1
合计	450	12.3	602	15.5	1 052	14.5

（数据来源：《广州市中小学生自杀意念及影响因素研究》，李薇等，《中国学校卫生》，2006 年 3 期）

2007 年，北京大学儿童青少年卫生研究所公布的关于中学生自杀现象调查分析表明，在自杀意念方面，在过去 12 个月内，有 19.6% 的学生曾经考虑过自杀，男生占 22.9%，女生占 16.2%，初三和高三年级学生的自杀意念最为强烈，随后报告率迅速下降，持续保持在较低水平。在自杀计划方面，在过去 12 个月内，在 6.0% 的学生曾为自杀做过计划，其中男生占 5.2%、女生占 6.8%，初三和高三的报告率最高。在自杀未遂方面，2.4% 的学生曾采取措施实施自杀，男生与女生之间的差别并不显著，初三年级的自杀未遂报告率最高，以后随年级升高逐渐下降。

（数据来源：《中国青少年健康相关危险行为综合报告》，北京大学医学出版社出版，2007 年）

八、独生子女人格心理与行为

1. **独生子女亲和需要和持久需要较强**　1996 年，中国青少年研究中心"中国城市独生子女人格发展现状与教育"课题组调查发现，亲和需要的高分组占 29.9%，中等分组占 60.4%，低分组占 8.7%。在该项研究中，亲和需要得分较高表示乐于结交朋友，为朋友做事情，对朋友忠诚，尊重朋友和他人，遇事乐于与朋友合作，与朋友有福同享，有难同当，喜欢与朋友保持密切的联系。因此，大多数城市独生子女具有较强的亲和需要。

持久需要得分较高表示办事喜欢坚持到底,对于指定的任务能全力以赴,执著地去解决,直到全部完成任务以后才罢休。调查发现,中高分组占总人数的87.2%,低分组占12.8%。这说明,城市独生子女持久需要较强烈,他们办事喜欢坚持到底,能全力以赴地完成指定的任务。

2. **近八成独生子女没有谦卑需要**　心理学研究表明,谦卑需要得高分的人经常为做错某事感到内疚;当别人指责他时,认为个人应忍受痛苦,而不应伤害他人,认为错了就该受到惩罚;遇事不与人争执而常常屈从;在不适应的情境下沮丧;在优胜者面前自觉胆怯。1996年,中国青少年研究中心"中国城市独生子女人格发展现状与教育"课题组调查表明,独生子女有谦卑需要的占少数,77.8%的独生子女没有谦卑需要,只有少部分孩子(22.2%)或多或少存在着谦卑需要。

3. **大部分独生子女有安全感和自信心**　1996年,中国青少年研究中心"中国城市独生子女人格发展现状与教育"课题研究调查发现:有71%的独生子女能很好地接纳自己。75.6%的独生子女否定了"我觉得自己是别人的负担";66.8%的独生子女否定了"我好像在各处都不能起作用";68.4%的儿童说"我对今后充满了希望"等。总的说来,大部分独生子女有安全感和自信心。

1998年,原华中理工大学社会学系主任风笑天教授主持的"中国独生子女青少年的社会化过程及其结果"[19]课题组以同龄非独生子女作为参照对象,将青少年问卷与家长问卷相互对比,从性格特征、生活技能、社会交往、社会规范、生活目标、成人角色、自我认识等方面,对全国第一代独生子女的社会化过程及其结果进行大规模调查研究。结果表明,对学习成绩感到满意的占27.5%,对身体健康表示满意的占75.0%,对性格习惯表示满意的占75.6%。

4. **独生子女具有较强的报答和自我提高需要**　1996年,中国青少年研究中心"中国城市独生子女人格发展现状与教育"课题研究表明,城市独生子女学习目的列居前五位的是:"为了报答父母的爱"(76.7%)、"将来为国家作贡献"(66.2%)、"满足家长对我的期待"(64.4%)、"为将来开创一番事业创造条件"(65.8%)、"很好地发展自己"(65.8%)等。这些都体现了独生子女对父母、国家的报答需要和自我提高的需要。

5. **多数独生子女兴趣爱好广泛**　1996年,中国青少年研究中心"中国城市独生子女人格发展现状与教育"课题结果表明,在研究者列出的19种兴趣爱好中,独生子女平均的兴趣爱好数为9.548个。65.2%的独生子女有6种至13种爱好。排在前10位的兴趣爱好依次为:数学(70.6%)、外语(67.2%)、体育(59.1%)、科技(56.2%)、动植物(54.1%)、环境保护(53.9%)、影视表演(53.4%)、唱歌(50.6%)、计算机(50.5%)、新闻(49.9%)。

6. **超过半数的独生子女在社会道德方面表现较好**　1996年,中国青少年研究中心"中国城市独生子女人格发展现状与教育"课题组采用道德自我评价量表测量了儿童的道德表现,道德自我评价量表根据国家教委正式颁布的中小学德育纲要设计而成,共有 54 个变量,分为相反的两个部分:优点和缺点。测试时请被试指出自己的重要优点和重要缺点。结果发现,超过半数的独生子女在社会道德方面表现较好,主要表现为:孝敬父母(68.5%)、尊重他人(63.9%)、文明礼貌(63.1%)、团结(57.1%)、助人为乐(55.8%)、诚实(53.9%)、爱护公物(53.7%)、遵守纪律(51.2%)等。

1998 年,"中国独生子女青少年的社会化过程及其结果"课题组研究表明,大多数城市独生子女认为自己具有较好的社会品质,具体表现为:"自尊心强"(92.0%)、"责任心强"(76.5%)、"上进心强"(70.3%)、"独立性强"(66.5%)、"交往能力强"(58.6%)和"动手能力强"(47.7%)

7. 少数独生子女在自我接纳方面存在障碍 1996 年,中国青少年研究中心"中国城市独生子女人格发展现状与教育"课题组的统计表明,对自己学习状况完全不满意的占 38.7%;特别不满意自己健康状况的占 15.9%;特别不满意自己性格的占 15.8%;特别不满意自己相貌和体形的占 15.3%。

8. 仅三成多独生子女认知需要较强烈 中国青少年研究中心"中国城市独生子女人格发展现状与教育"课题组的调查表明,只有 33.2%的儿童"经常感到学习的快乐";36.3%的儿童"总想弄懂不明白的问题";30.0%的儿童喜欢所学的科目。这说明,大部分儿童对学习活动本身不感兴趣,不能感到快乐。

9. 个人道德状况较好的独生子女不足半数 中国青少年研究中心"中国城市独生子女人格发展现状与教育"课题组从学习努力、独立性、创造性和勤俭勤劳四个方面调查城市独生子女的个人道德状况。研究结果表明,在这四个方面表现较好的人数均未超过半数。其中,承认自己学习不够努力的达 31.0%;缺少生活自理能力的占 20.4%;很少帮助家长干活的占 28.0%;自述胆小的占 34.3%;不爱提问题的为 38.8%;对创造发明不感兴趣的为 27.5%,爱花钱的为 33.7%。

10. 部分城市独生子女存在着较强烈的攻击性需要 中国青少年研究中心"中国城市独生子女人格发展现状与教育"课题组的调查发现,大多数独生子女的攻击性需要低分组百分比只有 11.6%,中分组占 74.3%,高分组占 14.1%。这表明,部分城市独生子女表现出一定程度的攻击性倾向,主要表现为:好主动出击、喜欢公开批评他人、好开别人的玩笑、拒绝与自己不和的人交往、喜欢报复、易为小事发怒等。

11. 独生子女的"任性"阻碍儿童健康成长 2001 年,一项对北京市崇文区 5 所中学初一、初二(为主)的 22 个班级学生的调查发现,25.6%的学生承认认为为一点小事就会发脾气,10.3%的学生认为自己的愿望父母必须满足。

2002 年,中国青少年研究中心"少年儿童行为习惯与人格关系研究"课题组通过开放问卷研究发现,"任性"是当代少年儿童比较突出的不良行为习惯,主要表现为:自制力不强,爱发小脾气;比较自私,自我中心;不谦让,不宽容。

在"基本做人态度上",父母报告的儿童不良行为习惯中"自制力不强,爱发小脾气"位列第2位;教师的报告将其排列为第9位,少年儿童自己将其排列为第3位。

在"交往方面不良习惯"中,父母和教师把"比较自私、自我中心"排在前10位的第1位,少年儿童自己将其排在第2位。同时,父母、教师和少年儿童分别把"不谦让和不宽容"排在第4位、第3位和第5位。

(数据来源:《崇文区初中问题学生心理障碍追因调查报告》,1999年北京市崇文区教育科研协调指导小组论文;《儿童教育就是培养儿童好习惯:当代儿童行为习惯研究报告》,中国青少年研究中心,北京出版社,2004年)

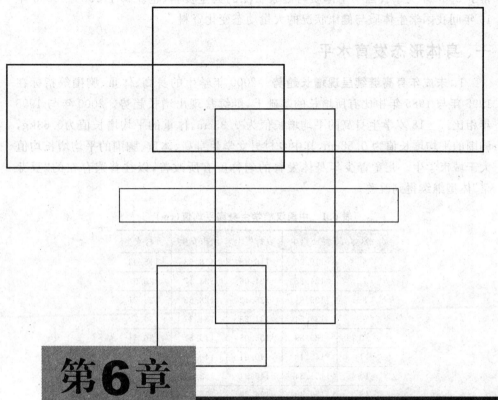

第6章

未成年人发育及健康状况

2000 年,由教育部、国家体育总局、卫生部、国家民族事务委员会、科学技术部共同实施了 20 世纪最后一次全国多民族的大规模学生体质与健康调研[20],调研获得了 2000 年关于我国学生体质与健康状况的大量资料,也获得了 1985－2000 年 15 年间我国学生体质与健康状况的大量动态变化资料。

一、身体形态发育水平

1. 未成年身高继续呈现增长趋势 2000 年学生的身高、体重、胸围等指标在 1995 年与 1985 年相比有所增长的基础上,继续呈现出增长趋势。2000 年与 1995 年相比,7－18 岁学生身高的平均增长值为 0.35cm,体重的平均增长值为 0.63kg,胸围的平均增长值为 0.58cm,其中乡村男女学生身高、体重、胸围的平均增长均值大于城市学生。儿童青少年身体发育的匀称度有所改善,以往普遍存在的"豆芽菜"体型继续得到改善。

表 6.1　中国汉族学生身高平均值(cm)

年龄(岁)	城市男生	乡村男生	城市女生	乡村女生
6	119.96	116.48	118.53	115.33
7	124.25	121.06	123.17	120.07
8	129.81	126.42	128.63	125.21
9	134.54	131.29	134.37	130.72
10	139.89	136.05	140.57	136.61
11	145.18	140.91	146.88	142.81
12	151.34	146.91	152.14	148.30
13	159.40	154.60	155.93	152.71
14	164.78	160.57	157.92	155.25
15	168.64	164.95	158.79	156.47
16	170.68	167.76	159.36	157.32
17	171.47	168.91	159.54	157.52

1979－2000 年的 21 年间,7－17 岁城市中小学男生同年龄组比较结果提示:身高平均增长 6.20cm,各年龄组平均增长幅度在 4.20－9.09cm 之间。按每 10 年计算,平均增长 2.95cm,各年龄组平均增长幅度在 2.00－4.33cm 之间变化。其中,12－14 岁之间增长幅度最大,分别增长 7.96cm、9.09cm 和 8.41cm,按每 10 年计算分别增长 3.79cm、4.33cm 和 4.00cm(见表 6.2)。

7－17 岁乡村男生同年龄组比较结果提示:身高平均增长 7.48cm,各年龄组平均增长幅度在 4.42－11.19cm 之间。按每 10 年计算,平均增长 3.56cm,各年龄组平均增长幅度在 2.11—5.33cm 之间。其中,11—15 岁之间增长幅度最大,分别增长 7.74cm、8.87cm、11.19cm、10.84cm 和 8.56cm。按每 10 年计算分别增长 3.69cm、4.23cm、5.33cm、5.16cm 和 4.07cm(见表 6.2)。

表 6.2　1979 年和 2000 年 16 省市男生身高增长情况(cm)

年龄(岁)	城　市				乡　村			
	1979 年	2000 年	增减值	每 10 年增减	1979 年	2000 年	增减值	每 10 年增减
7	121.2	125.6	4.39	2.09	117.3	122.0	4.72	2.25
8	125.7	130.8	5.06	2.41	121.2	127.2	6.05	2.88
9	130.6	136.0	5.39	2.57	125.5	132.2	6.68	3.18
10	135.3	141.3	5.95	2.84	129.9	136.8	6.86	3.27
11	139.9	146.3	6.44	3.07	133.8	141.5	7.74	3.69
12	145.2	153.2	7.96	3.79	138.9	147.8	8.87	4.23
13	151.8	160.9	9.09	4.33	144.1	155.3	11.19	5.33
14	158.3	166.7	8.41	4.00	150.7	161.5	10.84	5.16
15	163.8	170.1	6.32	3.01	157.0	165.6	8.56	4.07
16	167.0	172.0	4.96	2.36	161.8	168.2	6.35	3.03
17	168.6	172.8	4.20	2.00	164.4	168.8	4.42	2.11
平均增长			6.20	2.95			7.48	3.56

　　7—17 岁城市中小学女生同年龄组比较结果提示:身高平均增长 4.79cm,各年龄组平均增长幅度在 2.51—6.65cm 之间。按每 10 年计算,平均增长 2.28cm,各年龄组平均增长幅度在 1.19—3.17cm 之间。其中,10—12 岁各年龄组之间增长幅度最大,分别增长 5.96cm、6.65cm 和 5.71cm,按每 10 年计算分别增长 2.84cm、3.17cm 和 2.72cm(见表 6.3)。

　　7—17 岁乡村女生同年龄组比较结果提示:身高平均增长 6.05cm,各年龄组平均增长幅度在 1.47—9.55cm 之间。按每 10 年计算,平均增长 2.88cm,各年龄组平均增长幅度在 0.70—4.55cm 之间。其中,9—13 岁之间增长幅度最大,分别增长 7.37cm、8.04cm、9.55cm、9.44cm 和 7.53cm。按每 10 年计算分别增长 3.51cm、3.83cm、4.55cm、4.49cm 和 3.58cm(见表 6.3)。

表 6.3　1979 年和 2000 年 16 省市男生身高增长情况(cm)

年龄(岁)	城　市				乡　村			
	1979 年	2000 年	增减值	每 10 年增减	1979 年	2000 年	增减值	每 10 年增减
7	120.4	124.4	3.99	1.90	116.3	121.0	4.73	2.25
8	125.0	130.2	5.22	2.48	120.1	126.1	5.98	2.85

续表 6.3

年龄(岁)	城　市				乡　村			
	1979 年	2000 年	增减值	每 10 年增减	1979 年	2000 年	增减值	每 10 年增减
9	130.1	135.6	5.50	2.62	124.5	131.9	7.37	3.51
10	135.6	141.6	5.96	2.84	129.5	137.5	8.04	3.83
11	141.2	147.8	6.65	3.17	134.1	143.6	9.55	4.55
12	147.1	152.8	5.71	2.72	140.1	149.5	9.44	4.49
13	151.6	157.1	5.47	2.60	145.6	153.1	7.53	3.58
14	154.8	159.1	4.34	2.07	150.0	155.8	5.82	2.77
15	155.8	160.0	4.24	2.02	153.2	156.8	3.61	1.72
16	157.3	160.4	3.10	1.48	154.9	157.9	2.97	1.41
17	158.1	160.6	2.51	1.19	155.7	157.2	1.47	0.70
平均增长			4.79	2.28			6.05	2.88

2. 城市学生的体重普遍重于同龄乡村学生　调查发现,中国汉族学生中,城市学生的体重均高于同龄乡村学生(见表 6.4)。

表 6.4　中国汉族学生体重平均值(kg)

年龄(岁)	城市男生	乡村男生	城市女生	乡村女生
6	22.68	20.39	21.29	19.48
7	24.63	22.18	23.11	21.35
8	27.45	24.57	25.74	23.43
9	30.21	27.08	28.92	26.32
10	34.17	29.96	32.82	29.41
11	37.84	32.90	37.28	33.39
12	42.09	36.95	41.53	37.53
13	47.83	42.28	45.10	41.79
14	52.39	47.21	47.91	44.98
15	56.59	51.48	49.91	47.43
16	59.11	54.82	51.08	49.56
17	60.89	56.87	51.42	50.43

　　7—17 岁城市中小学男生同年龄组比较结果提示:体重平均增长 8.19kg,各年龄组平均增长幅度在 4.35—11.30kg 之间。按每 10 年计算,平均增长 3.90kg,各年龄组平均增长幅度在 2.07—5.38kg 之间。其中,12—15 岁之间增长幅度最大,分别增长 10.08kg、11.30kg、11.09kg 和 9.58kg。按每 10 年计算分别增长

4.80kg、5.38kg、5.28kg 和 4.56kg(见表 6.5)。

　　7-17 岁乡村男生同年龄组比较结果提示:体重平均增长 5.38kg,各年龄组平均增长幅度在 2.12-8.62kg 之间。按每 10 年计算,平均增长 2.56kg,各年龄组平均增长幅度在 1.01-4.10kg 之间。其中,12-15 岁之间增长幅度最大,分别增长 6.59kg、8.15kg、8.62kg 和 7.07kg,按每 10 年计算,分别增长 3.14kg、3.88kg、4.10kg 和 3.37kg(见表 6.5)。

表 6.5　1979 年和 2000 年 16 省市男生体重增长情况(cm)

年龄(岁)	城　市				乡　村			
	1979 年	2000 年	增减值	每 10 年增减	1979 年	2000 年	增减值	每 10 年增减
7	21.3	25.7	4.35	2.07	20.3	22.4	2.12	1.01
8	23.2	28.3	5.10	2.43	21.9	24.9	2.97	1.41
9	25.5	31.7	6.21	2.96	23.9	27.5	3.58	1.70
10	28.0	35.7	7.67	3.65	25.9	30.3	4.36	2.07
11	30.5	39.1	8.62	4.10	28.0	33.3	5.27	2.51
12	34.0	44.1	10.08	4.80	31.0	37.6	6.59	3.14
13	38.6	49.9	11.30	5.38	34.4	42.5	8.15	3.88
14	44.1	55.2	11.09	5.28	39.2	47.8	8.62	4.10
15	49.0	58.6	9.58	4.56	44.5	51.6	7.07	3.37
16	52.5	60.9	8.37	3.98	49.1	55.0	5.87	2.80
17	54.8	62.6	7.77	3.70	51.7	56.2	4.53	2.16
平均增长			8.19	3.90			5.38	2.56

　　7-17 岁城市中小学女生同年龄组比较结果提示:体重平均增长 5.14kg,各年龄组平均增长幅度在 2.73-7.20kg 之间。按每 10 年计算,平均增长 2.45kg,各年龄组平均增长幅度在 1.30-3.43kg 之间。其中,10-14 岁之间增长幅度最大,分别增长 5.93kg、6.91kg、7.20kg、6.15kg 和 6.16kg,按每 10 年计算分别增长 2.80kg、3.29kg、3.43kg、2.93kg 和 2.93kg(见表 6.6)。

　　7-17 岁乡村女生同年龄组比较结果提示:体重平均增长 3.78kg,各年龄组平均增长幅度在 0.73-6.42kg 之间。按每 10 年计算,平均增长 1.80kg,各年龄组平均增长幅度在 0.35-3.06kg 之间。其中,10-14 岁之间增长幅度最大,分别增长 4.35kg、5.71kg、6.42kg、5.52kg 和 4.79kg,按每 10 年计算分别增长 2.07kg、2.72kg、3.06kg、2.63kg 和 2.28kg(见表 6.6)。

表 6.6 1979 年和 2000 年 16 省市女生体重增长情况(kg)

年龄(岁)	城 市				乡 村			
	1979 年	2000 年	增减值	每 10 年增减	1979 年	2000 年	增减值	每 10 年增减
7	20.6	24.0	3.43	1.63	19.6	21.7	2.12	1.01
8	22.5	26.8	4.32	2.06	21.2	23.7	2.51	1.19
9	24.9	30.0	5.06	2.41	23.1	26.5	3.41	1.62
10	27.8	33.7	5.93	2.82	25.4	29.7	4.35	2.07
11	31.0	37.9	6.91	3.29	27.9	33.6	5.71	2.72
12	35.4	42.6	7.20	3.43	31.8	38.2	6.42	3.06
13	39.8	46.0	6.15	2.93	36.1	41.6	5.52	2.63
14	43.5	49.7	6.16	2.93	40.4	45.2	4.79	2.28
15	46.4	51.4	4.95	2.36	44.4	47.8	3.39	1.62
16	48.3	52.0	3.71	1.77	47.0	49.6	2.65	1.26
17	49.2	51.9	2.73	1.30	48.8	49.5	0.73	0.35
平均增长			5.14	2.45			3.78	1.80

3. 城市学生的胸围普遍宽于同龄乡村学生

表 6.7 中国汉族学生胸围平均值(cm)

年龄(岁)	城市男生	乡村男生	城市女生	乡村女生
6	58.03	56.19	55.69	54.52
7	59.57	57.74	57.26	56.13
8	61.87	59.46	59.29	57.72
9	63.98	61.52	61.95	59.95
10	67.08	63.60	65.00	62.55
11	69.36	65.61	68.43	65.81
12	71.86	68.39	71.85	69.09
13	75.54	71.96	74.69	72.57
14	78.45	75.15	76.73	75.09
15	81.25	78.17	78.11	76.96
16	83.13	80.61	79.02	78.46
17	84.59	82.04	79.39	78.98

　　7－17 岁城市中小学男生同年龄组比较结果提示:胸围平均增长 4.77cm,各年龄组平均增长幅度在 2.62－6.72cm 之间。按每 10 年计算,平均增长2.27cm,各年龄组平均增长幅度在 1.25－3.20cm 之间。其中,12－14 岁之间增长幅度最

大,分别增长 6.29cm、6.72cm 和 6.31cm,按每 10 年计算分别增长 2.99cm、3.20cm 和 3.01cm(见表 6.8)。

7—17 岁乡村男生同年龄组比较结果提示:胸围平均增长 2.23cm,各年龄组平均增长幅度在 0.53—4.03cm 之间。按每 10 年计算,平均增长 1.06cm,各年龄组平均增长幅度在 0.25—1.92cm 之间。其中,12—15 岁之间增长幅度最大,分别增长 2.99cm、3.57cm、4.03cm 和 2.93cm,按每 10 年计算分别增长 1.43cm、1.70cm、1.92cm 和 1.39cm(见表 6.8)。

7—17 岁城市中小学女生同年龄组比较结果提示:胸围平均增长 3.20cm,各年龄组平均增长幅度在 1.76—4.73cm 之间。按每 10 年计算,平均增长 1.52cm,各年龄组平均增长幅度在 0.84—2.25cm 之间。其中,11—13 岁之间增长幅度最大,分别增长 4.41cm、4.73cm 和 4.05cm,按每 10 年计算分别增长 2.10cm、2.25cm 和 1.93cm(见表 6.9)。

7—17 岁乡村女生同年龄组比较结果提示:胸围平均增长 1.99cm,各年龄组平均增长幅度在 0.38—3.84cm 之间。按每 10 年计算,平均增长 0.95cm,各年龄组平均增长幅度在 0.18—1.83cm 之间。其中,11—13 岁之间增长幅度最大,分别增长 3.40cm、3.84cm 和 3.51cm。按每 10 年计算分别增长 1.62cm、1.83cm 和 1.67cm(见表 6.9)。

表 6.8　1979 年和 2000 年 16 省市男生胸围增长情况(cm)

年龄(岁)	城市				乡村			
	1979 年	2000 年	增减值	每 10 年增减	1979 年	2000 年	增减值	每 10 年增减
7	57.7	60.3	2.62	1.25	57.7	58.2	0.53	0.25
8	59.3	62.5	3.23	1.54	59.1	59.9	0.84	0.40
9	61.1	65.3	4.22	2.01	60.8	62.2	1.37	0.65
10	63.0	68.2	5.21	2.48	62.5	64.2	1.69	0.81
11	64.8	70.5	5.74	2.73	64.1	66.4	2.34	1.11
12	67.2	73.5	6.29	2.99	66.2	69.2	2.99	1.43
13	70.5	77.2	6.72	3.20	68.7	72.3	3.57	1.70
14	74.2	80.5	6.31	3.01	71.9	75.9	4.03	1.92
15	77.8	82.6	4.77	2.27	75.7	78.6	2.93	1.39
16	80.5	84.3	3.85	1.83	78.8	81.4	2.55	1.22
17	82.3	85.8	3.46	1.65	80.9	82.6	1.69	0.81
平均增长			4.77	2.27			2.23	1.06

表 6.9　1979 年和 2000 年 16 省市女生胸围增长情况(cm)

年龄(岁)	城　　市				乡　　村			
	1979 年	2000 年	增减值	每 10 年增减	1979 年	2000 年	增减值	每 10 年增减
7	55.8	57.6	1.80	0.86	56.0	56.4	0.38	0.18
8	57.4	59.9	2.46	1.17	57.4	57.9	0.46	0.22
9	59.3	62.5	3.18	1.52	59.0	60.0	1.04	0.50
10	61.6	65.4	3.82	1.82	60.9	62.8	1.90	0.90
11	64.1	68.5	4.41	2.10	62.8	66.2	3.40	1.62
12	67.5	72.2	4.73	2.25	65.9	69.7	3.84	1.83
13	71.0	75.0	4.05	1.93	69.1	72.6	3.51	1.67
14	73.7	77.5	3.83	1.82	72.4	75.3	2.94	1.40
15	75.8	78.8	3.04	1.45	75.3	77.5	2.21	1.05
16	77.2	79.3	2.08	0.99	77.1	78.9	1.78	0.85
17	77.6	79.4	1.76	0.84	78.4	78.9	0.47	0.22
平均增长			3.20	1.52			1.99	0.95

4. 身体质量指数(BMI)

表 6.10　中国汉族学生身体质量指数(BMI)平均值(kg/m^2)

年龄(岁)	城市男生	乡村男生	城市女生	乡村女生
6	15.68	14.97	15.08	14.59
7	15.84	15.06	15.16	14.73
8	16.17	15.30	15.46	14.87
9	16.56	15.63	15.91	15.30
10	17.32	16.07	16.48	15.65
11	17.79	16.45	17.14	16.25
12	18.19	16.95	17.83	16.95
13	18.66	17.53	18.49	17.85
14	19.18	18.19	19.17	18.63
15	19.82	18.85	19.78	19.35
16	20.24	19.44	20.11	20.01
17	20.68	19.90	20.19	20.31

二、生理机能和体能素质

1. 脉搏

表 6.11　中国汉族学生脉搏平均值(次/min)

年龄(岁)	城市男生	乡村男生	城市女生	乡村女生
6	88.53	89.76	89.54	90.67
7	87.87	88.51	88.86	89.33
8	86.73	87.44	87.65	88.26
9	86.11	86.49	86.94	87.79
10	85.68	85.70	86.68	87.01
11	84.36	85.06	85.65	86.53
12	83.62	84.03	84.67	85.75
13	82.56	82.42	83.83	84.08
14	81.30	81.83	83.12	83.58
15	80.86	81.24	82.92	82.88
16	79.57	80.10	82.48	81.91
17	79.29	80.11	81.99	81.57

2. 血压

表 6.12　中国汉族学生血压平均值(mmHg)

年龄(岁)	城市男生		乡村男生		城市女生		乡村女生	
	收缩压	舒张压	收缩压	舒张压	收缩压	舒张压	收缩压	舒张压
6	94.13	57.72	93.79	57.78	92.41	56.95	92.62	57.53
7	95.62	59.23	95.24	59.47	94.33	58.73	94.50	59.56
8	97.74	60.79	96.73	61.01	96.13	60.39	96.22	60.69
9	99.26	62.05	98.53	62.18	97.81	61.41	98.08	61.98
10	100.98	63.25	100.13	63.37	100.37	62.99	100.15	63.76
11	102.36	64.13	102.00	64.68	102.48	64.61	102.57	65.24
12	103.46	64.38	102.97	64.74	103.44	65.16	103.99	65.91
13	105.71	64.84	105.04	65.24	103.26	64.94	104.17	65.97
14	108.27	66.67	107.57	66.72	104.04	66.02	105.15	66.79
15	111.33	68.30	110.56	68.55	105.12	66.60	105.92	67.11
16	112.49	69.68	112.65	69.61	105.35	66.78	106.65	67.94
17	114.21	70.72	114.19	70.81	106.12	67.60	107.22	68.03

3. 肺活量呈现下降趋势

表 6.13　中国汉族学生肺活量平均值(ml)

年龄(岁)	城市男生	乡村男生	城市女生	乡村女生
6	1 129.88	1 030.35	1 019.14	919.87
7	1 270.73	1 177.36	1 157.14	1 047.43
8	1 484.33	1 348.44	1 323.82	1 211.11
9	1 660.41	1 524.93	1 500.30	1 360.28
10	1 855.87	1 706.31	1 694.87	1 538.10
11	2 062.05	1 891.57	1 904.48	1 719.95
12	2 317.76	2 105.51	2 096.13	1 905.05
13	2 740.34	2 473.72	2 277.09	2 119.94
14	3 096.89	2 809.88	2 414.40	2 255.31
15	3 444.98	3 181.81	2 498.49	2 347.69
16	3 664.70	3 463.51	2 581.27	2 469.93
17	3 810.40	3 632.36	2 618.19	2 501.30

2000 年,学生的肺活量在 1995 年比 1985 年下降的基础上,又有下降。7—18 岁学生中有 75% 的年龄组学生的肺活量下降,与 1995 年相比下降幅度在 17—90ml。

7—17 岁城市中小学男生同年龄组比较结果提示:肺活量平均增长 160ml,各年龄组平均增减幅度在 27—364ml 之间。其中,13—15 岁之间增长幅度最大,分别增长 316ml、364ml 和 294ml(见表 6.14)。

7—17 岁乡村男生同年龄组比较结果提示:除了 7—9 岁各年龄组出现负增长外,其余年龄组都有不同的增加,即肺活量平均增长 105ml,各年龄组平均增减幅度在 85—277ml 之间。其中,13—15 岁之间增长幅度最大,分别增长 277ml、272ml 和 261ml(见表 6.14)。

7—17 岁城市中小学女生同年龄组比较结果提示:除了 7 岁和 15—17 岁出现负增长,其余年龄组均有不同程度的增长,但是增长幅度不明显。其中,肺活量平均增长 17ml,各年龄组平均增减在 48—74ml 之间。其中,11—13 岁之间增长幅度最大,分别增长 74ml、68ml 和 73ml(见表 6.15)。

7—17 岁乡村女生同年龄组比较结果提示:绝大部分年龄组均出现负增长(11—13 岁除外),肺活量平均下降 34ml,下降幅度较大的为 7 岁和 15—17 岁,各年龄组平均增减幅度在 176—167ml 之间。其中,13 岁增长幅度最大,平均增长 167ml(见表 6.15)。

表 6.14　1979 年和 2000 年 16 省市男生肺活量增长情况(ml)

年龄(岁)	城　市				乡　村			
	1979 年	2000 年	增减值	每 10 年增减	1979 年	2000 年	增减值	每 10 年增减
7	1 344	1 317	−27	−13	1 263	1 178	−85	−40
8	1 479	1 508	29	14	1 387	1 356	−31	−15
9	1 656	1 711	55	26	1 548	1 543	−5	−2
10	1 841	1 878	37	17	1 708	1 725	17	8
11	2 005	2 119	114	54	1 847	1 905	58	28
12	2 201	2 402	201	96	2 033	2 135	102	49
13	2 487	2 803	316	150	2 252	2 529	277	132
14	2 863	3 227	364	173	2 565	2 837	272	130
15	3 255	3 549	294	140	2 942	3 203	261	124
16	3 540	3 784	244	116	3 282	3 487	205	98
17	3 768	3 906	138	66	3 511	3 597	86	41
平均增长			160	76			105	50

表 6.15　1979 年和 2000 年 16 省市女生肺活量增长情况(ml)

年龄(岁)	城　市				乡　村			
	1979 年	2000 年	增减值	每 10 年增减	1979 年	2000 年	增减值	每 10 年增减
7	1 223	1 198	−25	−12	1 146	1 027	−119	−57
8	1 356	1 380	24	11	1 257	1 202	−55	−26
9	1 505	1 544	39	19	1 384	1 352	−32	−15
10	1 694	1 735	41	19	1 540	1 538	−2	−1
11	1 877	1 951	74	35	1 683	1 742	59	28
12	2 076	2 144	68	32	1 881	1 928	47	22
13	2 218	2 291	73	35	1 953	2 120	167	80
14	2 461	2 473	12	6	2 312	2 278	−34	−16
15	2 599	2 551	−48	−23	2 494	2 388	−106	−50
16	2 678	2 635	−43	−21	2 604	2 476	−128	−61
17	2 716	2 683	−33	−16	2 671	2 495	−176	−84
平均增长			17	8			−34	−16

4. 握力

表 6.16　中国汉族学生握力平均值(kg)

年龄(岁)	城市男生	乡村男生	城市女生	乡村女生
6	7.66	7.89	6.97	7.23
7	8.53	8.96	7.72	8.19
8	9.97	10.17	8.69	9.01
9	11.49	11.50	10.07	10.20
10	13.34	13.28	11.94	11.87
11	15.70	15.52	14.24	13.98
12	19.13	18.38	16.73	16.40
13	24.91	23.71	19.14	19.85
14	29.61	29.44	20.51	21.50
15	34.40	33.72	21.85	22.98
16	36.69	37.30	22.36	23.94
17	38.35	39.26	22.80	24.45

5. 50m 跑

表 6.17　中国汉族学生 50 m 跑平均值(s)

年龄(岁)	城市男生	乡村男生	城市女生	乡村女生
6	11.95	11.85	12.47	12.52
7	11.19	11.09	11.74	11.74
8	10.55	10.49	11.04	11.09
9	10.07	10.02	10.54	10.60
10	9.72	9.68	10.17	10.15
11	9.44	9.38	9.87	9.87
12	9.04	9.11	9.65	9.73
13	8.51	8.68	9.50	9.57
14	8.12	8.32	9.43	9.47
15	7.80	7.99	9.34	9.46
16	7.59	7.70	9.31	9.41
17	7.52	7.54	9.28	9.25

6. 中小学生的立定跳远成绩均有不同程度提高

表 6.18　中国汉族学生立定跳远平均值(cm)

年龄(岁)	城市男生	乡村男生	城市女生	乡村女生
6	114.10	114.31	103.51	105.88
7	125.49	126.38	115.34	117.01
8	138.17	138.89	126.81	128.51
9	148.35	148.76	137.29	137.50
10	156.93	158.72	146.16	146.07
11	165.43	166.06	152.92	154.14
12	175.81	175.27	158.49	159.55
13	190.96	189.62	161.83	164.73
14	204.66	200.87	164.83	166.34
15	217.06	213.77	168.78	168.15
16	225.58	224.55	170.66	171.04
17	230.07	227.65	172.01	172.26

　　7-17岁的城市中小学男生同年龄组比较结果提示:立定跳远成绩在各年龄组均有不同程度的提高,增幅随年龄增长而提高,平均提高了14.95cm,各年龄组平均增长幅度在5.93-22.74cm之间。其中,14-16岁之间提高幅度最明显,超过了20cm,分别为21.84cm、22.74cm和22.53cm(见表6.19)。

　　7-17岁的乡村男生同年龄组比较结果提示:立定跳远成绩在各年龄组之间也有明显的提高,提高幅度同样随年龄增长而增长,平均提高26.30cm,各年龄组平均增幅在15.67-36.31cm之间。其中,8岁、10岁、12岁各年龄组提高幅度超过20cm,13-17岁甚至达到30cm以上(见表6.19)。

　　7-17岁的城市中小学女生同年龄组比较结果提示:立定跳远成绩在各年龄组均有不同程度的提高,并随年龄增长而增长,平均提高9.00cm,各年龄组平均提高幅度在1.85-15.66cm之间。其中,14-17岁之间提高幅度最大,均超过了10cm(见表6.20)。

　　7-17岁乡村女生同年龄组比较结果提示:立定跳远成绩在各年龄组提高明显,平均提高17.88cm,各年龄组平均提高幅度在8.87-27.89cm之间。其中,多数年龄组提高幅度均超过了15cm(见表6.20)。

表 6.19　1979 年和 2000 年 16 省市男生立定跳远成绩增长情况(cm)

年龄(岁)	城　市				乡　村			
	1979 年	2000 年	增减值	每 10 年增减	1979 年	2000 年	增减值	每 10 年增减
7	120.4	126.3	5.93	2.82	112.2	127.9	15.67	7.46
8	129.4	138.0	8.55	4.07	120.8	141.0	20.24	9.64
9	138.9	150.2	11.32	5.39	129.9	149.3	19.43	9.25
10	147.6	157.6	9.97	4.75	137.9	160.5	22.64	10.78
11	155.2	165.8	10.56	5.03	145.9	165.1	19.21	9.15
12	163.5	176.1	12.59	6.00	152.9	174.8	21.93	10.44
13	173.3	192.2	18.88	8.99	160.4	193.3	32.89	15.66
14	185.2	207.0	21.84	10.40	169.1	201.9	32.77	15.60
15	196.3	219.0	22.74	10.83	180.1	216.4	36.31	17.29
16	204.4	226.9	22.53	10.73	190.0	225.4	35.42	16.87
17	211.3	230.9	19.55	9.31	196.2	229.0	32.82	15.63
平均增长			14.95	7.12			26.30	12.52

表 6.20　1979 年和 2000 年 16 省市女生立定跳远成绩增长情况(cm)

年龄(岁)	城　市				乡　村			
	1979 年	2000 年	增减值	每 10 年增减	1979 年	2000 年	增减值	每 10 年增减
7	114.5	116.4	1.85	0.88	109.9	118.80	8.87	4.22
8	123.4	128.5	5.06	2.41	117.1	130.90	13.83	6.59
9	132.2	138.3	6.08	2.89	124.1	139.10	14.95	7.12
10	139.0	147.0	8.03	3.82	130.6	148.50	27.89	13.28
11	146.1	153.5	7.42	3.53	136.4	156.10	19.71	9.38
12	152.2	160.3	8.14	3.88	142.9	160.40	17.54	8.35
13	155.9	164.0	8.10	3.86	146.9	167.80	20.87	9.94
14	158.6	168.8	10.16	4.84	150.1	168.80	18.68	8.89
15	158.1	172.5	14.40	6.86	151.4	171.40	20.04	9.54
16	158.4	172.5	14.10	6.71	152.9	171.90	18.96	9.03
17	158.8	174.5	15.66	7.46	154.6	170.00	15.35	7.31
平均增长			9.00	4.29			17.88	8.52

7. 肌力

表 6.21　中国汉族学生肌力平均值(次)

(男生 6-12 岁,斜身引体向上;男生 13-17 岁,引体向上;
女生 6-17 岁,1 min 仰卧起坐)

年龄(岁)	城市男生	乡村男生	城市女生	乡村女生
6	22.64	22.19	17.29	14.59
7	25.13	25.70	20.56	17.81
8	27.32	27.39	23.47	21.05
9	28.98	29.12	26.94	23.09
10	29.97	30.79	29.96	26.24
11	30.27	31.64	31.19	28.06
12	28.97	29.56	32.18	28.07
13	2.31	3.44	33.02	29.03
14	3.21	4.36	33.77	29.71
15	4.45	5.27	34.69	30.47
16	5.17	6.50	35.51	32.01
17	6.11	7.44	36.28	33.10

8. 耐力跑

表 6.22　中国汉族学生耐力跑平均值(s)

(男生 6-12 岁,50m×8 往返跑;男生 13-17 岁,1 000m 跑;
女生 6-12 岁,50m×8 往返跑;女生 13-17 岁,800m 跑)

年龄(岁)	城市男生	乡村男生	城市女生	乡村女生
6	142.40	139.39	147.88	144.49
7	135.77	131.91	140.08	137.87
8	129.44	126.07	134.38	131.49
9	123.99	120.43	128.97	126.55
10	119.35	115.89	124.17	121.50
11	116.26	112.71	121.27	118.86
12	115.70	109.92	123.91	118.05
13	283.42	279.57	260.00	249.29
14	271.68	268.92	257.38	247.11
15	259.79	256.69	253.53	244.45
16	253.73	246.64	253.56	241.48
17	252.61	243.04	255.23	241.64

9. 立位体前屈

表 6.23　中国汉族学生立位体前屈平均值(cm)

年龄(岁)	城市男生	乡村男生	城市女生	乡村女生
6	4.16	4.17	6.85	5.61
7	4.04	4.31	7.02	5.80
8	4.01	4.80	6.80	6.21
9	3.79	4.86	6.56	6.21
10	3.32	4.89	6.25	5.96
11	3.24	4.96	6.44	6.36
12	3.52	5.30	6.38	7.08
13	4.29	6.20	7.13	7.94
14	5.56	7.54	7.53	8.68
15	7.01	9.33	8.39	9.49
16	7.90	10.77	8.97	10.41
17	8.85	11.29	9.41	10.84

三、几种常见疾病的患病率

1. **学生近视眼患病率仍然居高不下**　小学生的近视率为 20.23%,初中生的近视率为 48.18%,高中生的近视率为 71.29%。与 1995 年相比,虽然小学、初中的近视率趋于稳定,有的年龄段(如 10—14 岁)的近视率出现下降,但 16—18 岁高中学生的近视率则从 66.80%上升为 71.29%。

在历来视力不良检出率较低的区域,城市男生(除 12—14 岁外)各年龄组都有较大幅度上升,幅度超过城市女生。乡村男生、乡村女生也有上升趋势,但幅度没有城市男女生那样大。乡村女生在 11—14 岁呈下降,但 15 岁后再度出现明显上升趋势。

在上述变化基础上,全国学生的视力不良检出率在 7—9 岁阶段上升,城市男生大于乡村男生,城市女生大于乡村女生;而在 10—14 岁各群体都下降,城市男生幅度大于乡村男生,城市女生大于乡村女生。16 岁后各群体都有上升趋势,而且上升幅度都较大。

表 6.24　中国城市男生视力不良程度分布(%)

年龄(岁)	总人数	视力程度分布		
		轻度	中度	重度
6	872	71.6	24.9	3.6
7	972	63.3	32.6	4.1
8	918	56.9	36.6	6.5
9	902	49.7	40.1	10.2
10	1 032	41.5	45.4	13.1
11	1 194	35.4	46.6	17.9
12	1 403	29.4	45.8	24.7
13	1 845	24.6	44.6	30.8
14	2 308	20.9	42.1	37.0
15	2 697	15.9	39.0	45.1
16	3 104	13.6	36.4	49.9
17	3 269	12.0	36.3	51.7

表 6.25　中国城市女生视力不良程度分布(%)

年龄(岁)	总人数	视力程度分布		
		轻度	中度	重度
6	1 048	68.6	28.9	2.5
7	1 228	64.6	32.3	3.1
8	1 107	58.4	33.9	7.7
9	1 142	45.5	40.9	13.6
10	1 342	39.9	44.8	15.4
11	1 587	32.0	45.6	22.4
12	1 917	27.5	45.3	27.2
13	2 297	23.5	41.1	35.4
14	2 785	16.9	40.3	42.8
15	3 219	13.6	38.2	48.2
16	3 445	13.1	35.4	51.5
17	3 592	11.1	35.4	53.6

表 6.26 中国乡村男生视力不良程度分布(%)

年龄(岁)	总人数	视力程度分布		
		轻度	中度	重度
6	392	76.8	22.9	0.3
7	521	72.4	24.7	2.9
8	406	62.3	33.7	3.9
9	433	56.4	35.8	7.8
10	554	46.0	41.2	12.8
11	614	36.5	46.6	16.9
12	800	35.6	46.3	18.1
13	1 051	26.9	43.5	29.6
14	1 358	22.0	43.7	34.2
15	1 794	18.8	42.1	39.1
16	2 278	17.3	40.5	42.2
17	2 537	14.2	37.9	47.8

表 6.27 中国乡村女生视力不良程度分布(%)

年龄(岁)	总人数	视力程度分布		
		轻度	中度	重度
6	482	79.5	19.1	1.5
7	629	68.8	28.6	2.5
8	517	65.2	30.4	4.5
9	536	52.2	39.5	8.2
10	709	45.1	42.2	12.7
11	888	37.4	43.1	19.5
12	1 115	33.5	42.2	24.2
13	1 442	28.1	41.7	30.2
14	1 779	22.5	41.8	35.6
15	2 327	17.8	39.9	42.3
16	2 818	14.4	37.2	48.4
17	3 105	12.3	34.9	52.7

2. 城市学生近视构成比超过乡村 表 6.28 显示了 2000 年各群体在小学、初中、高中、大学等不同学段不同性质视力不良的构成比。自小学开始,城市学生中的近视构成比一直超过乡村,女生超过男生,这与城市学生的发育程度比乡村提

前、女生早于男生有密切关系。远视的构成比和 1995 年相比无明显差异,但"其他眼病"的检出率比 1995 年要高,尤其在低年龄组。这和近年来学校工作人员对弱视、散光等视力不良现象的认识加深,检测准确度提高显然有一定关系。

表 6.28　2000 年汉族 7—22 岁学生各种视力不良检出率(%)

分组	正常视力			近视			远视			其他眼病		
	7—12岁	13—15岁	16—18岁	7—12岁	13—15岁	16—18岁	7—12岁	13—15岁	16—18岁	7—12岁	13—15岁	16—18岁
城市男生	74.65	46.32	25.01	22.57	51.79	72.88	1.14	0.35	0.46	1.64	1.55	1.65
城市女生	67.42	34.95	17.89	29.19	62.85	80.19	1.30	0.45	0.40	2.09	1.75	1.51
乡村男生	86.39	65.65	39.55	12.20	33.27	59.25	0.48	0.18	0.15	0.93	0.90	1.06
乡村女生	82.37	55.87	27.77	15.99	42.76	70.95	0.56	0.19	0.22	1.09	1.19	1.06

　　3. 农村学生口腔保健水平依然较低　调查发现,城市学生口腔卫生保健水平有所改善,龋齿患病率呈下降趋势,而农村地区学生的口腔保健水平、龋齿矫治率依然较低。

表 6.29　中国汉族城乡学生合并乳龋患率(%)

年龄（岁）	城市男生		乡村男生		城市女生		乡村女生	
	有龋	正常	有龋	正常	有龋	正常	有龋	正常
7	59.3	40.7	59.2	40.8	62.3	37.7	57.7	42.3
9	60.1	39.9	55.0	45.0	59.0	41.0	53.2	46.8
12	11.5	88.5	10.9	89.1	8.5	91.5	9.0	91.0
合计	43.7	56.3	42.1	57.9	43.4	56.6	40.1	59.9

表 6.30　中国汉族城乡学生合并恒龋患率(%)

年龄（岁）	城市男生		乡村男生		城市女生		乡村女生	
	有龋	正常	有龋	正常	有龋	正常	有龋	正常
12	16.2	83.8	11.5	88.5	19.3	80.7	15.7	84.3
14	21.4	78.6	16.9	83.1	28.2	71.8	21.0	79.0
17	24.9	75.1	20.7	79.3	30.7	69.3	24.2	75.8
合计	20.8	79.2	16.4	83.6	26.1	73.9	20.3	79.7

　　2000 年与 1995 年相比,城市学生的龋齿矫治率明显提高。其中 7 岁、9 岁学生的乳龋矫治率从 1995 年的 10%—12%上升为 15%—20%;12 岁、14 岁、17 岁各类学生的恒牙龋矫治率从 15%—20%上升为 25%—30%。农村学生的乳牙龋的矫治率平均不到 5%,恒牙龋矫治率平均不足 20%。

2000 年与 1995 年相比,恒牙龋齿患病率及恒牙龋均呈现下降趋势。以 12 岁学生为例,与 1995 年相比,城市男生恒牙龋齿患病率由 24.74% 降至 16.24%、城市女生由 31.68% 降至 19.24%、乡村男生由 15.37% 降至 11.15%、乡村女生由 17.86% 降至 15.66%;城市男生恒牙龋均由 0.4 下降到 0.26、城市女生由 0.56 下降到 0.34、乡村男生由 0.25 下降到 0.19、乡村女生由 0.31 下降为 0.3。

表 6.31 1995 年和 2000 年城市男生部分年龄组乳牙龋患、失、补率比较(%)

年龄	乳龋患		乳龋失		乳龋补		乳龋失补	
(岁)	1995 年	2000 年	1995 年	2000 年	1995 年	2000 年	1995 年	2000 年
7	68.1	53.7	9.2	6.3	11.7	12.9	73.2	59.3***
9	64.0	52.5	7.8	6.6	11.7	14.2	69.5	60.1***
12	11.0	9.5	1.1	1.4	1.4	1.7	12.6	11.5*

注:1995 年和 2000 年两两 t 检验,* P<0.05,** P<0.01,*** P<0.001。

表 6.32 1995 年和 2000 年乡村男生部分年龄组乳牙龋患、失、补率比较(%)

年龄	乳龋患		乳龋失		乳龋补		乳龋失补	
(岁)	1995 年	2000 年	1995 年	2000 年	1995 年	2000 年	1995 年	2000 年
7	59.6	58.0	8.0	9.5	1.2	2.3	61.6	59.2
9	55.4	53.4	7.5	8.5	0.6	2.7	57.2	55.0**
12	13.3	9.9	2.0	1.3	0.2	0.4	14.7	10.9**

注:1995 年和 2000 年两两 t 检验,* P<0.05,** P<0.01,*** P<0.001。

表 6.33 1995 年和 2000 年城市女生部分年龄组乳牙龋患、失、补率比较(%)

年龄	乳龋患		乳龋失		乳龋补		乳龋失补	
(岁)	1995 年	2000 年	1995 年	2000 年	1995 年	2000 年	1995 年	2000 年
7	68.1	55.8	8.5	6.8	12.4	14.6	73.1	62.3***
9	61.9	51.4	7.0	5.7	10.8	13.4	67.3	59.0***
12	8.9	6.6	0.4	0.8	1.2	1.6	10.1	8.5*

注:1995 年和 2000 年两两 t 检验,* P<0.05,** P<0.01,*** P<0.001。

表 6.34 1995 年和 2000 年乡村女生部分年龄组乳牙龋患、失、补率比较(%)

年龄	乳龋患		乳龋失		乳龋补		乳龋失补	
(岁)	1995 年	2000 年	1995 年	2000 年	1995 年	2000 年	1995 年	2000 年
7	56.6	57.0	7.2	7.1	1.4	2.4	58.1	57.7
9	52.3	51.5	7.1	7.3	1.0	1.5	54.3	53.2
12	9.5	8.3	1.0	1.0	0.1	0.5	10.2	9.4

注:1995 年和 2000 年两两 t 检验,* P<0.05,** P<0.01,*** P<0.001。

表 6.35　1995 年和 2000 年城市男学生部分年龄组恒牙龋患、失、补率比较(%)

年龄	恒龋患		恒龋失		恒龋补		恒龋失补	
(岁)	1995 年	2000 年	1995 年	2000 年	1995 年	2000 年	1995 年	2000 年
7	3.4	3.2	0.2	0.4	0.6	2.0	4.1	4.1
9	8.5	7.4	0.1	0.5	2.6	3.2	10.7	9.7
12	18.2	11.4	0.8	0.6	5.7	6.6	22.9	16.2***
14	20.0	14.8	1.3	1.2	10.8	9.4	28.1	21.4***
17	24.3	14.6	2.9	2.1	14.8	14.1	34.9	24.9***

注:1995 年和 2000 年两两 t 检验, * $P<0.05$, ** $P<0.01$, *** $P<0.001$。

表 6.36　1995 年和 2000 年乡村男学生部分年龄组恒牙龋患、失、补率比较(%)

年龄	恒龋患		恒龋失		恒龋补		恒龋失补	
(岁)	1995 年	2000 年	1995 年	2000 年	1995 年	2000 年	1995 年	2000 年
7	3.4	3.6	0.0	0.4	0.4	2.3	3.7	4.3
9	6.4	6.2	0.1	0.4	0.3	2.0	6.8	6.9
12	13.7	10.7	0.6	0.5	1.2	3.2	14.8	11.5***
14	19.5	15.4	1.0	0.7	1.9	4.8	20.9	16.9**
17	19.8	16.6	2.1	2.1	3.7	6.6	22.1	20.7*

注:1995 年和 2000 年两两 t 检验, * $P<0.05$, ** $P<0.01$, *** $P<0.001$。

表 6.37　1995 年 2000 年和城市女学生部分年龄组恒牙龋患、失、补率比较(%)

年龄	恒龋患		恒龋失		恒龋补		恒龋失补	
(岁)	1995 年	2000 年	1995 年	2000 年	1995 年	2000 年	1995 年	2000 年
7	4.0	4.2	0.1	0.4	1.2	1.2	5.1	5.4
9	10.5	8.8	0.2	0.7	2.8	3.2	13.0	12.8
12	22.9	13.9	0.8	0.7	7.9	6.7	29.0	19.3***
14	27.8	17.5	2.2	1.9	13.5	13.8	37.3	28.2***
17	28.8	17.4	4.2	2.2	18.3	17.0	41.2	30.7***

注:1995 年和 2000 年两两 t 检验, * $P<0.05$, ** $P<0.01$, *** $P<0.001$。

表 6.38　1995 年和 2000 年乡村女学生部分年龄组恒牙龋患、失、补率比较(%)

年龄	恒龋患		恒龋失		恒龋补		恒龋失补	
(岁)	1995 年	2000 年	1995 年	2000 年	1995 年	2000 年	1995 年	2000 年
7	4.7	4.3	0.1	0.5	0.3	1.8	5.1	5.1
9	9.1	7.6	0.1	0.5	0.5	2.3	9.5	8.4*
12	16.4	14.6	0.6	0.7	1.3	3.3	17.5	15.7*
14	25.2	19.5	1.8	1.2	2.4	3.9	27.2	21.0***
17	26.9	20.1	2.8	2.2	4.4	7.4	30.1	24.2***

注:1995 年和 2000 年两两 t 检验, * $P<0.05$, ** $P<0.01$, *** $P<0.001$。

4. 低血红蛋白、贫血患病率降低 调查统计发现：①无论在城市或乡村地区，男女学生的贫血患病率都在 20％ 左右；女生略高于男生，但性别差异不明显；②乡村男女生的"贫血"患病率明显高于城市，尤其表现在 7 岁、9 岁等小学低、中年龄组。17 岁时无论男女，城乡间的差异基本消失；②男女学生年龄变化趋势不同。女生大体上随年龄增长，贫血患病率徐徐下降；男生则无论城乡，都先随年龄增长而下降，到 14 岁又出现一次高峰。其中，乡村 14 岁男生的贫血检出率接近 30％，是所有受检人群中最高的（见表 6.39）。

表 6.39　中国 7 岁、9 岁、12 岁、14 岁、17 岁城乡男女生低血红蛋白检出率（％）

年龄（岁）	城市男生		乡村男生		城市女生		线材女生	
	正常	贫血	正常	贫血	正常	贫血	正常	贫血
7	79.31	20.69	74.19	25.81	76.63	23.37	72.20	27.80
9	81.75	18.25	78.23	21.77	79.13	20.87	74.58	25.42
12	86.72	13.28	82.13	17.87	82.45	17.55	79.68	20.32
14	74.71	25.29	70.29	29.71	80.58	19.42	79.61	20.39
17	85.58	14.42	86.72	13.28	81.92	18.08	82.04	17.96
合计	81.60	18.40	78.27	21.73	80.14	19.86	77.59	22.41

　　2000 年与 1995 年相比，城男、城女、乡男、乡女中多数年龄组的低血红蛋白检出率有所下降，其中小学生各年龄组下降幅度较为明显。例如，7 岁城市男生低血红蛋白检出率由 28.3％ 降至 20.7％、城市女生由 29.0％ 降至 23.4％、乡村男生由 33.4％ 降至 25.8％、乡村女生由 35.4％ 降至 27.8％。

表 6.40　1995 年和 2000 年全国城市男女学生低血红蛋白检出率

年龄组（岁）	城市男生				城市女生			
	1995 年		2000 年		1995 年		2000 年	
	人数	检出率（％）	人数	检出率（％）	人数	检出率（％）	人数	检出率（％）
7	4 395	28.26***	4 582	20.70	4 401	28.95**	4 634	23.37
9	4 395	23.98**	4 695	18.25	4 405	25.54**	4 580	20.87
12	4 383	18.87**	4 662	13.28	4 396	19.34*	4 655	17.55
14	4 400	22.98*	4 693	25.29	4 384	19.59	4 660	19.42
17	4 394	15.04	4 611	14.42	4 399	20.10*	4 618	18.08

注：t 检验，* $P<0.05$，** $P<0.01$，*** $P<0.001$。

表 6.41   1995 年和 2000 年全国乡村男女学生低血红蛋白检出率

年龄组 （岁）	乡村男生				乡村女生			
	1995 年		2000 年		1995 年		2000 年	
	人数	检出率(%)	人数	检出率(%)	人数	检出率(%)	人数	检出率(%)
7	4 346	33.43***	4 731	25.80	4 345	35.42***	4 644	27.80
9	4 344	30.48***	4 584	21.77	4 333	29.91**	4 646	25.42
12	4 338	21.37***	4 621	17.87	4 348	23.37**	4 660	20.32
14	4 343	33.25**	4 608	29.70	4 347	21.97*	4 576	20.39
17	4 333	17.10**	4 548	13.28	4 276	22.12***	4 498	17.96

注：t 检验，* $P<0.05$，** $P<0.01$，*** $P<0.001$。

5. 粪蛔虫卵

表 6.42   中国汉族城乡学生粪便蛔虫感染率(%)

年龄(岁)	城市男生	乡村男生	城市女生	乡村女生
7	4.28	10.74	5.14	9.67
9	4.68	8.88	3.42	8.56
12	4.74	8.53	4.93	7.62
14	4.57	8.37	4.11	8.24
17	3.76	6.24	3.45	6.17
合计	4.41	8.57	4.22	8.06

6. 男生首次遗精的平均年龄

表 6.43   中国汉族男生首次遗精平均年龄

地　区	城市组			乡村组		
	首次遗精 平均年龄	95% 可信限		首次遗精 平均年龄	95% 可信限	
北京	14.04	13.78	14.29	14.16	12.54	15.26
天津	14.20	12.01	15.14	16.05	14.49	17.89
河北	14.48	14.31	14.65	14.65	13.74	15.45
山西	13.26	12.78	13.69	12.91	11.94	13.64
内蒙古	14.07	12.75	15.01	14.63	14.24	14.99
辽宁	14.18	13.46	14.91	15.11	12.43	17.16
吉林	13.16	11.69	14.12	13.31	12.22	14.15
黑龙江	15.22	14.64	15.81	15.64	13.83	18.00
上海	14.23	13.66	14.73	13.46	12.78	14.07

地 区	城市组			乡村组		
	首次遗精平均年龄	95%可信限		首次遗精平均年龄	95%可信限	
江苏	14.63	14.23	14.97	14.4	13.72	14.92
浙江	14.31	13.81	14.79	13.94	13.34	14.52
安徽	13.61	13.12	14.07	14.02	13.61	14.42
福建	13.77	13.42	14.10	14.19	13.89	14.49
江西	14.81	14.24	15.36	14.78	14.25	15.34
山东	14.94	14.53	15.33	15.42	14.82	16.02
河南	13.76	13.39	14.12	14.52	12.74	15.49
湖北	14.41	14.17	14.63	14.95	14.49	15.41
湖南	14.73	13.96	15.40	14.87	14.31	15.42
广东	14.26	13.86	14.64	14.87	14.22	15.47
广西	14.34	14.01	14.67	14.54	14.13	14.94
海南	13.67	13.26	14.08	13.59	11.71	14.67
四川	14.41	14.01	14.79	14.48	14.04	14.88
贵州	14.86	12.51	18.32	14.36	13.81	14.89
云南	14.40	13.76	14.96	13.69	12.65	14.59
重庆	13.86	8.99	17.01	14.38	13.75	15.00
山西	13.64	12.84	14.33	13.54	13.16	13.88
甘肃	14.39	13.67	15.02	15.02	14.43	15.58
青海	16.26	16.00	16.52	15.25	15.15	15.35
宁夏	14.60	13.83	15.17	14.96	14.81	15.09
新疆	13.93	10.59	15.65	13.98	12.1	13.98
合计	14.23	13.98	14.48	14.43	14.15	14.70

7. 女生月经初潮的平均年龄

表 6.44　中国汉族女生月经初潮平均年龄

地 区	城市组			乡村组		
	月经初潮平均年龄	95%可信限		月经初潮平均年龄	95%可信限	
北京	12.14	11.70	12.58	12.52	12.40	12.64
天津	12.51	12.26	12.74	12.62	10.63	13.72
河北	12.55	12.27	12.83	13.00	12.84	13.18
山西	12.57	11.98	13.17	12.75	12.63	12.87

地 区	城市组			乡村组		
	月经初潮平均年龄	95%可信限		月经初潮平均年龄	95%可信限	
内蒙古	12.72	11.99	13.40	13.13	12.78	13.47
辽宁	12.87	12.18	13.70	12.81	12.37	13.25
吉林	12.46	9.32	15.98	13.07	12.32	13.79
黑龙江	13.25	12.26	14.20	13.64	12.21	14.94
上海	12.08	11.87	12.27	12.32	12.00	12.63
江苏	12.95	12.55	13.31	13.10	12.79	13.41
浙江	12.58	11.55	13.57	12.86	12.23	13.45
安徽	12.79	12.27	13.29	13.23	12.71	13.75
福建	12.08	11.69	12.47	12.93	12.80	13.07
江西	12.71	8.77	14.70	13.54	11.27	15.12
山东	12.54	12.42	12.65	13.27	12.75	13.77
河南	12.75	12.62	12.89	13.35	12.72	13.93
湖北	12.78	12.03	13.52	13.53	13.19	13.84
湖南	12.73	12.23	13.22	13.53	13.22	13.85
广东	12.54	12.40	12.67	13.61	12.26	14.76
广西	12.67	12.37	12.97	13.18	12.77	13.18
海南	12.42	11.94	12.89	12.73	10.80	14.36
四川	12.74	11.84	13.65	13.53	12.67	14.32
贵州	15.05	14.00	16.36	13.37	13.00	13.74
云南	12.86	12.71	13.02	13.03	8.82	15.70
重庆	12.95	12.70	13.20	13.15	11.32	14.76
山西	12.59	11.69	13.47	13.13	11.94	14.33
甘肃	13.11	11.76	14.12	13.70	13.29	14.09
青海	13.77	13.51	14.04	14.63	13.43	16.19
宁夏	12.88	12.74	13.01	13.50	13.38	13.62
新疆	12.82	11.92	13.57	12.90	12.34	13.38
合计	12.73	12.06	13.36	12.66	12.66	13.57

8. 小学生肥胖检出率最高 学生营养状况的改善较为明显;肥胖学生明显增多,已成为城市青少年学生的重要健康问题。

2000 年与 1995 年相比,7—22 岁学生低体重及营养不良检出率降低,学生营养状况得到改善,尤其是大学生营养状况的改善更为明显。其中,7—18 岁中小学生的低体重及营养不良检出率比 1995 年下降了 1.1％－7.6％,19－22 岁大学生的低体重及营养不良检出率比 1995 年下降了 10.5％－31％。

2000 年与 1995 年相比,7－18 岁学生的肥胖检出率,城市男生由 5.9％上升为 10.1％;城市女生由 3.0％上升为 4.9％;乡村男生由 1.6％上升为 3.7％;乡村女生由 1.2％上升为 2.4％。其中 7－12 岁小学生是肥胖检出率最高的人群,尤其是城市男生,肥胖检出率上升最快,由 1995 年的 6.97％上升到了 2000 年 10.7％;乡村学生的肥胖检出率由于基数较低,因此其上升幅度大于城市学生(表 6.45)。

表 6.45 1995 年和 2000 年中国城市男生各种营养状况检出率比较(％)

年龄（岁）	中度以上营养不良		轻度营养不良		较低体重		正常体重		超重		肥胖	
	1995	2000	1995	2000	1995	2000	1995	2000	1995	2000	1995	2000
7－9	0.27	0.15***	1.61	1.01**	22.19	16.51***	61.91	61.53	8.13	12.25**	5.88	8.55*
10－12	0.24	0.15***	2.87	2.61	25.12	19.54***	56.21	51.63*	6.63	14.48***	8.92	11.59*
13－15	0.15	0.17	3.90	4.26*	28.01	24.47**	56.10	50.91*	5.10	10.68**	6.74	9.51*
16－18	0.11	0.14*	7.66	4.16**	32.52	22.81**	51.35	52.82	4.72	11.28***	3.63	8.79**

注:本表采用 χ^2 检验, * $P<0.05$, ** $P<0.01$, *** $P<0.001$。

表 6.46 1995 年和 2000 年中国城市女生各种营养状况检出率比较(％)

年龄（岁）	中度以上营养不良		轻度营养不良		较低体重		正常体重		超重		肥胖	
	1995	2000	1995	2000	1995	2000	1995	2000	1995	2000	1995	2000
7－9	0.08	0.14	3.14	2.22*	30.12	24.54**	58.67	59.56	5.66	9.43*	2.32	4.12*
10－12	0.35	0.28	5.56	4.90*	29.82	5.58**	52.59	52.09	7.66	10.96**	4.04	6.18*
13－15	0.55	0.86*	13.25	8.56***	25.68	28.84*	50.58	48.00	6.02	8.88**	3.91	4.86*
16－18	0.24	0.32	10.35	8.48*	46.63	1.19***	36.91	50.92**	4.25	5.88*	1.58	3.22**

注:本表采用 χ^2 检验, * $P<0.05$, ** $P<0.01$, *** $P<0.001$。

表 6.47 1995 年和 2000 年中国乡村男生各种营养状况检出率比较(％)

年龄（岁）	中度以上营养不良		轻度营养不良		较低体重		正常体重		超重		肥胖	
	1995	2000	1995	2000	1995	2000	1995	2000	1995	2000	1995	2000
7－9	0.09	0.17	11.25	22.42	19.54**	72.32	69.94	2.93	6.03**	1.24	3.08*	
10－12	0.31	0.27	2.09	2.23	25.22	4.41	65.99	61.07*	4.32	7.72**	2.08	4.30**
13－15	0.15	0.15	2.53	3.49*	26.17	27.84	64.25	9.02*	5.12	6.10	1.82	3.40**
16－18	0.15	0.09	5.63	3.52*	32.43	27.60*	57.41	58.92	3.17	6.69**	1.22	3.19**

注:本表采用 χ^2 检验, * $P<0.05$, ** $P<0.01$, *** $P<0.001$。

表 6.48　1995 年和 2000 年中国乡村女生各种营养状况检出率比较(%)

年龄 (岁)	中度以上 营养不良		轻度营养 不良		较低体重		正常体重		超重		肥胖	
	1995	2000	1995	2000	1995	2000	1995	2000	1995	2000	1995	2000
7—9	0.15	0.19	2.29	2.71	30.10	27.27*	64.05	62.29	2.67	5.33**	0.74	2.20**
10—12	0.41	0.30	3.41	4.51*	29.47	28.05	59.93	57.75*	5.14	6.83	1.64	2.57*
13—15	0.42	0.68*	10.78	8.94	25.11	33.14*	56.66	48.87*	5.30	5.64	1.74	2.72*
16—18	0.24	0.19	6.21	6.06	41.89	31.06**	46.96	56.33**	3.93	4.81*	0.76	1.56**

注:本表采用 χ^2 检验,* $P<0.05$,** $P<0.01$,*** $P<0.001$。

四、生长发育及健康状况部分指标筛查标准

表 6.49　中国学龄儿童青少年 BMI 筛查超重、肥胖分类标准(%)

年龄 (岁)	男　生		女　生	
	超　重	肥　胖	超　重	肥　胖
7	17.4	19.2	17.2	18.9
8	18.1	20.3	18.1	19.9
9	18.9	21.4	19.0	21.0
10	19.6	22.5	20.0	22.1
11	20.3	23.6	21.1	23.3
12	21.0	24.7	21.9	24.5
13	21.9	25.7	22.6	25.6
14	22.6	26.4	23.0	26.3
15	23.1	26.9	23.4	26.9
16	23.5	27.4	23.7	27.4
17	23.8	27.8	23.8	27.7
18	24.0	28.0	24.0	28.0

(数据来源:北京大学医学出版社《儿童少年卫生学》)

第7章

未成年人的课余生活

一、休闲娱乐方式

1. **看电视读课外书是少年儿童最喜欢的休闲方式**　全国少工委办公室、中国青少年研究中心 1999 年、2005 年"当代中国少年儿童发展状况"两次调查显示,我国少年儿童最喜欢的休闲娱乐方式排名分别为:

1999 年:①看电视(73.2%)、②读课外书(72.8%)、③与朋友聊天(54.3%)、④听流行歌曲(41.8%)、⑤看电影(40.2%)。

2005 年:①读课外书(57.2%)、②看电视(55.2%)、③温习功课(42.7%)、④玩耍(34.9%)、⑤体育运动(32.0%)。

2005 年调查还发现,"课余时间里,你比较喜欢做的事情(最多选 5 项)中",少年儿童排在前六位的回答分别为:读课外书(57.2%)、看电视(55.2%)、温习功课(42.7%)、玩耍(34.9%)、体育锻炼(32.0%)、听流行歌曲(31.2%),紧随其后的选项比例分别为:做家务(29.1%)、聊天(24.7%)、做手工(14.7%)、睡觉(14.3%)、看电影(13.6%)、去公园(11.3%)、上网(10.7%);而听古典音乐、外出旅游、四处闲逛、去游乐场、去展览馆和去游戏厅等项目的选择比例均没有超过 10 个百分点,分别只有 8.9%、8.7%、7.9%、7.4%、4.1%、3.8%。

由此看出,5 年来,我国少年儿童最喜欢的休闲娱乐方式虽然有了较大变化,但对"看电视""读课外书"兴趣依旧,而做家务、做手工、外出旅游等社会实践活动参与相对较低。

2. **少年儿童平日休闲的主要内容是做家庭作业**　全国少工委办公室、中国青少年研究中心 1999 年、2005 年"当代中国少年儿童发展状况"两次调查显示,在平日,少年儿童的主要休闲内容是"做家庭作业"。

1999 年,排在前五位的主要活动选项分别为:"做家庭作业"(89.7%)、"阅读课外书刊、报纸"(87.0%)、"和小伙伴一起玩耍"(84.1%)、"看电视、电影、录像"(75.6%)、"参加特长培训"(75.4%)。2005 年排在前五位的主要活动选项是:"做家庭作业"(97.3%)、"和小伙伴一起玩耍"(76.0%)、"体育锻炼"(75.9%)、"家务劳动"(75.8%)、"看电视、电影、录像"(75.6%)。

3. **"写作业"跃居休息日主要活动**　全国少工委办公室、中国青少年研究中心 1999 年、2005 年"当代中国少年儿童发展状况"两次调查发现,在"上一个休息日",我国少年儿童的活动安排主要有:

1999 年:"阅读课外书刊、报纸"(85.2%)、"看电视、电影、录像"(84.5%)、"做家庭作业"(84.1%)、"参加特长培训"(47.8%)、"和小伙伴一起玩耍"(39.8%);

2005 年:"做家庭作业"(95.3％)、"做家务"(81.9％)、"阅读课外书刊、报纸"(79.9％)、"和小伙伴一起玩耍"(79.4％)、"看电视、电影、录像"(75.7％)。两次调查的对比数据可以看出,少年儿童在休息日里学习仍为其主要活动安排。

广州市团校穗港澳青少年研究所、广州市少工委联合开展"广州市少年儿童课余生活"的调查也得出了相同的结论。该调查发现,在放学后的课余时间里,66.8％的学生表示放学后多数是做功课,50.9％表示多数会看"课外书",27.3％表示会"看报纸",26.7％的学生会"闲谈,玩耍",11.6％表示会上"校外兴趣班或辅导班",11.5％的人表示会参加"校内活动",11.1％的人会"参加体育活动"。

(数据来源:中国青少年研究中心 1999 年《新发现——当代中国少年儿童报告》、中国青少年研究中心 2005 年"中国当代少年儿童发展状况"调查数据统计报告。《中学时光》电子杂志第 61 期)

4.**"体育比赛"和"看电影"是中小学生们在学校经常参加的课余活动** 2005 年,中国青少年研究中心"中国青少年学习和生活的现状与期望"调查显示,对于"最近一年来,你是否参加过学校组织的以下活动?(有几项选几项)",中小学生们的主要选择分别为"体育比赛"(56.2％)、"看电影"(54.6％)、"课外兴趣小组"(45.8％)、"春游或秋游"(44.5％)、"知识竞赛"(37.4％),其次为"社区服务"(23.4％)、"歌舞比赛"(22.1％)、"夏令营或冬令营"(13.1％)、"其他"(6.7％)。

由于年龄差异及学业紧张程度不同,中小学生在"课外兴趣小组"、"体育比赛"、"春游或秋游"、"知识竞赛""社区活动"等活动的参与比例区别明显(见表 7.1)。

表 7.1　中小学生课外活动参与状况比较(％)

	小学生	中学生
体育比赛	52.2	58.5
课外兴趣小组	59.0	37.8
春游或秋游	52.8	39.5
知识竞赛	41.8	34.8
社区服务	18.7	26.3

调查还显示,76.8％的小学经常开展课外活动、组织各种兴趣小组,而经常开展课外活动,组织各种兴趣小组的中学只有 45.3％。

二、时间分配

1.**少年儿童平日做家庭作业时间增长迅速** 全国少工委办公室、中国青少年研究中心 1999 年、2005 年"当代中国少年儿童发展状况"两次调查发现,在"昨天",也就是平时的课余时间里,少年儿童的时间分配多集中在做家庭作业、看电视电影录像、和小伙伴玩耍三项活动上。

1999 年排在前五位的时间分配分别为"做家庭作业"（平均 57.88 分钟）、"看电视、电影、录像"（平均 37.20 分钟）、"和小伙伴一起玩耍"（平均 33.34 分钟）、"阅读课外书刊、报纸"（平均 26.50 分钟）、"参加特长培训"（平均 19.55 分钟）。

2005 年排在前五位的时间分配内容是"做家庭作业"（平均 98.91 分钟）、"和小伙伴一起玩耍"（平均 67.56 分钟）、"看电视、电影、录像"（平均 62.79 分钟）、"家务劳动"（平均 57.19）、"体育锻炼"（平均 47.6 分钟）。

2005 年与 1999 年相比，孩子们和小伙伴玩耍时间排位略有提升（见表 7.2）。

表 7.2　2005 年城乡儿童平日课余时间分配状况比较（分钟）

	做家庭作业	读课外书刊、报纸	看电视、电影、录像	听音乐	体育锻炼	参加特长培训	参加社会公益活动	逛商店	参观游览	和小伙伴一起玩耍	与别人聊天	上网	做家务
城市	107.22	51.35	61.65	32.08	49.15	40.08	21.12	33.24	25.59	59.58	37.95	20.39	50.01
农村	94.64	44.88	63.38	32.49	46.86	26.24	23.63	31.52	27.25	71.68	37.71	13.70	60.90

2005 年，国家统计局"中小学学生学习生活状况专项调查"结果显示出，中学生放学回家后平均用 118 分钟做老师留的作业，15 分钟参加课外班或家教的补习，20 分钟看电视，7 分钟上网，15 分钟参加体育活动，10 分钟做家务劳动，30 分钟做其他活动。放学后请家教或参加课外班的比例有 13％，58％的中学生晚上不看电视。

2. 少年儿童休息日时间分配状况　全国少工委办公室、中国青少年研究中心 1999 年、2005 年"当代中国少年儿童发展状况"两次调查发现，在"上一个休息日"，少年儿童主要时间分配状况为：

1999 年，排在前五位的分别是"做家庭作业"（平均 89.69 分钟）、"看电视、电影、录像"（平均 54.98 分钟）、"和小伙伴一起玩耍"（平均 48.13 分钟）、"阅读课外书刊、报纸"（平均 38.48 分钟）、"参加特长培训"（平均 32.13 分钟）。

2005 年，排在前五位的分别是"做家庭作业"（平均 140.65 分钟）、"看电视、电影、录像"（平均 105.58 分钟）、"和小伙伴一起玩耍"（平均 102.97 分钟）、"做家务"（平均 77.32 分钟）、"阅读课外书刊、报纸"（平均 67.37 分钟）。

对比可以看出，孩子们在休息日里，最主要的三项内容是做家庭作业、看电视电影录像、和小伙伴玩耍。调查还显示，孩子们写作业、看电视、和小伙伴玩耍的时间均有大幅度提高。

表 7.3　2005 年城乡儿童休息日时间分配状况比较(分钟)

	做家庭作业	读课外书刊、报纸	看电视、电影、录像	听音乐	体育锻炼	参加特长培训	参加社会公益活动	逛商店	参观游览	和小伙伴一起玩耍	与别人聊天	上网	做家务
城市	145.82	75.28	104.79	47.56	67.21	73.70	27.15	58.90	35.59	91.98	53.86	37.92	61.29
农村	137.98	63.27	105.98	48.48	57.88	35.17	29.79	51.73	35.30	108.63	55.38	21.51	85.61

3．中学生的平时作息时间　2005 年,国家统计局"中小学学生学习生活状况专项调查"发现,中学生的平时作息时间如下:

起床时间:中学生在日常上学期间,平均每天早晨的起床时间为 6 点 07 分;其中,高中生为 6 点 04 分,初中生为 6 点 12 分。有 28% 的中学生在早 6 点钟以前起床。

入睡时间:中学生在日常上学期间,晚上的平均入睡时间为 10 点 45 分;其中高三学生最晚,为 11 点 03 分,其他年级为 10 点和 11 点之间。有 27% 的中学生在晚 11 点半以后入睡。

睡眠时间:中学生平均睡眠时间为 7 小时 20 分(按照国家的规定要求,中学生睡眠时间不少于 9 小时);其中,高三学生为 6 小时 58 分,高二学生为 7 小时 12 分,初三学生为 7 小时 38 分,初二学生为 8 小时 04 分。

到校时间:中学生早上的平均到校时间为 6 点 55 分;其中高中生为 6 点 49 分,初中生为 7 点 06 分。近 30% 的中学生在早 7 点以前到校,早 6 点 40 分以前到校的中学生比例超过 10%。

离校时间:中学生下午的平均离校时间为 6 点 35 分;其中,高三学生为 7 点 12 分,高二学生为 6 点 46 分,初三学生为 6 点 20 分,初二学生为 5 点 48 分。三分之一的中学生晚 7 点以后离校,超过三分之一的高三学生和超过四分之一的高二学生晚 8 点以后离校,晚 8 点以后离校的初三学生和初二学生比例分别为 8% 和 2%。

4．小学生的平时作息时间　2005 年,国家统计局"中小学学生学习生活状况专项调查"发现,小学生的平时作息时间如下:

起床时间:小学生早上的平均起床时间为 6 点 37 分。在 6 点 20 到 7 点 20 之间起床的小学生占 76%,7 点 20 以后起床的占 4%。

入睡时间:小学生晚上的平均入睡时间为 9 点 19 分。75% 的小学生在晚 9 点半以前入睡,14% 的小学生在 9 点半到 10 点之间入睡。

睡眠时间:小学生的平均睡眠时间为 9 小时 18 分钟(按照国家的规定要求,小学生睡眠时间不少于 10 小时)。

到校时间:小学生早上的平均到校时间为 7 点 32 分。50% 的小学生在 7 点 20

到 7 点 40 之间到校。

离校时间：小学生下午的平均离校时间为 4 点 47 分。约 50％的小学生离校时间集中在下午 4 点半和 5 点半之间，16％的小学生在 5 点半到 6 点之间离校。

5. 近半数少年儿童睡眠时间没有达到国家规定标准 全国少工委办公室、中国青少年研究中心 1999 年、2005 年"当代中国少年儿童发展状况调查"显示，我国少年儿童平日睡眠缺乏，近半数少年儿童睡眠时间没有达到国家规定标准（见表 7.4）。

表 7.4 少年儿童睡眠时间统计表（％）

	不到 7 个小时	7 小时	8 小时	9 小时	10 小时及以上
1999 年	8.2	12.6	26.1	31.3	21.8
2005 年	3.7	11.8	30.2	24.7	29.6

数据显示，睡眠时间没有达到国家规定标准（9 小时）的少年儿童人数比例，1999 年为 46.9％，2005 年为 45.7％，数量近半。数据还表明，城乡对比，农村少年儿童睡眠缺乏的状况甚于城市同龄人。睡眠时间不足 9 小时的少年儿童比例：1999 年，农村为 49.0％，城市为 40.6％；2005 年，农村为 47.4％，城市为 42.0％。

6. 约 2/3 城市小学生、3/4 城市初中生睡眠严重不足 2003 年，中国青少年研究中心"城市少年儿童生活习惯研究"调查结果显示：66.6％的小学生、77.1％的中学生睡眠时间不达标。本次调查发现，小学生中每天能够睡足 10 小时及以上的为 33.4％，初中生中每天能够睡足 9 小时及以上的仅 22.9％。

中小学生的睡眠状况让人担忧，问其原因，绝大多数与学习有关：说"作业太多"的达到 49.5％，排在首位；与此相联系的是"写作业太慢"，有 32.3％；其他依次是"学校要求到校时间早"24.4％，"校外学习"13.4％，"家教补习"6.7％。有 41.6％的学生"经常"和"有时"有"为了完成作业不得不少睡觉"的情况。看来，学习负担不减，难以保障少年儿童充足睡眠。

调查还发现，面对健康和学习的矛盾，有些父母对睡眠的意义认识不足。对"您认为孩子每天应该睡几个小时？"这一问题，仅有 52.9％的小学生父母认为孩子每天应该睡足 10 个小时，68.2％的中学生父母认为孩子每天应该睡足 9 小时；有 23.1％的成年人选择了"8 小时"和"7 小时及以下"。

7. 每天锻炼 1 小时的少年儿童平日比例较低 全国少工委办公室、中国青少年研究中心 1999 年、2005 年"当代中国少年儿童发展状况"两次调查发现，少年儿童平日用于体育锻炼的情况为：

1999 年："没有"锻炼的人数比例为 24.6％，锻炼时间在"1－30 分钟"的人数比例为 32.7％，"31－60 分钟"的人数比例为 16.1％，锻炼时间在"61－120 分钟"、

"121—180 分钟"、"181 分钟以上"的人数比例则分别仅有3.2％、0.5％、0.3％。

2005 年："没有"锻炼的人数比例为 24.1％,锻炼时间在"1—30 分钟"的人数比例为 55.4％,"31—60 分钟"的人数比例为 20.9％,锻炼时间在"61—120 分钟"、"121—180 分钟"、"181 分钟以上"的人数比例则分别仅有14.3％、4.0％、4.1％。

数据显示,五年来,少年儿童平日体育锻炼的情况有所好转,但仍然不容乐观。

8. 仅三成多少年儿童休息日体育锻炼超过 1 小时 全国少工委办公室、中国青少年研究中心 1999 年、2005 年"当代中国少年儿童发展状况"两次调查发现,少年儿童在休息日进行体育锻炼的情况略有好转。

1999 年："没有"锻炼的人数比例为 25.7％,锻炼时间在"1—30 分钟"的人数比例为 47.9％,"31—60 分钟"的人数比例为 18.0％,锻炼时间在"61—120 分钟"、"121—180 分钟"、"181 分钟以上"的人数比例则分别仅有6.0％、1.4％、1.0％。

2005 年："没有"锻炼的人数比例为 27.4％,锻炼时间在"1—30 分钟"的人数比例为 24.0％,"31—60 分钟"的人数比例为 17.6％,锻炼时间在"61—120 分钟"、"121—180 分钟"、"181 分钟以上"的人数比例分别为 16.7％、7.0％、7.3％。

调查还显示,城市少年儿童休息日体育锻炼时间好转状况强于农村少年儿童。1999 年,城市少年儿童体育锻炼时间在 1 小时内的人数比例为 61.6％,低于农村少年儿童 5.4 个百分点。2005 年,城市少年儿童体育锻炼时间在 1 小时内的比例为 42.6％,高出农村少年儿童 1.7 个百分点,锻炼时间在 1 小时以上的城市少年儿童比例为 32.7％,比农村少年儿童高出 2.5 个百分点。

9. 一半以上的城市少年儿童感到运动量不足 2003 年,中国青少年研究中心"城市少年儿童生活习惯研究"调查中,当问到"你觉得自己的运动量足够吗?"有 50.8％的儿童回答"不足"。随着学习负担的加重,年级越高,说自己运动量不足的比例越高:小学中年级、小学高年级、初中分别为 30.5％、51.1％、69.8％。学生运动量不足的主要原因是什么呢? 高达 70.0％的孩子是因为"没有时间",38.7％"没有合适的场所",34.9％的孩子说"没有人跟我一起运动"。

本次调查还发现,平时城市中小学生每天体育运动时间平均为 32.9 分钟,其中一周内没有进行体育运动的占 26.1％,不足半小时的占 21.2％,半小时至 1 小时占 35.9％,1 小时以上占 16.9％。事实上,除去每天课间的广播操时间,学生自主支配的体育运动时间微乎其微。

2005 年,国家统计局"中小学学生学习生活状况专项调查"结果也显示出,63.0％的中学生回家后没有任何体育活动。

专家认为,除了课业负担重造成的活动时间少、缺乏合适的活动场所等因素之外,许多父母重学习而轻体育的教育价值观是重要原因。

10. 九成多未成年人闲暇时间久坐少动 2002 年 8—12 月,卫生部、科技部和国家统计局"中国居民营养与健康状况调查"[21]结果显示:我国6—17岁年龄段的未成年人闲暇参加体育锻炼的比例为33.9%,经常锻炼的比例仅为5.4%。数据还显示,6—17岁年龄段的为成年人闲暇时间久坐少动(包括看电视、阅读、使用计算机、玩电子游戏等)的人数比例高达94.1%,平均每天坐着进行各种活动的时间达2.1小时(见表7.5、图7.1)。

表7.5　2002年全国6—17岁未成年人体育锻炼参与率(%)

分　组	性　别	经常锻炼	偶尔锻炼
城市	男	12.0	29.9
	女	7.0	28.7
农村	男	4.5	29.3
	女	3.5	27.2
6—12岁	男	4.8	29.4
	女	4.6	27.6
13—17岁	男	8.2	29.5
	女	4.0	27.5

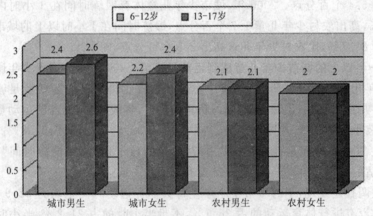

(数据来源:中国儿童中心《中国儿童的生存与发展:数据与分析》)

图7.1　全国6—7岁未成年人久坐活动时间(小时)

11. **农村少年儿童家务劳动时间明显高于城市同龄人**　全国少工委办公室、中国青少年研究中心2005年"当代中国少年儿童发展状况调查"显示,在平日闲暇时,我国少年儿童"做家务""1—30分钟"的比例为33.4%,"31—60分钟"的比例为15.1%,"一小时以上"的比例为27.3%,"没有"做家务的少年儿童比例为

24.2%;在休息日,少年儿童"做家务""1—30分钟"的比例为25.9%,"31—60分钟"的比例为18.4%,"一小时以上"的比例为37.7%,"没有"做家务的少年儿童比例为18.1%。

调查显示,不论是平日闲暇时还是休息日,农村少年儿童参与家务劳动的时间都多于城市同龄人(见表7.6)。

表7.6　城乡少年儿童家务劳动时间比较(%)

	没有	1—30分钟	31—60分钟	61—120分钟	121—180分钟	180分钟以上
城市	26.8	36.7	14.7	12.2	4.3	5.3
农村	22.9	31.7	15.3	16.7	6.7	6.7

12. 少年儿童平均每天做家务15.6分钟　2001年6月,中国儿童中心"中国少年儿童素质状况"抽样调查显示,现在的中小学生并非像想象中的"衣来伸手、饭来张口",他们具备一定的生活自理能力,但前景不容乐观。14%的父母认为"现在的孩子都不爱劳动"。在中小学生的日常活动中,做家务的时间占到6%,平均每天只有15.6分钟。2005年,国家统计局"中小学学生学习生活状况专项调查"结果显示,64%的中学生不做任何家务劳动。

13. 城市独生子女平均每天家务劳动时间11.32分钟　1996年,中国青少年研究中心"中国城市独生子女人格发展现状与教育"调查发现,我国城市独生子女平均每日家务劳动时间为:0分钟的占9.7%了;1—10分钟的占47.3%;11—20分钟的占27.2%;21—30分钟的占11.9%;31—60分钟的占2.8%;1小时以上的只有1.1%。劳动时间越长,百分比越低。经统计计算,我国城市独生子女平均每日家务劳动时间为11.32分钟。可见,我国城市独生子女平均每天的家务劳动时间太少。

14. 约四成少年儿童独自玩耍　2001年6月,中国儿童中心"中国少年儿童素质状况"抽样调查显示,在"玩"这项娱乐休闲活动中,与同学一起玩耍的少年儿童占到55.0%,与父母玩耍的少年儿童只有5.0%,而一个人玩的少年儿童竟然达到40.0%。2003年,中国青少年研究中心"城市少年儿童生活习惯研究"调查显示,84.0%的少年儿童最喜欢的玩伴是同学和朋友。

15. 没有"和小伙伴一起玩耍"时间的少年儿童增多　全国少工委办公室、中国青少年研究中心1999年"当代中国少年儿童发展状况调查"显示,在平日闲暇时,少年儿童"和小伙伴一起玩耍"的总体情况为,"1—30分钟"的比例为54.0%,"31—60分钟"的比例为21.1%,玩耍时间在"1小时以上"比例为9%,"没有"和小伙伴一起玩耍的比例为15.9%;在休息日,可以"和小伙伴一起玩耍""1—30分钟"

"31—60 分钟"的比例分别为 39.3％、25.7％，有 18.1％的少年儿童"和小伙伴一起玩耍"的时间达"1 小时以上"，另有 16.9％的少年儿童在休息日完全"没有""和小伙伴一起玩耍"的时间。

2005 年"当代中国少年儿童发展状况调查"显示，在平日闲暇时，少年儿童"和小伙伴一起玩耍"的总体情况为："1—30 分钟"的比例为 24.9％，"31—60 分钟"的比例为 17.2％，玩耍时间在"1 小时以上"比例为 35.9％，24.0％的少年儿童"没有"和小伙伴一起玩耍的时间；在休息日，可以"和小伙伴一起玩耍""1—30 分钟""31—60 分钟"的比例分别为 15.4％、15.2％，有 48.8％的少年儿童"和小伙伴一起玩耍"的时间达"1 小时以上"，另有 20.6％的少年儿童在休息日完全"没有""和小伙伴一起玩耍"的时间。

数据显示，五年来没有时间"和小伙伴一起玩耍"的少年儿童比例上升。

16. 城市少年儿童缺少和小伙伴玩耍时间　全国少工委办公室、中国青少年研究中心 1999 年、2005 年"当代中国少年儿童发展状况"两次调查显示，不论是在平日闲暇时还是在休息日，城市少年儿童"和小伙伴一起玩耍"的时间都远远少于农村同龄儿童。

1999 年，在平日闲暇时，30.3％的城市少年儿童"没有""和小伙伴一起玩耍"，同类情况，农村少年儿童的比例为 11.2％；在休息日，"没有""和小伙伴一起玩耍"的城市少年儿童比例为 25.4％，农村少年儿童的比例为 14.2％。

2005 年，在平日闲暇时，"没有""和小伙伴一起玩耍"的城市少年儿童比例 34.3％，农村少年儿童比例为 18.7％，二者比例相差 15.6 个百分点；在休息日，"没有""和小伙伴一起玩耍"的城市少年儿童比例为 27.5％，农村少年儿童比例为 17.1％，比例相差 10.4 个百分点。

17. 近一半城市少年儿童只能把成年人当伙伴　2003 年，中国青少年研究中心"城市少年儿童生活习惯研究"调查结果发现，小学三年级至初中二年级的学生中，平时喜欢的休闲内容依次为做游戏（39.6％）、体育运动（38.0％）、娱乐活动（35.0％）、电子游戏（32.7％）、棋牌类（24.8％）、手工制作（18.0％）、拼装游戏（14.1％），还有 17.0％的同学选择了其他，这说明孩子的休闲活动还是比较丰富多样的。

调查还发现，很多孩子能够经常跟伙伴交往的时间并不多，由于缺乏玩伴，半数多少年儿童只能把成年人当伙伴。"经常""有时""与父母一起进行娱乐活动"的中小学生比例分别为 16.6％、33.2％。还有 10.0％以上的少年儿童选择"最愿意自己玩"。

18. 少年儿童自主支配的闲暇时间减少　全国少工委办公室、中国青少年研究中心 1999 年、2005 年"当代中国少年儿童发展状况"两次调查显示，五年内，少年儿童们能够自主支配的闲暇时间有所减少（见图 7.2）。

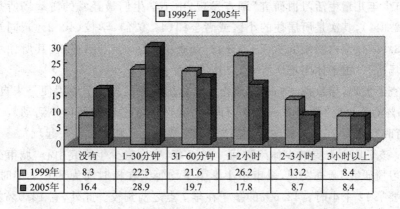

	没有	1-30分钟	31-60分钟	1-2小时	2-3小时	3小时以上
■ 1999年	8.3	22.3	21.6	26.2	13.2	8.4
■ 2005年	16.4	28.9	19.7	17.8	8.7	8.4

图 7.2 1999年和2005年少年儿童自主安排时间量的比较(%)

19. 农村少年儿童闲暇活动更具自主性 全国少工委办公室、中国青少年研究中心 1999年"当代中国少年儿童发展状况调查"显示,24.5%的少年儿童无暇进行"自己的业余爱好活动"。在平日,无暇进行"自己的业余爱好活动"的城市少年儿童比例为30.6%,高出农村少年儿童比例8个百分点;在休息日,这一比例分别为城市16.4%、农村23.9%。数据显示,无论是平日闲暇时还是休息日,对"自己的业余爱好活动",农村少年儿童比城市同龄少年儿童更有自主性(见表7.7)。

表7.7 少年儿童进行"自己的业余爱好活动"时间对比(%)

	1—30分钟		31—60分钟		61—120分钟		121—180分钟		181分钟以上	
	城市	农村	城市	农村	城市	农村	城市	农村	城市	农村
平时闲暇时	22.3	32.0	7.7	12.8	2.2	3.3	0.6	0.2	0.3	0.2
休息日	33.0	44.9	24.3	21.8	11.0	7.8	3.1	1.0	2.1	0.6

20. 同学朋友对中小学生课外生活影响最大 2005年,中国青少年研究中心"中国青少年学习和生活的现状与期望"调查显示,对于"课外生活,你更愿意听取谁的意见",中小学生们首选"朋友/同学",其比例为42.8%,其次分别为父母(26.4%)、班主任(8.2%)、辅导员(3.4%)、任课教师(2.9%),选择"其他"的比例为16.4%。数据显示,随着年级的增高,这一比例呈明显上升趋势:小学四年级24.4%、小学五年级23.7%、小学六年级30.7%、初二45.3%、初三48.5%、高一52.2%、高二53.6%、高三63.9%。

调查还发现,小学生的课余生活受父母影响最大:小学四年级44.2%、小学五年级36.5%、小学六年级36.0%,均超过其他选项的比例。

21. 半数多少年儿童把家庭作为主要休闲场所 2003年,中国青少年研究中心"城市少年儿童生活习惯研究"调查发现,中小学生们最经常的游戏场所是自己的家(52.9%),其次是所居住的小区或者公园(44.9%)、学校(40.2%)、同学或朋友家(28.9%)、室内游乐场所(12.5%)。调查中,有一半人回答"在其所住小区没有健身场所"。由于休闲场所匮乏,户外休闲受到阻碍。

调查还发现,导致孩子们把家当作主要休闲场所的另一个原因便是来自父母。有17.5%的学生说"为了多一些学习时间,父母经常不让我到户外活动",24.2%选择"有时";还有16.6%的学生回答"父母经常阻止我和小伙伴一起玩"。

22. 孩子比大人更缺少休闲时间 2003年,中国青少年研究中心"城市少年儿童生活习惯研究"调查发现,城市中小学生平均每天在校时间为8.6个小时,其中最长的要呆12个小时。42.6%的孩子在早7点之前到校。此外,有40.0%的孩子平日里参加各种补习班,周末则为60.0%。孩子们一周平均在校时间甚至超过大人工作时间48.0%,而一周平均休闲时间仅为大人的60.0%。即便是周末,孩子的休闲时间也仅为大人的90.0%。

23. 三成多孩子不同意"玩是儿童的权利" 2003年,中国青少年研究中心"城市少年儿童生活习惯研究"调查发现,35.6%的孩子不同意"玩是儿童的权利"这一观点,其不同意的比例甚至高于大人(22.6%)。有38.4%的孩子不同意"对儿童来说,玩也是学习"这一观点,远远超出了父母不同意(21.9%)的比例。

调查还发现,34.0%的孩子认为"看电视导致学习下降",32.7%的孩子认为"上网对学生没有好处",40.0%的孩子认为"学习最重要,有时间才能运动"。持这些观点的孩子与大人的人数几乎是相同的,甚至比大人的看法更为极端。这说明少年儿童对自身应该享受的娱乐休闲权利认识不够,并且在巨大的学习压力下,甚至将玩视为学习的对立面。

三、课余学习

1. 少年儿童平日课余学习时间明显增多 全国少工委办公室、中国青少年研究中心1999年、2005年"当代中国少年儿童发展状况"两次调查发现,少年儿童平日的闲暇活动时间,用于做家庭作业(包括预习和复习)的时间明显增多(见表7.8)。

表7.8 少年儿童平日课余学习时间统计表(%)

	没有	1—30分钟	31—60分钟	61—120分钟	121—180分钟	180分钟以上
1999年	10.3	37.7	28.0	15.6	5.7	2.7
2005年	2.7	21.4	17.1	29.9	16.1	12.9

2005 年,国家统计局"中小学学生学习生活状况专项调查"显示,平时放学后,近四分之一（24.0％）的中学生用 3 个小时以上的时间完成家庭作业;小学生平均每天用于完成家庭作业的时间为 1 小时 39 分钟,其中在 1 个半小时之内完成家庭作业的占 47％,1 个半到 2 小时之内完成家庭作业的占 23％,有 30％的学生完成家庭作业的时间在 2 小时以上。

2. **少年儿童休息日学习时间明显增多** 全国少工委办公室、中国青少年研究中心 1999 年、2005 年"当代中国少年儿童发展状况"两次调查发现,少年儿童在休息日,用于做家庭作业（包括预习和复习）的时间明显增多（见表 7.9）。

表 7.9 少年儿童休息日学习时间统计表（％）

	没有	1—30 分钟	31—60 分钟	61—120 分钟	121—180 分钟	180 分钟以上
1999 年	15.9	23.3	26.5	16.8	7.4	10.1
2005 年	4.7	10.4	14.6	26.1	17.8	26.4

2005 年,国家统计局"中小学学生学习生活状况专项调查"显示,中学生周末平均到校上课时间为 6 小时 14 分。周末到学校上课超过 8 小时的中学生比例为 39.0％,高三学生达 58.0％。周末没有到校上课的中学生比例为 31.0％。中学生周末平均用近 5 小时从事其他学习活动:56 分钟参加校外班或请家教,3 小时 20 分钟完成老师留的作业,34 分钟完成父母或家教留的作业。26.0％的中学生在周末上校外班或请家教,31.0％的中学生在周末要做父母或家教留的作业,93.0％的中学生要完成学校留的作业。周末参加校外班或家教在 2 小时到 3 个小时之间的中学生比例为 10.0％,做学校留的作业在 2 小时到 4 个小时之间的超过 40.0％,做父母或家教留的作业在 1 小时到 2 个小时之间的为 12.0％。

3. **相当数量学生希望的写作业时间超过国家标准** 2005 年,中国青少年研究中心"中国青少年学习和生活的现状与期望"调查中,对于"你希望每天用多长时间完成作业"这一问题,小学生们希望每天在半小时以内完成家庭作业的比例为 36.4％、一个小时以内的比例为 36.2％、一个半小时以内的比例是 14.5％;中学生们希望每天在半小时以内完成家庭作业的比例为 4.8％、一小时以内的比例为 22.3％、一个半小时以内的比例为 19.0％、两小时以内的比例为 34.1％、三个小时以内的比例是 13.6％。

从被调查者期望的时间来看,相当一部分学生特别是初中生的愿望已经超过了国家规定的标准,可见,他们实际的作业时间要远远超过自己的期望时间。

此外,很多学生课余时间要做大量的课外练习题。平均有 86.4％的中小学生每天都做或有时候作课外练习题。

4. 近半数中小学生暑假上培训班 2005 年,中国青少年研究中心"中国青少年学习和生活的现状与期望"课题调查显示,2005 年暑假,有 48.6% 的中小学生参加过培训班,其中小学生有 64.4%、中学生有 39.1% 参加过培训班。近一半中小学生该年暑假参加过培训班。

2005 年,国家统计局"中小学学生学习生活状况专项调查"结果显示,中学生在 2005 年暑假期间平均放假 42 天,其中高三 34 天,高二和初三均为 45 天,初二 53 天;平均上课 21 天,其中学校上课 12 天,校外补习班上课 7 天,家教上课 2 天。进入毕业班的高三和初三学生暑期上课分别为 24 天和 21 天,分别为高三学生在校上课 20 天,初三学生参加校外补习班和家教上课 11 天。36.0% 的高三学生暑期在校上课 1 个月以上,其他年级的这一比例都在 10.0% 以下。上个学期请家教的小学生占 24.0%,上校外班的占 71.0%。暑假期间请家教的占 14%,上校外班的占 57.0%;在请家教的小学生中,上学期平均每个学生有 2 门课请了家教。在参加校外班的小学生中,平均每人参加了 2 个校外班。在暑假期间请家教的小学生中,平均每人上了 17 天的家教补习课。在参加校外班的小学生中,平均每人参加了 21 天的校外班。

2005 年,上海少年儿童研究所调查显示,少年儿童参加的补习班增加,在被调查的 6 000 名中小学生中,参加补习班在 3 个以上的占到 16.5%,参加 2 个的占 27.0%,只有 26.9% 的孩子没有参加补习班,校外补习班占据了上海少儿的大部分闲暇时间。

2006 年底,天津市教育科学研究院对天津市不同办学规模、不同办学水平的 12 所学校的 1 642 名学生进行了一项家教情况调查,结果显示,接受家教辅导的中小学生达六成。家教辅导的时间主要是平日晚上、双休日上下午或晚上以及寒暑假,平日接受家教辅导的学生为 9.5%,双休日为 52.1%。

(数据来源:中国青少年研究中心 2005 年《中国青少年学习和生活的现状与期望》调查数据统计报告;《少儿最想要闲暇时间和充足睡眠》,龚瑜,《中国青年报》,2005 年 5 月 28 日;《质疑中小学生请"家教"调查显示天津市中小学生六成请家教》,刘延军、刘媛媛,《今晚报》,2006 年 11 月 21 日;2005 年《中小学学生学习生活状况专项调查报告》,国际统计局)

5. 八成左右的中小学生曾参加过提高成绩的课外培训班 2005 年,中国青少年研究中心"中国青少年学习和生活的现状与期望"课题调查发现,学生参加培训班的原因主要是"为了培养自己的能力"(小学生为 75.2%、中学生为 76.4%)、"喜欢培训班的学习内容"(小学生为 70.0%、中学生为 54.7%)、"结交一些朋友"(小学生为 43.9%、中学生为 34.7%)。另外,在参加培训班的学生中,74.8% 的小学生、81.5% 的中学生参加过以提高学业成绩为目的的培训班;85.4% 的小学生、64.9% 的中学生觉得培训班对提高学习成绩的作用非常大或比较大,91.5% 小学生、85.5％的中学生觉得培训班对培养特长的作用非常大或比较大。

调查同时显示，21.7％的小学生、11.9％的中学生参加培训班是因为得奖就可以在升学考试中加分；15.0％的小学生、24.5％的中学生在父母的要求下被迫参加培训班；6.7％的小学生、11.9％的中学生是因为没事干，为了打发时间而参加培训班；3.5％的小学生、8.0％的中学生是因为别人都参加培训班，自己也只好去。

数据表明，各类培训班能够在一定程度上满足学生提高能力、培养特长的需要，对于丰富孩子的课余生活具有积极意义。但培训班也是部分孩子的压力来源。

6. 中小学生数学、外语培训比例最高　2006 年底，天津市教育科学研究院家教情况调查显示，在语、政、数、外、物、化、艺等七个家教学科中，选择数学和外语的比例最高，分别为 44.2％和 44.0％，反映出这两科学习在学生心目中占据的重要地位；选择艺术学科的达 13.6％，其中小学生选择的比例最高为 20.1％，接受家教辅导具体时间为每次一个半小时到两小时左右。

数据还显示，小学生接受家教辅导的比例明显高于初中生和高中生；寒暑假接受家教辅导的学生为 51.6％，其中初中生的比例为 56.6％，高于小学生和高中生。中小学生每周接受家教辅导的次数中，一次的比例最多，为 26.0％，三次以上比例达 9.1％，重点校学生所占的比例明显高于一般校，说明相当数量的学生课余时间在接受家教辅导。

（数据来源：《质疑中小学生请"家教"调查显示天津市中小学生六成请家教》，刘延军、刘媛媛，《今晚报》2006 年 11 月 21 日）

7. 半数多少年儿童参加艺术类课外培训班并非自愿的选择　1996 年，中国青少年研究中心"中国城市独生子女人格发展状况与教育"调查发现：有 52.5％的孩子学过钢琴等乐器，但他们当中表示"非常喜欢"的只有 11.5％；有 30.1％的孩子明确表示"不喜欢"和"一般"。又有 67.0％的孩子学过绘画，但他们当中表示"非常喜欢"的只有 19.0％，有 31.9％的孩子明确表示"不喜欢"和"一般"。

据中央音乐学院对 3 295 名琴童的调查表明，有 11.4％的父母因学琴有时会打骂孩子、有 33.3％的父母偶尔会为此打孩子、至少有 44.0％的琴童因"不听话"经常受到父母批评、21.0％的父母经常威胁孩子、40.0％的父母在孩子学琴时批评多于鼓励。因为是琴童，其中 50.0％的孩子受到比其他孩子更为严厉的管教，也就是说，几乎超过半数的孩子对他们所从事的课外兴趣培训并不是"非常喜欢"或出于自愿，而是父母的选择。

8. 特长培训时间超过 1 小时的少年儿童比例明显增长　全国少工委办公室、中国青少年研究中心 1999 年"当代中国少年儿童发展状况调查"显示，45.4％的少年儿童利用平日闲暇时参加过特长培训，培训时间为"1－30 分钟"、"31－60 分钟"、"61－120 分钟"、"121－180 分钟"、"181 分钟以上"的比例分别为 26.2％、

12.7％、4.6％、1.0％、0.9％；在休息日,47.8％的少年儿童参加过特长培训,培训时间为"1－30 分钟"、"31－60 分钟"、"61－120 分钟"、"121－180 分钟"、"181 分钟以上"的比例分别为 24.3％、13.4％、5.9％、1.8％、2.4％。

2005 年"当代中国少年儿童发展状况调查"显示,32.0％的少年儿童利用平日闲暇时参加过特长培训,培训时间为"1－30 分钟"、"31－60 分钟"、"61－120 分钟"、"121－180 分钟"、"181 分钟以上"的比例分别为 9.3％、6.3％、8.0％、4.2％、4.2％；在休息日,38.6％的少年儿童参加过特长培训,培训时间为"1－30 分钟"、"31－60 分钟"、"61－120 分钟"、"121－180 分钟"、"181 分钟以上"的比例分别为 7.8％、5.7％、10.3％、6.8％、8.0％。

数据显示,五年来,少年儿童利用平日闲暇时间和休息日时间参加特长培训的总体比例下降,但培训时间超过 1 小时的人数比例却明显增长。2005 年,平日闲暇时参加特长培训超过 1 小时的总体比例为 16.4％,比 1999 年增长了近 10 个百分点；休息日参加特长培训超过 1 小时的总体比例为 25.1％,比 1999 年增加了 14 个百分点。

9. 城市少年儿童特长培训时间多于农村同龄人　全国少工委办公室、中国青少年研究中心 1999 年"当代中国少年儿童发展状况调查"显示,平日闲暇时参加特长培训的城市少年儿童比例为 38.1％,比农村少年儿童低 9.6 个百分点,但培训时间超过 1 小时的少年儿童比例,城市(19.0％)高于农村(18.0％)1 个百分点；在休息日,参加特长培训的城市少年儿童比例为 46.9％,略低于农村同类比例(48.0％),但培训时间超过 1 小时的少年儿童比例,城市(21.0％)高于农村(6.6％)14.4 个百分点。

2005 年"当代中国少年儿童发展状况调查"显示,平日闲暇时参加特长培训的城乡少年儿童比例分别为 34.7％、30.6％,培训时间超过一小时的城乡比例分别为 28.7％、19.5％；在休息日,参加特长培训的城乡少年儿童比例分别为 48.0％、33.7％,培训时间超过一小时的城乡比例分别为 26.5％、24.3％。

数据表明,不论是平日闲暇时间还是休息日,城市少年儿童参加特长培训的时间均胜于农村同龄人。

10. 中学生渴望休息娱乐时间　"你觉得在每个周末的两天时间内过得怎样?"2005 年,中国青少年研究中心"中国青少年学习和生活的现状与期望"调查数据统计显示,我国中小学生过周末的感受各不相同。感慨"有做不完的作业和学习任务"的小学生、中学生及职高生的比例分别为 13.2％、27.5％、10.2％；庆幸"总算有一些休息和娱乐的时间"的比例分别为小学生 34.5％、中学生 34.5％、职高生 27.9％；很高兴"可以做自己想做的事情"的比例分别为小学生 43.2％、中学生 28.8％、职高生 47.1％；感叹"时间是多了,但没有什么好玩的"比例分别为小学生

9.0％、中学生 9∶2％、职高生 14.8％。

数据显示,学生们渴望休息娱乐的时间、渴望有时间做自己想做的事。

四、校外教育与活动场所

1. **新建校外活动场所逐渐增多**　青少年校外教育活动场所是建国以后逐步发展起来的。五六十年代,我国共有县级以上少年宫、青年宫不足 200 所。近年来,新建校外活动场所逐渐增多。2000－2005 年,国家总计筹集 40 亿元彩票公益金用于未成年人校外活动场所建设。其中,中央直接支配彩票公益金 20 亿元,用于支持中、西部还没有建未成年人校外活动场所的地区。"十五"期间,中央共立项支持校外活动场所建设 1092 个,截至 2005 年底,已有 900 个项目开工建设;同期内,各省利用返回的 20 亿元彩票公益金自建了约 700 个项目。截至 2006 年 3 月,已建成的 742 个校外活动场所共接待中小学生 2 000 万人次。

虽然新建校外活动场所逐渐增多,但是现有校外活动场所中大部分仍是上世纪 90 年代所建。20 世纪末,全国已有各类少年儿童校外活动场所中,教育系统所属少年宫、科技馆(站)、少年之家 1 700 余处,妇联系统所属妇女儿童活动中心 2 524 处,共青团系统所属少年宫、青少年宫、野外营地等 2 200 处。

(数据来源:《切实保障最广大青少年的文化权利——未成年人校外活动场所建设和管理座谈会在京召开》,白宏太,《人民教育》2006 年 9 月;《少年宫教育史》,许德馨,海南出版社)

2. **师资缺乏、年龄偏大、学历偏低已是校外活动场所教师队伍的主要问题**　20 世纪末,全国校外教育系统专、兼职教师人数已达 50 万人,但校外活动场所师资力量薄弱的状况仍然不容忽视。2003 年,中国少年宫协会"中国青少年校外活动场所现状与发展调查"[22] 课题组调查结果表明,教委属青少年活动场所平均工作人员仅 25 人,团属青少年宫专职教师的比例仅占 40％左右。在团属和教委属青少年活动场所中,36－50 岁的教师比例均占 40％左右,师资年龄偏大。

调查还发现,青少年宫教师队伍学历偏低。其中,教委属教师研究生以上学历的比例为 0,本科学历的教师为 34.0％,大专学历的比例为 50.0％,高中以下的比例为 16.0％;团属教师研究生以上学历的比例仅 2.0％,本科学历的教师为 26.0％,大专学历的比例为 55.0％,高中以下学历的比例为 16.0％。

师资缺乏、年龄偏大、学历偏低已是校外活动场所教师队伍的主要问题。

3. **文化艺术类活动开展广泛**　2003 年,中国少年宫协会"中国青少年校外活动场所现状与发展调查"结果表明,文化艺术教育类活动是各地青少年宫开展最多的活动,其中音乐、美术、书法与舞蹈四类活动在校外活动中开展的比例都在前四位,团属青少年宫的上述活动项目比例均为 88.7％,而教委属的比例分别达到了 96.3％、98.1％、94.4％、94.4％,并且这些活动开展得次数非常高,团属青少年宫四项活动开展的平均次数分别为 49、33、19、16,教委属青少年宫开展的平均次数也均在 25 次左右。传统文化艺术活动如"地方戏曲欣赏与表演"等开展的比例不足 10.0%。棋艺、武术等体育活动开展的比例较高。团属、教委属青少年宫开展这两项活动的比例都达到了 69.8%,其他体育活动开展的比例较低。技术普及类活动与文化、艺术、体育类活动相比,开展的比例明显较低。在各类活动中,生活实践类活动开展的比例最低,团属青少年宫中没有刺绣活动,开展服饰打扮活动的比例只占 9.4%,而教委属青少年宫开展这两项活动的比例仅为 5.6% 和 3.7%。

4. 教学辅导类活动中英语辅导最为火爆 2003 年,中国少年宫协会"中国青少年校外活动场所现状与发展调查"显示,校外教育场所也开展了一些学校教育内容的延伸活动,其中英语辅导最为火爆,团属青少年宫开展英语活动的比例高达 77.4%,教委所属青少年宫相应比例为 55.0%。团属青少年宫和教委属青少年宫开展数学语文活动的比例分别为 50.0% 和 29.6%;开展物理活动的比例分别为 7.5% 和 5.6%;开展化学活动的比例分别仅为 5.7% 和 5.6%。

5. 学龄前儿童及义务教育阶段学生是校外教育活动参与的主体 2003 年,中国少年宫协会"中国青少年校外活动场所现状与发展调查"显示,吸收学龄前儿童、义务教育阶段学生参与活动的青少年宫占总数的 80% 以上。团属青少年宫吸收学龄前儿童、小学一年级到三年级小学生、四年级到六年级小学生、初中生参加活动的比例分别为 96.1%、100.0%、98.0%、84.3%;教委属青少年宫吸收上述群体参加活动的比例分别为 84.9%、98.1%、98.1%、80.2%;吸收高中生参加活动的团属青少年宫和教委属青少年宫的比例分别为 39.2%、26.4%。

数据说明,学龄前儿童、义务教育阶段学生是现有校外教育活动参与的主体,

6. 寒暑假为城市中小学生校外活动高密度期 2003 年,中国少年宫协会"中国青少年校外活动场所现状与发展调查"显示,寒暑假是城市中小学生参加校外活动相对密度较高的时期,68.0% 的城市中小学生在暑假安排了校外活动,在寒假安排校外活动的比例为 50.0%;其次,在星期六、星期天安排校外活动的比例分别为 33.0% 和 34.0%,这两个时间段属于校外活动中高密度时期;校外活动中密度时期为星期五下午、"十一"长假和"五一"长假,参加活动比例分别为 21.0%、22.0% 和 26.0%;平时放学后和春节期间是校外活动的低密度时期,参与比例分别仅为 8.0% 和 14.0%。

7. 城市中小学生最想去的校外活动场所是"野外" 2003 年,中国少年宫协会"中国青少年校外活动场所现状与发展调查"显示,在对校外活动地点的选择上,66.8% 的城市中小学生首选"野外";其次是"校园内"和"青少年宫",选择比例分别为 30.8% 和 30.6%;选择"朋友家中"、"自己家中"、"社区活动中心"及"其他"的比例分别为 28%、24.7%、19.2%、4.4%。

首选"野外"作为校外活动的场所,反映了在城市工业化节奏的冲击下,广大城市中小学生业余时间更加倾向投身大自然。

8. 城市中小学生校外活动空间相对密集地为公共性、大众性活动场所 2003年,中国少年宫协会"中国青少年校外活动场所现状与发展调查"显示,在城市中小学生生活的社区内外,空间分布相对密集(按走路或乘车均不超过30分钟计算)的活动场所依次是公园(7.2%)、购物中心(6.4%)、网吧(6.3%)、图书馆和影剧院(分别是5.5%)、体育场(4.8%)、游戏厅(4.6%)、少年宫和歌舞厅(分别是3.9%)、卡拉OK厅(3.6%)、社区活动站(3.5%)、文化馆(2.9%)、博物馆迪厅台球馆(2.8%)和青少年宫(2.4%)。

在上述活动场所中,父母带孩子前往频率较多的依次是:公园(6.5%)、购物中心(5.8%)、影剧院(3.2%)、体育场(3.0%)、少年宫(2.5%)、名胜古迹(2.4%)和博物馆(2.2%)。这表明,就城市而言,在空间分布上相对集中的是公共性、大众型的活动场所,父母带孩子前往次数较多的也是这些场所。

9. 三成学生暑期参加夏令营活动 据山东省济南市青少年研究所2004年完成的一项调查显示,在各项暑期活动中,学生们最想参加的活动是夏令营,有30.0%的被调查学生2004年暑假参加了夏令营。

另外,共有30.1%的被调查学生参加了兴趣班,他们中的大多数人都参加了"语、数、外提高班",另外还有美术、音乐、舞蹈之类的兴趣班。

看电视仍是中小学生暑期的一项重要活动。其中,每天看电视1—2小时的占43.3%;看3—4小时的占39.7%;看4小时以上的占13.2%。

做作业是学生假期的必备内容,每天做半小时作业的占10.8%;做1小时的占57.8%;做2小时以上的占13.2%。

调查发现,绝大多数学生暑期都做过家务。有56.6%的学生经常做家务,39.7%的有时做家务,不做家务的仅占3.6%。

暑期中,经常玩游戏的学生占10.8%,有时玩的占26.5%,不玩的占62.6%。玩游戏的学生大多数是在家里玩。

(数据来源:《夏令营是青少年最想参加的活动》,孙宏,《中国青年报》2004年8月30日)

10. 活动场所缺乏成为中小学生对暑假生活不满意的主要原因 2005年,中国青少年研究中心"中国青少年学习和生活的现状与期望"课题调查结果显示:15.8%的小学生、29.8%的中学生对自己的暑假生活不满意,主要原因是没有活动场所、没有伙伴、假期生活单调、空虚、时间不足等。其中,小学生对暑假生活不满意的主要原因依次是没有活动场所(23.7%)、没有伙伴(20.2%)、没有计划(16.1%)、单调(15.0%)、空虚(13.8%);中学生对暑假生活不满意的主要原因依次是没有活动场所(42.2%)、单调(32.1%)、没有计划(26.7%)、没有伙伴

(25.8%)、空虚(25.1%)。因此,需要加强对中小学生闲暇生活的指导,丰富他们的生活内容,为少年儿童提供更宽松的环境和必要的活动场所。

11. 八成多农村未成年人家庭附近没有公益性文化设施 2004年10—11月,国家统计局、中央文明办"未成年人思想道德建设调查"[23]显示,对夏令营、冬令营等未成年人喜爱的体验活动,城市中参加3次以上者为15.7%,农村仅为5.2%;参加一两次的,城市为40.5%,农村为28.2%;没有参加过的,农村比城市则要高出22.8个百分点。

在参观爱国主义教育基地和公益性文化设施方面,有49.2%的城市未成年人表示"近期没有参观过",农村为64.1%;30.0%的城市未成年人享受过免费或半票待遇,农村为12.6%;表示没去过公益性文化设施开展活动的,城市为23.5%,农村则为44.3%;选择"家附近没有公益性文化设施"的,城市为60.7%,农村则高达84.0%。

12. 双休日学校资源(电脑房、阅览室、篮球场等)开放情况不理想 2005年,上海少年儿童研究所调查表明,目前双休日学校资源(电脑房、阅览室、篮球场等)开放情况并不理想,"经常开放"的仅为26.1%,因此造成少儿在周末最常去的地方之一是"肯德基"。

(数据来源:《少儿最想要闲暇时间和充足睡眠》,龚瑜,《中国青年报》,2005年5月28日)

13. 仅三成少年儿童在休息日参加过社会公益活动 全国少工委办公室、中国青少年研究中心1999年"当代中国少年儿童发展状况调查"发现,46.1%的少年儿童表示自己在"上一个休息日"参加了社会公益活动。其中,时间在30分钟以内的城市少年儿童占23.0%,农村少年儿童占37.9%;另有12.7%的少年儿童参加社会公益活动的时间在30—60分钟之间,其中城市少年儿童占7.7%,农村少年儿童占12.8%。2005年,在"上一个休息日"参加过社会公益活动的比例下降为30.9%,其中,时间在30分钟以内的城市少年儿童下降为8.6%,农村少年儿童下降为10.4%。参加社会公益活动时间在30—60分钟的城乡少年儿童比例则分别下降为6.8%、6.6%。

数据显示,休息日少年儿童参与社会公益活动不够,少年儿童的社会公益活动参与意识需要进一步增强。

第8章

未成年人的科学素质

本章所说的素质,并非先天所具有的,而是后天可习得、可培养的(与英文 lit-eracy 相对应),即我国素质教育中所提及的素质。我国对未成年人的科学素质尚未有明确定义,也没有进行过相应调查。世界经合组织每三年组织一次国际范围内的 15 岁中学生的科学素质调查,我国的香港地区、澳门地区和台湾地区都已参与调查,但内地一直未参与此项调查。所以,本章节介绍的仅是我国与未成年人科学素质相关的某些认知、态度、行为和能力等方面的调查。

一、对与创造相关知识的认知

1. 青少年对脑科学知识的认知逐年提高　教育部科技司、共青团中央学校部和中国科协科普研究所"2002 年全国青少年创造能力培养社会调查"[24]表明,在问卷中所列有关大脑科学知识的 5 项内容中,对每项内容表示"了解"的被调查者最高为 65.2%,其中有 3 项的"了解"率达到或超过半数。这表明,大多数青少年对与创造力密切相关的大脑科学知识均有相当程度的认知(见表 8.1)。比较 1998 年、2000 年和 2002 年三次调查的数据,可以看出,青少年对各项有关大脑科学知识的认知程度,亦在逐年提高。

表 8.1　被调查者对各项有关大脑科学知识表示"了解"的比例(%)

有关大脑科学知识的内容	1998 年	2000 年	2002 年
一个成人的大脑,整个脑髓重量约 1 300 克,包含着 1 000 亿个细胞	27.4	32.2	35.5
人的大脑分为两个独立的半球体——左脑和右脑,并由一条粗的神经纽带相连	61.5	63.3	65.2
就人的左脑而言,它是负责管理合理的、有条不紊的和合乎逻辑方法的思维,是人类语言和数学思想本领的中枢	46.6	50.7	53.1
就人的右脑而言,它是非语言思维的部位,是人类教诲、创造与视觉判断思想本领的中枢	38.2	47.3	48.9
对人脑的科学研究表明,人的思维能力,可以一直不断地加以提高	52.3	48.4	55.4
以上五项均了解	8.8	12.6	11.2

调查同时表明,对问卷中所列有关大脑科学知识的 5 项内容全部"了解"的被调查者为 11.2%,与 1998 年首次调查相比,增加了 2.4 个百分点;与 2000 年第二次调查相比,减少了 1.4 个百分点。其中初中生、高中生全部"了解"的分别各占其群体的 6.5% 和 10.4%(2000 年调查分别为 9.9% 和 10.6%,1998 年调查分别为 6.4% 和 7.0%)。

2. **农村中学生对创造性思维知识的认知大幅落后于大城市中学生** 教育部科技司、共青团中央学校部和中国科协科普研究所"2002 年全国青少年创造能力培养社会调查"调查显示,在问卷中所列有关创造性思维知识的内容中,对"创造性思维的特征是新颖性、独创性"表示"了解"的被调查者为 51.6%,对"创造性思维中的相像、灵感和直觉"表示"了解"的被调查者为 41.8%。另外,对创造性思维过程和方法亦有相当比例的被调查者表示"了解"(见表 8.2)

表 8.2 被调查者对创造性思维知识表示"了解"的比例(%)

有关大脑科学知识的内容	1998 年	2000 年	2002 年
创造性思维的特征是新颖性、独创性	46.4	49.4	51.6
创造性思维的过程基本上是按准备—创新—验证三个阶段构筑的	23.6	34.8	23.2
创造性思维中的相像、灵感和直觉	36.6	44.6	41.8
创造性思维方法中的综合思考法	28.6	35.9	28.2
创造性思维方法中的联想思考法	36.4	40.5	33.6
创造性思维方法中的逆向思考法	32.3	39.5	36.1
创造性思维方法中的发散思考法	24.8	35.5	34.2
创造性思维方法中的收敛思考法	17.7	25.5	18.2

本次调查表明,与 1998 年相比,青少年对上述有关创造性思维知识 8 项内容"了解"者的比例,大多基本持平或有了一定程度的增长。而与 2000 年相比,除第 1 项略有增长外,大多有一定程度的回落。

本次调查还选择大城市中学生和农村中学生这两个群体,就其对上述创造性思维的认知进行了对比。结果表明,农村中学生群体对有关创造性思维知识 8 项内容"了解"的比例,均分别较大幅度落后于大城市中学生群体(见表 8.3),甚至多

表 8.3 大城市中学生和农村中学生对创造性思维知识表示"了解"者的比例(%)

有关创造性思维知识的内容	大城市中学生	农村中学生
创造性思维的特征是新颖性、独创性	51.0	30.4
创造性思维的过程基本上是按准备—创新—验证三个阶段构筑的	19.3	12.3
创造性思维中的相像、灵感和直觉	45.0	29.6
创造性思维方法中的综合思考法	25.0	18.6
创造性思维方法中的联想思考法	32.1	23.3
创造性思维方法中的逆向思考法	37.3	19.7
创造性思维方法中的发散思考法	33.1	23.3
创造性思维方法中的收敛思考法	13.1	12.0

达 20 个百分点。

3．青少年最认同对电脑软件的知识产权保护　知识产权是指法律赋予智力成果完成人对其专有的创造性智力成果在一定期限内享有的专有权利。在我国，著作权（即版权）、商标权、专利权这三大类构成知识产权的中心内容。其他如科学发现、发明和其他科技成果，虽与知识产权相交叉，但从实质上来讲不是知识产权。

教育部科技司、共青团中央学校部和中国科协科普研究所"2002 年全国青少年创造能力培养社会调查"调查显示，在问及知识产权的保护对象即哪些成果和作品应受知识产权保护时，被调查者选择"电脑软件"的从 1998 年的 70.5%，2000 年的 72.8%，又增为 2002 年的 83.6%；而对"发表过的一篇文章"、"改进别人的产品，使其具有新的性能"和"商品的商标"的认同率，也在逐年增高（见表 8.4）。从以上情况可以看出，大部分青少年已经能够正确地认识著作权、商标权和专利权的保护对象。

表 8.4　被调查者对应受知识产权保护成果认知状况的比较（%）

选择对象	1998 年	2000 年	2002 年
电脑软件（正确）	70.5	72.8	83.6
发表过的一篇文章（正确）	53.4	56.0	67.8
制定的一项游戏规则	18.8	31.0	35.7
改进别人的产品，使其具有新的性能（正确）	42.2	44.2	53.1
找到数学题的另外一种证法	27.9	33.1	38.3
制定的法律、规章、制度	40.4	45.1	58.3
商品的商标（正确）	61.4	61.1	76.7
合理化建议	34.1	33.6	40.6

调查结果表明：青少年对于知识产权的概念有一定的了解，但没有明确"知识产权"的概念究竟是什么，也就不能清楚地认识"知识产权"的保护对象是什么，还有相当一部分青少年从字面上出发笼统地认为：凡是经过脑力劳动所得的产品都是知识产权保护的对象。因此还有许多青少年选择了非知识产权法保护和调整的对象，而且这种错误选择的比例还有逐年上升的趋势。如 1998 年选择"制订的一项游戏规则"的被调查者为 18.8%，2000 年为 31.0%，2002 年则为 35.7%；再如1998 年 40.4% 的被调查者认为"制订的法律、规章、制度"亦属于知识产权保护之列，2000 年持此看法的为 45.1%，2002 年又增为 58.3%（见表 8.5）。

此外，就大城市中学生和农村中学生这两个群体而言，其正确地认识著作权、商标权和专利权的保护对象的比例，尚有一定的差距（见表 8.5）。

表 8.5　大城市和农村中学生正确认知知识产权保护成果之比较(%)

选择对象	大城市中学生选择各项的比例	农村中学生选择各项的比例
电脑软件	87.5	69.1
发表过的一篇文章	70.7	62.0
改进别人的产品,使其具有新的性能	54.4	40.1
商品的商标	80.7	61.3

二、对自身创造人格和创造力的评价

1. **仅 7.3% 的青少年自认为具有创造人格**　教育部科技司、共青团中央学校部和中国科协科普研究所"2002 年全国青少年创造能力培养社会调查"问卷中,专家组通过设定隐含指标的题目,来界定青少年对自身创造人格的评价。

该次调查表明,49.1% 的被调查者自认"许多别人视为平常的事,我却很有兴趣和好奇心"(2000 年为 48.1%);49.1% 的被调查者表示"即使遇到不幸、挫折或反对我的情况,我仍能保持工作热情"(2000 年为 51.1%);"对于老师或课本上的说法,我时常表示怀疑"的被调查者占 39.6%(2000 年为 43.1%);自认"我既有自信,又乐于听取别人的意见"的被调查者占 62.8%(2000 年为 59.3%);自认"我有较高的审美感"的被调查者占 44.5%(2000 年为 47.8%);表示"我能讲富于想象的故事"的被调查者占 43.9%(2000 年为 42.4%);上述各项指标的比例有增有减,但变化幅度不大。

专家组把兴趣与好奇心、意志力与进取精神、怀疑精神与独立性、自信心与合作意识作为评价青少年是否具有初步创造人格特征的 4 项指标。调查显示:与 1998 年的首次调查相比,自评具有初步创造人格特征(即对表 8.6 所列 4 项内容都表示认同)的被调查者的比例,从 4.7% 上升到 7.3%,即增加了 2.6 个百分点;但与 2000 年调查相比,自评具有初步创造人格特征的被调查者的比例下降了 3.7 个百分点(见表 8.6)。

本次调查亦对初中生和高中生自评具有初步创造人格特征的比例进行了统计,并与 1998 年和 2000 年的相关数据进行了比较(见表 8.7)。

表 8.6　被调查者自评具有初步创造人格特征比例之比较(%)

有关初步创造人格的问题	1998 年	2000 年	2002 年
许多别人视为平常的事,我却很有兴趣和好奇心(隐含指标:兴趣与好奇心)			
即使遇到不幸、挫折或反对我的情况,我仍能保持工作热情(隐含指标:意志力与进取精神)	4.7	11.0	7.3
对于老师或课本上的说法,我时常表示怀疑(隐含指标:怀疑精神与独立性)			
我既有自信,又乐于听取别人的意见(隐含指标:自信心与合作意识)			

表 8.7　初中生和高中生自评具有初步创造人格特征比例之比较(%)

不同对象选择有关初步创造人格的问题	1998 年	2000 年	2002 年
初中生被调查者	5.1	11.4	7.5
高中生被调查者	3.6	10.6	6.4

2. 自评具有初步创造力的青少年有所增加　教育部科技司、共青团中央学校部和中国科协科普研究所"2002 年全国青少年创造能力培养社会调查"表明:62.6%的被调查者自认"我喜欢联想,头脑中不时有新想法涌现"(2000 年为59.5%);54.3%的被调查者表示"我可以从众多的信息源中,迅速选取对自己有用的信息"(2000 年为 51.1%);表示"我对各种事物都能做较深入的观察"的被调查者占 29.8%(2000 年为 36.1%);自认"我能够甚至于习惯运用逻辑推理寻找事物的起因"的被调查者占 43.4%(2000 年为 45.8%);自认"我善于寻找新方法去处理旧问题"的被调查者占 47.7%(2000 年为 46.3%);而表示"我具备有益于个人学习、生活的必要操作技能"的被调查者占 53.3%(2000 年为 52.3%)。

专家组把建立在一定知识基础上的信息收集能力、敏感性与流畅性和探究性思维能力作为评价青少年是否具有初步创造力特征的 3 项指标。该次调查显示:与 1998 年首次调查相比,自评具有初步创造力特征(即对表 8.8 所列 3 项内容都表示认同)的被调查者的比例,从 14.9%上升到 21.6%,即增加了 6.7 个百分点;与 2000 年的调查相比,自评具有初步创造力特征的被调查者的比例,从 20.0%上升到 21.6%,即增加了 1.6 个百分点(见表 8.8)。

表8.8 被调查者自评具有初步创造力特征比例之比较(%)

有关初步创造人格的问题	1998 年	2000 年	2002 年
我喜欢联想,头脑中不时有新想法涌现(隐含指标:敏感性与流畅性)			
我可以从众多的信息源中,迅速选取对自己有用的信息(隐含指标:信息收集能力)	14.9	20.0	21.6
我能够甚至于习惯运用逻辑推理寻找事物的起因(隐含指标:探究性思维能力)			

本次调查亦对初中生、高中生和大学生自评具有初步创造力特征的比例进行了统计,并与1998年和2000年的相关数据进行了比较,其中:初中生被调查者自评比例分别为1998年14.2%、2000年18.4%、2002年20.3%;高中生被调查者自评比例分别为1998年13.7%、2000年19.6%、2002年23.5%。

三、对发展创造力活动的体验与参与程度

1. **亲身体验科学探究学习活动的青少年不足三成** 科学需要探究,科学探究学习活动为青少年提供了了解并实践上述"过程"的机会。当青少年在尝试像科学家那样进行探究的过程中,他们勇于探索的科学精神,严谨求实的科学方法,以及创造性地解决问题的能力,无疑都会得到升华和提高。正因为此,教育部科技司、共青团中央学校部和中国科协科普研究所"2002年全国青少年创造能力培养社会调查"中,问卷专门增设了"了解青少年对科学探究学习活动体验情况"的题目。

结果表明:60.4%体验过"在对自然界、身边事物观察或对别人结论质疑的基础上,发现和提出问题";认同能够"运用已有知识做出自己对问题的假想答案"的为62.5%;49.2%表示"能在已有知识、经验和实验的基础上,通过简单的思维加工——逻辑思维和创造性思维,得出自己的结论(可以重复验证的)";而能"通过观察、实验、制作进一步了解科学事实,并获取证据"的仅为37.3%;"根据假想答案,制定简单的科学探究活动计划"的认同率最低,为26.5%。

就青少年对体验科学探究过程中各相关阶段的认同率而言,男性被调查者对其中每项的认同率均高于女性被调查者,其中最高相差近10个百分点,最少亦相差2个百分点(见表8.9)。

表 8.9 被调查者对体验科学探究过程中各相关阶段的认同率(%)

科学探究过程中各相关阶段	被调查者认同的比例
在对自然界、身边事物观察或对别人结论质疑的基础上,发现和提出问题	60.4(男:62.1;女:58.7)
运用已有知识做出自己对问题的假想答案	62.5(男:64.3;女:60.6)
根据假想答案,制定简单的科学探究活动计划	26.5(男:31.1;女:21.7)
针对计划广泛收集、整理从书刊以至网络上获得的科学资料	40.7(男:42.5;女:38.8)
通过观察、实验、制作进一步了解科学事实,并获取证据	37.3(男:42.1;女:32.3)
能在已有知识、经验和实验的基础上,通过简单的思维加工——逻辑思维和创造性思维,得出自己的结论(可以重复验证的)	49.2(男:53.3;女:45.1)
能用多种方式表达探究结果,进行交流,并参与评议	42.7(男:43.7;女:41.7)
能够思考探究结果与自然界的关系,以及其对人类社会正面或负面的影响	45.8(男:47.5;女:44.0)

该次调查还表明,尽管科学探究学习活动对青少年科技素质和创造能力的培养至关重要,但亲身体验过科学探究全过程的青少年数量并不多,无论是通过正规教育或是非正规教育途径,都低于 29.0%。对于"学校的相关科学课程是否为你提供过尝试进行完整的(包括上述所有 8 个阶段性过程)科学探究学习活动的机会"的认同率仅为 28.8%,而对"课外科技活动是否为你提供过尝试进行完整的(包括上述所有 8 个阶段性过程)科学探究学习活动的机会"的认同率也仅有 28.9%。

2. 近四分之一的青少年认为学校相关课程提供了技术创新活动的机会 教育部科技司、共青团中央学校部和中国科协科普研究所"2002 年全国青少年创造能力培养社会调查"中,专门增设了"了解青少年对技术创新实践活动体验情况"一题。

调查表明,42.4% 的被调查者体验过"出于改进或创造新产品的欲望,通过参观、素描以及收集物品等方式,丰富头脑中'设计'的素材——经相像加工出雏形",认同能够"对'初级'产品进行外观加工,如涂颜色或者用其他装饰增加美观效果"的被调查者为 52.9%,46.5% 的表示"能够独立或与同伴共同对产品进行评估,并有改进最初设计的意识——使产品更为完善";而能"制定详细的技术行动计划"的仅为 28.9%,能够"利用适当的材料,做出三维模型,与他人交流后再用手(或计算机)绘制设计图纸"的认同率最低,为 19.4%。

就青少年对体验技术创新过程中各相关阶段的认同率而言,男性被调查者对其中每项的认同率大多高于女性被调查者,仅有一项例外(见表 8.10)。

表 8.10　被调查者对体验技术创新过程中各相关阶段的认同率(%)

技术创新过程中各相关阶段(共 8 项)	被调查者认同的比例
出于改进或创造新产品的欲望,通过参观、素描以及收集物品等方式,丰富头脑中"设计"的素材——经相像加工出雏形	42.4(男:47.6;女:37.1)
制定详细的技术行动计划	28.9(男:32.5;女:25.2)
利用适当的材料,做出三维模型,与他人交流后再用手(或计算机)绘制设计图纸	19.4(男:23.4;女:15.4)
能够安全正确地使用工具,并可选用不同种类的材料,制作或安装部件,形成"初级"产品	40.3(男:45.6;女:34.9)
对"初级"产品进行外观加工,如涂颜色或者用其他装饰增加美观效果	52.9(男:50.0;女:55.9)
能够独立或与同伴共同对产品进行评估,并有改进最初设计的意识——使产品更为完善	46.5(男:47.5;女:45.4)
能够思考产品对社会的现实和潜在影响,以及其体现的文化背景	42.1(男:43.3;女:40.7)

　　该次调查还表明,尽管技术创新实践活动对青少年科技素质和创造能力的培养至关重要,但亲身体验过技术创新全过程的青少年数量并不多,无论是通过正规教育或是非正规教育途径,都低于 26.0%。仅 24.7%的被调查者认同"学校的相关技术课程是否为你提供过尝试进行完整的(包括上述所有 7 个阶段性过程)技术创新实践活动的机会",认同"课外科技活动是否为你提供过尝试进行完整的(包括上述所有 7 个阶段性过程)技术创新实践活动的机会"的比例也仅为 25.5%。

　　3. **青少年对各类社会机构举办的发展创造力活动的参与程度**　教育部科技司、共青团中央学校部和中国科协科普研究所"2002 年全国青少年创造能力培养社会调查"显示,社会团体举办的各种有助于发展创造力的活动,大多能引起青少年的关注,或多或少都得到他们的参与。在教育部、共青团中央、国家体育总局、全国妇联和中国科协等系统举办的 11 种有助于发展创造力的竞赛活动中,与 1998年和 2000 年相比,对信息学奥林匹克竞赛系列活动表示"知道"的青少年从 46.2%、47.8%上升到 62.0%,而参加过该系列活动的青少年比例亦从 5.7%、7.3%上升到 20.4%;其他科技类的竞赛系列活动在知名度不断提高的同时,青少年的参与率却都有所下降。综合类的环境保护竞赛系列活动得到较多青少年的关注,知道率从 2000 年的 56.7%上升为 61.6%,而参与率亦从 10.4%上升为 17.9%。文学、艺术类的语言、朗诵竞赛系列活动、青少年书法、绘画比赛和青少年声乐、器乐竞赛系列活动等在其知名度不断攀升的同时,青少年的参与率也都有所下降(见表 8.11)。

表 8.11　11 种有助于发展创造力的竞赛活动参与程度(%)

竞赛活动的名称	知　道			参加过			获过奖		
	1998	2000	2002	1998	2000	2002	1998	2000	2002
青少年创新大赛(原青少年发明创造比赛和科学讨论会)系列活动	62.4	51.1	52.7	8.1	7.3	3.2	2.5	2.6	0.7
数学、物理或化学奥林匹克竞赛系列活动	58.3	58.3	62.0	24.7	20.4	20.4	5.6	5.1	4.1
信息学奥林匹克竞赛系列活动	46.2	47.8	62.0	5.7	7.3	20.4	2.6	2.5	4.1
生物学奥林匹克竞赛系列活动	—	—	59.4	—	—	5.5	—	—	1.5
航空、航海、车辆模型及无线电测向竞赛系列活动	59.5	54.8	57.0	6.6	6.5	5.2	2.7	2.6	1.0
青少年环境保护系列活动	—	56.7	61.6	—	10.4	17.9	—	2.8	1.3
青少年夏令营或冬令营系列活动	—	—	67.0	—	—	15.7	—	—	1.3
青少年作文(含文学、科技征文)比赛	53.8	59.4	61.8	23.4	17.0	19.0	7.4	5.0	6.1
青少年书法、绘画比赛	62.8	65.5	70.6	14.3	11.6	10.7	6.4	4.3	4.7
青少年声乐、器乐竞赛系列活动	—	62.1	69.1	—	8.5	7.5	—	3.5	2.8
青少年语言、朗诵竞赛系列活动	—	61.6	68.0	—	10.7	10.4	—	3.8	4.3

四、对家庭、学校和社会培养其创造性作用的评价

1. **仅 7.7% 的家庭具有优良的创造性培养环境**　从 2000 年起,教育部科技司、共青团中央学校部和中国科协科普研究所"全国青少年创造能力培养社会调查"问卷中,设计了 11 个与家庭培养青少年创造性环境状况相关的问题,要求青少年进行选择,以便据此全面了解我国青少年所处家庭教育环境,判断是否有益于青少年创造性的培养。

2002 年调查表明,与 2000 年相比,家庭在青少年创造性培养方面的环境进一步得到了优化,如 62.3% 认同"在经济条件许可的情况下,父母总是鼓励我自己选择衣服的款式和颜色"(2000 年为 58.1%);表示"父母支持我参加科技、环保、语言、音乐、美术等方面的课外或校外活动"的占 67.5%(2000 年为 57.1%);表示"家庭能够提供我所需要的课外读物"的占 65.7%(2000 年为 58.2%);62.6% 的被调

查者认同"父母经常与我一起评价社会上人们做出的好的或坏的行为"（2000 年为 59.3％）；59.7％的被调查者认同"父母鼓励我探索自己感兴趣的事物或领域"（2000 年为 55.8％）；表示"父母通常不会用压制甚至打骂的方式教育我"的占 65.1％（2000 年为 60.7％）。

一般来说，青少年通常获取信息的途径包括报纸、杂志、广播、电视、图书、互联网等。网络的重要性已愈来愈明显，这就要求家庭、学校和社会要为青少年了解、收集、处理与其学习和生存相关的信息提供必要的条件。令人遗憾的是，本次调查表明，认同"在家里我可以通过上 INTERNET 网了解世界"的被调查者仅占 25.3％，比 2000 年的 28.4％又下降了 3.1 个百分点。这与发达国家和我国香港地区 80％以上的比例相比，差之甚远。家庭如何为青少年上网提供必要的条件，应该引起家长以致全社会的重视。

另外，尽管有所好转，但仍有 27.5％的被调查者表示"为了提高我的学习成绩，父母经常要求我做'额外'的家庭作业"（2000 年为 38.2％），这种扼杀青少年学习积极性的做法，应该继续通过全社会的努力去消除。

为了便于做出综合评价，我们把同时选择了上述 7 项调查内容的被调查者的家庭，界定为青少年创造性培养环境优良的家庭——即营造了有益于青少年创造能力培养优良环境的家庭。经统计，本次调查这样的家庭占 7.7％，比 2000 年的 5.2％增长了 2.5 个百分点。其中，初中生和高中生中各拥有青少年创造性培养优良家庭的比例是 5.1％和 8.0％（2000 年为 4.3％和 5.0％）。

2．仅 2.0％的学校具有优良的创造性培养环境 2002 年，通过被调查者对自己所在中学相关教育环境因素（包括硬件和软件）的评价，研究人员了解到：36.8％的被调查者表示"学校图书馆能提供自己需要的科技书籍"（2000 年为 36.9％）；34.4％的被调查者赞同"学校开展了比较丰富多彩的课外活动，并配有专门的辅导员"（2000 年为 38.4％）；31.4％的被调查者认同"大部分学生对老师没有畏惧感"（2000 年为 36.1％）；45.2％的被调查者表示"学校重视学生素质的培养，自己感觉课业负担不太重"（2000 年为 42.6％）；29.5％的被调查者认同"学校的计算机室可以为学生提供上 INTERNET 网的机会"（2000 年为 29.7％）。

我们把同时具备上述 5 项条件的中学，界定为青少年创造性培养环境优良的中学。经对被调查者选择的综合统计发现，在被调查者的心目中，青少年创造性培养环境优良的中学占 2.0％，与 2000 年相比，增长了 0.2 个百分点。

经过对数据的分析，以及一些个案调查提供的情况，研究人员发现，影响青少年创造性培养环境优良中学数量的最主要因素，是学校无法为学生提供上 INTENET 网的机会。而这一点，又恰恰是现代信息化社会培养青少年创造性所必不可少的。其次，则是教师对学生缺乏宽容和平等的态度，超过半数的学生认为"大部分学生对老师都有一定的畏惧感",从而影响了他们创造潜能的释放。

此外,从地域分布来看,大城市(百万人以上)、中小城市、乡镇农村拥有青少年创造性培养环境优良中学的比例分别为 3.9%、1.4%和 1.9%,与 2000 年的 2.4%、1.8%和 1.5%相比,可以看出大城市拥有青少年创造性培养环境优良中学的比例有了明显提高,乡镇农村亦有了提高,但中小城市却比 2000 年下降了 0.4个百分点。

3. 四成多青少年认可大众传媒对科技文化宣传的作用　教育部科技司、共青团中央学校部和中国科协科普研究所"2002 年全国青少年创造能力培养社会调查"显示,40.3%的被调查者认同"各类社会团体经常为青少年组织科技、环保、语言、音乐、美术等方面的竞赛活动",与 2000 年相比,好评率下降了 4.6 个百分点;而对"社区内时常开展青少年俱乐部等科技、文化活动"的好评率则从 2000 年的34.7%,下降为 25.9%,减少了 8.8 个百分点;这表明各类社会教育机构,特别是社区在培养青少年创造力方面近两年有所弱化,因此没有得到更多青少年的认可。与此同时,44.1%的被调查者认为"大众传媒会针对青少年开展有特色的科技文化宣传教育",与 2000 年相比,好评率增长了 7.3 个百分点;这表明大众传媒近两年在创造能力培养方面的作用得到了更多青少年的好评。

与此同时,该次调查还显示,青少年对大众传媒造就创造力培养良好环境作用的认同率,从高至低排序为电视(82.3%)、报纸(77.8%)、互联网(71.1%)、图书(70.7%)、广播(67.4%)和杂志(66.9%)。与 1998 和 2000 年相比,电视、报纸、图书、广播和杂志的好评率均有大幅度提升,而首次增加的互联网排序为第三,显示了其巨大的影响力。位居第四的图书,从三次调查来看是连续攀升,这表明随着图书出版周期的加快及其形式的创新,图书对青少年的吸引力已超过广播和杂志。不过,广播和杂志的努力也不可低估,从 2000 年到 2002 年,它们的好评率分别增长了 5.7 个百分点和 10.0 个百分点(见表 8.12)。

表 8.12　被调查者对大众传媒造就创造力培养良好环境的认同率(%)

传媒类别	1998 年	2000 年	2002 年
电视	78.8	74.1	82.3
报纸	71.4	69.7	77.8
广播	60.0	61.7	67.4
图书	57.3	57.9	70.7
杂志	58.4	56.9	66.9
互联网	—	—	71.1

五、农村在校学生对健康生存相关科学知识的认知

1．农村在校女生对饮食与健康科学知识的认知度高于男性 中国科协"2004年农村在校学生科普现状调查"[25]表明，被调查者表示"每天都能吃饱"的比例为89.2%；认同"会仔细观察，不吃被污染或是腐烂变质的食品"的被调查者占74.9%；这两项女性的认同率均略高于男性。值得注意的是，尚有5.6%的被调查者(其中男性为7.0%，女性为4.2%)表示不是"每天都能吃饱"；还有达12.7%的被调查者(男性为14.3%，女性为11.1%)坦承"不会仔细观察"，因而无法保证"不吃被污染或是腐烂变质的食品"；这对于其健康无疑是不利的。

从不同文化程度农村在校学生来看，职业高中(中专、技校)学生(简称职高生)和普通高中学生(简称高中生)表示"每天都能吃饱"的比例较小学生和初中生要少；因为"不会仔细观察"，而无法保证"不吃被污染或是腐烂变质的食品"的小学生和职高生要较初中生和高中生为多(见表8.13)。

表8.13　不同文化程度被调查者对饮食与健康知识认同的比例(%)

有关饮食与健康知识的选项	小学生	初中生	高中生	职高生
您每天都能吃饱吗？	91.0	92.2	86.8	82.0
您会仔细观察，不吃被污染或是腐烂变质的食品？	65.3	80.1	82.0	75.1

2．近三成农村在校女生不了解青春期生理卫生知识 由中国科协组织开展的"2004年农村在校学生科普现状社会调查"表明，从生理发展来看，在问及"您了解遗精等与男性相关的生理卫生知识吗"这一问题时，40.6%的男性被调查者表示"了解"，女性仅为17.2%。而问及"您了解月经等与女性相关的生理卫生知识吗"这一问题时，56.7%的女性被调查者表示"了解"，男性仅为12.6%。无论如何，男性中37.9%的人不了解"遗精等与男性相关的生理卫生知识"，58.3%的人不了解"月经等与女性相关的生理卫生知识"，这说明对在校男性青少年青春期生理卫生知识的普及亟待加强。尽管比男性稍好，但女性中仍有27.9%的人不了解"月经等与女性相关的生理卫生知识"，66.9%的人不了解"遗精等与男性相关的生理卫生知识"，说明在校女生青春期生理卫生知识的普及亦存在相当大的盲区。

从不同文化程度农村在校学生来看，小学生、初中生、高中生和职高生"了解遗精等与男性相关的生理卫生知识"的比例分别是9.9%、30.9%、43.0%和31.9%；"了解月经等与女性相关的生理卫生知识"的比例分别是11.3%、44.2%、51.6%、56.5%，这使得人们不得不质疑农村中小学青春期教育中相关知识的传播过程和效果。

该次调查亦表明,从心理发展来看,在问及"您善于运用语言与周围的人群进行沟通和交流吗"这一问题时,69.8%的被调查者予以肯定的答复,其中男性为66.6%,女性为73.1%,女性的认同率要高于男性;但仍有20.5%的被调查者给予否定的回答。从意志力和自信心来看,认同"当遇到不幸、挫折或别人的反对时,仍能保持工作热情"的被调查者为55.1%,其中男性为56.5%,女性为53.7%,略低于男性;总体看来,尚有4成多的农村在校学生在意志力方面存在不足。

本次调查还表明,就不同文化程度农村在校学生而言,小学生、初中生、高中生和职高生"善于运用语言与周围的人群进行沟通和交流"的比例分别是66.8%、76.0%、64.7%和71.0%。这其中科学文化素质最高的高中生与他人的沟通能力却最低,值得关注。

3. 农村初中生的伤害预防意识好于小学生和高中生 中国科协"2004年农村在校学生科普现状社会调查"表明,从伤害预防议题来看,对"您了解在发生火灾的时候应怎样保护自己的身体不受伤害吗"这样的问题,65.4%的被调查者给出了肯定的答复,其中男性69.6%,女性61.1%,相差8.5个百分点。在问及"您了解在外出时应如何避免交通意外伤害的方法和技能吗",58.0%的被调查者表示"了解",其中男性为60.8%,女性为55.1%,相差5.7个百分点。不可否认的是,约4成左右的被调查者缺乏伤害预防的意识,这方面的科普知识亟待加强。

从调查数据中还可以看出,就不同文化程度的农村在校学生而言,初中生的伤害预防意识相对较好,而小学生和高中生的伤害预防意识则相对较差(见表8.14)。

表8.14 不同文化程度被调查者对伤害预防知识的了解比例(%)

有关伤害预防知识的选项	小学生	初中生	高中生	职高生
您了解在发生火灾的时候应怎样保护自己的身体不受伤害吗?	60.2	76.3	60.3	61.5
您了解在外出时应如何避免交通意外伤害的方法和技能吗?	54.8	65.7	51.6	58.4

调查还表明,从人身安全议题(包括社会暴力和家庭暴力)来看,84.4%的被调查者表示自己没有"遭受过校园内外某些人的殴打或是其他形式的暴力威胁",其中男性为76.7%,女性为92.2%。值得关注的是,有11.9%的被调查者表示自己曾经"遭受过校园内外某些人的殴打或是其他形式的暴力威胁",其中男性为18.8%,女性为4.9%,这反映出男性农村在校学生较女性更易于遭受暴力侵害。需要指出的是,这种暴力侵害在小学生、初中生、高中生和职高生中均有体现,分别为15.7%、8.8%、10.0%、12.9%。可见,小学生和职高生遭受暴力侵害的比例相对更高。

4. 三成多农村在校生身体不适时"自己找点药吃" 中国科协"2004年农村在

校学生科普现状社会调查"表明,就药物、香烟、酒精、毒品的使用与滥用而言,在问及"您吸过香烟或其他类型的烟草制品吗",88.7%的被调查者予以否定的回答,其中男性为81.6%,女性为96.0%;值得注意的是,8.8%的被调查者表示有过吸烟经历,其中男性高达15.2%,女性为2.2%。对于"您曾经喝过一整瓶啤酒或是一杯白酒吗"的询问,78.4%的被调查者予以否认,其中男性为67.1%,女性为89.9%;但有18.5%的被调查者直言不讳有过喝酒经历,其中男性高达28.9%,女性亦达7.8%。面对"如果有朋友劝说您一起参与赌博或使用毒品等违法及不安全的行为,您有能力拒绝吗"的选择,79.7%表示"有能力拒绝",其中男性为76.1%,女性为83.4%;而14.6%的则表示"无法拒绝",其中男性为17.2%,女性为11.9%。对于"当感觉自己身体轻度不适时,您会抓紧时间去看医生吗",表示"是"的为59.2%,其中男性为57.3%,女性为61.2%;同时有32.1%的被调查者表示"否",其中男性为34.4%,女性为29.7%;在个案调查中我们了解到,这部分青少年通常"自己找点药吃",导致药物滥用。

调查还表明,农村在校学生对物质的使用与滥用令人担忧者,在不同学历段均有分布,特别是在高中和职高这一阶段,香烟、酒精和药物的使用与滥用的比例会急剧攀升。而小学生由于自制能力差,最易受同伴的影响而参与赌博或使用毒品等违法及不安全的行为(见表8.15),这是值得广大教育工作者和全社会思考、重视的。

表8.15 不同文化程度农村在校学生对物质使用与滥用的比例(%)

有关物质的使用与滥用的选项	小学生	初中生	高中生	职高生
您吸过香烟或其他类型的烟草制品吗?(是)	3.9	5.0	15.9	17.7
您曾经喝过一整瓶啤酒或是一杯白酒吗?(是)	11.2	12.9	28.2	32.8
如果有朋友劝说您一起参与赌博或使用毒品等违法及不安全的行为,您有能力拒绝吗?(否)	19.6	12.3	11.9	12.3
当感觉自己身体轻度不适时,您会抓紧时间去看医生吗?(否)	19.6	25.5	51.1	46.1

5. **半数以上的农村在校生不太了解预防艾滋病的相关知识** 中国科协"2004年农村在校学生科普现状社会调查"调查表明,就与艾滋病预防相关的科学知识而言,尚有半数以上的农村在校学生不了解或不甚了解。在问及"您认为经过性交途径有可能感染艾滋病吗"时,47.7%的被调查者予以肯定,持否定回答的占17.6%,表示"无法判断"的为34.7%。就男性和女性而言,男性对"经过性交途径有可能感染艾滋病"缺乏正确判断者(18.5%)要高于女性(16.7%),这是值得注意的。

从不同文化程度者来看,对艾滋病预防的某些科学知识的正确认知程度,以高中生最高,为77.2%;其次是职高生和初中生,分别是58.7%和51.2%;小学生最低,为

20.1%。考虑到现在小学五年级和六年级的学生有相当数量已开始步入青春期,因此结合青春期性教育,向其普及艾滋病预防的某些科学知识,已是势在必行。

6. 对环境与健康相关的意识和行为的认知　中国科协"2004年农村在校学生科普现状社会调查"调查发现,对"您所饮用的水源,遭到过工厂排放的有害废水或人、畜粪便的污染吗"这样的问题,25.4%予以肯定,10.9%表示"无法判断",63.7%予以否定。可见,1/4的被调查者饮用的水遭到过污染,这对其健康的危害是无法估量的。而1/10的被调查者无法判断自己所饮用的水源是否遭受过污染,说明对环境与健康相关的科学知识和技能的传播,还需要进一步加强。从性别来看差异不大。

在问及"您能做到不乱丢垃圾吗",予以肯定回答的为72.0%,这表明大多数农村在校青少年具有一定的环保意识;但值得注意的是,仍有23.2%表示自己会"乱丢垃圾",还有4.8%选择了"无法判断"。从性别来看差异亦不大。

该次调查还表明,对于不同文化程度的农村青少年而言,由于环境意识欠缺而导致"乱丢垃圾"行为的比例,随年龄和学历的增长而上升。如小学生"乱丢垃圾"行为的比例为11.4%,初中生则为14.9%,而高中生和职高生分别是18.8%和18.9%,这种倾向值得反思。

7. 半数以上的农村在校学生参加体育锻炼　中国科协"2004年农村在校学生科普现状社会调查"就体育活动与健康关系的认知和行动而言,在问及"您有时间进行体育锻炼吗"这一问题时,58.8%予以肯定的答复,这表明,半数以上的农村在校学生认识到体育活动对健康的促进作用,并能够付诸行动。但仍有33.5%表示"没有时间进行体育锻炼",还有7.7%表示"无法判断"。从性别来看,男性参与体育锻炼的为65.3%,比女性高出13.1个百分点。

调查还表明,对不同文化程度的农村在校学生来说,表示"没有时间进行体育锻炼"的以高中生最多,为36.7%;其次是职高生,为33.8%;小学生和初中生分别是33.7%和30.9%。无论如何,约3成多的农村在校学生没有时间进行体育锻炼。

六、农村在校学生对学校科学教育环境的评价

1. 六成多农村在校学生认为"多数理科教师上课基本上复述课本内容"　中国科协"2004年农村在校学生科普现状社会调查"调查表明,70.1%的农村在校学生认同"所在学校的多数理科老师在传授学科知识的同时,能够有意识地培养学生掌握观察、分析、相像、判断等方法";58.5%表示"多数理科老师都能做到培养学生掌握准确、熟练的实验操作技能";赞同所在学校的多数理科老师不会"为了应付考试,在课堂上经常让学生演练大量练习题"的为49.3%;回应"多数老师都具有人格魅力,在向学生传授知识、技能的同时,亦会传递情感及价值取向"的为47.8%;

而认同"多数理科教师上课基本不是复述(或在黑板上书写)课本上的内容"的被调查者仅为23.6%。

无论如何,65.1%认为"多数理科教师上课基本上是复述(或在黑板上书写)课本上的内容",46.2%表示"为了应付考试,多数理科老师在课堂上经常让学生演练大量练习题",35.4%认为"多数老师不具有人格魅力,在向学生传授知识、技能的同时,亦不会传递情感及价值取向",25.1%认为"所在学校的多数理科老师在传授学科知识的同时,不能有意识地培养学生掌握观察、分析、想象、判断等方法",这些教育观念滞后和自身素质较低的现象,都反映出农村中小学科学(理科)教师队伍的建设亟待加强。

不同文化程度农村在校学生对上述问题的看法如表8.16所列:

表8.16 不同文化程度被调查者对教师队伍状况正面评价的比例(%)

有关教师队伍状况的选项	小学生	初中生	高中生	职高生	整体
多数理科教师上课基本上是复述(或在黑板上书写)课本上的内容,这符合您所在学校的情况吗?(否)	14.0	22.7	39.7	24.3	23.6
您所在学校的多数理科老师在传授学科知识的同时,能够有意识地培养学生掌握观察、分析、想象、判断等方法吗?(是)	55.5	80.5	80.6	65.3	70.1
多数理科老师都无法做到培养学生掌握准确、熟练的实验操作技能,这符合您所在学校的情况吗?(否)	49.3	67.1	60.8	57.7	58.5
为了应付考试,您所在学校的多数理科老师,在课堂上经常让学生演练大量练习题吗?(否)	37.1	48.5	50.5	40.4	44.0
多数老师都具有人格魅力,在向学生传授知识、技能的同时,亦会传递情感及价值取向,这符合您所在学校的情况吗?(是)	43.5	49.9	57.8	37.5	47.8

2. 对学校科学教育设施的评价 中国科协"2004年农村在校学生科普现状社会调查",专门设计了了解农村中小学与科学教育相关的设施状况的指标。

调查表明,在问及"您和您的同学在学校图书馆能够借到自己所需要的科技图书吗",46.8%表示认同;对于"您和您的同学能够在学校上网吗"这样的问题,回答"是"的仅为21.6%;而回应"您所在学校有供学生做理科实验的专用实验室吗"被调查者比例最高,为63.1%,这反映出近年农村中小学在实验室建设方面的步伐加快,其中普通高中和初中受益最大,高中生和初中生认同率分别高达92.3%和

78.0％，正说明了这一点（见表8.17）。

表8.17　不同文化程度被调查者对学校科学教育设施正面评价的比例（％）

有关学校科学教育设施的选项	小学生	初中生	高中生	职高生	整　体
您和您的同学在学校图书馆能够借到自己所需要的科技图书吗？（是）	50.4	51.8	46.3	28.4	46.8
您和您的同学能够在学校上网吗？（是）	11.8	24.3	36.5	15.8	21.6
您所在学校有供学生做理科实验的专用实验室吗？（是）	33.5	78.0	92.3	54.9	63.1

　　不管怎样，对于农村在校学生对学校科学教育设施状况的负面评价都应加以注意。毕竟4成多的被调查者表示"在学校图书馆不能借到自己所需要的科技图书"，高达七成多的被调查者认同"自己和同学不能够在学校上网"，近3成的被调查者表示"学校没有供学生做理科实验的专用实验室"，这表明农村中小学科学教育设施的建设还需通过进一步加大社会投入才能解决。

　　3．半数左右的农村中小学校科学教育相关氛围较好　青少年是否对科学有浓厚的兴趣，他们对作为科技传播者的教师是否畏惧，青少年的课业负担是否很重，以及学校有没有形式多样的课外科技活动，这些指标构成了学校科学教育的相关氛围。而上述氛围的好坏，直接影响到青少年接受科技传播的效果。

　　中国科协"2004年农村在校学生科普现状社会调查"调查表明，55.1％表示"对老师没有畏惧感"；认同"您和您的同学对科学都有比较浓厚的兴趣"的为70.7％；49.6％表示"学校开展了形式多样的课外科技活动，并配有专门的科技辅导老师"；而"感觉学校课业负担不重"的为53.8％。这表明，半数左右的农村中小学校科学教育相关氛围较好。表8.18给出了不同文化程度被调查者对学校科学教育相关氛围正面评价的比例。

表8.18　不同文化程度被调查者对学校科学教育相关氛围评价的比例（％）

有关学校科学教育设施的选项	小学生认同率	初中生认同率	高中生认同率	职高生认同率	整　体认同率
您和您的同学对老师都有一定的畏惧感吗？（否）	54.3	53.1	52.6	65.3	55.1
您和您的同学对科学都有比较浓厚的兴趣吗？（是）	69.3	75.1	73.7	59.9	70.7
学校开展了形式多样的课外科技活动，并配有专门的科技辅导老师，这符合您所在学校的情况吗？（是）	47.0	58.3	41.5	49.2	49.6
您感觉学校课业负担很重吗？（否）	67.9	47.9	37.6	59.0	53.8

　　值得注意的是,还有相当数量的被调查者对学校科学教育相关氛围持负面评价,特别是 40.4％的被调查者认为"学校没有开展形式多样的课外科技活动,也未配有专门的科技辅导老师",38.0％表示"感觉学校课业负担很重"。从不同文化程度农村在校学生来看,以高中生的负面评价最高,如认为"学校没有开展形式多样的课外科技活动,也未配有专门的科技辅导老师"的高中生为 52.2％,表示"感觉学校课业负担很重"的高达 55.1％。

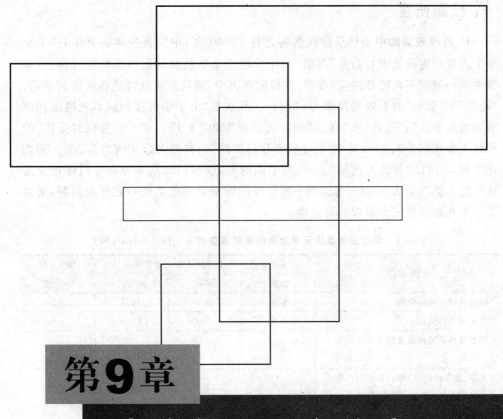

第9章

未成年人人身伤害

一、校园伤害

1. 游戏或运动中受伤居校园伤害之首　2001 年,中国青少年研究中心"中小学生人身伤害的处理与防范"课题[26]对学校的安全事故及其隐患现状进行调查(本章中同一调查不再特殊注明)发现,在校园伤害中,游戏和运动时受伤的比例最高,"经常"和"偶尔"的有效选择率为 53.6%。其次是"由于学校楼梯或其他通道拥挤所导致的事故","经常"和"偶尔"的有效选择率为 13.1%。"上实验课时受伤"的有效人数比例是 6.0%,其中"因受伤而住过医院"的有效人数比例为 5.5%。调查还发现,有 41.3% 的人选择"上学、放学的时候,学校门口从来没有专门维持交通秩序的人员"(见表 9.1)。这说明一些学校的安全管理的措施存在严重漏洞,增加了少年儿童发生安全事故的可能性。

表 9.1　学校安全事故及其隐患的现状调查结果　(n=5 846)(%)

调查题目	学生在各选项上选择人数有效百分数			漏答人数百分比
	经常	偶尔	从没有	
玩游戏或运动时受伤	3.9	49.7	46.4	1.5
上实验课时受伤	0.6	5.4	94.0	1.8
学校楼梯或其他通道拥挤导致同学受伤	1.0	12.1	86.9	1.7
上学、放学的时候,你们学校门口有没有专门维持交通秩序的人员?	35.1	23.5	41.3	1.7
你是否因为在学校受伤而住过医院?	(是)5.5		(否)94.5	1.6

对 370 名教师进行调查发现,58.2% 反映其所在学校在学生下课或放学时存在通道或楼道狭窄拥挤现象。在回答"你们学校最近两年发生过几起学生在校受伤害事故"时,选择 1 起到 7 起的有效人数占 47.7%。对 245 名学生的父母进行调查也表明,58.7% 认为孩子的学校经常和偶尔存在通道或楼道狭窄拥挤现象。对"您孩子所在学校最近两年发生过几起学生在校受伤害事故"这一问题,选择 1 起到 7 起的有效人数占 46.2%。

这表明,目前在我国存在安全事故及其隐患的学校比率很高,而且,游戏和运动中的少年儿童最容易受到伤害,男生比女生更容易被伤害,需要父母和教育工作者给予特别的关注。

2. 男生比女生更容易受伤害,城市学生更容易受到伤害　从学校事故的伤害程度看,我们以是否因受伤而住院作为判断的标准。在 5 678 份有效问卷中,有 311 名(占 5.5%)学生曾因在学校受伤而住过医院。这一比率虽然不是太高,但造成的影响确实很大。调查还发现:因在学校受伤而住院的学生人数在年龄上没有明显的差别,但在性别上则有显著的差异,男生因受伤而住院的比例远远高于女生,受伤住院的男生有 216 人,比例为 7.8%,女生有 95 人,比例为 3.3%,达到了非常显著的水平。这一方面说明男生在游戏或运动时受伤的可能性较大,另外也说明男生比女生更多游戏或运动,因而更易受伤。

　　而在地区分布上,学校事故发生的频率也有显著的差异。在城市、县镇、乡村三个地域,学校事故发生的比率逐渐降低。在城市,有 6%的学生因在校受到伤害而住院,这个比率在县镇是 4.3%,在乡村则为 3.8%。

　　这类事故与父母的学历高度相关。学生父母的学历水平越高,学生经常受伤的比例也越高,而从没受过伤的比例就越低。数据显示,当父亲学历从初中及以下、高中或中专、到大专及以上递增时,学生从没受过伤的比例则从 51.9%、46.9%、40%明显递减。母亲学历与孩子受伤的比例亦是如此,随母亲学历的上升,学生从没受过伤的比例也呈 50.5%、46.6%至 38.5%的降序排列。可能的解释是,学历较高的父母比较注重孩子参与体育及各种运动,但却在给予孩子足够的安全及健康指导方面还有所欠缺,因而导致孩子更多地受到伤害。

　　3. 学校门卫制度被认为是校园主要安全隐患　调查发现,学校门卫制度被认为是校园主要的安全隐患。在 370 名被调查的教师中,选择"学校门卫制度"的有效人数最高,为 58.4%,其次是"食堂制度","宿舍管理制度"和"教师值班制度",分别为 11.8%、4.5%和 4.5%。对 245 名父母的调查也发现,选择"学校门卫制度"的有效人数最高,为 42.6%,其次是"食堂制度","宿舍管理制度"和"教师值班制度",分别为 11.9%、1.7%和 14.2%。这说明多数学校在安全管理制度上也存在严重的缺陷,多数学校未配备保安人员,或者门口没有专门维持交通秩序的人员。

　　这些安全隐患也给教师们带来了较大压力。在被问道"在您日常教学过程中,是否担心学生在校受到伤害"时,只有 17.2%的教师表示不担心,而高达 82.8%的教师都表示担心。

　　学校的门卫制度是否健全,确实对全校师生的安全有着至关重要的作用。因而建议学校重视加强和健全门卫制度,尤其在学生上课期间,更应从保障教学秩序的目的出发,对非学校人员进入学校实行严格的管理,可以通过必要的登记、出示身份证件等手续,将有不良企图的人拒之门外,确保中小学校的安全。

　　4. 父母维权意识较强,学校事故的解决途径以协商为主　调查发现,问卷发放的前两年内,发生的学校事故纠纷中,有 62.3%的纠纷是通过父母与学校自行协商解决的,比例最高;有 26.9%由教育行政部门调解解决,居第二位;另外有

10.8%通过打官司即诉讼的方式解决。值得注意的是,在所有的事故纠纷中,以不了了之结束的为0。这说明现在的父母维权意识非常强烈,不会因为怕影响孩子在学校的学习、怕影响与学校或教师的关系而不敢跟学校"讨说法"。

调查发现,学校事故中实际赔偿金额主要是上百元、上千元和上万元,它们的比例比较接近。比较来说,上万元的比例稍高一些(25.5%)。所以就总体来看,当前绝大多数学校事故的赔偿金额还是在万元以内,那种动辄十几万、几十万的索赔往往是父母一方的主观愿望,实际的结果并非如此。

5. 不存在体罚现象的地区不足四成　根据对教师的问卷调查,认为不存在体罚学生现象的地区占39.9%,而其他地区都或多或少存在体罚的现象,甚至还有2.8%的地区体罚是很普遍。在父母问卷中,仅有35.3%的人认为本地区不存在体罚学生的现象,而高达2/3的人认为本地区多少存在这种现象,而且其中有4.6%的人认为这一现象很普遍。

教师体罚学生对学生们形成了巨大的心理压力。调查发现,有30.8%的学生回答在学校最怕"老师批评或体罚",其次是"被人瞧不起"(29.5%),而"被同学欺负"和"考试"这两个可选性较高的选项,选中率仅为11.3%和19.4%。其中从没被老师打过的学生占84.6%,偶尔被打过的占13.9%,经常被老师打的学生占1.5%。

此外,调查还发现,教师体罚学生在地区分布上有明显差异,城市中被教师打过的学生有14.3%,而乡村中被打的学生最多,为19.6%;教师体罚学生与学习成绩也有明显关系,成绩越好的学生越少受到体罚,中等的次之,越差的学生受到体罚越多,比例分别为11.5%、17.5%和25.1%。另外,男生挨教师打的比例更高,为22.8%,女生为8.3%。

"老师批评或体罚"这一选项的数据分布,在中小城市较多(34.1%),随后是西部大城市(32.7%)与东部大城市(27.6%),表明在大城市中教师采取此类教育方法的人数和频度都比中小城市要稍少一些,这也可能与目前大城市中日益提高的教师素质要求以及逐渐增多的相关教育纠纷有一定关系。

6. 九成多的教师、父母均误认为学校是学生在校时的监护人　调查发现,在245份有效的父母问卷中,认为学校对在校时的学生承担监护责任的父母有241人,占总数的98.8%;而认为学校不承担监护责任的父母只有3人。在370份有效的教师问卷中,除4人未做回答外,选择"是"的教师人数是333人,占总数的90.0%,也仅仅有33人选择了"不是"。实际上这是个错误的观念。

监护人应由哪些人来担任,法律有明确的规定。根据《中华人民共和国民法通则》第16条的规定,未成年人的父母是未成年人的监护人。未成年人的父母已经死亡或者没有监护能力的,由下列人员中有监护能力的人担任监护人:①祖父母、外祖父母;②兄、姐;③关系密切的其他亲属、朋友愿意承担监护责任,经未成年人的父、母的所在单位或者未成年人住所地的居民委员会、村民委员会同意的。没有上述监护人的，由未成年人的父、母的所在单位或者未成年人住所地的居民委员会、村民委员会或者民政部门担任监护人。因而学校并不在法定监护人之列。准确地说，学校是在法律规定范围内负责特定的照顾、管理学生职责的照管人。因此，并不是任何学校事故都需要学校来赔偿，学校进行赔偿的原则是基于过错。其法律依据是《最高人民法院关于贯彻执行〈民法通则〉若干问题的意见（试行）》第160条，"在幼儿园、学校生活、学习的无民事行为能力人或者在精神病院治疗的精神病人，受到伤害或者给他人造成损害，单位有过错的，可以责令这些单位适当给予赔偿。"此外，根据我国《民法通则》第132条明确规定，"当事人对造成损害都没有过错的，可以根据实际情况，由当事人分担民事责任"。

7. 四成学生经常或偶尔被老师罚站、罚跑 校园隐性伤害的伤害主体大多是教师，其伤害方式则是形形色色的体罚及变相体罚。对"在学校中有过下列哪些经历"的调查显示，在学校中，将"被老师罚站罚跑"、"放学后被罚留校"、"被老师讽刺、挖苦、责骂"、"不让进教室听课"、"罚抄课文或作业多遍"、"被老师打"等相关选项的数据累加起来，"经常"有上述经历的学生总数占 17.1%（平均为 2.85%），"偶尔"有此类经历的学生平均为 24.1%。

其中，"经常"被老师罚站或者罚跑的学生有 2.6%，"偶尔"被罚站或者罚跑的学生有 37.7%，这表明此类事件在我国中小学教育中较为普遍。在地区分布上，西部大城市和中小城市的"偶尔"比例（分别为 43.9% 和 43.1%）显然要比东部大城市（31.4%）高得多，"经常"的比例三者间相差不太明显（分别为 2.3%、2.1% 和 3.1%）。分析相关因素，与被调查者的年龄、性别、学习成绩的相关都极其显著。具体表现为：随着年龄的增长，学生被罚站、罚跑的"经常"或"偶尔"频数逐渐增加，其中"偶尔"的随年龄增长的幅度更大；男生比女生无论在"经常"还是"偶尔"上都更多地遭遇老师的此类惩罚，其选中率分别为 4.4%（女 0.9%）和 48.7%（女 27.2%）；学习成绩较差的学生比其他学生有更多地受此类惩罚的经历，而学习成绩较好和学习成绩一般的学生受罚机会相差不大，成绩在班里后 1/3 的学生"经常"和"偶尔"被罚的比例分别是 6.4% 和 50.2%，而成绩较好的学生"经常"或"偶尔"受罚的比例为 1.6% 和 33.7%，成绩一般的学生"经常"或"偶尔"受罚的比例为 2.8% 和 39%。

8. 近三成学生曾在放学后被罚留校 调查显示，选择"经常"和"偶尔"在放学后被罚留校的比例分别为 2.8% 和 26.2%，数据的分布情况与被调查者的年龄、性别、家庭居住地的类型、学习成绩的相关都极其显著。也就是说，无论是在"经常"还是"偶尔"的项度上，选中率都随着年龄的增长有所上升；男生显然比女生有更多的受罚经历，其选中率分别为"经常" 4.3%（女 1.3%）和"偶尔" 32.2%（女 20.5%）；城市学生比县镇和乡村学生有更多的此类经历，其"经常"和"偶尔"的选中率分别是 3.5％和 28％，远高于后两者（县镇的分别为 0.7％和 20.5％，乡村的分别为 1.1％和 21％）；学习成绩位次在班里后 1/3 的学生往往更易于遭受此类惩罚，其"经常"和"偶尔"的选中率高达 7％和 45.4％。

9. 被罚抄课文或作业多遍的学生近四成　调查显示，"经常"被老师罚抄课文或作业多遍的学生比例为 4.4％，"偶尔"被罚抄课文或作业多遍的比例为 33.4％。这一结果说明在我国目前的中小学教育中，有些学校往往采取以加重课业负担为承担形式的变相惩罚方式，来规避法律所明文规定的"禁止体罚"。此项的选中率与少年儿童的年龄、性别、成绩的相关都极其显著。数据显示，年龄越大的少年儿童遇到这类惩罚的比例越大；其中男生的选中率远高于女生，分别为"经常"6.6％、"偶尔"38.7％（女生相应的选中率分别是 2.3％和 28.2％）；学习成绩在班里后 1/3 的学生在"经常"和"偶尔"上的选中率比中间 1/3 和前 1/3 的学生要高出许多，三者之间有着悬殊的此类受罚经历（"经常"上表现为 9.3％、4.5％、3.1％，"偶尔"则分别为 45.5％、35.8％、28.5％）。此外，调查还发现，有的教师不让学生进教室。"经常"这样的学生为 1.5％，"偶尔"这样的学生为 10.6％。与"被罚抄课文或作业"相同，数据分布同样具有与性别、年龄、学习成绩等密切相关的特点，而且分布趋势相同。

10. 九成多学生从没被老师翻看信件等私人物品　调查发现，自己的信件"经常"被老师私自翻看的学生比例为 1.8％，"偶尔"被老师翻看的比例为 6.6％，有 91.6％的学生选择了"从没有"。这表明，相对于被罚站罚跑、被老师留在学校、被罚抄作业或者课文等情况，这种原本在校园中极为常见的现象已经非常少见。但是数据的分布与少年儿童的年龄、性别仍有极其显著的相关，随着年龄的增长，这种情况的发生也有所增加，而男生面对的似乎要更多一些，男生"经常"和"偶尔"的选中率分别是 2.3％、7.8％，女生相对少得多，仅为 1.3％、5.7％。

11. 四成多的中小学生曾在学校受到他人威胁或打骂　以大欺小、以强凌弱等现象在学校中时有发生。本次调查发现，有被校园小霸王欺负经历的学生数目并不少，"经常"和"偶尔"的选中率分别为 6.1％、32.5％。这种现象在中小城市比较突出，大城市的情况要好一些，其中东部大城市的情况又略好一些，三者"经常"的选中率分别是 6.9％、5.5％、5.5％，"偶尔"的选中率分别为 39.3％、33.6％、26.7％。数据分布与被调查者的家庭居住地类型的相关并不显著，也就是说，在城市、县镇、乡村中都不同程度的存在着欺侮现象。

与上面所讨论过的其他伤害不同的是，欺侮现象与少年儿童的性别、父母学历水平之间有极其显著的相关性，与其年龄的相关也较显著，但与学习成绩的相关不显著。和女生相比，男生更容易受到同伴欺侮，其"经常"和"偶尔"的选中率分别是 8.7％、37.0％（女生为 3.5％、28.1％），比女生要高很多。父母学历水平较低的少年儿童，受到同伴欺侮的可能性越高，这可能与其家庭经济状况、父母身份地位有一定的关系。随着年龄的增长,同伴欺侮现象也略有增长,但增幅并不是很大。学习成绩与欺侮经历之间没有必然的联系,学习成绩在班里前 1/3 的学生所受到的欺侮经历并不比中间 1/3 或后 1/3 的学生少,其"经常"的选中率为 6.1%,而后两者分别为 5.6%、7.2%;"偶尔"的选中率为 33.7%,还高于后两者(分别为 31.8%、29.8%)。

另外,在 5 958 名被调查学生中,有 2 411 人曾经历过"受人威胁与打骂"的事件,占 41.2%,是在校学生所经历恐惧事件的首位(表 9.2),其次是触电、车祸、自己的东西被偷等。

表 9.2 "下列事件哪些曾使你害怕过"的人数分布和百分比

	人数	百分比(%)
受到别人威胁、打骂	2 411	41.2
被别人勒索钱物	1 837	31.4
自己的东西被偷	2 117	36.2
车祸	2 160	36.9
溺水	1 880	32.2
触电	2 317	39.6
不知道	459	7.9

12. 食物中毒事故占学校突发公共卫生事故的三成多 教育部 2006 年中小学安全事故总体形势分析报告显示:2006 年发生的学生食物中毒事故比 2005 年有所增多,全年发生的各类学生食物中毒事故占全年各类学校突发公共卫生事故总数的 31.0%。各类学生食物中毒事故中,28.0% 是微生物性食物中毒,24.0% 是有毒动植物中毒(其中 81.0% 是由于豆角未炒熟所导致),9.0% 是化学性食物中毒,39.0% 是不明原因食物中毒。学校食物中毒事故发生的主要原因是一些学校领导的安全意识薄弱,安全管理不到位,对学校食品与卫生工作的监督与检查力度不够,学校食堂工作人员操作还很不规范,尤其是农村中小学普遍缺乏专兼职卫生人员,学校食堂、饮用水、厕所、宿舍等生活与卫生基础设施与条件简陋,存在很多卫生安全隐患。

(数据来源:《2006 年中小学安全事故总体形势分析报告》,教育部)

13. 逾七成校园安全事故发生在农村地区 教育部 2006 年中小学安全事故总体形势分析报告显示:2006 年全国各地上报的各类中小学校园安全事故中,27.68% 发生在城市,72.32% 发生在农村。农村中小学的安全事故发生数、死亡人数和受伤人数都明显高于城市,分别是城市的 2.9 倍、3.9 倍和 4.2 倍。

农村中小学安全事故发生的主要原因是办学条件差、基础设施不完备,另外,师生安全意识淡薄、学校安全管理存在明显漏洞也是导致事故发生的重要原因。

（数据来源：《2006 年中小学安全事故总体形势分析报告》，教育部）

14. 低年级学生更容易发生安全事故 教育部 2006 年中小学安全事故总体形势分析报告显示：2006 年全国各地上报的各类中小学校园安全事故中，43.75％发生在小学，34.82％发生在初中，9.82％发生在高中。2006 年小学、初中、高中事故发生数比为 4.5：3.6：1，死亡人数比为 6.6：4.8：1，受伤人数比为 7.4：4.7：1。相对于高年级学生，低年级学生的生活经验和安全知识都比较欠缺，安全意识相对淡薄，自我防护能力也比较差，这是导致低年级学生安全事故多发的主要原因。

（数据来源：《2006 年中小学安全事故总体形势分析报告》，教育部）

15. 节假日是安全事故多发期 教育部 2006 年中小学安全事故总体形势分析报告显示：暑假和周末等节假日及其前后是溺水、自杀等事故的集中多发期，全年有 36.0％的中小学生安全事故发生在暑假和节假日。另外，全年有 89.0％的事故是发生在白天，主要有交通事故、溺水事故、校园伤害事故、踩踏事故和学生斗殴等；有 11.0％的事故发生在晚上，主要是山洪、暴雨、地震等自然灾害和一氧化碳中毒等事故，少数是犯罪分子在学生上下学路上或侵入学生宿舍强奸并杀害女学生。

事故多发地点主要集中在上下学路上、江河水库和学校及周边。2006 年各类中小学生事故中，有 32.0％发生在学生上下学路上，其中以交通事故为主，也包括个别强奸、学生斗殴等事故；有 39.0％发生在学校里，其中以校园伤害和学生斗殴为主，另外还有少数踩踏、房屋倒塌、一氧化碳中毒等事故；24.0％发生在江河水库和公路，其中以溺水事故为主，包括个别发生在非学生上下学路段公路上的交通事故；5.0％发生在学生家中，包括个别学生自杀、一氧化碳中毒、火灾等事故。

（数据来源：《2006 年中小学安全事故总体形势分析报告》，教育部）

16. 安全意识淡薄是中小学生安全事故发生的重要原因 教育部 2006 年中小学安全事故总体形势分析报告显示：2006 年全国各地上报的各类安全事故中，10.0％是因自然灾害等客观原因导致事故发生，造成的学生死亡人数占全年学生死亡总数的 10.84％；90.0％属其他各类安全责任事故，造成的学生死亡人数占全年学生死亡总数的 89.16％，其中，45.0％的事故因学生安全意识淡薄而发生，18.0％的事故因学校管理问题而发生，27.0％的事故由于社会交通、治安等原因发生。

（数据来源：《2006 年中小学安全事故总体形势分析报告》，教育部）

17. 八成多小学生认为"语言暴力"是最需解决的校园伤害问题 在老师或同伴看来，也许是一句无关紧要的话，就有可能对孩子的心理产生持续阴影，从而影响孩子的自尊，严重的可能导致心理疾病。"中国少年儿童平安行动"组委会的一项调查结果显示，语言伤害、同伴暴力、运动伤害是当前亟待解决的三大校园伤害问题。81.45％的被访小学生认为，语言伤害是最急需解决的问题。这个结果是从"语言伤害、校园同伴暴力、运动伤害、校园设施伤害、体罚、校园勒索、自虐自残轻生、抢劫、绑架、性伤害、人为投毒"等 11 项针对小学生的伤害中选择出来的。在调查结果出来之前,调查组专家曾预测,上述 11 项"校园伤害"中,男生和女生由于性别原因很可能出现很大的不同,但实际结果显示,除了在"校园同伴暴力"这一问题上,男生的比例高出女生 10.84% 外,其他 10 项校园伤害男女生的关注度都不相上下。而更引人注目的是,语言伤害在被访男女生心中均列最需要解决问题的第一位,分别占 82.47% 和80.16%。调查同时显示:对学生实施伤害的往往是身边的老师和同伴。

另外,2005 年 7 月－12 月,北京青少年法律援助与研究中心对近 30 所中小学校的 315 名小学、初中、高中学生进行了问卷调研。结果显示,分别有 48.0% 的小学生、36.0% 的初中生和 18.0% 的高中生遭遇过教师的语言暴力。统计发现,51.0% 的小学生、72.0% 的初中生和 39.0% 的高中生认为,教师的语言暴力对其造成了心理伤害。

（数据来源:《不能任由"语言暴力"泛滥》,慎海雄,《京华时报》2004 年 11 月 25 日第 A02 版;《难以消除的校园软性伤害》,谢洋,《中国青年报》2006 年 2 月 14 日）

二、家庭伤害

1. 六成少年儿童在家庭中有过挨打经历 调查发现,3.5% 的中小学生经常挨打,56.5% 偶尔挨打。从数据分布的特点来看,在西部城市以及中小城市中,中小学生经常挨打的比例要比大城市高（表 9.3）;中小学生偶尔挨打的比例尤其以西部城市居高,占偶尔挨打比例的 72.4%。究其原因可能是经济落后的地方传统观念更根深蒂固,很多父母都认为孩子不打不成器,企图用"打"让孩子老实、听话。从中小学生在家庭中挨打的年龄分布频率来看,随着年龄的增大,挨打的比例逐渐减少（表9.4）。从性别分布来看,挨打的以男性居高,达到 24.6%。成绩好的孩子挨打的机会相对较少,学习成绩在班上前三分之一的学生经常挨打的占 2.7%;成绩在中间三分之一的占 3.7%;成绩在后三分之一的占 6.6%。挨打与父母的文化程度不相关,无论文化高的和文化低的都会对孩子实施"打"的教育。

表 9.3 "挨打"在城市类型上的频数分布和百分比

		大城市	西部城市	中小城市
经常	人数	68	47	92
	百分比	2.5%	5.3%	4.2%
偶尔	人数	1 418	638	1 245
	百分比	52.3%	72.4%	57.4%
从未	人数	1 225	196	833
	百分比	45.2%	22.2%	38.4%

表 9.4 "挨打"与年龄的相关分析

		12 岁以下	13 岁	14 岁	15 岁以上
经常	人数	72	36	49	49
	百分比	4.2%	3.3%	3.7%	3.2%
偶尔	人数	1 043	631	752	817
	百分比	60.5%	58.7%	56.5%	53%
从未	人数	609	408	531	675
	百分比	35.3%	38.0%	39.9%	43.8%

　　调查还显示,76.2%的父母打孩子都比较轻,而有 12.5%的儿童认为父母下手相当重,甚至留有疤痕。应该说,12.5%的比例不低,因为如果从全国的角度看,这绝对不是一个小数目。"打"是较为严重的家庭伤害之一,不仅摧残少年儿童的身体,也严重伤害了少年儿童的自尊与自信,甚至会导致儿童走向反社会的道路。如果仅从心理学的角度上讲,"打"的轻与重之间也许没有什么太大的区别,因为轻与重都会给少年儿童带来人身伤害。

　　2. 仅有 15.8%的少年儿童从未挨过父母骂　数据显示,中小学生在家中经常挨骂的占 14.9%,偶尔挨骂的占 68.3%,还有 15.8%的儿童从未挨过骂。挨骂虽然不像挨打那样给孩子带来直接的身体伤害,但是却常常会给儿童的心灵造成创伤。挨骂和挨打一样,都是导致恶性事件发生的潜在因素。

　　从地区分布看,在中部城市及西部城市,经常挨骂及偶尔挨骂的比例要高于大城市。这一点与"挨打"的结论一致。另外,挨骂与年龄成正相关,年龄越大,经常挨骂的比例也就越大。12 岁以下经常挨骂占 12.7%,偶尔挨骂占 66.3%;13 岁以上经常挨骂占 14.3%,偶尔挨骂的占 70.1%。从性别分布看,男性经常挨骂的比例占 16.3%,女性占 13.9%;男性偶尔挨骂占 67.2%,女性偶尔挨骂占 70.7%。挨骂还与父母的文化程度相关,文化程度越高的父母经常打骂孩子的比例就越高,不过偶尔打骂孩子的比例却低于文化低的父母。

　　3. 随年龄增大,中小学生对打骂持否定态度的比例越高　在对家庭暴力的态度上,有 33.5%的被调查者认为,父母的打骂不能起到好的作用,有 30.2%的同学认为打骂还是可以起到一定促进作用的,也有 34.6%的被调查者选择了"说不清楚"。

　　对于不同年龄阶段学生来讲,父母"打骂政策"的作用也有所差异。根据相关分析,随着年龄增大,认为打骂能起到好作用的学生比例逐渐下降,12 岁以下的学生中,有 37.4%认为挨打可以起到好的作用,13 周岁的占 31.1%,14 岁的占 27.8%,15 岁的占 25.6%。从地域环境来看,城市孩子认为打骂可以起到好作用的有 28.1%,县镇孩子有 36.8%,乡村孩子有 38.0%。另外,孩子的态度与父母的文化水平有很大的关联,父母的学历越高,对"打骂可以起到好作用"持否定态度的孩子比例越高。可见,越是乡村、越是文化低的地方,"棍棒教育"越盛行。

4. 9.2%的孩子因父母打骂产生过死的念头,18.1%的孩子想离家出走 当孩子们面对家庭暴力或伤害时,他们想到的往往不是用法律来保护自己,而是走极端。从表9.5中可以看出,当父母说教或者打骂孩子时,孩子的最多感受是"气愤、伤心、痛苦",但也有的孩子会因此产生消极念头,甚至想和父母拼了。

表9.5 "当父母说教或打骂你时,你有过下面哪些感受?"

	人数	百分比(%)
气愤、伤心、痛苦	3 932	67.3
产生死的念头	537	9.2
想离家出走	1 057	18.1
恨不得跟他们拼了	492	8.4
长大后再和他们算账	352	6.0
无所谓	1 665	28.5
父母从没有说教或打骂过我	459	7.9
不知道	219	3.7

据相关分析发现,中小城市和西部城市的孩子感到很"气愤、伤心、痛苦"的比例要偏高;这一感受与年龄成正相关,年龄越大比例就越高;另外女生有此感受的比例也要比男生高;成绩居中的同学这一感受的比例要低些。

此外,有"产生死的念头"感受的学生,随年龄增大比例也增高;女生"产生死的念头"的比例要比男生高,而城市的比例要高于县镇和乡村;这一念头的产生与父母的学历也呈正相关,父母的文化程度越高,"产生死的念头"的比例也就越高;成绩越在后边产生这一念头的比例也越高。

调查还发现,父母打骂孩子有52.0%是因为孩子不听话,有30.1%因为孩子成绩不好,14.1%因为孩子撒谎,同样有14.1%因为孩子在外面闯了祸,8.6%因为损坏了家里的用品,7.3%因为父母吵架或心情不好,5.0%没完成家庭作业。可见,孩子不听话、成绩不好、撒谎、闯祸是挨打挨骂的主要原因。

虽然父母打骂孩子大多是因为管教孩子的成长,但这种管教方式会使孩子产生不良心理感受,会导致心理的不健康发展,甚至产生比身体伤害更为严重的后果,需要引起父母们的关注。

5. 六成多中小学生在家中有过玩耍中受伤、被刀或玻璃等划伤的经历 在显性的家庭伤害中,除了属于被动性质的家庭暴力之外,还有主动性质的家庭伤害。如上所述,主动性质的家庭伤害是指少年儿童自身主动活动或者因自身没有认识到可能受伤害而主动接触导致的伤害,比如被烧伤、触电、食物中毒等等。调查发现,玩耍中受伤、被刀或玻璃等划伤、摔伤等是孩子们在家中发生较多的意外伤害(见表9.6)。

表 9.6 "你在家中曾经有过以下哪些经历?"

	人数	百分比(%)
煤气中毒	249	4.3
烫伤或烧伤	2 121	36.3
触电	1 185	20.3
摔伤	3 313	56.7
被刀或玻璃等划伤	3 786	64.8
食物、药物中毒	335	5.7
被猫狗等动物弄伤	1 624	27.8
玩耍中受伤	4 015	68.7
不知道	188	3.2

另外,煤气中毒在城市的发生率更高一些,其中城市比例为 4.6%,县镇为 3.8%,乡村为 2.4%。而在城市中,西部城市的发生率更高一些,占 9.0%,中小城市占 4.4%,大城市占 2.6%。烫伤、烧伤或触电与年龄成相关,越是年龄大就越有可能出现此类事件。触电还与家庭居住地成相关,城市占 21.0%,县镇占 18.3%,乡村占 16.8%。

6. 35.7%认为"父母吵架打架"是最恐惧和害怕的事情 家庭环境的好坏,对少年儿童的发展会产生很大影响。一个良好的家庭环境,对少年儿童的积极影响是显而易见的,而一个良好家庭环境的形成不仅需要父母对孩子的要求宽严适度,也需要父母之间和睦相处,具有良好的习惯。调查显示,父母"经常"吵架、打架的家庭为 3.2%,"偶尔"吵架、打架的家庭为 42.8%,"从未"吵架、打架的家庭为 54.0%。

另外,根据进一步的数据相关分析发现,大城市父母"经常"吵架、打架的比例要高于西部城市和中小城市,其中大城市经常吵架打架的占 3.3%,西部城市占 3.2%,中小城市占 2.9%;"偶尔"吵架打架的大城市占 39.1%,西部城市占 44.8%,中小城市占 46.6%。孩子年龄越大感受父母吵架的比例就越高,12 岁以下父母"经常"吵架打架的占 2.2%,13 岁的占 3.1%,14 岁的占 3.3%,15 岁的占 4.1%。父母学历越高,家庭"从未"吵架打架的比例也高,但"经常"吵架打架的比例也是比较高的。孩子学习成绩不好的家庭父母吵架比例更高一些,其中学习成绩在前三分之一的父母经常吵架打架的占 2.8%,中间部分的占 3.2%,后三分之一的占 4.0%。

父母之间不良的关系会让孩子感到不安。数据证明,有 35.7%的被调查者将

"父母吵架、打架"作为最感恐惧和害怕的事情。

7. 父母文化程度高、家庭条件好的家庭更容易逼迫孩子学习　家庭暴力是强权教育的主要表现形式,但逼迫孩子学习他们不愿意学习的知识和技能对孩子来说也是一种伤害。数据显示,经常"被迫学习器乐、舞蹈、绘画、书法等"的中小学生有效百分比为 4.6%,偶尔"被迫学习器乐、舞蹈、绘画、书法等"的中小学生有效百分比为 16.9%,从未"被迫学习器乐、舞蹈、绘画、书法等"的中小学生有效百分比为 78.6%。

而且相关分析发现,大城市中中小学生经常被逼迫学习器乐舞蹈等的学生占5%,县镇占 4.1%,乡村占 2.8%。偶尔被迫学习的孩子大城市占 17.6%,县镇占14.8%,乡村占 14.6%。可见,在城市中父母望子成龙、望女成凤的心情更急切一些。

另外,随着学生年龄的增大,被迫学习的比例在下降,其中 12 岁以下经常被迫学习的占 5.8%,13 岁占 4.5%,14 岁的占 4.4%,15 周岁以上的占 3.4%;偶尔被迫学习的 12 岁以下的占 17.5%,13 岁的占 18.4%,14 岁的占 16.5%,15 周岁以上的占 15.0%。男性被迫学习的比例也要高于女性,其中男性经常被迫学习的占5.1%,女性占 4.1%;偶尔被迫学习的男性占 17.9%,女性占 15.8%。被迫学习这些知识还与父母的学历成相关,父母学历越高,逼迫孩子学习的可能性就越大。被逼学习与学习成绩也有着显著相关,成绩好的孩子被逼迫学习这些知识的比例要高一些。这可能是父母爱子女心切,希望孩子在某些方面能够有所成就,而且越是父母文化高、越是经济条件好的家庭就越有可能出现逼迫孩子学习的情况。

8. 1.9% 的中小学生将"父母只顾自己,不关心我"列为最害怕的事,5.8% 将"父母经常把我一个人留在家中"列为最害怕的事　在家庭教育中忽略孩子成长的放任教育,对孩子也是一种伤害。调查发现,1.9% 的孩子认为"父母经常只顾自己,不关心我",9.8% 认为父母偶尔这样,88.4% 认为父母从不这样。可见,多数父母能够关心孩子,关注孩子的成长。据相关分析显示,年龄越大的孩子认为父母"偶尔"不关心自己的比例越高;成绩越在后边的孩子越认为父母对自己不大关心。

调查还发现,8.6% 的中小学生认为父母经常"把我留在家中",47.4% 认为父母偶尔这样,44.0% 认为父母从不这样。可见,有半数以上的中小学生曾经有过被父母单独留在家中的经历。据相关分析显示,越是城市,父母越有可能把孩子一人放在家中,乡村的父母不经常把孩子一人放在家中;父母学历越高,偶尔把孩子一人放在家中的比例也越高。

从中小学生的心理感受方面来看,有 9.1% 的被调查者将"父母只顾自己,不关心我"列为最害怕的事情,而有 5.8% 的被调查者将"父母经常把我一个人留在家中"列为最害怕的事情。"父母只顾自己,不关心我"会导致孩子消极的念头的产生。"把孩子一人留在家中"可能会让孩子们感到害怕、恐惧和孤单,缺少人际交往的孩子在日常的学习、生活当中也会出现各方面的问题,需引起各方注意。

9. 一成多的中小学生认为父母经常管教太多使自己没有自由 父母对孩子的管教是否适当,与父母对孩子的管教频率是有关系的。调查发现,只有 11.0% 的孩子认为父母"经常"管得太多、没有自由,有 37.8% 的孩子认为父母"偶尔"管得太多、没有自由,51.3% 的孩子认为父母"从未"管教太多而使自己失去自由。相关分析显示,孩子年龄越大父母管得越严格;对男孩子管得严格的比例要比女生高,可能男孩子比较调皮,也有可能是女孩被父母关注较少;另外成绩越靠后的孩子父母管得越多。

10. 近四分之一的中小学生曾经被父母当着外人的面打骂过 23.6% 的中小学生认为父母曾经当着外人的面打骂过自己,75.0% 认为父母没有当外人面打骂过自己,还有 1.4% 没有选择任何答案。据相关分析显示,西部城市的父母更多地在外人面前打骂过孩子。其中大城市 21.1%,中小城市 23.6%,西部城市 33.4%;此外,孩子年龄越大,父母当着外人的面打骂孩子的比例也越高,12 岁以下的占 22.5%,13 岁的占 23.0%,14 岁的占 23.5%,15 岁以上的占 26.5%。此外,男孩子被打骂的比例要比女孩子高,男孩比例为 26.3%,女孩的比例为 21.7%。

11. 父母照顾不周是导致意外伤害的主要原因 2005 年,南京市中小学卫生保健所对近 10 年学生安全状况的抽样调查显示,中小学生中意外伤害的发生率占学生数的 2% 左右,占缺课例数的 10% 左右,仅次于流感等传染病导致的缺课发生率。

南京市的统计显示,中学生常见的意外伤害分类依次为碰撞伤为 49%,烫伤为 31%,骨折为 17%。小学生意外伤害事故中碰撞伤为 50%,刀割伤占 15%。

造成意外伤害的主要原因有:父母照顾不周的占 20%;互相打闹斗殴的占 13%,体育活动中发生的占 10% 左右,安全设施不完善的占 6% 左右。绝大多数的意外伤害是可以预防和控制的。如热水袋烫伤,家长灌水不要过烫,在热水袋外面再加个布套就能避免。在运动性损伤中,球类占 60% 左右,因此,对运动的场地、器材、规则、保护及准备和整理活动都要规范化。

(数据来源:《调查显示家长照顾不周 2% 中小学生受过意外伤害》,黄艳,《现代快报》,2005 年 3 月 28 日)

12. 儿童在家庭中发生的意外伤害六成源自被单独留在家中 2005 年,上海市儿童医学中心的调查显示,52% 的儿童意外伤害发生在家里。暑假期间,不少父母担心孩子户外活动不安全,常常让孩子待在家中。这项调查给人们敲响警钟:孩子居家安全不容忽视。据调查,发生在家中的儿童意外伤害,有六成是在儿童被单独留在家中、没有大人照料的情况下发生的。而另一项调查显示,8.6% 和 47.4% 的儿童称,父母经常或偶尔把自己一个人留在家中。

此外,上海对 420 个 3 岁至 6 岁孩子的家庭进行了家庭安全问卷调查,结果表明,家庭中有许多地方是不利于孩子安全的;34.0%的家庭中化学制剂放在饮料瓶中;33.0%的父母曾把孩子独自留在家中;24.0%的家庭中暖水瓶或饮水器放置在儿童可碰到之处;23.0%的家庭中窗台边放有可攀爬的凳子或桌子……这些家庭中对孩子不安全的危险因素,导致孩子从窗口跌落、把饮料瓶中的化学制剂当饮料喝、煤气中毒等事件时有发生。

(数据来源:《安乐窝并非保险箱儿童意外伤害 52.0%发生在家庭》,陈里予,《新闻晨报》,2003 年 5 月 30 日)

13. 四成家庭将有毒化学品存放在孩子容易拿到的地方 2003 年,"北京市儿童意外伤害调查"[27]发现,儿童中毒发病率是 2.6/10 万。这意味着 2003 年北京每天约有 3 名儿童发生中毒。调查还发现,中毒发生率随年龄而增加,在 10-14 岁组最高,这和通常认为的低龄儿童中毒发病率较高有所不同。虽然调查中没有发现幼儿家庭中毒事件,但多数家庭中还是存在很多中毒危险因素,其中 90.0%以上的家庭存有化学有毒物。最常见的化学品存放地点是浴室,其次是厨房,储藏室和卧室。40.0%的家庭将有毒化学品存放在孩子容易拿到的地方。大多数家庭(69.0%)将毒物放在架子上.多数架子高于地面 1 米,婴儿或小孩子够不到,但对于 10-14 岁年龄组的儿童就会比较危险,五分之一家庭(21.0%)将毒物放在橱柜或盒子里,这样对于孩子而言相对安全。

(数据来源:北京市儿童意外伤害调查报告,2004 年 9 月,国务院妇女儿童工作委员会、卫生部疾病控制司、中国疾病预防控制中心现场流行病学培训项目)

三、环境伤害

1. 近四成教师认为学校附近有电子游戏厅 据本次调查教师问卷显示,30.5%的教师认为在所在的学校门前有贩卖不健康的书报或玩具的摊点或商店,16.3%认为"曾经有"。39.2%的教师认为学校附近有电子游戏厅,认为"曾经有"占 12.4%。同样,认为在学校门口有贩卖不健康的书报或玩具的摊点或商店的父母占总数的 30.1%,认为"曾经有"为 11.0%。认为学校附近有电子游戏厅的父母占 32.6%,认为"曾经有"的父母占 7.9%。无论父母还是教师,都反映当前中小学校附近还存在一些非法摊点或者不适合学生的电子游戏厅,这是有可能对中小学生造成伤害的不健康、不安定因素。

2. "下水道没有盖子或没盖好"是中小学生生活环境中的主要安全隐患 调查显示,在少年儿童生活的环境中,"公路正在修建,无安全提示"、"下水道没有盖子或没盖好"、"建筑施工现场无安全隔离设施"、"高压电线无安全隔离设施和警示标志"等安全隐患比例均较高。其中,"下水道没有盖子或没盖好"的发生比例最高,为 74.0%。其次从高到低依次是"公路正在修建,无安全提示"、"建筑施工现场无安全隔离设施","高压电线无安全隔离设施和警示标志",比例分别为49.4%、39.8%、28.4%。这一结果表明,社会各方面在保护中小学生安全方面缺乏足够的防范意识。少年儿童好动的天性与社会环境中充满安全事故隐患形成了鲜明的对比,这也是教师和父母们担心少年儿童自由活动时间和放学之后的活动时间受到伤害的重要原因。

3. 仅有不足六成的中小学生能够严格遵守交通规则　与高发的安全事故及其隐患形成鲜明对比的是,中小学生对安全事故的防范意识也很差,由于自身行为而引起的安全事故发生的比例很高。其中骑车带人、骑车逆行、在马路上玩耍、翻越隔离栏杆等行为的发生率分别为 46.6%、24.6%、21.9%、19.8%。在遇到紧急事情时,中小学生闯红灯过马路的现象就更加严重。当被问到"如果上学快迟到了,在过马路时正好赶上红灯,你会怎样"时,6.2%的被访者选择了"赶紧过马路"、9.6%选择了"旁边有人过就跟着过"、27.4%选择了"车辆少,就小心地穿过马路",三项累计高达43.2%,仅有 56.8%的人选择了"等绿灯亮了以后再过马路"。此外,有 21.8%的中小学生有过在马路上玩耍的经历、19.8%翻越过道路栏杆、10.1%过马路不走人行横道、46.6%骑车带过人,而且其中有 6.2%经常骑车带人;24.6%骑车有过逆行情况,3.0%是经常骑车逆行。中小学生在安全和防范意识方面的严重缺失现象令人担忧。

但调查也显示,中小学生对火灾的防范知识状况掌握较好,有 94.4%的中小学生在遇到失火时,选择"首先拨打 119 报火警或马上找大人来救火"。这也说明了安全教育的重要作用。如果在其他方面能够对儿童进行更多安全防范的知识教育和技能教育,将会使儿童真正远离伤害,健康成长。

4. 平均每天有 12 名中小学生死于车轮下　溺水是青少年第一位伤害死亡原因,每年有 3 万中小学生命丧"黄泉"。2004 年深圳市中小学生非正常死亡的 53 人中,溺死 28 人;广东省在 2005 年 6—8 月,茂名市、珠海、汕头、汕尾和三水等地共有33 名中学生遇溺身亡,仅茂名市 8 月 6—8 日 3 天中就有 10 名学生游泳淹死。

交通伤害已成为导致中小学生伤亡最主要的原因之一。有关部门所公布的数字显示,车祸每年至少造成 3 万多中小学生伤亡,平均每天有 12 名中小学生死于车轮之下。

我国 10—19 岁年龄组青少年的自杀死亡率为 15.59/10 万,每年有 16 234 名花季少年自杀身亡,占自杀死亡总数的 1/5,这个数字有逐年上升的趋势。

(数据来源:《校园安全与中小学生伤害现况》,王声湧,《中国学校卫生》,2006 年第 2 期)

5. 北京每天有 139 名儿童发生意外伤害　2003 年,"北京市儿童意外伤害调查"发现,儿童总伤害发生率为 2 259.2/10 万。这意味着 2003 年每 100 个北京儿童中就有 2 名儿童受到伤害,需要就医,住院或一天不能上学或工作。另外,2003

年北京共有 50 438 名儿童受到伤害,即每天就有 139 名儿童发生意外伤害。每天北京市至少有一名儿童因伤害造成死亡或残疾。

调查还发现,不同年龄组的儿童伤害类型不同,这取决于年龄段及周边环境。其中婴儿的伤害发病率最少,5-9 岁组最高,其余依次为 10-14 岁组和 15-17 岁组。男童的伤害发病率是女童两倍。

(数据来源:北京市儿童意外伤害调查报告,2004 年 9 月,国务院妇女儿童工作委员会、卫生部疾病控制司、中国疾病预防控制中心现场流行病学培训项目)

6. 动物咬伤成为北京儿童的第二大意外伤害因素 2003 年,"北京市儿童意外伤害调查报告"显示,在北京意外伤害超过了少数传染病成为造成 18 岁以下儿童死亡和伤残的首要原因。去年本市有 5 万多名儿童受到不同情况的伤害,其中 5-9 岁年龄组的儿童伤害发病率最高。而动物咬伤则超过了交通事故成为仅次于跌伤的第二大意外伤害因素。

该调查还显示,2003 年北京有 5 万多名儿童曾受到不同程度的伤害,平均每天就有 139 名儿童因此需要就医、住院甚至导致伤残或死亡。在致命性伤害中,交通事故和溺水的发生率最高,发生此类意外伤害的以中学生群体为主。在非致命性伤害中,跌伤、动物咬伤和道路交通事故成为主因。其中,跌伤的发生率最高,而动物咬伤则成为出现在京城的新问题。据悉,每天平均有 30 名儿童因动物咬伤接受治疗,其中宠物犬造成的伤害占 80.0% 以上。调查还指出:很多家庭、社区都存在着不同程度的危险因素,如化学药品的不安全存放和缺少防护的游戏运动场所等。在身边存在重重危险的同时,北京儿童预防意外伤害的自我保护能力却非常有限,调查显示有 80.0% 左右的 3-17 岁的儿童不会游泳。

在意外伤害中,致死的比率相对极低,更多的儿童因意外伤害致残或误学。根据调查结果保守估计,每年北京市因儿童意外伤害造成的各类损失高达 1.5 亿元人民币。

(数据来源:北京市儿童意外伤害调查报告,2004 年 9 月,国务院妇女儿童工作委员会、卫生部疾病控制司、中国疾病预防控制中心现场流行病学培训项目)

7. 大多数儿童意外伤害发生在使用自行车时 2003 年,"北京市儿童意外伤害调查"发现,交通意外列 0-17 岁儿童伤害的第三位。男童发生率较女童高。交通意外是 10-17 年龄组受伤害(致病)的首要原因。大多数交通意外发生于白天和晴朗天气(88.0%),可见能见度不是引起交通意外的主要原因,因为 91.0% 的交通意外发生时能见度都正常。大多数儿童交通意外发生于使用非机动车(主要是自行车)时。其次是步行,最后是作为机动车乘客。大多数伤害都是因为和汽车或摩托车相撞。这可能是与道路上汽车和摩托车数量增加,从而挤占了自行车道有关。虽然道路加速拓宽,但挤占率增加更快。

在不同道路上的致死性碰撞类型都反映了高速行驶是其发生原因,常常发生在对速度限制起点较高的道路或高速路上。另一个原因是交通密度,北京街道的交通密度最高,很多儿童在街上被撞。警察对于安全驾驶的强制作用是第三个因素。

2003年估计儿童交通意外造成的负担,1—4岁组全年约有750个以上儿童发生交通意外,每天2个。5—9岁组约有1 380个以上儿童发生,每天4个。10—14岁组有2 410个以上儿童发生,每天7个。10—17岁组几乎有1 600个儿童发生,每天4个。总计起来,北京每天有17个1—17岁儿童发生交通意外,每年6 150个以上的儿童成为交通意外的受害者。北京儿童交通意外伤害的部分估计经济损失为5 500万元(约合668万美元)。

(数据来源:北京市儿童意外伤害调查报告,2004年9月,国务院妇女儿童工作委员会、卫生部疾病控制司、中国疾病预防控制中心现场流行病学培训项目)

8. 跌伤是北京市儿童发生率最高的非致死性伤害 2003年,"北京市儿童意外伤害调查"发现,在所有的儿童意外伤害中,跌伤是发生率最高的非致死性伤害。男童的发生率是女童的三倍。10—14岁的儿童发生率最高。据估计,北京大约每年15 500名儿童因跌伤就医,造成经济损失7 400万元。34.55%的儿童是从高处跌落的,其中65.55%跌落高度大于1米。高处跌落78.8%是意外跌落,6.0%为跳下,3.1%是被别人推下去的。跌落的窗口或阳台通常是未封闭或没有栏杆。

(数据来源:北京市儿童意外伤害调查报告,2004年9月,国务院妇女儿童工作委员会、卫生部疾病控制司、中国疾病预防控制中心现场流行病学培训项目)

9. 女童被烫伤的发生率更高 2003年,"北京市儿童意外伤害调查"发现,烧烫伤也是儿童伤害的主要因素。烧烫伤和烫伤在儿童早期发生率最高,许多都发生在儿童刚学走路和刚开始探索周围环境时。大龄女童由于有更多的时间在厨房使用热炉子或接触热水,故而使得女童的发生率较高。绝大多数烧烫伤是烫伤,由接触热水引起,多数为厨房内的液体(油,水等)或食物(汤)。12.0%的液体为饮用水(茶或沏茶的热水)。从原因看,几乎所有的烧烫伤或烫伤(88%)都是由于儿童自身不慎引起的,而不是他人所致。

大多数烫伤由最常见的水壶所致,这主要是由于中国家庭热水壶的使用率很高(所有家庭都有)。最严重的烧烫伤发生在蹒跚学步时。约1/3非常严重的需要住院治疗10天以上,另外20.0%需要住院1—9天。每年儿童因烧烫伤所造成的经济损失估计为697万元(合84.4万美元)。

(数据来源:北京市儿童意外伤害调查报告,2004年9月,国务院妇女儿童工作委员会、卫生部疾病控制司、中国疾病预防控制中心现场流行病学培训项目)

10. 溺水大多发生在较大的儿童中 2003年,"北京市儿童意外伤害调查"发现,溺水大多发生在较大的儿童中.虽然溺水发生率极低(2.6/10万),但它仍是儿童致死性伤害的主要原因,占伤害死亡儿童的1/3。

调查发现,92.0%的北京家庭周围没有明显的溺水危险因素,如大的开放水体,即无没有保护的水沟和无盖水井。大多数(60.0%)家庭的室内没有溺水的危险因素。在有危险的家庭中,大容量的储水设备是威胁儿童安全的最大隐患。

溺水的低发生率是由北京特定的城区环境所决定的。低发生率与好的城市规划有着直接的关系。北京城市发达,发展规划好,排除了很多不设防护或没有出入限制的开放水域。而且,相对于人口而言,城市的河流和湖泊很少。由于独生子女政策,平均家庭人数为2.9人,即每家不足一个孩子。调查发现,学龄前儿童或小孩子很少有独自在外而附近没有成人看护的。学龄儿童也很少存在没有成人看管而独自游泳的情况。这些保护因素,尤其是成人的保护是儿童溺水减少的主要因素,因此调查虽发现很少儿童会游泳,但仅寻访到1例溺水死亡者。

儿童缺乏游泳技能这一点应引起足够的重视,因为儿童几乎没有溺水自救的能力。调查发现,3—17岁的儿童中80.0%不会游泳,且仅有17.0%能游25米。多数北京儿童是通过正规的游泳教练学习游泳的,游泳训练是有组织的体育活动而不是玩耍,这和大多数农村地区的情况不同。但相比庞大的北京儿童人口数,目前的儿童游泳能力覆盖面显然还不够。

(数据来源:北京市儿童意外伤害调查报告,2004年9月,国务院妇女儿童工作委员会、卫生部疾病控制司、中国疾病预防控制中心现场流行病学培训项目)

11. 中小学生占传染病和食物中毒者的68.42% 统计表明,在2004年安徽省报告的疫情发病人员及人员中,中小学生占到68.42%,学校成了突发公共卫生事件的"重灾区"。"六一"期间,安徽省卫生厅、教育厅开展的"卫监三号"集中行动,将目标锁定在学校卫生的各个环节上,努力为孩子们营造一个安全健康的生活空间。2004年,安徽省共报告和处理各类突发公共卫生事件90起,其中疫情36起,食物和职业中毒事件49起,严重影响公众健康事件5起。在疫情中,有11起发生在学校,共发病864人,占全省报告重大疫情人数的95.0%。在全年报告的49起各类中毒事件中,有1 180人发病,其中学生中毒发病的有566人,占47.97%,学校成了食品安全的薄弱环节。

(数据来源:《传染病和食物中毒者中小学生已占68.42%》,冯立中、陈旭,《健康报》,2005年6月1日)

12. 溺水和交通事故占2006年事故总数的一半 2006年,全国各省、自治区、直辖市上报的各类安全事故中,事故灾难(溺水、交通、踩踏、一氧化碳中毒、房屋倒塌、意外事故)占59.00%;社会安全事故(斗殴、校园伤害、自杀、住宅火灾)占31.00%;自然灾害(洪水、龙卷风、地震、冰雹、暴雨、塌方)占10.00%。其中,溺水占31.25%,交通事故占19.64%,斗殴占10.71%,校园伤害占14.29%,中毒占

2.68%,学生踩踏事故占 1.79%,自杀占 5.36%,房屋倒塌占 0.89%,自然灾害占 9.82%,其他意外事故占 3.57%。从整体上看,2006 年全国各地上报的各类中小学校园安全事故中,61.61%发生在校外,主要以溺水和交通事故为主,两类事故发生数量占全年各类事故总数的 50.89%,造成的学生死亡人数超过了全年事故死亡总人数的 60.00%。其中,交通事故导致受伤人数最多,占全年受伤总人数的 45.74%。溺水事故发生的主要原因是中小学生安全意识淡薄,暑期和节假日到非游泳区域游泳导致事故发生。交通事故发生的主要原因是驾驶员违规驾驶。

（数据来源:《2006 年中小学安全事故总体形势分析报告》,教育部）

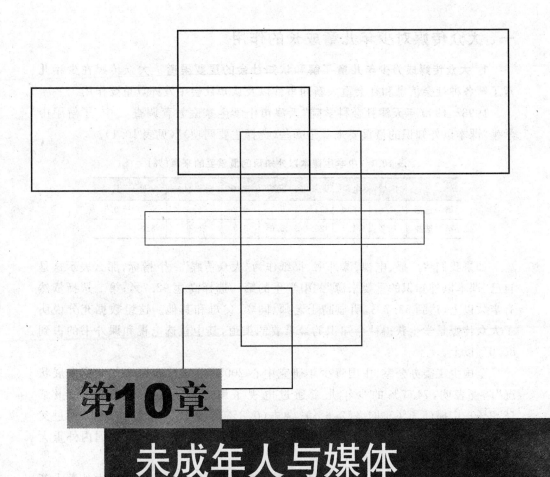

第10章

未成年人与媒体

一、大众传媒对少年儿童成长的作用

1. 大众传媒成为少年儿童了解和认知社会的重要渠道　大众传媒在少年儿童了解各种社会信息和社会重大新闻事件以及认知社会中发挥着重要作用。

1998－1999 年天津社会科学院"天津市中学生家庭教育调查"[28]中,了解了中学生"课本以外知识的最重要来源是哪些(选择主要两项)"(见表 10.1)。

表 10.1　中学生课本以外知识的最重要的来源(％)

	广播	电视	课外书	报纸	老师	同学朋友	父母	其他
第一选择	6.4	46.6	33.6	6.1	0.2	5.9	0.7	0.5
第二选择	0.3	1.4	25.4	26.6	3.8	26.9	6.6	9.0

如果我们将广播、电视、课外书、报纸作为"大众传媒"一个指标,那么表示这是自己"课本以外知识的重要来源"的中学生的第一选择高达 92.7％;第二选择依然有半数以上,达到 53.7％,明显高于老师、同学、父母和其他。这组数据充分说明了大众传媒是学生获得社会知识的最重要的渠道,其中首选电视和课外书的占到 80.0％以上。

全国少工委办公室、中国青少年研究中心 2005 年"当代中国少年儿童发展状况"调查表明,74.7％的少年儿童通过电视了解国内外重大新闻;通过报纸(8.2％)、广播(5.3％)、网络(2.6％)、杂志(0.8％)了解的总共为 16.9％;通过父母(3.2％)、老师(2.6％)、同学或同龄伙伴(1.9％)、网友(0.3％)了解国内外重大新闻的只有 8.0％。

调查表明,现代社会 90.0％以上的少年儿童通过各类传媒了解国内外重大新闻,其中电视的比例最高,而通过人际了解的比例很低。在这方面,城市和农村的少年儿童没有明显差异。

2. 独生子女接触电视越多,攻击性需要越强烈　家庭、学校、大众传媒是少年儿童社会化的重要环境,在不同程度上影响着当代少年儿童的人格发展以及他们的理想信念、思想品德和偶像崇拜。

1996 年,中国青少年研究中心"中国城市独生子女人格发展现状与教育"课题调查研究发现:第一,报纸接触指数与独生子女的成就需要呈显著正相关($R=.0710, P=.000$),杂志接触指数也与独生子女的成就需要呈显著正相关($R=.0465, P=.006$),即独生子女接触报纸、杂志越多,成就需要越强烈;第二,报纸、杂志接触指数与独生子女的谦卑需要呈显著负相关（R＝－.1231,P＝.000；R＝－.0584,P＝.001）这说明独生子女接触报纸、杂志越多,谦卑需要越少;第三,报纸接触指数与独生子女的持久需要呈显著正相关（R＝.0902,P＝.000),电视接触指数则与独生子女的持久需要呈显著负相关（R＝－.0677,P＝.000),说明独生子女报纸接触越多,持久需要越强烈,但电视接触越多则持久性越弱;第四,书籍接触指数与独生子女的攻击性需要呈显著负相关（R＝－.0626,P＝.000),杂志接触指数也与独生子女的攻击性需要呈显著负相关（R＝－.0498,P＝.004),即独生子女接触书籍、杂志越多,攻击性需要越少。但电视接触指数则与独生子女的攻击性需要呈显著正相关（R＝－.0981,P＝.000）;此外,游戏机接触指数与亲和需要、持久需要有显著负相关,与谦卑需要和攻击性需要呈显著正相关。

（数据来源:《中国城市独生子女人格发展状况研究报告》,载《中国青少年发展状况研究报告》,中国独生子女人格发展课题组,中国青年出版社 1997 年版）

二、最喜欢的媒介形式

1. **大众传媒是少年儿童最经常的伙伴**　接触媒介是少年儿童课余生活的重要组成部分,是他们喜欢的休闲娱乐方式之一。

1998－1999 年"天津市中学生家庭教育调查"中,当询问"你每天做完作业后最经常做的事情是什么？（选最主要两项）"时,得到如下结果（见表 10.3）

表 10.3　中学生每天做完作业后最经常做的事情（％）

	听广播	看电视	看课外书	与同学打电话	出去玩	独自一人沉思	听音乐	其他
第一选择	6.4	32.3	26.1	0.5	3.3	9.7	10.5	11.2
第二选择	0.4	0.8	19.3	1.2	7.4	13.1	44.3	13.5

这组数据表明,大众传媒成了孩子最经常的伙伴。中学生闲暇时间最经常做的事情首选媒介的达到 75.8％,次选媒介的依然有 66.0％。

全国少工委办公室、中国青少年研究中心 1999 年"当代中国少年儿童发展状况调查"显示,在课余时间喜欢看电影、看电视、读课外书的比例分别是 40.2％、73.2％和 72.8％。

2005 年"当代中国少年儿童发展状况调查"表明,与 1999 年的调查数据相比,少年儿童在闲暇时间喜欢看电影、看电视、读课外书的比例均有较大幅度下降,为13.6％、55.2％、57.2％,分别下降28.6、18、15.6 个百分点。少年儿童出现的这种变化可能跟现在可供选择的课余生活形式比以前更为丰富有关。此外,数据显示,在对图书、电视、电影等传统媒介的喜好方面,城市少年儿童和农村少年儿童的差异不明显,大多数少年儿童课余时间都比较喜欢看书和看电视,但是在对网络等新媒介的喜好上,城市少年儿童比农村少年儿童更喜欢,城市为19.3%,农村仅为6.3%。

　　2. 媒介接触种类和频度发生变化:电子媒介超过印刷媒介　　1996年,中国青少年研究中心"中国城市独生子女人格发展现状与教育"调查表明,98.9%的独生子女家里有电视机,其他媒介依次是录音机92.3%、收音机91.8%、录像机62.1%、电子游戏机60.3%、学习机35.9%、计算机20.6%;每个家庭平均订阅了3.8种报纸杂志,其中为孩子订了2.58种。在上述8种媒介中,平均每个家庭拥有6.56种媒介。少年儿童媒介接触频度如下(见表10.4):

表10.4　儿童每周平均接触媒介频度(%)

频度/种类	报纸	课外书	杂志	电视	广播	录音带	游戏机	计算机
没有接触	15.5	12.0	41.0	18.0	39.0	26.1	87.9	78.7
1—2次	32.0	28.8	35.8	37.4	25.3	25.5	8.7	12.4
3—5次	29.9	30.1	15.3	19.7	13.9	23.3	2.4	5.7
天天接触	23.0	29.1	7.9	25.0	21.7	25.2	0.9	3.2

　　可以看出,儿童接触最多的媒介是印刷媒介,如报纸和课外书,电视和录音带作为新的电子媒介已经广泛进入儿童生活,仅次于前者。尽管60.0%的孩子有游戏机,20.0%的孩子有计算机,但接触频度较低。

　　1998年中国社会科学院"全国五城市少年儿童调查"[29]则表明,少年儿童的电视接触频度最高,频度的平均分分达2.79,超过了1996年排在首位的书籍;其次是书籍,平均分为2.62。以下依次是:报纸(2.49)、录音带(2.2)、广播(2.04)等,其余平均分均不足2。接触频度较少的媒介大部分是新媒体,如计算机和互联网。互联网拥有率是2.6%,北京市最高为8.4%。

　　(数据来源:《新发现——当代中国少年儿童报告》,全国少工委办公室、中国青少年研究中心,中国少年儿童出版社2000年版,第313页)

　　1998年北京市少年儿童调查结果显示,11种媒介接触,北京中小学生平均接触频度最高的媒介是电视(平均频度值为4.86),其次是书籍(4.41)。其他依次是:报纸(4.23)、录音带(3.98)、广播(3.75)、杂志(3.58)、计算机(2.46)、VCD(2.36)、录像带(2.04)、电子游戏(1.84)以及互联网(1.33)。

　　1998年10月—1999年3月"中国独生子女青少年的社会化过程及其结果"课题(以下简称"全国14城市中学生调查")[30]中,课外书籍、报纸杂志、电视、广播四类传媒接触频率如下(见表10.5):

表 10.5　城市中学生与四类传媒的接触频率(%)

传媒类别	经常	有时	很少	从不	人数(人)
课外书籍	41.1	47.0	11.4	0.5	1 846
报纸杂志	41.6	45.2	12.0	1.1	1 839
电视	47.1	39.7	6.4	6.7	1 838
广播	25.6	37.0	29.0	8.4	1 830

　　分析认为,以上数据基本反映了目前青少年所具有的接受传媒的客观背景,可以看出,与大众传媒的接触占据了青少年日常生活相当重要的地位。

　　2000 年中国社会科学院对"全国 5 城市互联网使用情况调查"[31] 显示,约 60.0%—65.0%的用户回答说上网对接触其他媒介没有影响,接触时间与上网前一样。但也有 20.0%—30.0%的用户说上网后,他们减少了电视、广播、报纸和杂志的接触时间,只有书籍的增加比例(21.0%)超过了减少的比例(17.5%)。

　　2005 年中国社会科学院对"全国 5 城市互联网使用情况调查"[32] 表明,在人们使用的大众媒介中,电视仍然是强势媒体。在总数为 2 367 个被访者中,看电视为 97.0%,读报纸 86.0%,读书为占 56.0%,读杂志为占 53.0%,上网为 49.0%,听广播为 38.0%。

　　3. 媒介内容偏好:娱乐消遣类比例最高　1998 年中国社会科学院"全国五城市少年儿童调查"和 1998 年北京少年儿童调查统计表明:

　　少年儿童对电视内容的偏好百分比从高到低依次为:刺激性戏剧类为 50.0%—60.0%;儿童戏剧类 30.0%—60.0%;综艺类 35.0%—55.0%左右;纪实类 30.0%—40.0%;以及成人戏剧类(不包括综艺类)20.0%—30.0%;

　　少年儿童对报纸上的儿童戏剧类内容最感兴趣,其百分比高达 70.4%;其次是知识类,为 53.0%;对新闻感兴趣的少年儿童百分比较低,但也有 28.0%;

　　少年儿童对书籍的偏好百分比从高到低为:刺激性戏剧类大约 50.0%;儿童戏剧类 30.0%—40.0%;成人戏剧类为 25.0%—40.0%;以及纪实类 20.0%左右。1998 年"全国五城市少年儿童调查"和 1998 年北京少年儿童调查发现,除了以上四类内容外,少年儿童还偏好计算机、电子游戏、军事和体育读物,全国五城市少年儿童的偏好百分比达 25.0%,北京少年儿童则达 30.0%。

　　总起来看,无论电视还是报纸、书籍,少年儿童对其内容的偏好都是娱乐消遣类占据首位。

三、媒介接触时间

　　1. 儿童接触电子媒介的时间跃居首位　1996 年,中国青少年研究中心"中国城市独生子女人格发展现状与教育"调查表明,在儿童接触媒介时间上,接触课外书的比例高出接触电视的比例11.6个百分点。而1998年开始,随着电视的普及、电视节目日趋丰富,以及新媒介的发展,这种情况发生了改变。

1996年,"中国城市独生子女人格发展现状与教育"调查表明,儿童平均每天接触时间最多的媒介是课外书,为27分钟;其次是电视,为26分钟。以下依次是:报纸和录音带16分钟,广播12分钟,杂志11分钟,计算机6分钟,游戏机3分钟。总起来看,儿童平均每天接触3.6种媒介,总计118分钟,接近2小时。

1996年全国城市独生子女调查中,关于儿童每天平均媒介接触时间情况如下(见表10.6):

表 10.6　儿童每天平均媒介接触时间(%)

	电视	广播	录音机	游戏机	计算机	报纸	杂志	课外书
没有接触	39.9	54.0	47.4	93.0	86.7	33.0	58.5	28.3
1—30分钟	29.9	33.2	34.5	3.5	6.7	53.5	31.1	40.5
31—60分钟	17.9	9.5	13.3	1.8	3.5	9.9	7.7	20.2
61—120分钟	7.9	2.1	3.2	0.9	2.2	2.3	1.8	7.1
120分钟以上	4.4	1.2	1.6	0.9	0.9	1.2	1.0	4.0
人数	3 284	3 273	3 272	3 267	3 240	3 263	3 253	3 262

1998年中国社会科学院"全国五城市少年儿童调查"表明,就全体平均时间而言,城市少年儿童每天平均接触四种媒介,大约花20—2小时。其中,课外书平均为20—30分钟;电视平均25—50分钟;报纸、杂志、广播、录像带平均10—25分钟;其他媒介如游戏机、计算机、VCD和互联网为10分钟左右或不足10分钟。五个城市少年儿童媒介接触时间说明,电视接触时间均排名第一,排名第二的媒介均为课外书,并且时间相差不多,均为30分钟左右。电子游戏、录像带和互联网都是接触时间较短的媒介。从整体上看,少年儿童接触电子媒介时间超过印刷媒介。

近年来,新媒介的发展使少年儿童花在玩电子游戏的时间明显增加。2003年中国青少年研究中心"城市少年儿童生活习惯研究"发现,在被调查的学生中,从没玩过电子游戏的只有25.6%,玩过的占74.4%。在调查前一个月内玩过4次及以下(即一周一次以下)的孩子有69.1%的,玩过5—10次的有22.5%,有8.3%的孩子一个月内玩过10次以上。每次玩半小时以内的占55.5%,半小时到一小时的有31.2%。通常孩子玩电子游戏是在周末或假期,23.1%的同学做完作业再玩,70.0%的同学主要在周末玩,73.5%的人是在假期里才玩。少年儿童互联网接触时间更是加速增长。

2.10年间少年儿童看电视时间成倍增加　近年来少年儿童的媒介接触时间,

电视始终占最大比重。从少年儿童每天看电视的具体时间来看,10 年间成倍增加。

1996 年,中国青少年研究中心"中国城市独生子女人格发展现状与教育"调查显示:儿童每天看电视 25.02 分钟;

1998 年中国社会科学院"全国五城市儿童调查"显示:儿童每天看电视时间为 38 分钟;

(数据来源:卜卫:《媒介与儿童教育》,新世界出版社 2002 年版,第 116 页)

1999 年全国少工委办公室、中国青少年研究中心"当代中国少年儿童发展状况"调查显示,少年儿童全体平均每天看电视的时间为 25—50 分钟;

2002 年关于"中国城市儿童媒介接触调查"中发现,中国城市儿童每日接触电视时间是 40 分钟左右(不包括星期六和星期天),每周看电视时间约为 5—7 小时,而在广大农村这个数字要更高。

(数据来源:卜卫《大众媒介对儿童的影响》,新华出版社 2002 年版)

2003 年中国青少年研究中心"城市少年儿童生活习惯研究"显示,大城市儿童看电视时间,一周内平均每天为 55.5 分钟,周末孩子花在看电视上的时间远多于平日,周六、周日两天中孩子平均每天看电视 112.6 分钟;

2005 年"当代中国少年儿童发展状况"调查显示,少年儿童平时每天看电视、电影、录像的时间平均约为 62.79 分钟,双休日每天看电视、电影、录像的时间平均约为 105.58 分钟。从城乡对比看,城市少年儿童和农村少年儿童用于看电视的时间几乎相当。

四、最常看的电视节目

1998 年 10 月至 1999 年 3 月全国 14 城市中学生调查中,独生子女最喜欢看的电视节目依次是:电影、电视剧 36.7%,体育节目 22.7%,新闻节目 13.3%,文艺节目 11.4%,少儿节目 11.0%,广告及其他 3.3%,教学节目 1.7%。

1999 年和 2005 年全国少工委办公室、中国青少年研究中心的两次"当代中国少年儿童发展状况"调查都了解了少年儿童经常看到电视节目类型,其中两个年度 5 个可比指标显示:

动画类电视节目始终是少年儿童经常看的节目,在全部节目类型中都排在首位:1999 年是 42.1%;2005 年是 58.9%。表明少年儿童在对电视节目的选择上有自己的独特偏好,兴趣较为稳定;

电视剧或电影类节目:1999 年排在第三位,比例是 13.6%;2005 年排在第二位为 34.6%;

新闻类节目:1999 年排在第二位,比例是 17.6%,高于电视剧或电影类节目;

2005 年排在第三位为 26.6%,低于电视剧或电影类节目;

体育类节目:1999 年排在第五位,比例是 6.7%,2005 年排在第四位为 16.9%;

教学类节目:1999 年排在第四位,比例是 8.6%,高于体育类节目;2005 年排在第五位,为 7.3%。

上述两个年度少年儿童最常看的电视节目,仅从排位上看明显的变化是,2005 年经常看新闻类节目、教学类节目的比例相对下降;经常看电视剧或电影类节目、体育类节目的比例相对上升。

此外,2005 年调查表明,少年儿童经常看的电视节目还有少儿频道 37.2%、智力竞赛 34.4%、综艺节目 15.2%、科技节目 11.7%、法治节目 6.7%、军事节目 6.4%等。

2005 年"当代中国少年儿童发展状况"调查还显示,少年儿童在电视节目的偏好上,城乡差别不大,但存在一定的年龄差异,年龄越小的少年儿童越喜欢看充满儿童特点类的电视节目,而年龄较大的少年儿童则更喜欢看成人化的电视节目。

五、印刷媒介

1. 城乡儿童课外书阅读量相差悬殊 1996 年全国城市少年儿童调查、1998 年中国社会科学院"全国五城市少年儿童调查"以及 1998 年北京少年儿童调查表明:约 70%的家庭里为少年儿童订阅了报纸;40%以上的家庭为少年儿童订阅了杂志。儿童家里亦有一定量的藏书,约 50%的家庭有 11—50 本。

全国少工委办公室、中国青少年研究中心 2005 年"当代中国少年儿童发展状况"调查显示:2004 年,少年儿童总体上阅读课外书的平均数为 25.44 本,其中城市少年儿童平均阅读课外书 35.69 本,农村少年儿童平均阅读 20.2 本课外书。从年级对比看,小学一到三年级的学生平均阅读课外书的数量大约为 24.06 本;小学四到六年级的学生中平均阅读课外书的数量大约为 32.86 本;初中一到三年级的学生平均阅读课外书的数量大约为 20.09 本。由此可见,城市少年儿童阅读课外书籍的数量总体上要远多于农村少年儿童,而小学中高年级的学生阅读课外书的数量最多。

2. 课外阅读时间有所增加 1998 年中国社会科学院"全国五城市少年儿童调查"表明,少年儿童平均每天接触课外书时间是 20—30 分钟。五个城市少年儿童接触课外书的时间均排在电视之后,为第二位;1998 年北京市少年儿童平均每天看课外书时间为 28.23 分钟,低于看电视时间 16.97 分钟。

(数据来源:《新发现——当代中国少年儿童报告》全国少工委办公室、中国青少年研究中心,中国少年儿童出版社 2000 年版,第 314—315 页)

　　全国少工委办公室、中国青少年研究中心 2005 年"当代中国少年儿童发展状况"调查显示,少年儿童平时每天读课外书刊、报纸的平均时间约为 47.8 分钟;双休日每天读课外书刊、报纸的平均时间约为 63.37 分钟。

　　从城乡对比看,城市少年儿童平时每天读课外书刊、报纸的平均时间约为 51.35 分钟;双休日每天读课外书刊、报纸的平均时间约为 75.28 分钟;农村少年儿童平时每天读课外书刊、报纸的平均时间约为 44.88 分钟;双休日每天读课外书刊、报纸的平均时间约为 63.27 分钟。由此可见,城市少年儿童用于课外书阅读的时间量要多于农村少年儿童。

　　另外,无论是平时还是周末,大多数少年儿童用于课外书阅读的时间都在 1 个小时之内,有近 20.0% 的少年儿童在平时和双休日几乎不读课外书(见表 10.7)

表 10.7　少年儿童读课外书刊、报纸的时间(%)

阅读时间	昨天	上一个星期天
0 分钟	17.8	20.0
1—30 分钟	40.8	24.0
31—60 分钟	18.0	20.9
61—120 分钟	16.3	19.0
121—180 分钟	4.2	8.9
181 分钟以上	2.9	7.1

　　3. 少年儿童最喜欢故事类读物　1996 年,中国青少年研究中心"中国城市独生子女人格发展现状与教育"调查结果显示,少年儿童最喜欢的课外书依次是:科学幻想故事 59.8%,探险故事 54.0%,漫画或卡通 50.5%,侦探小说 44.7%,历史故事 43.3%,现代童话 41.6%,外国名著 39.2%,名人传记 35.8%,古典名著 33.6%,人生智慧类读物 33.3%,科学普及读物 32.0%,军事读物 30.9%,儿童和少年生活故事 28.0%,学习辅导类读物 24.9%,武侠小说 24.8%,社会知识读物 19.3%,少年报告文学 18.3%,诗歌 13.7%,言情小说 7.1%。这组数据表明,排在前六位的,即有 40.0% 以上少年儿童喜欢的课外书均是故事类读物;排在第七至十二位的即 30.0%—40.0% 少年儿童喜欢的课外书基本上是名著和知识类读物;而反映少年儿童本身生活的读物,如儿童、少年生活故事和少年报告文学等,喜欢读的比例并不高。

　　1998 年中国社会科学院"全国五城市少年儿童调查"表明,少年儿童对 8 类读物的选择率是:探险读物 51.3%,卡通读物 41.2%,电子游戏 25.8%,中国古代名著 25.7%,儿童生活故事 18.9%,科学普及读物 16.0%,作文辅导 14.5%,青少年心理读物 13.6%。

1998 年 10 月至 1999 年 3 月全国 14 城市中学生调查表明:独生子女看得最多的课外书籍依次是:小说类 33.0%,中学课程辅导类 21.4%,科技知识类 19.2%,其他类 11.7%,人物传记类 11.6%,思想教育类 3.0%;最喜欢看的报纸杂志依次是:娱乐欣赏类 27.9%,青少年读物类 27.7%,文摘科普类 21.5%,政治时事类 11.4%,中学课程辅导类 6.1%,其他类 5.4%。

4. 动漫类图书最受少年儿童青睐 随着动漫产业的发展,动漫类图书受到广大少年儿童的青睐。2006 年公布的齐齐哈尔市图书馆关于"少年儿童读书现状"调查结果表明,在各类适合儿童阅读的图书中,倍受青睐的是动漫、故事和科普类,其中动漫类图书高居榜首。有 40.0% 的男生是动漫读者的主力军。紧跟其后的是故事书,占 39.0%,科普类稍逊为 19.0%,人物传记也有一小部分的读者。

(数据来源:《关于少年儿童读书现状调查的思考》吴小秋,《活力》2006 年第 4 期。调查对象是该市各个层面的 14 所小学的三年到五年级的学生 1 000 余人)

5. 中小学生最喜欢搞笑类动漫 2006 年广东省一项对中小学生动漫消费情况的调查显示,当问到"你喜欢动漫吗?"有 52.2% 被调查者回答"很喜欢",32.7% 回答"较喜欢",两者相加达到 84.9%,说明喜欢动漫的青少年占绝大多数。调查同时表明,受众对动漫图书的需求量比较大。没有人完全不看动漫,每年只看 1 部动漫的人只占 12.3%,2—4 部占 38%,5—7 部 21.4%,7 部以上 28.3%。中小学生最喜欢的动漫类型是搞笑类,占 22.8%;其次是侦探类,占 19.0%;排第三位的是格斗类,占 14.0%;排第四位的是科幻类,占 12.2%;排第五位的是恐怖类,占 10.9%;排在后面的还有神话类、爱情类、体育类。

(数据来源:《广东青少年动漫消费情况的调查报告》邓智平,《青年探索》2007 年第 1 期。调查对象是广州、深圳、东莞、汕头等地区 733 名中小学生)

六、网络媒介

1. 上网中小学生已达到 3 000 万 《国外社会科学》杂志 2004 年第 6 期《关系到前途——儿童使用互联网情况报告》(作者:耕香)表明,在 2000 年—2002 年间,美国儿童——无论其年龄、收入或种族情况如何——在家庭、学校和图书馆里使用互联网的情况都大大增加。如今,65.0% 的 2—17 岁的儿童在家庭、学校或其他地方上网,而这一比例在 2000 年为 41.0%。儿童上网的时间也有所延长。上网正像打电话一样成为日常生活的一部分。

在我国,计算机和互联网被称为新媒体,90 年代中期后开始进入少年儿童的生活领域,同样快速发展起来。2006 年 7 月 19 日,中国互联网络信息中心(CNNIC)在北京发布《第十八次中国互联网络发展状况统计报告》。报告显示,截止到 2006 年 6 月 30 日,我国网民人数达到了 1.23 亿人,与去年同期相比增长了

19.4%。此次报告首次加入了青少年上网的数据分析,在 2 亿中小学生中,上网学生已达 3 000 万,中小学生互联网渗透率达到 15.4%,其中高中学生互联网渗透率已达半数以上。

2. 计算机拥有量和上网人数持续增长　1996 年,中国青少年研究中心"中国城市独生子女人格发展现状与教育"调查、1998 年"全国五城市少年儿童调查"以及 1998 年北京少年儿童调查表明,超过 20.0% 的少年儿童家庭拥有计算机,北京少年儿童的计算机拥有率达到 42.4%。

1998 年 6 月,中国社科院新闻所媒介传播与青少年发展研究中心、团中央中青创业有限公司联合对北京市中小学生计算机和互联网接触进行了抽样调查,经加权处理样本为 2 288 个。调查表明,已有 42.4% 的北京城区小学生家庭有计算机,能够在学校里上计算机课的中小学生达 76.0%;14.2% 的中小学生还加入了计算机兴趣小组或社团,可见,计算机在北京中小学生中开始普及。

(数据来源:《新发现——当代中国少年儿童报告》,全国少工委办公室、中国青少年研究中心,中国少年儿童出版社 2000 年版)

1998 年,中国青少年研究中心、北京师范大学教育学院、北京出版社共同主办的"中小学生学习与发展调查研究"课题的调查结果是:约有 27.4% 的城市中小学生家庭拥有电脑。

全国少工委办公室、中国青少年研究中心 2005 年"当代中国少年儿童发展状况调查"数据显示,25.6% 的少年儿童表示家中拥有电脑,其中城市少年儿童达到 50.4%,农村少年儿童为 12.8%。

从少年儿童使用电脑的情况看,2005 年"当代中国少年儿童发展状况调查"显示,有 73.2% 的少年儿童表示自己使用过电脑,其中城市少年儿童的比例高达 87.0%,农村少年儿童的比例也达到了 66.1%。这表明,使用过电脑的少年儿童已经相当普遍。

需要提及的是,2005"当代中国少年儿童发展状况调查"显示,一些少年儿童已经拥有个人电脑。有 10.5% 少年儿童表示自己拥有电脑,其中,城市少年儿童的比例高达 21.2%,而农村少年儿童的比例仅为 5.0%。

3. 三成多少年儿童曾上过网　10 年来,随着计算机的普及,上网人数激增。1998 年"全国五城市少年儿童调查"表明,有 2.6% 的儿童家庭联网。1998 年北京市中小学生计算机和互联网接触情况调查结果表明,8.4% 的中小学生明确表示家里计算机已联网;17.7% 的家庭"没联网但想联网";18.9%"没联网,目前还不准备联网";55.0% 的中小学生对家里是否联网尚"不清楚"。同时,"网吧"被看做是"玩计算机游戏或联网游戏的地方","网络咖啡屋"则是使用互联网的地方。可以看出,"经常去"网吧和网络咖啡屋的中小学生比例较低,分别是 3.6% 和 2.3%;"有时去"的比例分别是 18.7％和 7.8％。如果将"有时去"和"经常去"的比例相加,则访问过网吧和网络咖啡屋的中小学生均超过 10.0％。

2005 年全国少工委办公室、中国青少年研究中心"当代中国少年儿童发展状况调查"显示,上过网的少年儿童占 35.5％。在使用过电脑的少年儿童中,上过网的达到 52.5％,其中城市少年儿童的比例达到 68.4％,农村少年儿童的比例为 41.4％。可见,上网在少年儿童中已经比较普遍。

（数据来源:《新发现——当代中国少年儿童报告》,全国少工委办公室、中国青少年研究中心,中国少年儿童出版社 2000 年版,第 328 页）

4.30.8％的中小学生曾经去过网吧 2001 年,青少年互联网使用情况调查显示,80.0％的用户从 1999 年或 2000 年开始使用互联网,网龄大都不长。具体分布如下:1997 年以前占 6.3％;1998 年占 14.0％;1999 年占 36.20％;2000 年占 43.50％。

全国少工委办公室、中国青少年研究中心 2005 年"当代中国少年儿童发展状况调查"显示,尽管少年儿童上网已较为普遍,但是总体上看上网的时间并不多,平时平均每天 12.95 分钟,双休日上网的时间长一些,平均 23.01 分钟;城市少年儿童平时平均每天 20.39 分钟,双休日平均 37.92 分钟;农村少年儿童平时平均每天 13.70 分钟,双休日平均 21.51 分钟;从年龄上看,年龄越小,上网时间相对越长:小学一年级到三年级、小学四年级到六年级和初中学生在平时上网时间分别是 22.96 分钟、16.21 分钟和 9.42 分钟;双休日上网时间分别是 30.36 分钟、28.23 分钟和 23.26 分钟。

在我国,国家明令禁止未成年人进入经营性网吧,但是 2005 年"当代中国少年儿童发展状况调查"发现,30.8％的中小学生曾经去过网吧,城市有 23.7％,农村有 30.8％。在去过网吧的少年儿童中,"一月去一次"的有 57.2％,"一星期去一次"的有 30.2％,"4—5 天去一次"的有 5.8％,"2—3 天去一次"的有 4.4％,"一天去一次或多次"的有 2.4％。

5."交流功能"是中小学生喜欢互联网的主要原因 1998 年北京市中小学生计算机和互联网接触情况调查中,请中小学生回答"如果互联网能为你提供下列服务,你愿意使用这些功能吗?"调查显示,中小学生使用互联网,最吸引他们的是交流功能,排在前五位的项目如"与朋友通信"（平均得分 3.29）、"传送我喜欢的文章、图片或动画给我的朋友"（3.27 分）、"与国外伙伴交朋友"（3.25 分）、"与国内伙伴交朋友"（3.22 分）以及"与名人或我崇拜的人通信"（3.17 分）均具有交流性质;其次是"漫画"（3.17 分）和"体育信息"（3.12 分）;再次则是各种网络节目,包括娱乐性和知识性。

另外,超过半数的中小学生认为使用互联网并没有影响他们与电视、广播和报纸三种媒介的接触,表示"和以前一样"的分别是 52.8％、53.5％和 53.7％;表示

"比以前减少了"的分别是 30.0%、28.7%和 25.6%;表示"比以前增加了"的分别是 17.3%、17.9%和 20.7%。

6. 互联网接触使中小学生获得更多与朋友接触的机会 1998 年北京市中小学生计算机和互联网接触情况调查发现,使用互联网后,"与过去的老朋友接触增加了"的百分比为 30.1%;"和以前一样"的百分比为 58.6%;"比以前减少了"的占 11.2%;增加的百分比高于减少的百分比。同样,使用互联网后,"与新朋友的接触增加了"的百分比占 43.1%,"和以前一样"占 44.6%,"比以前减少了"只占 12.4%,增加的百分比也高于减少的百分比。

同一调查中,27.9%的中小学生回答,使用互联网后娱乐活动时间比以前增加了;54.1%的中小学生说互联网接触没有影响他们的娱乐活动时间;另有 18%的中小学生说互联网接触减少了他们的娱乐活动时间,但减少的百分比仍然低于增加的百分比。

7. 上网聊天成为少年儿童新的交往方式 1998 年中国青少年研究中心、北京师范大学教育学院、北京出版社共同主持的"中小学生学习与发展调查研究"课题的调查结果显示,从学生使用电脑的情况看,30.0%的学生主要是玩电子游戏,45.5%通过教学软件辅助学习,直接上网查询的学生还很少,只有 2.3%。

2000 年中国社会科学院对全国 5 城市互联网使用情况调查显示,玩游戏占 62.0%;使用聊天室占 54.5%;收发电子邮件占 48.6%;下载储存网页占 39.7%;使用搜索引擎占 25.0%;订阅新闻占 21.9%;网络电话占 14.7%;网上寻呼占 14.3%;制作和更新个人网页占 12.6%;上传文件占 9.4%;公告板(BBS)占 9.2%;代理服务器占 2.3%。

(数据来源:《青少年互联网使用状况及影响》卜卫、郭良,《中国经贸导刊》2001 年第 19 期)

2003 年,中国青少年研究中心"城市少年儿童生活习惯研究"表明上网聊天成为少年儿童新的交往方式,被调查者中有 37.9%的人曾上网聊天。表示"经常"上网聊天的有 8.8%,"有时"上网聊天的占 12.5%,很少上网聊天的占 16.6%,从来没上网聊过天的有 62.1%。其中中学生上网聊天的比例要高于小学生,初中生中经常上网聊天的占 13.4%,有时上网聊天的有 19.5%,而小学生二者的比例分别是 6.4%和 9.0%。

(数据来源:《孩子健康生活的 6 个要领》孙宏艳、关颖,北京出版社 2005 年 1 月版,第 290 页)

8. 少年儿童对上网的认识与行为存在反差 全国少工委办公室、中国青少年研究中心 2005 年"当代中国少年儿童发展状况调查"表明,随着互联网的发展和网络功能的增强,"玩网络游戏"成为少年儿童最经常的网络行为,其次是在网上聊天,再就是看帖子、发帖子(见表 10.8)。

表 10.8　少年儿童上网行为(%)

上网行为	从来不	很少	有时	经常
与陌生人聊天(n=1 716)	56.1	25.1	15.1	3.7
将家庭或学校地址电话号码告诉网上认识的人(n=1 710)	82.3	11.3	4.7	1.6
与网上认识的朋友见面(n=1 701)	81.3	9.8	5.8	3.1
看网络星座、属相、算命等内容(n=1 695)	61.3	21.7	13.7	3.3
玩网络游戏(n=1 707)	28.5	24.6	27.7	19.2
讲粗话(n=1 704)	60.7	27.2	10.3	1.8
说不真实的话(n=1704)	44.4	32.5	17.7	5.4
看不良信息(n=1 703)	86.3	9.5	3.2	1.1
看帖子、发帖子(n=1 702)	60.3	21.6	12.6	5.5

调查结果还反映出少年儿童的上网行为存在某些不良和不当之处,也有一定程度上的认识与行为的反差。当被询问:"你对网络星座、属相和算命的态度"时,回答"完全不相信"的有44.1%,"不太相信"的有34.5%,"比较相信"的有9.1%,"非常相信"的只有1.3%,而看过"网络星座、属相、算命等内容"的将近40%,其中"有时"和"经常"看的有17.0%。也就是说少年儿童对网上的内容不信并不意味着不看。

9. 网瘾青少年约占青少年网民总数的13.2%　随着互联网的发展和普及,它对少年儿童的负面效应也逐渐引起人们的关注。其中网络成瘾和网络过度使用的发生率不断升高,对少年儿童身心健康构成极大威胁。2005 年,中国青少年网络协会首次在北京发布《中国青少年网瘾数据报告(2005)》,报告显示,网瘾现象在全国普遍存在,我国网瘾青少年约占青少年网民总数的13.2%;在非网瘾群体中约13%的网民有网瘾倾向。根据调查,初中生和职高学生网瘾现象最为令人担忧,初中生、失业或无固定职业者、职高学生中网瘾的比例均达到20%以上。13-17 岁的青少年网民中网瘾比例最高。

(数据来源:《首个网瘾报告发布青少年13.2%网民成瘾》谢言俊,《新京报》2005 年 11 月 23日)

2004 年 6 月－2005 年 2 月间,西安市一项对初中 1 109 名学生网络行为的问卷调查表明,网络成瘾患者占总数的13.06%,不同年级男性中比例差别不大,但男性人数比例明显高于女性(P＜0.05)。另外研究中发现有 7.78%的学生曾经在网络上浏览过包含色情内容的图片、文字和电影。

(数据来源:《西安市城区初中生网络行为与网络成瘾的调查》吕晔等,《中国儿童保健杂志》2006 年第 6 期)

10. **七成少年儿童认为父母使用电脑和互联网"比自己懂得少"** 全国少工委办公室、中国青少年研究中心 2005 年"当代中国少年儿童发展状况调查"显示,在对电脑和网络这些新媒介的使用技术上,少年儿童的掌握能力要远远超出父母等长辈。

调查表明,有 73.2% 的少年儿童使用过计算机,而他们的父母使用过计算机的只有 36.6%,比孩子整整相差 1 倍;在使用过计算机的被调查者中,回答父母"上过网"的是 55.6%,回答自己"上过网"的是 52.5%,即父母的上网比例略高于孩子。但是本次调查数据显示,在电脑和互联网的知识和技巧掌握上,有 70.1% 的少年儿童认为"父母比自己懂得少",另有 9.8% 认为"父母与自己差不多",只有 20.1% 认为"父母比自己懂得多"。这也是我们在生活中能经常见到的事实。这种状况在农村更为突出,认为父母比自己"懂得少"的比例高达 78.9%。此外随着少年儿童年龄的增长,有越来越多的孩子感觉父母比自己懂得少。调查表明,认为"父母比自己懂得少"的小学一至三年级学生有 47.2%,小学四至六年级学生有 66.5%,初中一至三年级学生有 86.9%。这种状况向父母作为教育者的角色提出了挑战。

11. **青少年媒介用户更信任电视,其次是互联网** 2000 年中国社会科学院对全国 5 城市互联网使用情况调查了解了对传统媒介与互联网可靠程度的判断,青少年用户认为电视最可靠,以下依次是互联网、报纸和广播。但在被认为是"全部可靠"的媒介中,用户选择互联网的比例最高,超过 20.0%。

此项调查还了解了使用过互联网,并且能回答有关互联网题目的中、小学生对不同媒介的需求状况,即"下列哪些媒介更能满足你的需要?"这也从一个侧面反映了他们对不同媒体的信任程度(见表 10.9)。

表 10.9 中小学生对各类媒介的需求(%)

媒介需求	电视	报纸	杂志	互联网	书籍	广播
了解国内外新闻事件	65.5	43.5	11.9	42.7	10.5	14.3
获得有关个人生活的信息	36.9	32.4	29.3	44.8	14.7	10.7
获得有关学习的信息	19.1	26.5	14.4	38.1	56.6	9.1
满足娱乐或个人爱好的需要	38.3	18.1	24.3	68.0	14.0	11.7
表达个人意见观点或发表自己的作品	10.6	19.6	15.3	61.4	10.3	5.8
与别人交流观点或信息	10.9	9.3	8.9	71.6	8.9	7.5
参与社会实践	25.2	24.7	13.7	42.3	10.4	11.5
增进个人感情	12.0	10.0	9.5	71.4	9.7	7.9

(数据来源:《青少年互联网使用状况及影响》卜卫、郭良,《中国经贸导刊》2001 年第 19 期。调查对象为中小学生)

这组数据表明:青少年用户"了解国内外新闻事件"最多的是通过电视、其次是报纸;"获得有关学习的信息"最多的是通过书籍;而在"获得有关个人生活的信息"、"满足娱乐或个人爱好的需要"、"表达个人意见观点或发表自己的作品"、"与别人交流观点或信息"、"参与社会实践、增进个人感情"等方面,都是互联网排在首位,其选择比例大大高于其他媒体。

调查还显示,青少年用户比较信任互联网信息。在认为"全部可靠"的媒体中,互联网比例高达 20.9%,其次是报纸(16.1%)和电视(13.7%)。但可靠程度的均值比较说明,青少年用户最相信的媒体第一是电视,其次是互联网,第三是报纸,第四为广播。

12. 超过 60% 的少年儿童对学生上网持肯定态度 2003 年中国青少年研究中心"城市少年儿童生活习惯研究"中了解了城市少年儿童对上网的态度,对"上网对学生没好处"的说法表示"非常同意"的占 21.5%,表示"比较同意"的占 11.2%,表示"不太同意"的占 37.7%,表示"很不同意"的占 26%,另有 3.6%表示"不知道"。这组数据表明,超过 60.0%的少年儿童对学生上网持肯定态度,其中对这种说法表示"很不同意"的比例高出他们父母回答比例 18.8 个百分点。

七、不良媒介与未成年人犯罪

1. 犯罪少年青睐武打片、匪警片 2001 年末中国青少年研究中心"预防闲散未成年人违法犯罪研究"[33]调查结果显示,74.3%的未成年犯经常看武打片,53.5%经常看警匪片等宣扬暴力题材的电视节目,经常看言情片和动画片的有 38.1%和 37.5%。另一方面,未成年犯对新闻节目、体育节目等健康的电视节目感兴趣的相对较少,分别只有 15.8%和 16.6%,也说明了未成年犯从正面的传媒中受到的影响较少。

同一调查的对照组城市中,普通中学生经常看的电视节目为动画片占 57.0%,高出未成年犯 19.5 个百分点;其次是经常看新闻的达到 51.7%,高出未成年犯 35.9 个百分点;经常看体育节目的有 46.1%,高出未成年犯 29.5 个百分点;普通中学生经常看武打片、警匪片、言情片的分别是 51.2%、48.3%、21.9%,则明显低于未成年犯。

2. 犯罪少年更崇拜"能挣大钱"和"有权有势"的人 2001 年末,中国青少年研究中心"预防闲散未成年人违法犯罪研究"调查发现,崇拜什么样的人与未成年犯经常接触什么样的电视节目、什么样的传媒有很大的相关性。从未成年犯在日常生活中最崇拜的人中,可以看出未成年犯的偶像观。调查表明,在日常生活中,他们最崇拜的人依次为:"影视演员和歌星"为 54.6%、"能挣大钱的人"为 28.7%、"小说中的英雄豪杰"为 26.3%、"有权有势的人"为 24.7%、"体育明星"为 20.5%、

"现实生活中的英雄人物"为18.8％、"科学家"为10.2％、"文学家"为9.5％、"政治家"为7.0％。

城市普通未成年人在日常生活中最崇拜的人依次为："影视演员和歌星"为48.7％、"体育明星"为39.5％、"科学家"为38.3％、"文学家"为34.1％、"小说中的英雄豪杰"为23.3％、"现实生活中的英雄人物"为22.6％、"政治家"为19.1％、"能挣大钱的人"为11.0％、"有权有势的人"为9.0％。

比较可以看出，城市普通未成年人与未成年犯第一崇拜的人都是"影视演员和歌星"，这可以说是未成年人的共同特征，但是城市普通未成年人的比例低于未成年犯。而二者的差别则表现在，城市普通未成年人崇拜"科学家"、"文学家"等较受公众尊重的人都在三成以上，而未成年犯只有一成左右。相比之下，未成年犯比城市普通未成年人则功利得多，他们对"能挣大钱"和"有权有势的人"更青睐。

通过未成年犯喜欢的电视节目与他们崇拜的人的比较，可以看出电视传媒对未成年犯偶像观的影响。比如，经常看武打片的未成年犯中，有89.5％的人崇拜"小说中的英雄豪杰"80.0％的人崇拜"能挣大钱的人"；经常看新闻的人，崇拜这两种人的只有14.1％和16.9％。而经常看新闻类正面节目的未成年犯崇拜"科学家"、"文学家"的比例相对较高，分别为33.9％和32.8％。

3. 未成年犯接触黄色录像、图书比例明显高于普通中学生 2001年末中国青少年研究中心"预防闲散未成年人违法犯罪研究"调查结果显示，在全部未成年犯中，只有23.3％的未成年犯没有看过黄色录像、图书，偶尔看的有56.9％，还有19.8％经常看。而城市普通中学生中有92.6％的人没看过黄色录像、图书，偶尔看的有6.9％，经常看到只有0.5％。

黄色录像、图书作为非法出版物是不可以公开在社会上传播的，那么未成年犯又是如何接触到这些黄色的录像与图书的呢？调查结果显示未成年犯"在录像厅"接触黄色信息的最多，有52.0％；其次为"在朋友家里"，有32.0％；再次为"在自己家中"14.0％；2.0％"在网吧"；1.0％是通过其他渠道看到的黄色录像与图书。

统计结果表明，城市普通中学生与未成年犯接触黄色图书、录像的渠道是不同的。城市普通中学生在朋友家接触到黄色录像、图书的最多，达到48.3％；其次为在自己家中，有32.8％；没有人是在录像厅中接触到黄色录像；另外，值得注意的是，有13.8％的城市普通未成年人在网吧接触到黄色信息，说明网吧也是黄色信息传播的主要渠道。

（数据来源：《全国未成年犯抽样调查分析报告》关颖、鞠青，群众出版社2005年5月版）

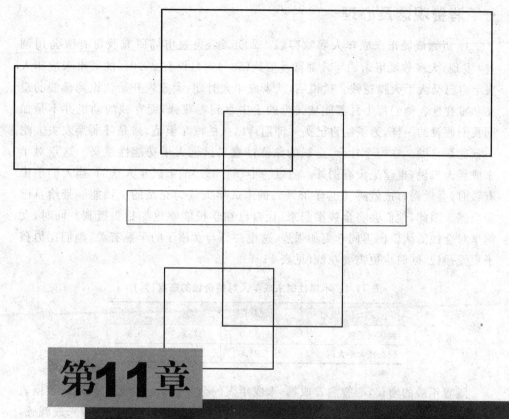

第11章

未成年人的消费

一、消费观念及心理

1. **近六成城市未成年人喜欢存钱**　2006 年,央视市场研究股份有限公司调查[34]发现,大多数城市未成年人都喜爱攒钱(58.4％),仅有 25.0％的城市未成年人表示自己会大手大脚花钱。这说明,从未成年人时期,大家就开始认识到金钱的意义和重要性。他们每个月都能从父母的手中拿到零花钱,而存钱的动机并不是如同我们假设的一样,为了给自己买一件期待已久的汽车模型,或是呼朋唤友去大吃一顿比萨自助。在当今社会,金钱的象征性意义远远大于功能性意义。这点对于未成年人来说,也丝毫没有例外。超过一半(54.3％)的未成年人认为"当人们手中有钱时,会觉得有成就感。"也有 33.0％的未成年人认为充足的金钱能够带给自己安全感。因此,他们会将金钱攒起来,让自己在学校能够更加抬头挺胸。同时,女同学对金钱的认识比男同学更加强烈,这也许是与女孩子的早熟有关,她们比男孩子更爱攒钱,同时也更需要花钱(见表 11.1)。

表 11.1　不同性别未成年人对待金钱的态度(％)

评价语句	总体	男	女
我喜欢攒钱	58.4	57.3	59.5
我花钱大手大脚	25.0	22.7	27.3

随着年龄的增长,心智愈发成熟,未成年人的金钱意识也会更加强烈。数据表明,高中生比初中生对金钱更有概念。55.8％的高中生认同金钱能够带来成就感,而初中生对此的认识略浅一些(52.6％)。认为有钱就有安全感的高中生比例为36.9％,初中生比例为 29.0％。

2. **发达城市未成年人对金钱意识更强烈**　对广州、上海、沈阳、成都、北京、武汉、南京、西安八大城市进行调查发现,来自不同地区的未成年人对金钱的理解也不尽相同。和内陆城市相比,广州和上海的未成年人金钱观相对突出。尤其是广州,超过 60.0％的未成年人喜欢攒钱。而 68.0％的广州未成年人会把金钱作为衡量一个人是否成功的标准之一,这一比例在上海为 60.2％,而其他城市对此观点持赞同态度的未成年人明显较少。在关于"有钱就有安全感"的描述中,此差异更加明显。57.2％的广州未成年人认同这一说法;而上海认同这种描述的未成年人也仅有 38.5％左右,其他城市更是低于 30.0％的未成年人会把金钱与安全感联系起来。因此,不难发现,由于所处环境不同,在市场经济比较发达的广州,未成年人从小就对金钱特别敏感。而金钱意识最薄弱的是西安未成年人(见表 11.2)。

表 11.2 不同城市未成年人对待金钱的态度(%)

评价语句	总体	广州	上海	沈阳	成都	北京	武汉	南京	西安
我喜欢攒钱	58.4	62.4	58.4	58.2	55.6	56.8	60.0	56.0	57.4
当人们手中有钱时,会觉得有成就感	54.3	68.0	60.2	46.6	52.3	51.9	53.0	44.5	41.9
有钱就有安全感	33.3	57.2	38.5	25.9	29.5	27.0	29.0	23.4	19.4
我花钱大手大脚	25.0	39.3	26.9	25.2	24.1	22.4	18.8	18.2	16.3

可见,未成年人从小就对金钱有了比较全面的认识。而且,年龄越大,以及所处地域经济情况越发达的未成年人对金钱的意识就越发强烈。金钱,早早的进入未成年人的生活,对他们的消费观造成深刻影响。

3. **未成年人品牌意识趋于理性化** 未成年人认为品牌是质量保证和身份象征的比例分别为 72.0% 和 52.3%。这表明未成年人的品牌意识趋于理性化。他们对品牌的内在价值和外在价值的认可度较高。认为牌子并不能证明什么,重要的是产品本身的未成年人比例为 69.5%。表示自己喜欢尝试新的品牌、喜欢明星代言的品牌、喜欢购买国外品牌的未成年人比例分别为 40.4%、33.2% 和 23.7%。这表明未成年人的品牌行为更加合理,他们更加注重消费的实用性,不是一味追求品牌。

4. **男生比女生更喜欢购买国外品牌** 未成年人的品牌意识受到性别的影响。男生比女生更加看重品牌的象征意义。54.3% 的男生认为品牌是一种身份的象征,女生为 50.3%。另外,男生比女生更加青睐国外品牌。27.1% 的男生表示喜欢购买国外品牌,高于女生的 20.1%。女生比男生更看重产品本身。71.3% 的女生认为牌子不说明问题,重要的是产品本身,高于男生的 67.8%。

5. **高中生的品牌观更为成熟** 调查发现,高中生和初中生表现出不同的品牌观,高中生比初中生的品牌意识更为成熟。高中生认为品牌是质量保证和身份象征的比例分别为 74.9% 和 54.2%,初中生分别为 68.6% 和 50.1%。而初中生相对更看重产品本身,72.5% 的初中生认为产品更重要,高中生为 67.0%。初中生喜欢尝试新的品牌、喜欢明星代言的品牌的比例分别为 44.4%、36.5%,高中生为 37.1%、30.4%。这表明高中生对品牌价值的认可度较高,同时高中生的品牌消费较为理性,受到品牌代言人等外在影响的程度较低。

6. **经济发达城市的未成年人表现出更高的品牌意识** 未成年人的品牌意识表现出城市之间的差异性。不同城市的经济发展水平和社会开放程度影响着未成年人的品牌认知。北京、上海和广州等经济发达城市的未成年人表现出更高的品牌意识。调查显示,广州、北京和成都的未成年人更认可品牌是质量保证;西安、武汉和南京的未成年人更看重产品本身;广州和上海的未成年人更认可品牌是身份象征;广州和沈阳的未成年人更喜欢尝试新的品牌和明星代言品牌;广州、上海和北京的未成年人更喜欢国外品牌。

其中,广州的未成年人表现最为突出。广州未成年人认为品牌是质量保证和身份象征的比例分别为 76.8% 和 63.7%,在调查城市中居首位。在品牌行为方面,广州未成年人喜欢尝试新的品牌、喜欢明星代言的品牌和喜欢国外品牌的比例分别为:50.8%、42.6% 和 42.3,均高于其他城市(见表 11.3)。

表 11.3　不同城市的未成年人品牌观(%)

	总体	北京	上海	武汉	沈阳	成都	南京	广州	西安
品牌是一种质量的保证	72.0	74.9	71.6	69.5	72.5	74.6	64.2	76.8	66.2
牌子不说明问题,重要的是产品本身	69.5	51.2	73.9	76.0	74.9	73.3	75.1	65.2	79.1
品牌是一种身份的象征	52.3	52.3	54.5	45.9	50.6	53.2	43.4	63.7	44.9
我喜欢尝试新的品牌	40.4	39.5	40.0	37.5	42.3	36.4	36.4	50.8	35.6
我喜欢明星代言的品牌	33.2	29.3	30.0	35.1	40.4	31.8	28.0	42.6	30.1
即使贵一点,我还是喜欢买国外品牌	23.7	25.7	26.7	14.6	17.7	20.0	14.7	43.3	9.9

二、零用钱、压岁钱及理财观

1. **九成多未成年人拥有零用钱**　零用钱是未成年人消费的主要资金来源。调查显示,未成年人拥有零用钱的比例为 91.9%,每月平均零用钱为 207 元。在拥有零用钱的未成年人中,拥有 50 元以下、50-200 元、200-300 元、300-500 元、500 元以上的比例分别为 25.0%、42.0%、12.6%、11.0%、和 8.2%。未成年人的月平均零用钱主要集中在 50-200 元之间。

2. **未成年人零用钱主要用于食品和学习用品**　购买食品和饮料、学习用品是未成年人零用钱的主要用途。在拥有零用钱的未成年人中,零用钱用途排在前五位的分别是购买食品和饮料(70.9%)、买文具等学习用品(44.9%)、买课外书、漫画、杂志(38.1%)、去快餐店、在外就餐(31.4%)、买参考书(30.4%)。

未成年人零用钱的用途体现出未成年人的消费特征。未成年人讲究实用性,他们追求生理需求的满足,食品和饮料对他们来说更重要。学习在未成年人生活占有较大的比重,未成年人零用钱有相当一部分用于购买学习相关用品。

男生和女生在零用钱消费方面表现出差异性。男生比女生更热衷于娱乐用品消费,尤其是网络和游戏。调查显示,男生上网和玩游戏的比例远远高于女生,上网和玩游戏方面的消费在男生的零用钱消费结构中占有较大的比重。女生在学习方面的消费表现得比男生突出。女生购买文具等学习用品以及课外书、漫画、杂志等用品的比例都高于男生(见表11.4)。

表 11.4　男女生零用钱消费方向对比(%)

用　途	男　生	女　生
买食品和饮料	70.3	71.5
买课外书、漫画、杂志	34.7	41.5
买文具等学习用品	33.9	56.0
上网、玩游戏	32.0	11.9
买参考书	28.2	32.6
去快餐店、在外就餐	27.9	34.9

3. 六成未成年人能有计划地使用零用钱和存钱　未成年人定期得到、有计划地使用零用钱和攒钱的比例分别为57.9%、63.4%和56.6%。这说明未成年人对待零用钱趋于理性化,他们对零用钱的使用更加节制和具有计划性,而不是任意浪费。男生比女生更有计划的使用零用钱以及攒钱。高中生比初中生更容易定期得到零用钱,但是高中生使用零用钱的方式不如初中生理性,初中生使用零用钱更有计划并且将剩下的零用钱攒起来(见表11.5)。

表 11.5　未成年人零用钱使用方式(%)

	总　体	男	女	初中生	高中生
定期得到零用钱	57.9	58.2	57.6	54.6	60.6
有计划的使用零用钱	63.4	65.0	61.9	64.6	62.4
把剩下的零用钱攒起来	56.6	57.8	55.4	59.5	54.2

4. 未成年人平均得到压岁钱1 400元　给孩子压岁钱是中国家庭中传统的风俗习惯。调查显示,未成年人得到压岁钱的比例为93.7%,平均得到的压岁钱为1 426元。未成年人得到的压岁钱分布比较分散。其中3 000元以上、1 000—3 000元、600—1 000元、200—600元、200元以下的比例分别为9.1%、35.2%、23.1%、24.2%和8.5%。

不同城市未成年人得到压岁钱的数量不同,上海、北京和广州最多,分别为2 028元、1 709元和1 460元。北京、上海和广州的未成年人得到的压岁钱40%以上在1 000—3 000元之间。其他城市则主要在较低水平上。未成年人支配压岁钱的金额低于得到的压岁钱,平均支配压岁钱779元。支配数额集中在600元以下。其中支配数额在200元以下、200—600元的比例分别为38.2%和26.5%(见表11.6)。

表 11.6　未成年拥有人压岁钱的城市差别(%)

	总体	北京	上海	武汉	沈阳	成都	南京	广州	西安
3 000 元以上	9.1	10.9	17.5	4.0	3.0	5.0	5.8	7.3	2.8
1 000-3 000 元	35.2	45.3	46.3	21.0	19.1	28.1	29.7	40.1	21.7
600-1 000 元	23.1	22.1	20.9	19.9	23.7	26.2	20.5	31.7	21.0
200-600 元	24.2	17.8	12.4	37.5	39.0	32.3	30.7	16.6	36.9
200 元以下	8.5	3.8	2.9	17.5	15.2	8.5	13.2	4.2	17.7
平均值(元)	1 426	1 709	2 028	929	840	1 112	1 138	1 460	856

5. 四成多的未成年人拥有个人银行账户　调查发现,未成年人拥有个人银行账户的比例为 44.1%。其中,46.2% 的女生拥有银行账户,高于男生的 42.2%。不同城市间的未成年人在理财观念上表现不同。广州、上海、北京的未成年人拥有个人银行账户的比例分别为 63.4%、49.1%、48.4%,高于平均水平 44.1%。在自己打工赚钱方面,广州未成年人表现最为突出,33.4% 的未成年人自己打工赚钱,是总体平均水平的 2.9 倍(见表 11.7)。

表 11.7　未成年人理财观念的城市差别(%)

	总体	北京	上海	武汉	沈阳	成都	南京	广州	西安
有银行账户	44.1	48.4	49.1	31.6	29.8	42.5	37.3	63.4	32.5
自己打工赚钱	11.6	7.7	8.0	7.8	8.3	10.3	6.2	33.4	10.3

三、消费支出情况

1. 城市未成年人更喜欢国际品牌的洗发水　本次调查包括的日常用品主要有洗发水、沐浴露、头发定型产品、护肤品和彩妆,其中彩妆部分的调查对象为女生。调查结果显示,洗发水和沐浴露都具有非常高的渗透率,而其他日常用品的渗透率相比略低,渗透率最高的日常用品为洗发水,最低的为头发定型产品。各种日常用品在女生中的渗透率都高于男生,尤其是护肤品,在女生中的渗透率远高于在男生中的渗透率。

调查发现,洗发水在调查对象总体中的渗透率为 97.5%,在男生中为 95.9%,在女生中略高于男生,为 99.1%,说明未成年人对该类产品的接受度和该类产品的普及率都非常高。

在洗发水品牌中,美誉度最高的 5 个品牌依次为飘柔、海飞丝、伊卡露、潘婷、沙宣。其中仅有舒蕾和采乐为国产品牌,其余都属于国际品牌。男生与女生对品牌的偏好略有区别,但无论男女,美誉度排名前三的均为飘柔、海飞丝和伊卡露,本土品牌在前十位中都相对靠后,可以看出国际品牌在该品类中占据了压倒性的优势(见表 11.8)。

表 11.8　主要洗发水品牌在未成年人中的美誉度(%)

洗发水品牌	总体	男生	女生
飘柔	26.9	30.0	23.7
海飞丝	16.5	18.5	14.5
伊卡露	12.1	10.1	14.2
潘婷	9.5	5.2	13.9
沙宣	8.5	7.0	10.1

　　调查数据还显示,洗发水在未成年人中是一种经常使用的产品。在对洗发水的使用频率上,夏季时最高,平均每周 5 次,春秋季居中,每周 3.8 次,冬季最低,为每周 3 次。在所有季节中,男生对洗发水的使用频率都略微高于女生,但在使用频率上并不显示出很强的性别差异(见表 11.9)。

表 11.9　洗发水使用频次(次)

季节	平均每周使用频次
夏季	5.0
春秋	3.8
冬季	3.0

　　2. 国际品牌沐浴露更受城市未成年人喜爱　　沐浴露在未成年人中总的渗透度为 82.1%,该渗透率虽然低于洗发水,但仍然相当高。在沐浴露的使用中显示出比洗发水稍强的性别差异,该品类对女生的渗透率为 88.1%,比对男生的渗透率(76.4%)高出约 12 个百分点,即沐浴露是一种更受女生偏爱的日常用品。

　　在沐浴露中,美誉度排名前 5 的品牌依次为舒肤佳、六神、玉兰油、夏士莲、强生。在该品类中,国际品牌优势仍然非常明显(见表 11.10)。

　　在对沐浴露的使用频率上,呈现出与洗发水类似的特点,即冬天的使用频率最低,平均为 3.5 次每周;春秋季居中,平均 4.2 次每周,夏天的使用频率最高,平均5.7 次每周。可以看出,尽管沐浴露的渗透率低于洗发水,但是其使用频率却高于洗发水。男生对沐浴露的使用频率在春秋和冬季都略高于女生,但在夏季略低于女生(见表 11.11)。

表 11.10　沐浴露品牌在未成年人中的美誉度(%)

沐浴露品牌	总体	男生	女生
舒肤佳	17.8	18.3	17.3
六神	15.6	18.4	12.7
玉兰油	12.1	5.5	18.9
夏士莲	7.3	9.0	5.5
强生	6.1	3.5	8.9

表 11.11　沐浴露使用频次(次)

季节	平均每周使用频次
夏季	5.7
春秋	4.2
冬季	3.5

3. 保湿、美白和祛痘是未成年人使用护肤品的主要目的　护肤品在未成年人总体中的渗透率为 57.6%,并不特别高,但是表现出非常强的性别差异。在男生中的渗透率仅为 40.2%,但在女生中高达 75.8%,已经接近对男生的渗透率的两倍,说明护肤品是一种带有很强女性色彩的消费品(见表 11.12)。

表 11.12　护肤品在未成年人中的渗透率(%)

	总体	男生	女生
护肤品渗透率	57.6	40.2	75.8

在护肤品的美誉度上,排名前十的品牌分别为可伶可俐、玉兰油、大宝、强生、小护士、旁氏、丁家宜、妮维雅、欧莱雅和露得清。但最受男生喜爱的品牌为大宝,而最受女生喜爱的品牌为玉兰油。在被问及决定喜好的原因时,多数未成年人都提到了护肤品的功能。保湿滋润、美白和祛痘是未成年人最为重视的护肤品功能,但比较而言,男生对护肤品的喜好更多地与其祛痘功能相联系,女生的喜好更多地因为其美白功能(见表 11.13)。

在对护肤品的使用频率上,51.2% 的未成年人每天使用 1 次,17.5% 每周使用 4—6 次,18.8% 每周使用 1—3 次,7.1% 每月使用 1—3 次,5.2% 每月使用 1 次或更少。以上数据表明,护肤品整体来说是较常使用的品类。

表 11.13　影响护肤品美誉度的因素(%)

因素	总体	男生	女生
保湿滋润	57.6	48.1	63.6
美白效果好	41.3	31.0	48.0
祛痘效果好	41.1	38.1	43.0
香味好	34.9	28.9	38.9
广告好	15.7	18.4	14.1
是国际品牌	15.4	15.1	15.5
包装新颖漂亮	13.8	12.6	14.5
周围人用得多	13.7	17.2	11.5

4. **仅有 35%的女生使用彩妆**　彩妆因其通常都只为女性所使用,所以只选取了女生作为该品类的调查对象。调查发现,彩妆对女生的渗透率为 35.0%,说明在未成年人时期使用彩妆的女生比例并不很高。而且,在过去半年中,渗透率最高的彩妆是指甲油,有 20.8%的被调查人使用过,其次是香水,使用过的比例为 15.2%,再次为睫毛膏,其渗透率为 15.0%,可见脸部化妆品的渗透率并不高(见表 11.14)。

表 11.14　过去半年内女性未成年人使用彩妆的比例(%)

各类彩妆	百分比
指甲油	20.8
香水	15.2
睫毛膏	15.0
口红	12.7
粉底	12.6
眼影	11.5
眼线笔	10.3
眉笔	7.0
散粉	4.6
胭脂	4.5
其他	2.5

此外,女生对彩妆的使用频率也较低。超过一半(54.6%)的人每月只使用一次化妆品甚至更少,19.4%的人每月只使用 2—3 次,14.9%的人每周使用 1—3 次,4.0%的人一周使用 4—6 次,仅有 6.9%的受访人每天使用化妆品。

5. **近九成未成年人在过去半年内吃过巧克力**　在本次对未成年人消费习惯

的调查中,食品部分主要包括巧克力、薯片、膨化食品、冰淇淋/雪糕、糖果、口香糖、饼干、派和方便面,其中渗透率较高的食品为巧克力、薯片、膨化食品、冰淇淋/雪糕和口香糖。

此外,调查还显示,女生对以上各种食品的消费都要高于男生,未成年人在进行食品消费时最注重的因素是口味、口感和品牌。食品的知名度与在未成年人中的渗透率具有较强的一致性。

在被调查未成年人中,89.0%的人在过去半年内曾食用过巧克力,其中男生的比例为85.8%,女生的比例为92.4%。可以看出,巧克力的渗透率非常高。知名度最高的四种巧克力品牌为德芙、吉百利、雀巢、金帝,渗透率最高的四个品牌与知名度完全一致。排名其后的其他品牌知名度都不足50.0%,渗透率都不足30.0%,远远落后于这四个品牌(见表11.15)。

表 11.15 巧克力品牌在未成年人中的知名度与渗透率(%)

品　牌	知名度	渗透率
德芙	91.8	82.2
吉百利	76.9	51.8
雀巢	73.3	47.6
金帝	69.4	42.6
金丝猴	48.0	22.8

从食用频率上来看,有5.8%的未成年人每天食用巧克力,11.0%的人每周食用三次至五次,23.3%每周食用一两次,30.1%每月食用两次到三次,29.9%的食用频率少于每月两次到三次,食用频率为每月两三次或更少的未成年人占到了总体的六成(见图11.1)。

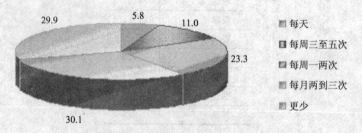

图 11.1 未成年人食用巧克力的频率(%)

6. 口味口感和品牌是吸引未成年人购买巧克力的主要原因　在食用巧克力的情形中,最多的情形是嘴馋时,其次是空闲休息时,然后是和朋友在一起时,再次是觉得饿了时、运动前后和其他场合(见表 11.16)。

表 11.16　未成年人食用巧克力的情形(%)

食用情形	比例
嘴馋时	45.8
空闲休息时	43.4
和朋友在一起时	21.6
学习疲倦时	18.5
觉得饿了时	17.9
运动前后	10.2
其他场合	9.7

吸引未成年人购买的原因中,居前三位的是口味、口感和品牌。男生将甜度列为第四位,而女生中价格位列第四,可见女生比男生对价格更敏感。

7. 四成多未成年人每周都吃薯片　薯片在未成年人中的渗透率为 87.7%,在男生中为 84.7%,在女生中为 90.8%。知名度最高的四个品牌为乐事、上好佳、可比克和品客。但在女生中知名度最高的为上好佳,其次才是乐事、可比克和品客。品牌的渗透率与知名度相关很高,渗透率前四的品牌与知名度前四的品牌完全一致(见表 11.17)。

表 11.17　薯片品牌在未成年人中的知名度与渗透率(%)

品　牌	知名度	渗透率
乐事	83.9	72.1
上好佳	82.6	55.5
可比克	82.2	53.8
品客	55.3	31.1
盼盼	33.3	11.9

在过去半年中食用过薯片的未成年人中,每天食用的占 4.4%,每周三至五次的占 12.4%,每周一两次的占 27.9%,每月两到三次的占 29.1%,26.2%的人食用频率更低,其食用频率略微高于巧克力,但差异不明显(见图 11.2)。

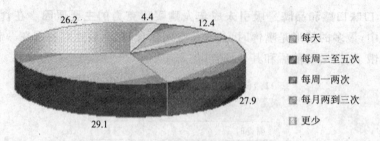

图 11.2　未成年人食用薯片的频率(%)

8. **解馋和打发时间是未成年人吃薯片的主要原因**　对薯片的食用情形,位列前三的依次为嘴馋时、无聊时和休闲娱乐时,其百分比分别为 45.7%、42.1%和 36.4%,前两种情形的百分比相差不大,可见薯片对未成年人来说主要是解馋和打发无聊用(见表 11.18)。

表 11.18　未成年人食用薯片的情形(%)

食用情形	比　例
嘴馋时	45.7
无聊时	42.1
休闲娱乐时	36.4
觉得饿了时	19.6
和朋友在一起时	19.4
学习疲倦时	14.7
其他场合	7.5

在吸引购买的因素中,前三项与巧克力一致,依次为口味、口感和品牌,列第四的为广告,表明广告对薯片的购买较具影响力。

9. **八成多未成年人喜欢吃膨化食品**　膨化食品在未成年人中的渗透率为 81.6%,男生和女生的差别较大,在男生中的渗透率为 76.9%,在女生中为 86.5%,相差近十个百分点。知名度排名前四的品牌依次为上好佳、旺旺、妙脆角和康师傅,其后的各品牌与这四个品牌相差较大,知名度均不足 40.0%。品牌的渗透率与知名度相差不大,上好佳仍然位列第一,妙脆角超过旺旺,居第二,旺旺居第三,康师傅居第四(见表 11.19)。

对膨化食品的食用,最多的也是在嘴馋时、无聊时和休闲娱乐时。吸引未成年人购买膨化食品的原因与吸引他们购买薯片的原因排序非常一致,依次为口味、口感、品牌、广告、价格、包装、朋友建议及其他(见表 11.20)。

表 11.19　膨化食品品牌在未成年人中的知名度与渗透率(%)

品　牌	知名度	渗透率
上好佳	87.8	72.1
旺旺	73.7	50
妙脆角	72.9	57.5
康师傅	59.8	35.8
亲亲	36.8	16.8

表 11.20　未成年人食用膨化食品的情形(%)

食用情形	比　例
嘴馋时	43.6
无聊时	40.4
休闲娱乐时	34.6
觉得饿了时	20.2
和朋友在一起时	17.2
学习疲倦时	15.9
其他场合	8.7

10. 13.0%的未成年人每天都吃冰淇淋/雪糕　冰淇淋/雪糕在未成年人中的渗透率相当高,为91.5%,其中男生为88.3%,女生为94.8%,显示出一定的性别差异。在所有的冰淇淋/雪糕品牌中,知名度最高的前四位依次是雀巢、蒙牛、伊利、和路雪－可爱多,但是在男生中蒙牛的知名度高于雀巢。渗透率排名靠前的品牌与知名度靠前的品牌基本一致,但排序略有差异。渗透率前四的品牌中,最高的品牌为和路雪－可爱多,其次为蒙牛,然后是伊利和雀巢(见表 11.21)。

表 11.21　冰淇淋/雪糕品牌在未成年人中的知名度与渗透率(%)

品　牌	知名度	渗透率
雀巢	78.2	48.1
蒙牛	78.0	54.1
伊利	76.9	54.0
和路雪－可爱多	75.8	56.4
和路雪－千层	71.6	45.8

对冰淇淋/雪糕的食用频率上,比例最高的频率为每周一两次,其次为每周三次至五次,再次为每月两次到三次,每天食用的未成年人占到总体的13.0%,可见冰淇淋/雪糕是一种食用频率较高的零食(见图 11.3)。

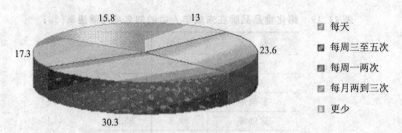

图例：
- 每天
- 每周三至五次
- 每周一两次
- 每月两到三次
- 更少

图 11.3　未成年人食用冰淇淋/雪糕的频率(%)

11. **解渴是未成年人吃冰淇淋/雪糕的重要原因**　食用冰淇淋/雪糕的情形与以上所述的其他食品略有差异,最可能食用的情形依次为嘴馋时、空闲休息时和觉得渴了时,紧随其后的是运动后,可见冰淇淋/雪糕的解渴功能对消费有很大促进作用(见表11.22)。

表 11.22　未成年人食用冰淇淋/雪糕的情形(%)

食用情形	比　例
嘴馋时	45.1
空闲休息时	40.0
觉得渴了时	31.7
运动后	23.1
和朋友在一起时	22.5
饭后	13.8
其他场合	8.6

吸引未成年人购买冰淇淋/雪糕的因素排名与以上各食品有所不同,排名前三的是口味、口感和甜度,其次才是品牌和价格。在这些因素的重要性排序上,男生和女生具有一致性,可见冰淇淋/雪糕作为甜食的特点是比较突出的,甜度在未成年人对该品类的消费中有重要作用。

12. **九成多未成年人最喜欢碳酸饮料**　在本次对未成年人的产品消费习惯的调查中,饮料部分主要包括瓶装水、碳酸饮料、茶饮料、运动/功能/维生素饮料、果汁/果味饮料、100%纯果汁和速溶饮品七种饮料饮用情况调查,其中渗透率较高的食品为巧克力、薯片、膨化食品、冰淇淋/雪糕和口香糖。

从品类上看,七种饮料按饮用率由高到低排序依次为:碳酸饮料(91.0%)、瓶装水(89.6%)、茶饮料(86.5%)、果汁/果味饮料(82.6%)、运动/功能/维生素饮料(74.4%)、100%纯果汁(65.4%)、速溶饮品(61.0%)。未成年人对饮料的高度饮用需求,给商家呈现出巨大的市场空间。

13. **女生比男生更爱喝饮料**　调查发现,从性别上看,女生比男生更爱喝饮料,七种调查饮料的饮用率指标无不高于男生。这种性别差异值得关注。

而若从年级的角度看,初中生更偏向于饮用果汁/果味饮料、运动/功能/维生素饮料和100%纯果汁,高中生偏向于饮用碳酸饮料、瓶装水、茶饮料和速溶饮品(见表11.23)。

表 11.23　七种饮料在未成年人中的饮用率(%)

品类名称	总体	男生	女生	初中生	高中生
瓶装水	89.6	87.5	91.8	89.1	90.1
碳酸饮料	91.0	90.6	91.4	90.6	91.4
茶饮料	86.5	83.6	89.6	85.3	87.6
运动/功能/维生素饮料	74.4	72.7	76.2	75.2	73.7
果汁/果味饮料	82.6	77.8	87.7	83.1	82.2
100%纯果汁	65.4	58.9	72.1	65.5	65.3
速溶饮品	61.0	56.1	66.2	60.4	61.6

14. 沈阳和武汉未成年人喝饮料最多　从城市来看,沈阳、武汉的饮料饮用率高,七种产品的饮用率均高于总体水平。广州的饮料饮用率低,七种产品的饮用率均低于总体水平,尤其是100%纯果汁和速溶饮品,较总体平均水平有很大落差(见表11.24)。

表 11.24　七种饮料在不同城市未成年人中的饮用率(%)

品类名称	总体	北京	上海	武汉	沈阳	成都	南京	广州	西安
瓶装水	89.6	88.3	86.9	93.9	92.2	89.1	91.1	89.2	91.0
碳酸饮料	91.0	90.8	87.3	95.2	94.7	90.8	92.2	89.9	93.0
茶饮料	86.5	88.0	86.6	90.1	87.0	83.3	82.6	84.7	86.4
运动/功能/维生素饮料	74.4	77.5	74.3	80.9	75.7	75.2	68.7	66.0	74.6
果汁/果味饮料	82.6	83.8	79.5	89.6	85.7	82.6	85.8	73.1	88.6
100%纯果汁	65.4	72.7	66.3	70.3	70.2	61.5	68.9	44.0	68.8
速溶饮品	61.0	59.8	61.4	63.7	65.0	63.3	59.6	51.8	67.2

在饮用饮料的情形以及购买决策方面,调查显示,未成年人主要是在口渴时喝饮料,自己决定购买的品牌,花自己的钱买饮料。吸引未成年人购买饮料的主要原因是口味/口感等带来直接感受的因素,而包装、广告、促销等因素对吸引购买产生的影响相对较低,说明未成年人在决定购买哪些饮料时,主要从自身能够感觉到的产品本身的特征考虑,即"实际的感觉",而包装等因素对他们来说是比较"虚"的东西,这方面意识比较淡薄。

15. 口感是决定未成年人购买瓶装水的最主要因素　　调查发现，从总体来看，在半年内喝过瓶装水的未成年人中，有 65.7% 每周至少喝一次，其饮用频率在调查饮料中最高。学生们主要在口渴时喝(58.9%)，其次是在运动时(32.4%)和休息时喝(23.2%)，可见瓶装水只是发挥其基本饮用功能。吸引未成年人购买瓶装水的最主要原因是口感(55.4%)，同时品牌(27.9%)和价格(18.9%)也是吸引购买的主要原因之一。86.2% 由自己决定品牌，67.4% 自己花钱购买。

在具体的分层中，性别分层显示，男生饮用频率明显高于女生；男生自己决定购买品牌的比例(85.5%)略低于女生(87.0%)；男生自己花钱购买的比例(69.9%)高于女生(64.8%)。城市分层显示，在饮用频率方面，上海学生每天喝瓶装水的比例最高，达 32.3%，南京和西安最低，不足 11.0%；在吸引购买因素方面，价格因素(15.0%)不是吸引广州学生购买瓶装水的主要原因之一，朋友建议(23.5%)在很大程度上发挥作用；在品牌决定方面，西安学生自己决定品牌的比例达 91.0%，远高于其他各城市，反映出强自主性；在由谁花钱购买这个问题上，广州学生自己购买的比例最高(77.2%)，北京学生自己购买的比例最低(59.8%)，反映出强烈的地域性差异。

16. 近六成未成年人每周至少喝一次碳酸饮料　　从总体来看，在半年内喝过碳酸饮料的未成年人中，有 59.3% 每周至少喝一次，其饮用频率略低于瓶装水。学生主要在渴了时喝(46.0%)，其次是在运动时(28.8%)、休息时 (27.0%)喝。吸引未成年人购买碳酸饮料的最主要原因是口感(53.2%)和口味(52.1%)，其次是品牌(27.7%)。85.0% 由自己决定品牌，63.5% 自己花钱购买。

在具体的分层中，性别分层显示，在饮用频率方面，男生饮用频率明显高于女生；在饮用情形方面，男生通常在口渴、运动、休息时喝碳酸饮料，而女生是在口渴、娱乐休闲、休息时喝；在品牌决定方面，男生自己决定购买品牌的比例(84.4%)略低于女生(85.7%)；在由谁花钱购买的问题上，男生自己花钱购买的比例(66.8%)高于女生(60.1%)。城市分层显示，在饮用频率上，北京、上海学生的饮用频率最高；在吸引购买原因上，武汉学生比其他城市的学生更重视口感和口味。

17. 上海未成年人最喜欢饮用茶饮料　　从总体来看，在半年内喝过茶饮料的未成年人中，有 57.1% 每周至少喝一次。学生们主要在口渴时喝(48.1%)，其次是在休息时(31.3%)、运动时 (26.5%)喝。吸引未成年人购买茶饮料的最主要原因是口味(67.9%)，同时甜度(30.1%)和品牌(26.9%)也是吸引购买的主要原因之一。85.3% 由自己决定品牌，63.5% 自己花钱购买。

在具体的分层中，性别分层显示，在饮用频率方面，男生饮用频率明显高于女生；在饮用情形方面，男生通常在口渴、运动、休息时喝茶饮料，而女生是在口渴、娱乐休闲、休息时喝；在品牌决定方面，男生自己决定购买品牌的比例(84.3%)略低于女生(86.4%);在由谁花钱购买的问题上,男生自己花钱购买的比例(66.1%)高于女生(61.1%)。城市分层显示,在饮用频率方面,上海最高;在饮用情形方面,上海学生不大喜欢在运动时喝茶饮料,他们更喜欢在娱乐休闲时喝茶饮料,可见上海学生有独特的茶饮料饮用偏好。

18. 近半数未成年人每周都喝果汁/果味饮料 从总体来看,在半年内喝过果汁/果味饮料的未成年人中,有 49.1% 每周至少喝一次。学生们主要在口渴时喝(39.4%),其次是在休息时(30.9%)、娱乐休闲时 (27.0%)喝。吸引未成年人购买果汁/果味饮料的最主要原因是口味(65.1%),同时果汁含量(41.0%)和品牌(24.0%)也是吸引购买的主要原因之一。80.3%由自己决定品牌,54.9%自己花钱购买。

在具体的分层中,性别分层显示,在饮用频率方面,男生饮用频率明显低于女生;在饮用情形方面,男生通常在口渴、休息、运动时喝,而女生是在口渴、休息、娱乐休闲时喝;在品牌决定方面,男生自己决定购买品牌的比例(77.9%)略低于女生(82.4%);在由谁花钱购买的问题上,男生自己花钱购买的比例(57.4%)高于女生(52.7%)。年级分层显示,初中生的饮用频率高于高中生。城市分层显示,在饮用频率方面,北京、上海最高;在饮用情形方面,有个别城市呈现出与总体不同的独特地域性特征,北京学生喜欢在吃饭时喝果汁/果味饮料,广州学生喜欢在运动时喝。

19. 半数左右未成年人预计购买 MP3 调查显示,市场上现有的 MP3 产品中,国外品牌的知名度较高,总体知名度前三位的分别是三星 57.8%,索尼 52.5% 和松下 51.0%。尽管比例不同,女生中 MP3 的知名度前三位和总体保持一致,而男生中知名度排名第二的 MP3 品牌则是爱国者 52.7%,而索尼以 48.5%降至第三位。在被调查未成年人中,拥有 MP3 的比例为 45.1%,而女生以 56.9%的拥有率略高于男生的 53.4%。而在拥有 MP3 的未成年人中,有 18.4%的人选择了爱国者,位居第一,拥有率排名第二和第三位的分别是三星(7.5%)和苹果 iPod (7%)。调查显示,49.8%的未成年人有购买 MP3 的计划,女生预计购买 MP3 的比例(52.9%)要略高于男生的相应比例(46.9%)。在计划购买 MP3 的未成年人中,iPod 是最受欢迎的品牌,选择比例为 19.2%,其次是爱国者(14.0%)和索尼(13.8%)紧随其后。

20. 三星、索尼、松下等国际品牌的 Mp4 在未成年人心中知名度最高 在对于 MP4 消费的调查中发现,在未成年人心中知名度最高的前三个品牌依次是三星(41.0%)、索尼(39.8%)以及松下(36.8%),该排名和 MP3 的知名品牌排名完全相同。但是在男生心目中爱国者(33.8%)的知名度要领先于松下而成为第三位。相比 MP3,MP4 的拥有率则较低,只有 15.3%,而拥有者中,拥有率最高的品牌依然是爱国者(10.0%),其次 iPod(8.1%)和索尼(6.8%),分别位居第二位和第三位。但是,在女生中 iPod 的持有率则超越爱国者和索尼而成为第一。调查同样显示,有 36.3% 的未成年人正计划购买 MP4,而其中女生(39.4%)预计购买比例要略高于男生(33.2%)。在有购买 MP4 计划的未成年人中,选择购买 iPod 的比例最高,为 18.2%,其次是索尼(15.4%)和三星(11.0%),而男生中选择索尼的比例(15.4%)最高,超过选择 iPod(14.7%)的比例而名列第一。

21. **随年龄增长,自主选择购买 MP3、MP4 的比例逐渐上升**　调查中还反映出 MP3、MP4 消费中的共有规律:随着年龄的上升,自主选择购买品牌的人群比例也逐渐上升。与此同时,由父母决定的比例以及和父母共同决定的比例则不断下降。另外 13－18 岁之间的未成年人中,会选择与父母之外的其他人商量购买 MP3 或 MP4 的人群比例在 14 岁未成年人中达到最高点,从 15 岁开始到 18 岁为止则会逐级递减。在决定购买的品牌方面,男生和女生有较明显的差异,女生更愿意与父母商量后决定购买的具体品牌。在选择和父母商量的未成年人中,女生明显高于男生。而在选择和父母以外的人商量的未成年人中,男生大约是女生的两倍,男生明显更愿意听取父母以外的他人的参考意见。

22. **65.0% 的未成年人经常使用电脑**　调查显示,电脑在未成年人中的使用率较高,在全国八城市中,93.1% 的未成年人使用电脑。值得注意的是,经常使用者(即每周至少使用一次电脑者)占未成年人总体的 65.0%。

数据显示,未成年人在不同地点使用电脑的频率差异较大。有 70.0% 的未成年人主要在家中和学校使用电脑,但在家中使用电脑更频繁,在家中每周至少使用一次电脑的未成年人所占比例达到 47.1%,该比例均远高于在学校和在别处使用电脑的相应比例(见表 11.25)。

表 11.25　未成年人使用电脑的频率(%)

	在家中	在学校	在别处
每天 1 次或数次	15.9	7.6	4.5
每周 1 次－6 次	31.2	26.4	14.0
每月 2 次－3 次	13.5	19.5	16.1
每月 1 次或更少	8.6	16.8	22.6
从不用	30.7	29.7	42.8

23. **未成年人中电脑重度使用者达到 15.4%**　数据显示,未成年人平均每周使用电脑时长为 5 小时,其中每周使用电脑超过 5 小时的未成年人达到 32.8%,每周使用电脑在 7 小时以上者(即重度使用者)占 15.4%(见图 11.4)。

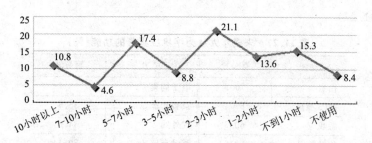

图 11.4 未成年人每星期平均使用电脑的时长（%）

24. 上网、学习和玩游戏是未成年人使用电脑的主要目的 数据显示，未成年人使用电脑从事的主要活动位居前三位的分别是：上网（28.3%）、学习（20.9%）和玩游戏（19.8%）。其余活动分别为看电影/听音乐 16.5%、从事其他活动 4.0%、处理文档 2.1%。可见，生活在网络时代的未成年人，上网已成为他们学习、生活中不可缺少的重要内容，网络也必将对他们的学习、娱乐、人际交往等方面产生重要影响。

25. 半数以上未成年人拥有手机，洋品牌更受认可 数据显示，八城市未成年人中，拥有手机者占 52.5%，分不同年级来看，高中生拥有手机的比例明显更高，达到 61.4%，高于初中生（42.2%）19.2 个百分点。

整体来看，手机外资品牌在未成年人群体中的市场表现整体优于国产品牌。数据显示，在手机品牌认知度排名前 5 大品牌均是外资品牌，其中知名度最高的是三星（73.1%）；渗透率最高的前 5 个品牌中也有 4 个品牌是外资品牌，其中渗透率最高的是诺基亚（10.4%）（见表 11.26）。

表 11.26 手机品牌在未成年人中的知名度与渗透率（%）

品牌	知名度 TOP5	品牌	渗透率 TOP5
三星	73.1	诺基亚	10.4
诺基亚	69.8	摩托罗拉	8.2
摩托罗拉	66.6	三星	6.0
松下	62.8	索尼爱立信	6.0
飞利浦	60.9	UT 斯达康	3.2

26. 未成年人手机预购需求旺盛 八城市未成年人中，有 45.6% 的人打算在未来一年内购买手机，打算购买的品牌位居前五位的分别是：诺基亚（10.4%）、索尼爱立信（8.4%）、三星（7.2%）、摩托罗拉（5.4%）和松下（2.1%）。

有超过一半的未成年人认为拍照、MP3 播放、游戏、收发彩信、摄像等是手机应具备的功能，可见，未成年人对手机的音乐播放、游戏等娱乐功能的需求较为强烈(见表 11.27)。

表 11.27　未成年人认为手机应具备的功能(%)

功能	百分比	功能	百分比
拍照	70.7	电子词典	36.7
MP3 播放	63.4	录音功能	35.6
游戏	60.7	红外线	34.6
收发彩信	58.6	移动存储	30.1
摄像	56.8	收听广播	29.6
上网	55.6	手写输入	28.5
MP4 播放	46.1	指纹识别	22.2
蓝牙	44.9	语音识别	20.0
看视频	43.7	遥控器功能	16.3

27. 44.7% 的未成年人有购买手机的决定权　手机的价格、品牌、功能是影响未成年人选购手机的三大重要因素,其选择比例分别达到 73.1%、66.2% 和 65.2%。此外,手机的外观、技术是否先进、短信容量、铃声等因素也是他们比较看重的因素,其选择比例也均在 45.0% 以上(见表 11.28)。

表 11.28　影响未成年人选择手机的主要因素(%)

因素	百分比	因素	百分比
价格	73.1	机身薄厚	45.8
品牌	66.2	显示屏大小	45.0
功能	65.2	整机大小	42.6
外观设计	55.5	按键设计	34.3
技术先进性	51.2	待机时间	29.8
短信容量	48.3	通话时间	24.6
售后服务	47.1	促销	17.1
铃声	46.2	广告	12.5

大多数未成年人都拥有手机的购买决定权。数据显示,有 44.7% 的未成年人在购买手机时能够自己决定,还有 35.6% 的未成年人与父母商量共同决定,17.2% 由父母决定,2.4% 由其他人决定。

28. 近七成未成年人选择使用"中国移动"　整体来看,在未成年人群体中,中国移动的用户规模明显占据优势地位。数据显示,在拥有手机的未成年人中,使用中国移动的人数比例达到 68.0%,远远高于使用中国联通和小灵通的人数比例。从使用的具体网络品牌来看,动感地带、神州行位居前列,其使用比例分别为

39.5％和20.1％。从不同年级使用者来看,高中生使用中国移动动感地带的比例更高,达到43.8％(见表11.29)。

表 11.29　拥有手机的未成年人所使用的手机网络(％)

手机网络品牌	总体	初中生	高中生
移动－动感地带	39.5	32.2	43.8
移动－神州行	20.1	20.5	19.9
移动－全球通	11.2	12.7	10.3
电信小灵通	10.4	11.4	9.8
联通－CDMA(预付费)	5.5	7.0	4.5
联通－GSM(UP新势力)	4.7	4.3	4.9
联通－GSM(如意通)	4.4	5.3	3.9
移动－其他品牌	3.8	5.0	3.1
网通小灵通	3.4	4.0	3.1
联通－CDMA(如意133)	2.8	3.1	2.6
联通－其他品牌	2.2	1.8	2.4

29.未成年人使用手机的主要服务是短信聊天　数据显示,不论是初中生还是高中生,使用率较高的移动增值业务主要有短信、彩铃、图片/铃声下载、彩信、短信信息定制等,其使用比例均在20.0％以上。从不同年级使用者来看,高中生使用短信信息定制的比例更高,初中生使用手机游戏的比例更高(见表11.30)。

表 11.30　拥有手机的未成年人使用的移动增值业务(％)

移动增值业务	总体	初中生	高中生
短信聊天	49.1	50.6	48.3
彩铃	39.7	42.0	38.3
图片/铃声下载	28.0	27.0	28.6
彩信	27.3	26.7	27.6
短信信息定制	20.5	14.3	24.2
短信信息查询	15.9	14.1	16.9
手机联网游戏	12.2	17.0	9.4
手机支付	9.2	9.7	8.8
手机收发邮件	5.9	7.3	5.0

30.七成多未成年人的手机话费由父母支付　未成年人平均每月的手机话费为71元,其中每月话费在50－99元的比例最高,达到42.2％,其次是50元以下,该比例为35.4％(见图11.5)。此外,在拥有手机的未成年人中,有超过七成的人

其手机话费主要由父母为他们支付。

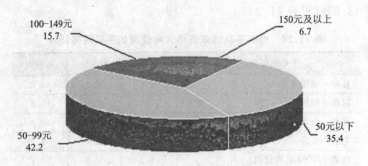

图 11.5　未成年人平均每月的手机话费(%)

31. 三成多未成年人服用营养保健品　过去的半年中,有 30.8％的未成年人服用过营养保健品,其中初三、高三的未成年人服用比例最高,分别为 33.4％和 32.6％,很明显这个比例反映出升学年级学生对营养保健品的高需求。在各调查城市中,成都未成年人的服用比例最高,达 36.2％,广州未成年人的服用比例最低,为 22.4％,巨大的差异反映出鲜明的地域性特征。未成年人服用营养保健品的主要目的是补充营养(69.3％)和解除疲劳(37.5％),同时也有 23.4％的未成年人服用营养保健品是父母要求的。调查同时显示,父母在营养保健品的购买决策中起到重要作用,有 63.0％由父母决定购买品牌。

在过去半年服用的营养保健品中,安利占据了最大的份额,高达 42.3％,其他排在前列的品牌按份额由高到低依次为:黄金搭档(12.1％)、民生 21 金维他(10.8％)、脑轻松(10.4％)、三精葡萄糖酸锌(8.6％)。

32. 近半数未成年人在过去半年中使用过眼药水　过去的半年中,有 48.1％的未成年人使用过眼药水,并随年龄增加呈明显的递增趋势。女生使用比例(55.0％)高于男生(41.6％)。有 38.2％的未成年人每天使用一次,眼药水的品牌主要由自己决定(55.1％)。各城市使用比例存在差异,沈阳未成年人的使用比例最高,达到 61.3％。

在未成年人眼药水市场的众多品牌里,润洁是未成年人使用最多的品牌。在最近半年使用过眼药水的未成年人中,有 39.6％的未成年人使用过该品牌,其他排在前列的品牌按使用比例由高到低排列依次为:新乐敦(28.9％)、润舒(23.4％)、闪亮(17.1％)、珍珠明目(11.4％)。调查发现,未成年人眼药水市场主要被润洁和新乐敦占据。以下城市的未成年人主要使用润洁:西安(72.6％)、成都(63.1％)、武汉(52.9％)、沈阳(52.1％)、南京(41.1％)。以下城市的未成年人主要使用新乐敦:广州(52.4％)、上海(52.4％)。

33.85.3%的未成年人在过去一年里买过休闲服 过去一年,85.3%的未成年人购买过休闲服。其中班尼路所占比例最高,达24.6%,并且随年龄增加,购买班尼路休闲服的未成年人比例呈现出明显的递增趋势。

各城市的休闲服品牌偏好存在明显差异,在买过休闲服的未成年人中,北京未成年人的休闲服品牌前三位是:班尼路(21.8%)、柏仙多格(20.7%)、罗宾汉(20.1%);上海未成年人的休闲服品牌前三位是:美特斯·邦威(30.4%)、班尼路(28.3%)、佐丹奴(24.6%);武汉未成年人的休闲服品牌前三位是:班尼路(35.8%)、真维斯(29.6%)、美特斯·邦威(28.5%);沈阳未成年人的休闲服品牌前三位是:佐丹奴(32.1%)、美特斯·邦威(28.4%)、罗宾汉(27.3%);成都未成年人的休闲服品牌前三位是:美特斯·邦威(29.8%)、真维斯(21.8%)、FUN(奋)(19.7%);南京未成年人的休闲服品牌前三位是:真维斯(21.6%)、森马(21.5%)、柏仙多格(19.4%);广州未成年人的休闲服品牌前三位是:班尼路(36.1%)、佐丹奴(27.2%)、堡狮龙(22.0%);西安未成年人的休闲服品牌前三位是:美特斯·邦威(27%)、班尼路(22.3%)、真维斯(20.1%)。

34.未成年人最贵的运动鞋平均每双511元 调查显示,未成年人都认为最好的运动鞋是阿迪达斯。在过去一年中购买的运动鞋品牌中,各城市有明显差异,上海、北京、武汉和成都的未成年人在过去一年内购买过阿迪达斯的比例在所有品牌中最高,分别为上海36.0%、北京31.8%、武汉26.1%、成都25.0%;而沈阳和南京的未成年人则购买361度的比例最高,购买比例分别为沈阳31.7%、南京22.%;西安的未成年人最倾向于购买安踏(30.0%);广州的未成年人购买耐克的比例最高(13.2%)。

过去一年购买运动鞋的平均数量为3双。性别分层显示,男生平均每年购买3双运动鞋,女生平均每年购买2双运动鞋。城市分层显示,广州、上海未成年人平均每年购买2双运动鞋,低于总体平均水平。

过去一年购买最贵的一双运动鞋平均价格是511元。分层显示,男生546元,女生475元。城市分层反映出悬殊的差异:北京最高,为895元,西安最低,为246元。

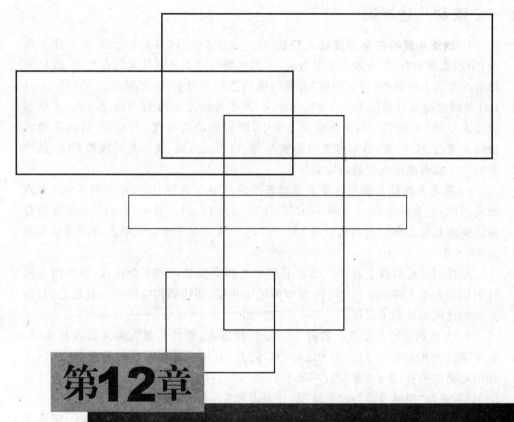

第12章

流动儿童与留守儿童

一、流动儿童概况

1. 流动儿童约占全部流动人口的 1/5 2003 年，国务院妇女儿童工作委员会，中国儿童中心，联合国儿童基金会"中国九城市流动儿童状况调查"[35] 对 2000 年第五次全国人口普查（以下简称"五普"）资料进行了分析，结果显示，2000 年 11 月 1 日我国流动人口总量为 102 297 890 人，其中流动儿童为 19 815 200 人，占全部流动人口的 19.37%。在全部流动儿童中，跨省流动儿童占 27.80%，省内跨地区流动儿童占 34.03%，县市内流动儿童占 38.16%。可见，流动儿童规模庞大，已经形成一个需要高度重视的特殊群体。

2. 四成多流动儿童正处于义务教育阶段 五普资料显示，在全国 1 982 万流动儿童中，男女各占 50.8% 和 49.2%，性别比为 103.4。其中，6—14 岁义务教育阶段流动儿童占全部流动儿童的 43.8%，15—18 岁以下流动儿童占全部流动儿童的 28.8%。

从性别年龄构成上看，0—15 岁各年龄组的男孩数均多于女孩数（各年龄上的性别比均高于 100），而 16 岁、17 岁年龄组则相反，即达到初中毕业年龄以后，女孩流动的比例明显高于男孩。

3. 大多数流动儿童来自农村 五普资料显示，流动儿童大多来自农村地区。在全部流动儿童中，户口类型为农业户口的占 74.0%，非农业户口的占 26.0%；从迁出地类型来看，来自"乡"的占 38.4%，来自"镇村委会"的占 41.7%，二者合计达 80.1%，来自"镇居委会"和"街道"的分别占 8.9% 和 11.1%。

4. 流动儿童大多来自于人口大省或劳动力输出大省 五普资料显示，流动儿童来源地分布比较分散，大陆 31 个省份均有儿童流出。但是，流动儿童的流出地分布比较集中，主要自来：广东（8.45%）、四川（7.52%）、河南（5.84%）、安徽（5.61%）、湖北（5.56%）、江苏（5.54%）、山东（5.36%）、湖南（5.25%），来自这八个省份的流动儿童占全部流动儿童的 49.13%。可见，流动儿童的流出地主要集中在人口多或社会经济发展缓慢的省份。

五普数据同时表明，跨省流动儿童主要来自：四川（10.75%）、安徽（10.45%）、湖南（9.73%）、河南（9.61%）、江西（7.38%）、湖北（6.12%）等，来自这六个省份的跨省流动儿童占其总量的 54.04%。这说明，跨省流动儿童的来源地分布更为集中。

5. 流动儿童最多的省份是广东 五普资料显示，流动儿童最多的省份是广东，占全部流动儿童的 16.5%，其次是江苏（6.3%）、山东（5.4%）、浙江（5.3%）、四川(5.0%)、湖北(4.3%)和河北(4.0%);流动儿童最少的省份是西藏(0.2%),其他较少的省份有青海(0.5%)、天津(0.7%)、海南(0.9%)。

这些流动儿童中,远距离跨省流动儿童更多地集中在经济发达和流动人口相对较多的地区,如广东(30.5%)、上海(7.7%)、江苏(6.9%)、北京(6.2%)、浙江(5.7%)、新疆(5.9%),这五个省合计达62.9%。

6. 半数流动儿童在流入地居住4年或4年以上　五普资料显示,在0—14岁流动儿童中(见表12.1),有29.9%的流动儿童是"出生后一直居住在本乡镇街道"。与此同时,在那些出生后来"本乡镇街道"居住的流动儿童中,有30.1%的人是五年前流入的,而"出生后一直居住本乡镇街道"的流动儿童的平均年龄已达到5.36岁,有至少一半的人居住时间为4年或4年以上,有75.0%的人居住时间为2年或2年以上。这些数据说明流动儿童在流入地的停留属于"长期居住"而非"短期滞留"。

表 12.1　0—14 岁流动儿童的流入时间分布情况(%)

何时来本乡镇街道居住(年份)	出生后	1995.12.31以前	1996 年	1997 年	1998 年	1999 年	2000 年	合计
比重	29.9	21.1	4.7	6.3	9.4	14.1	14.4	100

2006年中国青少年研究中心"进城务工农民子女的社会融入及其与城市少年儿童和谐相处研究"(以下简称"进城务工农民子女的社会融入")课题组对北京市1 650名进城务工农民子女的调查显示,在小学四年级至初中二年级的流动儿童中,10.4%是"在北京出生",32.8%在北京居住了五年以上,28.0%在北京居住了两年—五年,23.9%居住了半年至两年,居住不到半年的仅有4.9%。

7. 0—14岁流动儿童以随迁为主,15—17岁流动儿童以"务工经商"为主　国务院妇女儿童工作委员会、中国儿童中心、联合国儿童基金会"中国九城市流动儿童状况调查"发现,在0—14岁流动儿童中,65.4%是"随迁家属",17.6%迁移原因是"投亲靠友";另有3.9%和5.0%分别是因"学习培训"和"拆迁搬家"而到流入地,此外有7.4%的迁移原因为"其他"。

在15—17岁流动儿童中,47.2%迁移原因是"务工经商",38.1%是"学习培训"。但是,不同性别、年龄的流动儿童迁移原因具有较大的差别(见表12.2)。首先,随着流动儿童年龄的增长,"务工经商"的比例不断提高,而"学习培训"、"随迁家属"或"投亲靠友"的比例却随之降低;其次,在流动儿童中,男孩"学习培训"的比例明显高于女孩,而"务工经商"的比例却低于女孩。

表 12.2   不同性别、年龄流动少年迁移原因的差异(%)

		务工经商	学习培训	随迁或投靠	其 他
年龄(岁)	15	15.9	47.2	26.9	10.0
	16	30.7	50.0	12.9	6.4
	17	47.2	40.8	7.0	5.0
	18	61.2	29.1	4.3	4.4
性别	男	38.1	46.0	10.0	5.9
	女	54.9	31.5	7.7	5.9
合计		47.2	38.1	8.8	5.9

8. 流动儿童跨省流动以"务工经商"为主,县市内流动以"学习培训"为主   国务院妇女儿童工作委员会,中国儿童中心,联合国儿童基金会"中国九城市流动儿童状况调查"发现,不同类型流动儿童的迁移原因构成有一定的差别(见表 12.3),在不同类型流动儿童中,"随迁"或"投靠"的比例差别不大。跨省流动儿童因"务工经商"而到流入地的比例最高(47.1%),而县市内流动儿童的这一比例最低(5.1%);县市内流动儿童因"学习培训"而到流入地的比例最高(42.7%),而跨省流动儿童的这一比例最低(4.7%)。

表 12.3   不同类型流动儿童迁移原因构成(%)

	跨省	省内跨地区	县市内
务工经商	47.1	21.7	5.1
学习培训	4.7	21.4	42.7
随迁或投靠	42.2	46.6	41.7
其他	6.0	10.3	10.5
合计	100	100	100

9. 九成多 0-14 岁流动儿童与亲人生活在一起   五普资料显示,流动儿童基本是生活在家庭户中(占 72.2%),与户主的关系为"子女"的占 56.5%,为"孙子女"的占 7.5%,二者之和为 64.0%。其中,0-14 岁流动儿童中有 97.7%生活在家庭户中,与户主的关系为"子女"的占 80.1%,为"孙子女"的占 12.0%,二者之和为 92.1%,这说明大多数尤其是较低年龄的流动儿童具有稳定的家庭关系,能直接得到亲人的关怀和照顾。

2006 年中国青少年研究中心"进城务工农民子女的社会融入"课题调查显示,94.7%的流动儿童与父亲生活在一起,95.0%与母亲生活在一起,7.5%与祖父母或外祖父母生活在一起,15.4%与其他亲戚生活在一起。

10. 七成多流动儿童生活在多子女家庭 2006 年中国青少年研究中心"进城务工农民子女的社会融入"课题调查显示,51.4%的流动儿童家庭有两个孩子,22.6%的家庭有三个或三个以上孩子,一个孩子的家庭仅占 26.0%。

11. 流动儿童的父母文化程度以初中及以下为主 2006 年中国青少年研究中心"进城务工农民子女的社会融入"课题调查显示,流动儿童的父亲文化程度以初中为主,占 48.0%,小学及以下占 24.4%,高中、中专或技校的占 22.3%,大专及以上占 5.4%。流动儿童母亲的文化程度以小学及以下最多,占到 47.5%,初中占 35.4%,高中、中专或技校占 13.5%,大专及以上占 3.6%。

12. 流动儿童的父母劳动性质以个体经营和体力劳动为主 2006 年中国青少年研究中心"进城务工农民子女的社会融入"课题调查显示(见图 12.1),流动儿童的父亲职业主要是做小买卖的个体户(29.7%)、建筑工人(17.2%)及服务行业人员(10.9%)。流动儿童的母亲中无业的占 13.9%,个体户和服务行业人员的比例分别是 30.6%和 16.9%。

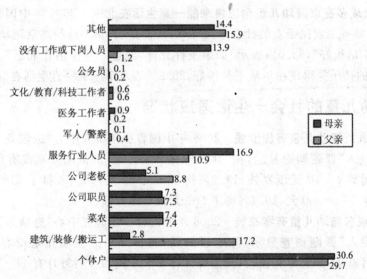

图 12.1　流动儿童父母的职业分布(%)

13. 近七成流动儿童居住在流动人口聚集的地区 2006 年中国青少年研究中心"进城务工农民子女的社会融入"课题调查显示,69.1%的流动儿童家庭其周边邻居多为外地来北京的人员,16.2%的家庭居住在北京当地人集中的地区,14.7%表示"说不清"。同时,46.0%的家庭居住的地方没有健身、娱乐、文化设施和公园。

14. 流动儿童家庭多以租房为主 2006 年中国青少年研究中心"进城务工农民子女的社会融入"课题调查显示,78.3%的进城务工农民家庭的住房是租用的,其中 67.5% 的流动儿童居住在租来的平房里,8.6% 居住在租的楼房里,2.2% 的家庭居住在地下室中;仅有 17.2% 的家庭购买了住房,其他为 4.6%。

家庭成员居住在一间房子里的占 42.4%,住在两间或三间及以上的家庭分别为 34.6% 和 20.8%,这表明大多数流动儿童不可能有自己独立的房间。

15. 流动儿童家庭耐用消费品配备条件低于城市户籍人口家庭 国务院妇女儿童工作委员会,中国儿童中心,联合国儿童基金会"中国九城市流动儿童状况调查"发现,60.0% 的家庭没有冰箱,63.0% 的家庭没有洗衣机,93.0% 的家庭没有电脑,而常住人口中电冰箱、彩电、洗衣机的家庭占有率已经饱和,家庭电脑拥有率有 13.0%。

16. 不到一半的流动儿童表示喜欢自己居住的小区和房子 2006 年中国青少年研究中心"进城务工农民子女的社会融入"课题调查显示,43.7% 的流动儿童表示喜欢自己居住的小区,47.7% 表示喜欢现在住的房子。但是同时也有 40.7% 的流动儿童表示不喜欢自己居住的小区,34.9% 表示不喜欢现在住的房子,其他人表示不确定自己是否喜欢现在的小区和住房。

17. 六成多在京流动儿童希望将来能一直生活在北京 2006 年中国青少年研究中心"进城务工农民子女的社会融入"课题调查显示,63.0% 的在京流动儿童"觉得现在的生活很好",63.0% 表示"如果条件允许,愿意一直生活在北京"。但是也有 20.1% 的孩子觉得现在生活不是很好,20.2% 表示不愿意一直生活在北京。

二、流动儿童的社会－生活适应状况

1. 近九成流动儿童有压岁钱 2006 年中国青少年研究中心"进城务工农民子女的社会融入"课题调查显示,在 2006 年春节,10.7% 的流动儿童没有得到压岁钱,9.5% 得到 1—10 元压岁钱,13.9% 得了 11—50 元,20.1% 得了 51—100 元,26.7% 得了 101—500 元,19.1% 得了 501 元以上压岁钱。

2. 八成多流动儿童有零花钱 2006 年中国青少年研究中心"进城务工农民子女的社会融入"课题调查显示,除吃饭的费用,18.6% 的流动儿童没有零花钱,20.2% 每月有 1—5 元零花钱,14.2% 每月有 6—10 元,9.7% 每月有 11—20 元,9.0% 每月有 21—30 元,5.7% 每月有 31—40 元,7.3% 每月有 41—50 元,8.6% 每月有 51—100 元,6.8% 每月有 101 元以上零花钱。

3. 流动儿童最主要的休闲活动是看电视 2006 年中国青少年研究中心"进城务工农民子女的社会融入"课题调查显示,87.9% 的流动儿童课余时间经常或有时看电视,居各项休闲活动之首;其他主要的休闲方式依次为:68.2% 看书、读报;66.9% 参加体育运动;63.3% 与邻居其他小孩子一起玩耍;60.1% 自个儿玩耍或带弟弟妹妹一起玩;53.5% 逛公园、游乐场。

4. 流动儿童参加辅导班或兴趣班、上网的比例低于城市少年儿童 2006 年中国青少年研究中心"进城务工农民子女的社会融入"课题调查显示,只有 34.6％的流动儿童经常或有时"参加与学习有关的辅导班或兴趣班",31.0％"参加艺术、体育或其他特长班、兴趣班",而在城市少年儿童中这两项的比例分别为 63.3％和 48.7％。

在接触网络信息方面,经常或有时上网的流动儿童占 20.3％,而城市少年儿童有 44.8％。

5. 八成多流动儿童经常做家务或帮父母干活 2006 年中国青少年研究中心"进城务工农民子女的社会融入"课题调查显示,84.7％的流动儿童经常做家务活或帮父母干活。每天做家务或帮家里干活 3 小时以上的孩子有 12.6％,在 2 小时到 3 小时之间的有 15.6％,在 1 小时到 2 小时的有 39.1％,在 1 小时以下的有 32.7％。

6. 六成多在京流动儿童表示关心北京的发展变化 2006 年中国青少年研究中心"进城务工农民子女的社会融入"课题调查显示,62.2％的在京流动儿童关心北京的发展变化,55.9％关心居住小区的环境变化,50.6％关心国内外重大新闻事件。但是,他们的社会参与较低,经常参加小区活动的仅有 26.6％。

7. 多数流动儿童与父母关系亲密、融洽 2006 年中国青少年研究中心"进城务工农民子女的社会融入"课题调查显示,69.9％表示"乐意同父母一起做家务、访亲友等",60.4％的流动儿童"很乐意与家人一起待在家中",50.1％常常"和父母在一起做有趣的事情"。

但是也有 31.2％的流动儿童不常"和父母在一起做有趣的事情",24.5％"不乐意与家人一起待在家中",16.7％"不乐意同父母一起做家务、访亲友等",在节假日或过生日时,45.5％的流动儿童表示不能经常跟父母一起出去玩。

8. 六成多流动儿童为父母感到骄傲 2006 年中国青少年研究中心"进城务工农民子女的社会融入"课题调查显示,61.8％的流动儿童为父母感到骄傲,74.4％表示"能够理解父母、关心父母",但也有 7.8％的孩子明确表示讨厌自己的父母。分析认为,父母的"形象"是少年儿童成长中最重要的榜样,对少年儿童各方面的发展有不容忽视的影响力,对父母"形象"的不满将会对流动儿童的社会适应产生消极的影响。

9. 约一半流动儿童与父母能够较好沟通 2006 年中国青少年研究中心"进城务工农民子女的社会融入"课题调查显示,56.8％的流动儿童表示能够"跟父母很好的交谈",44.9％表示在"父母的要求不符合我的情况时,我会说出自己的看法"。但是,也有 24.1％表示不能跟父母很好的交谈。调查还显示,14.3％的流动儿童表示"父母经常打我、骂我",36.4％表示"父母经常或有时会冤枉我"。流动儿童来到城市之后,面临着各种新的挑战和问题,如果不能得到家庭温暖有力的支持、不能与父母保持良好的沟通,将不利于他们的社会适应。

10. 流动儿童的父母普遍支持孩子的学习,但实际提供的帮助有限 2006 年中国青少年研究中心"进城务工农民子女的社会融入"课题调查显示,83.6％的流动儿童表示"父母支持我的学习",但只有49.1％的父母经常辅导孩子做功课或检查作业,另外有30.5％的孩子表示在家中自己没有安静的环境看书学习,16.3％表示在家里没有足够的时间学习。这可能与流动儿童的父母大多从事工作时间长、劳动强度大的体力劳动有关,也与他们缺乏科学的家庭教育理念有一定的联系。

三、流动儿童的学校适应

1. **六成多流动儿童自己上学,路上约需20分钟** 2006年中国青少年研究中心"进城务工农民子女的社会融入"课题调查显示,64.4％的流动儿童自己上学(走路或骑车等),24.5％表示学校有校车接送,8.1％由父母接送,3.0％住校。28.8％从家到学校要花10分钟以内,26.6％需要10－20分钟,25.3％需要20－30分钟,12.9％需要30－60分钟,6.4％需要60分钟以上。

2. **多数流动儿童学业表现良好,但在课堂和学校参与方面与城市少年儿童有较大差距** 2006年中国青少年研究中心"进城务工农民子女的社会融入"课题调查显示,89.4％的流动儿童能够经常按时完成作业,82.1％能够专心听讲,55.2％能够积极参加课堂讨论、交流,55.6％在讨论问题时,能够提出自己的想法,51.3％经常参加学校的各种兴趣小组或科研活动。

但在参与课堂交流以及学校活动方面与城市少年儿童有较大差距,调查发现,69.6％的城市少年儿童能够积极参加课堂讨论、交流,71.4％经常参加学校的各种兴趣小组或科研活动,均比流动儿童高出十多个百分点。

3. **近三成流动儿童学习方法欠佳** 2006年中国青少年研究中心"进城务工农民子女的社会融入"课题调查显示,只有39.5％的流动儿童经常在课前预习老师讲课的内容,40.7％经常在课后复习老师上课时所讲的内容,45.2％能主动向老师提问或主动向同学请教和讨论问题。27.9％表示"因为找不到适合自己的学习方法而苦恼"。这说明,老师需要为流动儿童提供更多学习方法上的指导。

4. **多数流动儿童很少或从未有过外在问题行为** 2006年中国青少年研究中心"进城务工农民子女的社会融入"课题调查显示,74.8％从未"欺负别的同学",90.8％从未"不尊重甚至骂老师",80.1％从未"破坏自己或别人的东西",94.5％从未"逃学、逃课",95.3％从未"离家出走",96.3％从未"偷偷拿别人东西",94.8％从未"吸烟",84.9％从未"喝酒"。

5. **半数以上流动儿童曾被同学欺负** 2006年中国青少年研究中心"进城务工农民子女的社会融入"课题调查显示,66.8％的孩子曾经感到害怕、紧张、担心,51.3％的孩子曾经被别的同学欺负,36.7％的孩子曾经有过回避与他人交往的行为。这些问题属于内化行为问题,比较隐蔽,不容易被成年人发现并给予及时的关注和辅导,因此往往会对孩子影响更大,应当引起教育工作者的关注。

6. 多数流动儿童喜欢现在的学校 2006 年中国青少年研究中心"进城务工农民子女的社会融入"课题调查显示,73.4%的流动儿童表示喜欢现在的学校,但也有 20.7%的流动儿童表示"如果条件允许,想转学"。

7. 七成多流动儿童喜欢学习并充满信心 2006 年中国青少年研究中心"进城务工农民子女的社会融入"课题调查显示,75.7%的流动儿童表示自己喜欢学习,71.7%相信自己有能力取得好成绩,70.4%对自己的学习充满信心。但是,仅有49.8%认为自己学习成绩比较好,仅有 30.2%很满意自己目前的学习成绩。

8. 流动儿童努力学习的第一动机是"报答父母,让父母生活得更好" 2006 年中国青少年研究中心"进城务工农民子女的社会融入"课题调查显示,相当多的流动儿童具有较强烈的外在学习动机,表现出一种功利型的而非自觉型的学习动机。数据表明,排在第一位的学习动机是"报答父母,让父母生活得更好"(78.1%);其次是"考上大学"(44.4%);排在第三位的才是"获得新知识"(44.1%)。也就是说,相当一部分流动儿童之所以好好读书,更多的是出于对父母的感恩,以及对考上大学改变命运的渴望。

9. 流动儿童的学校不适应感远远高于城市少年儿童 2006 年中国青少年研究中心"进城务工农民子女的社会融入"课题调查显示,14.4%的流动儿童感到不适应现在的学校生活,15.2%不适应老师的教学方法,14.8%经常听不懂老师讲课的内容,15.1%不适应学校的课程内容,16.7%不适应学校的各种考试评比。而在城市少年儿童中,对以上各方面感到不适应的比例依次为 6.2%、10.0%、7.3%、8.5%、10.6%。可见,流动儿童的学校不适应感远远高于城市少年儿童。

10. 多数流动儿童希望继续学业 国务院妇女儿童工作委员会,中国儿童中心,联合国儿童基金会"中国九城市流动儿童状况调查"发现,近 80.0%的随带孩子的父母希望他们继续学业,仅 2.5%希望他们将来回老家。儿童对自己的打算与父母基本一致(见表 12.4)。

表 12.4 流动儿童对未来的打算(%)

	继续学业	留在城市打工	回老家	其他	没想过	不适用
家长对随带儿童的打算	79.5	4.5	2.5	1.2	12.2	—
7－18 岁儿童对自己的打算	77.1	2.8	1.7	1.1	15.6	1.7

11. 多数流动儿童认为老师能够为其提供学习上的支持 2006 年中国青少年研究中心"进城务工农民子女的社会融入"课题调查显示,67.5%的流动儿童表示

当他们"没有信心、回答问题紧张时",老师能鼓励他们;55.1％表示"只要我有了进步,老师就会表扬我";54.5％表示"在学习上遇到困难时会主动请老师帮忙"。

12. 多数流动儿童对师生关系满意,但满意度不如城市少年儿童　2006年中国青少年研究中心"进城务工农民子女的社会融入"课题调查显示,72.4％认为"老师对我很耐心、很和气",59.2％不认为自己"与老师亲近有困难",45.9％认为自己"与老师之间的关系是亲密而温暖的",60.5％表示对师生关系感到满意。另外,有24.7％的流动儿童表示"老师不太了解自己"(城市少年儿童为21.3％),17.0％觉得老师"很少注意自己"(城市少年儿童13.6％),15.8％觉得"班主任不太喜欢自己"(城市少年儿童为13.6％),14.2％觉得"老师对自己不公平"(城市少年儿童为12.5％)。总的来说,流动儿童对师生关系的满意度不如城市少年儿童高。在师生交往中,老师由于其特殊的地位,应承担起更多的责任,主动调适师生交往,密切师生关系,给予流动儿童更多的关注,让他们感受到老师的喜爱和温暖。

13. 多数流动儿童乐于交往,具有一定的交往技能,拥有多个朋友　2006年中国青少年研究中心"进城务工农民子女的社会融入"课题调查显示,82.8％的流动儿童有多个朋友,78.8％"喜欢与人交往",65.6％表示"很在乎同学对自己的态度"。在交往技能方面,72.2％表示"朋友跟其一起感觉很愉快",68.5％能够"与不同性格的人愉快相处",58.1％能够"经常鼓励和关心同学",54.1％能够"经常主动帮助同学解决问题"。

14. 一些流动儿童有较强的孤独感,同伴接纳感较低　2006年中国青少年研究中心"进城务工农民子女的社会融入"课题调查显示,与城市少年儿童相比,流动儿童的同伴接纳感更低,孤独感更高。数据比较发现,60.1％的流动儿童表示"感到大家都愿意主动接近我",而相应的城市少年儿童的比例为69.0％。对于"我觉得在班上很孤立"一项,11.5％的流动儿童回答"比较符合"或"完全符合",尽管相应的城市少年儿童的比例也达到了11.0％,但是回答"完全不符合"或"不太符合"的流动儿童为72.3％,低于城市少年儿童的81.6％;而且回答"不能确定"的流动儿童的比例为16.1％,远远高于城市少年儿童的7.4％,这说明有相当一部分流动儿童对自己是否受同伴欢迎心存疑虑。另外,22.3％的流动儿童"总觉得自己心中的烦恼无人可倾诉",也要远远高于城市少年儿童的比例(14.0％)。可见,感觉自己不被同学接纳,有很强的孤独感,这是相当一部分流动儿童的心理感受。

15. 约1/3的流动儿童和城市少年儿童互相拥有好朋友　2006年中国青少年研究中心"进城务工农民子女的社会融入"课题调查显示,仅有35.8％的流动儿童回答"在我的好朋友中,有不少是城里的孩子",另一方面,仅有33.1％的城市少年儿童回答"在我的好朋友中,有不少是农村来的同学"。可见,从总体状况来看,流动儿童与城市少年儿童的交往并不是很多。流动儿童的交往大多集中于"身份"比较一致的流动儿童之间,城市少年儿童仍是他们的"圈外人"。

16. 少数进城务工农民和城市父母不希望孩子与对方的子女交往 2006 年中国青少年研究中心"进城务工农民子女的社会融入"课题调查显示,12.6%的城市少年儿童明确表示"不知该如何与农村来的同学交往",20.2%的进城务工农民子女也表示"不知该如何与城市少年儿童交往"。另外,7.6%的进城务工农民不希望孩子与城市少年儿童交往,10.0%的城市父母不希望孩子与进城务工农民子女交往。父母不鼓励孩子们相互交往、孩子们不懂得该如何与对方相处是导致流动儿童与城市少年儿童交往不多的重要原因。

17. 公办打工子弟学校和公立混合学校就读的流动儿童学校参与率更高 2006 年中国青少年研究中心"进城务工农民子女的社会融入"课题调查显示,在课堂和学校参与方面,在未注册打工子弟学校和民办打工子弟学校能够积极参加课堂讨论、交流的流动儿童分别有 31.6%和 50.7%,而在公办打工子弟学校和公立混合学校这两个比例分别高达 62.8%和 67.4%;未注册打工子弟学校和民办打工子弟学校经常参加学校各种兴趣小组或科研活动的流动儿童分别有 27.9%和 40.9%,而在公办打工子弟学校和公立混合学校这两个比例分别高达 60.3%和 71.3%。这说明,公办打工子弟学校和公立混合学校能够为流动儿童提供更多的参与课堂和学校活动的机会,使他们能够更好地融入学校生活。

18. 未注册打工子弟学校和民办打工子弟学校就读的流动儿童学校不适应感更强 2006 年中国青少年研究中心"进城务工农民子女的社会融入"课题调查显示(见表 12.5),在未注册打工子弟学校和民办打工子弟学校就读的流动儿童在学校各个方面的不适应感和转学意愿都要高于公办打工子弟学校和公立混合学校就读的流动儿童。

表 12.5 在不同类型学校就读的流动儿童的学校不适应感比较(%)

	未注册打工子弟学校	民办打工子弟学校	公办打工子弟学校	公立混合学校
不适应现在的学校生活	21.8	17.9	10.3	9.3
不适应老师的教学方法	9.6	22.3	10.9	11.9
不适应学校的课程内容	17.1	21.8	8.7	11.0
不适应学校的考试评比	15.3	20.9	11.5	17.3
如果条件允许想转学	24.4	27.0	14.0	16.3

由表 12.5 可见,公办打工子弟学校在学校生活、教学方法、课程内容和考试评比等方面的安排,能够比较好地满足流动儿童的需求,有利于减少他们的学校不适应感,因此,在此类学校就读的流动儿童转学的愿望最低。同时,公立混合学校的

学校生活、教学方法、课程内容也比较有利于流动儿童的学校适应。但值得注意的是,公立混合学校在考试评比方面的设置和安排会使较多的流动儿童感到不适应,这可能是由于某些公立学校对借读生的考试成绩不计入教师的教学考评中,因而一些流动儿童可能受到与城市少年儿童不同的待遇,从而产生不适应感。

19. 公办打工子弟学校和公立混合学校师生关系的支持性高于未注册打工子弟学校和民办打工子弟学校 2006 年中国青少年研究中心"进城务工农民子女的社会融入"课题调查显示(见表 12.6),公办打工子弟学校和公立混合学校师生关系的支持性高于未注册打工子弟学校和民办打工子弟学校。在公办打工子弟学校和公立混合学校,大多数老师能够为流动儿童提供较多学习和生活上的帮助与支持,这可能与这两类学校的教师素质普遍较高有关。

表 12.6 在不同类型学校就读的流动儿童的师生关系支持性比较(%)

	未注册打工子弟学校	民办打工子弟学校	公办打工子弟学校	公立混合学校
在学习上遇到困难时会主动请老师帮忙	51.0	55.2	56.8	52.2
在生活上遇到困难时会主动与老师联系	25.6	28.9	34.7	31.2
在生活上遇到困难时老师会主动帮助我	47.0	49.1	61.2	56.7
只要我有了进步,老师就会表扬我	61.8	53.9	76.8	71.0

20. 公办打工子弟学校和公立混合学校读书的流动儿童拥有城市朋友的比例更高 2006 年中国青少年研究中心"进城务工农民子女的社会融入"课题调查显示,对于在不同类型学校就读的流动儿童来说,他们与城市少年儿童交往的机会是不同的。在未注册打工子弟学校就读的流动儿童与城市少年儿童交往的机会最少,仅有 19.2% 的流动儿童回答"在我的好朋友中,有不少是城里的孩子";民办打工子弟学校的学生与城市少年儿童交往的状况也不佳,仅有 21.5% 的城市少年儿童与他们做朋友。这一状况在公办打工子弟学校及公立混合学校得到了较大改善,在这两类学校中,回答"在我的好朋友中,有不少是城里的孩子"的流动儿童分别达到 50.0% 和 52.5%。

四、流动儿童的心理适应

1. 约九成在京流动儿童认为自己不是北京人 2006 年中国青少年研究中心

"进城务工农民子女的社会融入"课题调查显示,88.2％的流动儿童认为自己不是北京人,仅有 8.0％认为自己是北京人,另有 3.8％表示不能确定。

2.**半数以上在京流动儿童认为自己的家不在北京** 2006 年中国青少年研究中心"进城务工农民子女的社会融入"课题调查显示,53.3％的流动儿童认为自己的家不在北京,34.0％觉得自己的家在北京,还有 12.7％表示不能确定自己的家是否在北京。这表明,大多数流动儿童在心理上没有真正融入所生活的城市。

3.**一些流动儿童对身份认同存在矛盾** 2006 年中国青少年研究中心"进城务工农民子女的社会融入"课题调查显示,对于"我觉得自己既不是北京人,也不是老家那里的人"这一陈述,11.2％的流动儿童表示符合自己的情况,15.9％表示不能确定,72.8％表示不符合自己的情况。这表明,一些流动儿童在身份认同上存在矛盾和困惑,成为"双重边缘人"。

4.**约四成流动儿童感到自己没有被城市接纳** 2006 年中国青少年研究中心"进城务工农民子女的社会融入"课题调查显示,33.7％的流动儿童感到北京人对外来打工人员不友好,40.0％的流动儿童感到北京人歧视外来打工人员,仅有41.9％的流动儿童感到北京人与外来打工人员相处融洽。

5.**一些北京少年儿童对进城务工人员接纳度不高** 2006 年中国青少年研究中心"进城务工农民子女的社会融入"课题调查显示,8.2％的北京城市少年儿童认为城市的发展不需要外来打工人员,13.2％的城市少年儿童认为外来打工人员影响北京的市容市貌,9.2％认为外来打工人员是北京发展的负担,15.3％则认为外来打工人员不喜欢北京人。

6.**流动儿童在吃苦耐劳、更节俭、更坚强、学习更刻苦等方面比城市少年儿童强** 进城务工农民子女的社会融入课题的调查中,研究者请流动儿童和城市儿童对彼此在 20 个方面的差异进行比较,结果发现,74.2％的流动儿童认为他们比城市少年儿童更能吃苦耐劳、65.8％认为自己比城市少年儿童更坚强、63.2％认为自己比城市少年儿童更节俭、62.2％认为自己比城市少年儿童更学习刻苦、60.5％认为自己比城市少年儿童更懂得感恩。

72.2％的城市少年儿童认为流动儿童比他们更能吃苦耐劳、63.1％认为流动儿童比他们更节俭、58.7％认为流动儿童比他们自理能力更强、58.5％认为流动儿童比他们学习更刻苦、57.3％认为流动儿童比他们更坚强。

7.**流动儿童在自信心方面与城市少年儿童还存在一定差距** 2006 年中国青少年研究中心"进城务工农民子女的社会融入"课题调查显示,45.0％的流动儿童认为城市少年儿童比他们生活条件好、35.5％认为城市少年儿童比他们见识多、31.9％认为城市少年儿童比他们有更多文体特长、29.7％认为城市少年儿童比他们讲卫生、28.1％认为城市少年儿童比他们自信。

59.8%的城市少年儿童认为他们比流动儿童生活条件好、53.1%认为他们自己更讲卫生、46.9%认为自己比流动儿童善于交往、46.9%认为自己比流动儿童见识多、45.3%认为自己更自信。

8. 六成多流动儿童认为自己是有价值的人 2006年中国青少年研究中心"进城务工农民子女的社会融入"课题调查显示,大多数流动儿童对自己的认识比较积极,63.6%感到自己是一个有价值的人,60.3%认为自己有许多好的品质,75.7%认为自己能把事情做好,69.2%对自己感到满意。但是,与城市少年儿童相比,流动儿童的自尊较低。数据表明,80.9%的城市少年儿童感到自己是一个有价值的人,77.2%认为自己有许多好的品质,84.9%认为自己能把事情做好,76.7%对自己感到满意,均比流动儿童高7个到17个百分点。

9. 七成多流动儿童对未来充满信心 2006年中国青少年研究中心"进城务工农民子女的社会融入"课题调查显示,73.8%的流动儿童觉得自己生活幸福,70.3%对现在的生活感到满意,78.0%对未来充满信心。但是与城市少年儿童相比,流动儿童的主观幸福感较低。数据显示,87.7%的城市少年儿童觉得自己生活幸福,85.9%对现在的生活感到满意,86.2%对自己的未来充满信心,分别比流动儿童高8个到15个百分点。可见,流动儿童的心理健康水平整体上低于城市少年儿童,学校和教师除了完成基本的教学任务外,需要更为关注流动儿童的心理健康问题,有针对性地加以疏导。

五、留守儿童基本情况

留守儿童是指农村地区因父母双方或单方长期在外打工而被交由父母单方或长辈、他人来抚养、教育和管理的儿童。这些留守儿童要么仅由在家的单亲(一般为母亲)看护,要么被留给了祖父母、兄弟姐妹、亲戚、邻居等父母之外的其他人代为照料,他们无法享受到家庭正常的抚养、教育和关爱,儿童权益受到了严重的侵害。不仅如此,由于存在家庭教育缺陷、健康和安全难以得到保证,有的留守儿童从小就染上了诸多不良的社会习气,有的则因心理长期压抑而导致了行为的偏差或性格的扭曲,部分留守儿童甚至成为恶性事件的主谋者或被害人。

1. 留守儿童人数约2 000多万 据国家统计局统计,改革开放以来,我国农村已累计向非农业转移了1.3亿农业劳动力,目前流动的农民工每年大约新增加100万—500万人,如果把离土不离乡的农民工算上,人数则超过2亿人,接近中国的城市人口。这个庞大的农民工后面有2 000多万农村留守儿童。2004年,全国15岁以下的留守儿童人数约有1 000万人左右,并在逐年递增。

(数据来源:方烨:《农村1 000万"留守儿童"状况堪忧》,《经济参考报》,2005年1月8日)

2. 留守儿童的分布结构 据中央教科所对江苏省沭阳县、宿豫县、甘肃省秦安县、榆中县、河北省丰宁县五个县的调查[36]表明,在农村接受义务教育的在校生,年龄分布在 7—18 岁之间,男生人数占 59.1%,女生人数占 38.9%;留守儿童人数占总样本数 47.7%,其中,男性留守儿童占留守儿童总数 62.2%,女性留守儿童占留守儿童总数 35.5%;被调查的学生中有 44.1%住校,53.2%走读,留守儿童中住校学生超过一半,占 54.5%。

长沙市对全市农村留守儿童摸底[37]情况的数据显示,全市农村乡镇 1 310 所中小学校共有留守儿童(学前班至初中)13.4 万余名,占在校学生的 30.0%。在区域结构上,经济薄弱地区留守儿童相对较多。在性别结构上,占在校学生 30.0%的留守儿童中,女童又占留守儿童总数的 45.0%。可见,留守儿童尤其是留守女童的数量大,面临的生活、安全等问题也更为突出。

(数据来源:《"中国农村留守儿童问题研究"第一期调研报告》,中央教育科学研究所教育发展研究部课题组,《新教育》2004 年第 5 期;《长沙市农村留守儿童现状的调查与思考》,长沙市妇联,《长沙论坛》2002 期)

3. 留守儿童占适龄就学儿童数的 47.7% 中央教科所的调查表明,五个县中小学中单亲外出打工的孩子占总样本数 31.5%,双亲外出打工的孩子占总样本数 16.2%,二者合计为 47.7%。也就是说,留守儿童占适龄就学儿童数的 47.7%。从总体来看,五个县中小学中留守儿童父母县城内打工的人数占总样本数的 20.3%,跨县、跨市打工人数占总样本数的 37.6%,跨省打工人数占总样本数的 21.6%。此外,甘肃省秦安县、甘肃省榆中县、河北省丰宁县分别有 19.8%、13.1%、17.7%的留守儿童不知道自己的父母在什么地方打工。

长沙市对该市周围的四个县级市的留守儿童调查表明,留守儿童父母外出,绝大多数都是异地务工。调查摸底显示,留守儿童父母外出学习的只占 0.04%,从政的只占 0.06%,经商的占 14.9%,而外出务工的占到了 85.0%。这些外出人员中,在本地的占 20.6%,跨地区的占 36.5%,跨省的占 42.9%。

六、留守儿童监护状况

1. 留守儿童以单亲监护为主 中国农业大学人文与发展学院叶敬忠教授与"国际计划(中国)"合作,于 2004 年 9 月年对陕西、宁夏、河北和北京地区的 10 个县 10 个村的留守儿童进行了深入调查[38](以下简称"中国农业大学调查"),结果显示,留守儿童监护类型主要有四种:隔代监护(即由祖辈抚养的监护方式,在父母均外出打工的家庭,基本上采取这种方式)、父亲或母亲单亲监护、亲戚监护(指由儿童父母的同辈人,即亲戚或朋友来监护的方式)、同辈监护(哥哥姐姐等)或自我监护(即儿童自己管理自己)。其中以单亲监护为主,占所有监护人的 79.2%;其次是隔代监护,占 16.9%;亲戚监护、同辈监护和自我监护的情况不多,约占 3.9%。

中央教科所的调研表明,有 53.4% 的留守儿童与妈妈生活在一起,有 3.0% 的留守儿童和爸爸生活在一起,生活上的"单亲家庭"合计为 56.4%;有 4.9% 的留守儿童和外公外婆生活在一起,有 27.3% 的留守儿童和爷爷奶奶生活在一起,隔代抚养为 32.2%;有 4.1% 留守儿童和其他亲戚生活在一起,有 0.9% 留守儿童寄养在别人家里,家庭缺失情况较为严峻。

中南社会调查研究所的[39]调查显示:夫妻双方都在外的务工人员较多,儿童成为某种意义上的"孤儿"或"单亲孩子"。57.2% 的被访者是夫妻双方在外打工,35.7% 被访者是丈夫在外、妻子留在农村。被访者中,47.1% 将孩子留在农村和爷爷奶奶或外公外婆生活;27.1% 将孩子留在农村和其他亲戚住在一起;18.7% 将孩子带在身边;7.1% 将孩子寄宿在老家的学校。

在这几种监护类型中,留守儿童都存在着不同程度的生活和心理负担。母亲作为监护人的留守儿童,在生活上能得到最好的照顾,亲戚监护次之,祖辈监护较差,而同辈或自我监护类型下的留守儿童生活状况最差。另外,隔代监护下的儿童所反映出来的问题最严重,由于祖辈的年老、较低的文化程度和过度溺爱,留守儿童无法享受到正常的家庭教育和关怀,性格和心理上均有可能出现偏差。而单亲监护和同辈或自我监护类型的监护人压力最大,家庭成员的外出增加了他们的劳务负担,他们要承受照顾家人和从事更多农业生产的双重负荷。

(数据来源:《关注留守儿童》,社会科学文献出版社,叶敬忠,2005 年;《"中国农村留守儿童问题研究"第一期调研报告》,中央教育科学研究所教育发展研究部课题组,《新教育》2004 年第 5 期;武汉地方志 2005 年年鉴)

2. 47.0% 的留守儿童与祖辈生活在一起　青岛市的调查[40]显示,29.6% 的祖辈很少与老师联系,14.0% 的祖辈从来不与孩子的老师联系;16.5% 的祖辈有时候会参加学校家长会,7.4% 很少参加家长会,4.1% 从来不参加家长会,他们不能及时了解留守儿童在学校的表现情况,将教育孩子的责任完全推给学校。祖辈往往缺乏教育能力,47.0% 的留守儿童因父母同时外出打工而与祖父母或外祖父母生活在一起。这些祖辈中从未上过学的占 45.1%,小学文化的占 50.6%,初中文化的占 3.0%,高中以上文化的仅占 1.3%。由于受教育程度偏低,他们基本没有能力辅导、帮助留守儿童学习。而且由于年龄偏大,他们往往自身行动不便,精力有限,有的本身就在一定程度上需要看护,因此他们花在留守儿童身上的精力就更不足了。另外,由于是隔代抚养,留守儿童与祖辈年龄相差悬殊,存在较深代沟,无法交流沟通。

(数据来源:《青岛市农村留守儿童状况调查报告》,青岛市妇联,《半岛都市报》,2007 年 3 月 28 日)

3. 留守儿童监管人或监护人的文化程度普遍偏低　监护人对留守儿童学习介入过少导致了儿童较多的学习问题。一方面,那些父母在外的家庭,由于爷爷奶奶、外公外婆的文化水平较低,对孩子学习上的问题往往不能给予帮助;另一方面,父母一方在家的家庭,留在家里的父亲或母亲由于承担了全部的家务和田间工作,也没有时间去关注孩子的学习。中国农业大学的调查显示,留守儿童中需要辅导但没有人来辅导的人数所占比例达到了 21.0%。这同时也说明了另外一个问题,由于农村人口文化素质普遍偏低,与城市相比,父母对孩子学习上的辅导相对要少了很多。

一般来说,父母同时外出打工的,孩子绝大多数是和爷爷奶奶或外公外婆生活在一起。安徽省妇联对巢湖市的摸底调查[41]显示,这部分留守儿童占到了总数的 33.2%,而寄住在学校老师家、由老师监管的留守儿童有 1.4%,由亲戚朋友或别人托管的留守儿童有 15.0%。除此以外,50.4% 的留守儿童是和留守在家的母亲或父亲一起生活。从统计的数据看,留守儿童监管人或监护人的文化程度普遍偏低,其中只有小学文化的占 45.7%,初中文化程度的占 38.8%,高中文化程度的仅占 5.3%,另外还有约 9.4% 的人为文盲和半文盲。

山东省临沭县对留守儿童家庭教育的调查表明:在隔代监护和亲朋监护的情况下,他们通常是把孩子的安全放在第一位,其次是学业成绩和物质上的满足,以便向孩子的父母交代;而对于孩子行为习惯的养成,对于孩子心理和精神上的需要却很少关注。

四川广安市文明办对当地农村留守儿童的调查[42]表明,在爷爷奶奶等祖辈管理教育留守儿童时,有 80.0% 的人认为教育管理有些吃力,有 15.0% 的人认为"无所谓,基本不管"。

(数据来源:《关于农村留守儿童状况的调查与思考》,包素兰,安徽省政协第九届四次会议第二次大会发言稿;《农村留守儿童家庭教育的现状与对策》,朱梅,临沭县妇联 2006 年调研报告;四川省广安市文明办,《四川省广安市农村留守儿童现状调查》,2006 年 4 月 30 日)

4. 44.0% 留守儿童一年仅与父母见一次面 长沙市对留守儿童的问卷调查结果显示,大多数留守儿童与父母缺乏沟通,有的甚至很少见面。其中与父母见面"半年一次"的为 53.0%,"一年一次"的为 44.0%,选择"两年一次"和"两年以上一次"的为 3.0%,其中有的父母双方外出六年未回过一次家。有 45.0% 的留守儿童根本不知道父母的打工地点和打工情况,有 76.0% 的留守儿童没有去过父母打工的地方。在与留守儿童的座谈中,除个别孩子不想或偶尔想父母外,他们大都表示经常想念在外的父母,有的甚至一提起父母就眼泪汪汪。对"父母外出后,你有什么心理变化"一题,10.0% 的留守儿童回答没有,其余 90.0% 的留守儿童都有不同程度的心理变化,这其中,留守女童大多选择"抑郁"、"恐惧",留守男童则更多地选择"易怒"、"焦虑"。

《湖南农村留守儿童调查报告》[43]显示,父母亲外出打工年限在两年以上的为 62.0%,父母外出打工三年以上的 26.0%,有的父母外出时间长达 13 年。65.3%

的孩子没去过父母亲工作的地方,很少与父母电话联系的 23.3%,非常想念父母的 64.1%,常和父母电话联系的还不到一半。

四川广安市的调查显示,76.0% 的留守儿童"希望父母能回来,一家团聚",有些留守儿童并不希望父母外出打工。在调查中发现,尽管有 84.8% 的外出务工父母半个月或一个月与孩子联系一次,但仍有 10.3% 的父母半年以上联系一次,有 5.0% 左右的父母一年基本上不与孩子联系。相当部分的外出父母一年返家探亲一次,有的甚至几年不回家。

中南社会调查研究所的调查结果表明,农村留守儿童渴望得到父母关爱。被访的儿童中,57.1% 不想让父母出去,希望和他们生活在一起;57.2% 认为住在一起的亲戚没有父母对自己好;76.0% 表示愿意被父母带到打工的地方一起生活。孩子多数认为所谓的监护人对自己的约束较少,对自己的教育也少,遇到问题多半自己解决。

5. 88.2% 的留守儿童只能通过电话与父母联系　另据其他有关留守儿童的调查数据显示,有 88.2% 的留守儿童只能通过电话与父母联系,其中 53.5% 通话时间在 3 分钟以内,并且一周或更长时间才能与父母联系一次的比例达到 64.8%,甚至有 8.7% 与父母没有联系。这些留守儿童中,有焦虑心理的占 27.4%、抑郁的占 27.6%,有恐惧感的占 24.5%、易怒的占 22.7%。

(数据来源:《农村留守儿童家庭教育的调查研究报告》)

6. 近九成留守儿童希望和父母住在一起　湖北省荆门市妇联在 2006 年 5 月对全市部分农村中小学中开展的留守儿童的调查[44]显示,87.9% 的孩子非常希望或比较希望能和父母住在一起,渴望感受父母的关心和爱抚。和父母不能在一起,使 6.6% 的孩子因此产生了较强烈的委屈感,感到沮丧、提不起精神。还有 62.4% 的孩子偶尔会感到委屈。但也有部分孩子长期和父母分开,习惯了父母不在身边的日子,对父母的感情比较冷漠,8.8% 的孩子偶尔会产生和父母住在一起的想法,2.8% 的孩子没有想过和父母住在一起。随着与父母的分离,90.0% 的孩子担心父母在外工作太辛苦,或出现健康问题;40.3% 的孩子担心自己的学习不好,对不起在外的父母;45.3% 的孩子担心身边的人生病,自己无法照顾,自己无人照顾;54.2% 的孩子很担心或比较担心安全问题。

(数据来源:《湖北荆门农村留守儿童状况调查》,李顶国,荆门市妇女联合会调查研究报告,2007 年 3 月 27 日)

七、留守儿童的学习状况

1. 监护人对留守儿童学习和生活等问题介入较少　长沙市通过对留守儿童家庭和学校的走访了解到,小学阶段的留守儿童学习兴趣和学习成绩相对较好,初中阶段的留守儿童除少部分表现优秀外,大部分表现一般甚至较差。统计数据显示,留守儿童的学习表现为优秀的只占 11.97%,为良好的占 29.46%,为一般的占 36.68%,表现较差的留守儿童占到了 21.88%。

中央教科所对留守儿童在学习和生活中寻求帮助的对象情况进行分析发现:在学习上遇到问题,留守儿童选择的第一倾诉对象是教师,比例为 67.0%,第二为同伴,比例为 24.1%,家人的比例为 6.1%;生活中有了烦恼,留守儿童选择的第一倾诉对象为教师,比例为 34.0%,第二位为同伴,比例为 33.9%,家人的比例为 28.8%。这样的结果与样本校中半数留守儿童住校相关。在对非住校留守儿童群体的分析中发现,同伴的作用上升。在学习上遇到了问题,非住校留守儿童选择的第一倾诉对象是教师,比例为 61.5%,第二为同伴,比例为 26.6%,家人的比例为 8.1%;生活中有了烦恼,非住校留守儿童选择的第一倾诉对象为同伴,比例为 39.7%,第二位为家人,比例为 36.8%,选择老师的比例为 19.2%。在学习上遇到了问题,非留守儿童选择的第一倾诉对象是教师,比例为 52.0%,第二为同伴,比例为 34.9%,家人的比例为 9.7%;生活中有了烦恼,非留守儿童选择的第一倾诉对象为同伴,比例为 44.5%,第二位为家人,比例为 36.1%,教师的比例为 14.3%。数据显示,监护人对留守儿童学习和生活等问题介入较少。

2. 近半数留守儿童学习成绩较差 新华社记者周俏春、邬焕庆与四川省仁寿县教育部门于 2004 年联合对全县 2 000 名打工子女的学习成绩进行了抽样调查,结果发现,48.0%的留守儿童学习成绩较差(每学期均有不及格科目),40.0%的学生成绩中等偏下。留守儿童的成绩出现两极分化,但这种分化极不平衡,成绩好的比例偏低。由于缺乏督促与鼓励,大多数留守儿童学习动力不足,没有成就感,成绩一般;只有少数自控能力较好的留守儿童能够刻苦、认真学习,成绩优异。留守小学生中,家长外出前后由"好"与"一般"变"差"的为数不少,且呈不断增多的趋势。留守中学生中,90.0%是住校学生,由"好"变"坏"的比例占到 10.0%。临时监护人的监管不力造成留守学生学习落后。不少留守儿童学习目的不明确,学习习惯不好,不能完成家庭作业,逃学和辍学等情况时有发生。

(数据来源:《农村"留守子女"问题之社会和政策因素简析——基于湖北京山县的调查》,彭大鹏、赵俊清,《基础教育参考》2005 年第 1 期)

四川广安市的调查结果显示,有 15.0%的留守儿童成绩很差,倒数几名的大部分是留守儿童;大多数教师也认为留守儿童大都是"双差生"、"问题儿",他们对学习和生活缺乏热情,进取性、自觉性不强,有厌学倾向。在抽样的 13 484 名留守儿童中,留守学生的学习成绩优秀的 1 568 人,占 11.6%;较好的 3 230 人,占 24.0%;中等偏差的 6 140 人,占 45.5%;较差的 2 546 人,占 18.9%。可以看出,留守学生的成绩大多处于中等偏差状况。

安徽省妇联在对本省的留守儿童的调查中发现,巢湖市留守儿童中有 2.23%的孩子不能正常接受九年制义务教育。据无为县关工委的调查,该县初中以上学校中,考试成绩差的学生 80.0% 是留守儿童。庐江县汤池镇初级中学的调查显示,700 多名留守儿童中,成绩好的占 4.0%,成绩一般的占 64.0%,成绩差的占 32.0%,能升入高中继续学习的不到 1.0%。

八、留守儿童的情感与社会关注

1. **半数留守儿童有烦恼或困难时选择"闷在心里"** 中南社会调查研究所的调查表明,留守儿童的性格、心理等因与父母缺乏交流发生不良变化。被访的父母中,60.0% 的父母半个月或一个月和孩子联系一次;10.0% 的父母平时很少联系,只在过年过节时回家看看。长期不在孩子身边,42.9% 的父母感觉孩子由于缺乏父爱和母爱,与自己产生了隔阂;28.6% 感觉孩子变得不爱说话,性格孤僻;21.4% 发现孩子交了一些不三不四的朋友,经常惹事;7.5% 感觉孩子明显不爱回家,大多数时间在外面;43.0% 的父母认为外出务工会对孩子的教育产生不良影响。被访的留守儿童中,50.0% 表示遇到烦心事或困难会闷在心里;28.6% 的儿童会和自己要好的同学或朋友说;14.3% 的儿童会和住在一起的亲戚说;只有 7.1% 的儿童表示会和父母联系。

2. **半数多留守儿童将"当大老板、拥有很多钱"作为自己的人生理想** 在四川广安市的问卷调查中,当问及"你的理想是什么"时,51.0% 的留守儿童选择"当大老板、拥有很多钱";20.0% 的留守儿童说"做一个对社会有用的人";5.0% 的留守儿童选择"当科学家,为国家作贡献",还有 10.0% 的留守儿童选择其他,9.0% 的留守儿童回答说"不知道",这表明很大部分留守儿童思想出现偏差,具有远大理想、热爱祖国等优良品质的留守儿童越来越少。调查发现,在中学阶段,留守儿童中心理不健康的比例要明显高于非留守儿童,通常表现出冲动、好怒、焦虑、神经质、自闭等不良心理特征。

3. **情感孤寂成为留守儿童的最大问题** 根据湖南《农村留守儿童问题调查报告》,"缺失父母"对留守儿童的成长带来巨大困惑,情感孤寂成为留守儿童最大的问题。调查显示,在道德行为指标方面,经常有课堂违纪行为的占 13.7%、有抽烟等不良行为的占 27.7%、很少参加集体活动的占 28.9%、经常撒谎欺骗师长的占 15.4%;在社交能力指标方面,社交能力较差的 34.5%、好朋友数目较少的占 35.8%、留守中学生心理问题检出率 57.14%。

4. **八成多外出打工父母在电话中与留守子女谈学习为主** 青岛市妇联的调研显示,当父母从外地回来时,22.0% 的留守儿童感觉和父母没出去以前不一样,有陌生感;与父母出去打工前相比,38.0% 的留守儿童觉得自己感到孤单;75.0% 的留守儿童非常想念在外打工的父母。据调查,33.0%的留守儿童是在6－9岁时父母外出打工的,18.0%的留守儿童是在9－16岁时父母外出打工的,这正是留守儿童身心发展、需要父母关爱的年龄。但父母常年在外打工,相互间主要靠电话进行联系。而在电话联系时父母最常谈到的话题依次是:学习(82.0%)、安全(58.0%)、健康(34.0%)、听老师的话(31.0%)、听从监护人的话(31.0%),对于孩子心理方面的需求却很少过问,在被调查的父母中,关心孩子是否快乐的占7.0%、有没有受人欺负的占5.0%、交友的占3.0%、最近是否有心事占的2.0%。从调查来看,当留守儿童自己不开心,40.0%的想去找父母,34.0%想让父母安慰自己,29.0%觉得没有人关心自己,11.0%觉得自己什么都不如别人,14.0%觉得生活没有意思,5.0%不想念书了,甚至有7.0%想离家出走。留守儿童的父母由于常年在外,很少陪伴孩子,心里觉得愧疚,一旦回到家里,对孩子几乎是百依百顺,尽量满足孩子提出的要求,即使孩子做错了事也一味迁就,有时明知这样做是不对的,但就是狠不下心来管教孩子,这在无形中助长了留守儿童依赖感强、任性等不良行为习惯。

5. 近六成教师从来不对留守儿童进行家访 由于留守儿童父母常年在外打工,祖辈又很难承担起对他们的教育责任,所以留守儿童应该受到学校的特别关爱。另外,由于家庭生活的不完整,留守儿童在心理发展上存在更多的困惑与问题,他们需要学校给予更多的帮助与疏导,需要通过老师、集体的温暖弥补亲子关系缺失对其人格健全发展形成的消极影响。从青岛市的调查情况看,69.0%的监护人希望由学校主办培训班或家长学校;64.0%的监护人希望老师和学校要经常与监护人联系;57.0%的监护人希望老师要加强孩子的心理辅导工作,50.0%的监护人希望学校要多组织孩子们一起活动。由于一些学校偏重于学生的学习成绩,对留守儿童缺乏特别的关爱,不能主动和监护人联系。从对留守儿童监护人的调查看,学校老师经常家访的为零,有时候家访的占14.0%,很少家访的占29.0%,从来不家访的占57.0%,这与监护人的需求相比有较大差距。由于老师极少或者从来不对留守儿童进行家访,没法向监护人了解他们在家庭中的真实情况,家庭教育与学校教育不能实现有效对接,影响了留守儿童的学习和其他方面的发展。

6. 留守女童更容易受到侵害 农村留守儿童的现状调查和对策研究明显滞后于对城市流动儿童的研究,后者起步早,部分地区有联合国项目的推动,现已日渐成熟,有关问题的研究也受到社会各界的高度重视,全国各地政府出台了因地制宜的措施,来有效解决流动儿童的教育问题。而留守儿童的教育现状及对策研究正处于起步阶段,政府及有关部门对留守儿童存在的主要问题和对策研究匮乏,由此导致社会舆论关注不够,相应的也就阻碍了相关政策的出台,未能有效推动社会各界合力及早改善留守儿童的生存现状。据安徽庐江县公安局的调查,该县近年来未成年人违法犯罪人数中,留守儿童占15.0%,尤其是女孩容易被侵害。

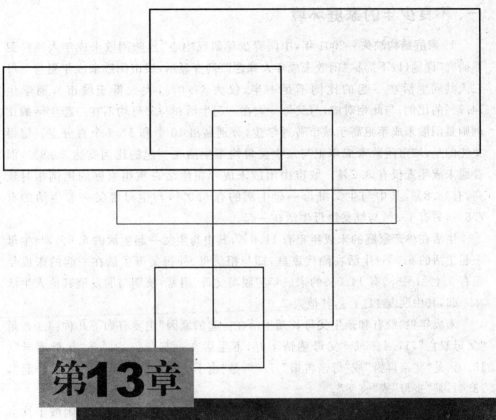

第13章

不良少年

一、不良少年的家庭环境

1. 家庭结构缺失 2001 年,中国青少年研究中心"预防闲散未成年人违法犯罪研究"课题(以下简称"闲散未成年人课题")调查显示,城市闲散未成年犯与父母二人共同生活在一起的比例不足一半,仅为 47.0%,大大低于城市普通学生 74.7% 的比例;与此相对应,与父母一人在一起生活和与父母均不在一起生活的比例则是闲散未成年犯高于城市普通学生,分别高出 10 个和 17.7 个百分点。值得关注的是,城市闲散未成年犯与亲生父母均不生活在一起的比例高达 25.9%,而普通未成年人仅有 8.2%。城市中闲散未成年犯生活在重组家庭的比例相对较高,有 13.8%,其中与生父继母一起生活的有 6.0%,与生母继父一起生活的有 7.8%,另有 1.3% 与继父继母生活在一起。

生活在单亲家庭的未成年犯有 11.6%,其中与生父一起生活的 5.6%,与生母一起生活的 6.0%;生活在隔代家庭,即与祖父母、外祖父母生活在一起的未成年犯有 3.4%;另外,有 14.0% 的未成年犯脱离父母、祖辈,长期与朋友或其他人生活在一起,其中朋友 11.4%,其他人 2.6%。

未成年犯"没有和亲生父母长期生活在一起的原因"主要有如下几种:4.0% 是"父母双亡",17.4% 是"父母感情不好,不生活在一起",17.9% 是"父母离异",18.0% 是"父亲再婚"或"母亲再婚",7.7% 是"由于工作限制,父母不生活在一起",13.4% 是"丧母"或"丧父"。

可见,未成年人不与亲生父母生活在一起,失去父母的关照,对其闲散于社会乃至犯罪有重要影响。离异家庭子女的教育问题在预防未成年人犯罪工作中尤其应当引起重视。在父母不和睦的家庭环境中生活对未成年人的不良影响相对较大。在没有冲突情况下父母的分居,对孩子的不利影响大大少于"由于父母感情不好"而"不生活在一起"的家庭。重组家庭在很大程度上改变了未成年人的家庭生活环境,如果家庭关系处理不好,往往会出现他们心理上的不适应或者对继父母的排斥,这种状况同样会对未成年人成长造成负面影响。

(数据来源:《预防闲散未成年人违法犯罪研究报告》,中国档案出版社,2002 年 12 月)

2. 工读学生中父母离异在五分之一以上 2005 年,中国青少年研究中心"中国工读教育研究"课题[45](以下简称"工读教育课题")对工读学生和普通学校学生的父母情况和家庭结构情况作了对比,工读学生的家庭问题更为突出(见表 13.1 与表 13.2)。

表 13.1 工读学生与普通学生父母情况比较(%)

父母情况	工读学生	普通学校学生
父母健全,关系和睦	63.3	83.2
父母离异	20.1	6.1
父母虽没有离异但感情不和	7.4	6.0
父母一方或双方死亡	6.2	1.9
其他(父母身份不明、入狱等)	3.0	2.8
合计	100	100

从总体上看,工读学生中"父母健全,关系和睦"的低于普通学校学生近 20 个百分点,父母离异的在五分之一以上,高出普通学校学生 2 倍多。

表 13.2 工读学生与普通学校学生家庭结构比较(%)

家庭结构	工读学生(n=1 053)	普通学校学生(n=1 004)
亲生父母健全的二代家庭	43.9	60.2
单亲家庭	8.6	4.2
重组家庭	6.4	2.9
继父母家庭	0.2	0.0
主干家庭(父母加孩子)	31.6	27.7
隔代家庭(与祖父母共同生活)	2.7	1.1
其他(包括继父母)	6.8	4.0
卡方检验	$\chi^2=73.427$ df=6 $P<0.001$	

可见,生活在单亲家庭、重组家庭、隔代家庭等特殊家庭,不能接受亲生父母完整家庭教育的工读学生,明显多于普通学校学生。生活在健全的核心家庭中的工读学生不足 50.0%。

(数据来源:《中国工读教育研究报告》,中国人民公安大学出版社,2007 年 1 月)

3.闲散未成年犯大多家庭关系紧张 闲散未成年人课题调查表明,未成年犯的家庭关系中存在诸多方面的不和谐。他们与父亲关系"不太好"和"很不好"的为 25.1%;与母亲关系"不太好"和"很不好"的为 12.5%;本人与其他家庭成员关系"不太好"和"很不好"的为 11.9%;父亲与母亲关系"不太好"和"很不好"的为 27.2%。

城市闲散未成年犯与父亲关系"很不好","经常"离家出走的占 73.0%,有过 1 次-3 次离家出走经历的占 15.9%,没有离家出走经历的为 11.1%;而与父亲关系"非常好""经常"离家出走的占 45.6%,有过 1-3 次离家出走经历的占 26.6%,没有离家出走经历的为 27.8%。与母亲关系"很不好","经常"离家出走的占 69.6%,有过 1—3 次离家出走经历的占 21.7%,没有离家出走经历的为 8.7%;而与母亲关系"非常好""经常"离家出走的占 43.8%,有过 1—3 次离家出走经历的占 31.8%,没有离家出走经历的为 24.4%。

4. **城市闲散未成年犯受父母不良影响最多**　闲散未成年人课题调查表明,有 13.5% 的未成年犯认为在生活中对自己不良影响最大的人是父亲、母亲;城市未成年犯有 13.4%,农村未成年犯有 13.3%;非闲散未成年犯有 12.2%,闲散未成年犯有 14.1%;在城市不同未成年人群体中,城市闲散未成年犯达到 14.6%,而城市普通学生只有 6.1%。相比较而言,在未成年犯中,城市闲散未成年犯受父母的不良影响也是最多的。

全部未成年犯回答"对于你的犯罪,你认为和哪些人有关"这一问题时,认为与父母有关的占 25.1%,其中父亲 13.1%,母亲 12.0%。在未成年犯中,城市闲散未成年犯的犯罪率与父母有关的最多,达到 29.0%。

反映父母自身素质的另一个指标是父母的文化素质。该项课题被调查的未成年犯父母为文盲的平均高达 14.3%,比全国的文盲率高出 7.6 个百分点,小学文化程度的平均为 36.7%,也高出全国比例。而高中及以上文化程度的则明显偏低。

由此可见,在未成年犯中,城市闲散未成年犯受父母的不良影响最大、其犯罪与父母相关的比例最高,帮助其父母提高素质是预防城市闲散未成年人犯罪的基本前提。

5. **父亲比母亲更多地采用"打骂"的方式教育子女**　闲散未成年人课题调查表明,绝大多数父母对孩子的不良行为并非放任不管,他们以说服教育、打骂等不同的方式去教育孩子(见表 13.3)。

表 13.3　全部未成年犯父母的教育方式(%)

教育方式 未成年犯行为	父　亲			母　亲		
	说服教育	打骂	不管不问	说服教育	打骂	不管不问
说谎被揭露	66.3	27.1	6.6	78.0	16.1	5.9
欺负同学	53.6	32.9	13.6	69.6	20.2	10.3
抢别人钱物	37.8	55.4	6.8	57.7	35.6	6.7
偷拿别人东西	33.7	60.8	5.5	52.0	40.9	7.1
结交有违法行为的伙伴	63.3	27.0	9.7	71.9	18.8	9.3

从总体上看,平均 60.0% 的父母对子女采取说服教育的方式。当孩子有不良行为的时候,父亲采取"打骂"、"不管不问"等不良教育方式明显高于母亲,尤其突出表现在打骂的比例明显偏高,高出大约 10—20 个百分点。尤其在性质较为恶劣的行为

上,比如"抢别人钱物"和"偷拿别人东西",父亲采取"打骂"教育方式的接近60.0%,不良的教育方式更易使这些未成年人产生惧怕、抵制、逆反甚至仇恨的心理。

6. **工读学生家教方式严重不科学**　工读教育课题调查发现,在全部工读在校生中,"父母忙于工作没有时间管孩子的"有24.3%;"父母教育方法有问题的"有45.4%。在工读学生和普通学校学生家庭教育情况比较中,反映出更多的家庭教育方面的问题(见表13.4)。

表13.4　工读学生与普通学生家庭教育情况比较(%)

家庭教育情况	学生分组	很不符合	不太符合	比较符合	非常符合
家里人总是鼓励我	工读学生(n=1 038)	8.8	19.8	44.0	27.4
	普通学生(n=998)	5.1	16.2	44.8	33.9
家里人经常听取我的意见和想法	工读学生(n=1 038)	15.5	34.1	38.0	12.4
	普通学生(n=998)	8.5	28.7	45.2	17.6
家里人经常批评我	工读学生(n=1 019)	11.1	39.6	33.1	16.2
	普通学生(n=987)	13.8	48.1	27.7	10.4
家里人对我管教很严	工读学生(n=1 015)	10.8	26.5	38.2	24.4
	普通学生(n=987)	7.9	21.7	45.1	25.3
家里人经常威胁我	工读学生(n=1 012)	65.5	21.8	9.1	3.6
	普通学生(n=983)	80.7	14.3	3.0	2.0
家里人对我很娇惯	工读学生(n=1 015)	28.9	33.7	27.1	10.3
	普通学生(n=987)	41.9	40.8	14.4	2.8
家里人总是训斥我	工读学生(n=1 020)	31.6	40.5	20.7	7.3
	普通学生(n=990)	44.7	38.7	12.7	3.8
家里人经常打我	工读学生(n=1 015)	51.8	32.3	11.0	4.8
	普通学生(n=993)	69.0	24.7	4.5	1.8
父母忙于工作,没有时间管我	工读学生(n=1 017)	32.1	31.6	24.3	12.1
	普通学生(n=992)	44.1	36.0	14.6	5.3
家里人经常为怎样教育我闹矛盾	工读学生(n=1 014)	33.4	31.4	23.4	11.8
	普通学生(n=989)	47.0	33.4	14.0	5.7
家里人只关心我的学习,不关心其他方面	工读学生(n=1 019)	36.7	37.5	14.8	11.0
	普通学生(n=989)	46.1	31.3	15.1	7.5
家里人很关心我的品行	工读学生(n=1 015)	5.5	12.7	35.8	46.0
	普通学生(n=988)	4.3	6.5	31.7	57.6
家里人很关心我的心理状况	工读学生(n=1 023)	14.8	21.8	36.2	27.3
	普通学生(n=997)	8.2	18.1	34.4	39.3

在全部家人的教育行为中,有利于孩子的方面如"家里人总是鼓励我"、"家里人经常听取我的意见和想法"、"家里人很关心我的品行"、"家里人很关心我的心理状况"等,均是普通学校学生的肯定回答高于工读学校学生;而不良教育行为如"家里人经常威胁我"、"家里人对我很娇惯"、"家里人总是训斥我"、"家里人经常打我"、"父母忙于工作,没有时间管我"、"家里人经常为怎样教育我闹矛盾"等,都是工读学校学生的肯定回答高于普通学校学生。

7. 一半以上未成年犯因父母打骂、责备离家出走 闲散未成年人课题调查表明,当未成年犯有某些不良行为时,父母对其打骂的都占相当的比例(见表13.5)。

表13.5 未成年犯不良行为与家人打骂情况的交互分析(%)

未成年犯行为	选择"经常打骂"		未选"经常打骂"		卡方检验
	有	无	有	无	
说谎被揭露	91.6	8.4	84.3	15.7	$\chi^2=12.608$ df=1 $P<0.001$
欺负同学	75.1	24.9	66.8	33.2	$\chi^2=9.251$ df=1 $P<0.01$
抢别人钱物	71.4	28.6	60.6	39.4	$\chi^2=14.366$ df=1 $P<0.001$
偷拿别人东西	74.2	25.8	55.7	44.3	$\chi^2=40.550$ df=1 $P<0.001$
结交有违法行为的伙伴	84.5	15.5	76.8	23.2	$\chi^2=9.834$ df=1 $P<0.01$

调查还表明:未成年犯离家出走,有一半以上与父母打骂和责备有关,其中6.5%是"父母无缘无故打骂",27.5%是"自己犯错误怕父母责备",17.7%是"自己犯错误被父母打骂"。

8. 城市闲散未成年犯比城市普通学生性格"暴躁"的高出整一倍 未成年犯的性格特点一定程度上是父母管教方式的反映。调查显示,在家里被"经常打骂"的孩子不良性格特点最为明显,有25.7%的孩子"自卑";有22.1%的孩子"冷酷";有56.5%的孩子"暴躁";自述性格"暴躁"的闲散未成年犯高达59%。

在家里经常遭家人打骂的孩子,其有暴力行为的比例明显高于在家中没有受到"经常打骂"的孩子的比例(见表13.6)。

表13.6 未成年犯暴力行为与家人"经常打骂"情况交互分析(%)

暴力行为		经常打骂		卡方检验
		有	没有	
打架斗殴	没有	21.5	14.7	$\chi^2=9.100$ df=1 $P=0.003$
	有	78.5	85.3	
携带管制刀具 屡教不改	没有	77.9	70.4	$\chi^2=11.504$ df=1 $P=0.001$
	有	22.1	29.6	

暴力行为		经常打骂		卡方检验
		有	没有	
多次拦截殴打他人	没有	74.4	64.8	$\chi^2=17.219$ df$=1$ $P=0.000$
	有	25.6	35.2	
强行索要他人财物	没有	68.3	54.6	$\chi^2=303.652$ df$=1$ $P=0.000$
	有	31.7	45.4	

9. 城市闲散未成年犯大多"娇生惯养"　闲散未成年人课题调查表明,在全部未成年犯中,家里人对他"娇生惯养"的有 26.7%;"大部分事情都顺着"他的有 40.0%,闲散未成年犯比非闲散未成年犯高出 4.2 个百分点。从城市闲散未成年犯和城市普通学生的比较中,在家里被"娇生惯养"的城市闲散少年犯有 30.9%,而城市普通未成年人仅为 4.7%;家里人"大部分事情都顺着"的城市闲散少年犯有 47.6%,而城市普通未成年人仅为 24.4%;每个月的零花钱在 100 元以上的城市闲散少年犯有 41.8%,而城市普通未成年人仅为 12.6%;在对金钱的认识上,18.8% 的城市闲散少年犯愿意与有钱的人交朋友,比城市普通未成年人高出 9 个百分点;31.0% 的城市闲散少年犯崇拜能挣大钱的人,比城市普通未成年人高出 20 个百分点。

二、不良少年与工读学校

1. 我国现有工读学校 67 所　工读学校是以教育转化违法和轻微犯罪少年为主要任务的特殊学校。早在 20 世纪 50 年代,我国就以这种方式将有违法或轻微犯罪行为的未成年人送到工读学校接受法制教育、劳动教育,矫正不良行为,学习文化知识,避免了过早的司法干预带来的不利影响,利于这些未成年人改正错误,健康成长。

根据工读教育课题的调查,我国现有工读学校 67 所,分布在 22 个省、自治区和直辖市。其中上海、辽宁、北京、重庆 4 个地区的工读学校普及率较高,基本分布于该省、市的各行政区,分别为 13 所、10 所、6 所和 5 所,共计 34 所,占了全部工读学校的 50.7%;有 2～4 所工读学校的省市是安徽、广东、广西、贵州、河南、湖北、吉林、江苏、天津、浙江等 10 个省市,共计 25 所,占全部工读学校的 37.3%;有 1 所工读学校的省市是福建、黑龙江、湖南、内蒙、山西、陕西、四川、云南,共计 8 所,占全部工读学校的 11.9%。河北、江西、山东、海南、西藏、甘肃、青海、宁夏、新疆等 9 省、自治区目前没有工读学校。

工读学校位于市区的 31 所,占 46.3%;位于郊区的 36 所,占 53.7%。位于郊区的学校距市区最近的 2 公里,最远 40 公里,平均距市区 14.2 公里。超过 10 公里的占 58.8%,超过 20 公里的占 17.5%。

2. 工读学校建筑面积最大为 3 万平方米 工读学校建筑面积最小的 300 平方米,最大 30 000 平方米,平均 46.99 平方米;平均建筑面积最小的 8.5 平方米,最大 198 平方米,平均 5915.77 平方米。其中 10 平方米及以下的工读学校占 11.1%,11 平方米以上至 30 平方米的工读学校占 26.7%,30 平方米以上至 50 平方米的占 35.6%,50 平方米以上的占 26.7%。

学校占地面积最小的 867 平方米,最大 135 460 平方米,平均占地 21 057 平方米;生均占地面积最大 1 457 平方米,最小 0.6 平方米,平均 185 平方米。其中 20 平方米及以下的占 11.4%,21 平方米以上－50 平方米的占 27.3%,50 平方米以上至 100 平方米的,占 18.2%,100 平方米以上至 200 平方米的占 22.7%,200 平方米以上的占 20.5%。

办学的硬件条件:有 53.1% 的学校自认为"比普通初中差",认为"基本相同"的占 43.8%,只有 3.1% 认为"比普通初中好"。

工读学校 2004 年的经费总额情况是:最少 1.2 万,最多 4 325 万。其中 50 万元以内的工读学校占 9.8%,51 万－100 万元的占 14.8%,101 万－200 万元的占 16.4%,201 万－300 万元的占 18.0%,301 万－400 万元的占 16.4%,401 万－500 万元的占 9.8%,501 万元以上的占 14.8%。

从教学建制的整体情况来看,95.3% 的学校有初中;7.8% 的学校有高中;31.3% 的学校有初职;12.5% 的学校有职业高中;另有 9.4% 的学校有其他形式。

3. 八成工读生入校前有不良行为 工读教育课题的调查结果显示,我国现有的工读学校(有效回答 60 所)自成立以来毕业生总数为 111 855 人,最少的学校 60 人,最多 1 200 人。全部工读在校生 9 130 人,占学校可容纳总量(13 672 人)的 66.8%;从学生性别来看,各工读学校均有男生,男女生都有的学校只占 56.7%;在全部在校生中,男生占 84.6%,女生占 15.4%。

在校生入校前有严重不良行为和一般不良行为的学生达到 80.0% 以上。具体来看,不同情况学生所占的比重是:"有犯罪行为"的占 6.4%,"有严重不良行为"的占 30.0%,"有一般不良行为的"占 52.3%,"没有不良行为,只是学习成绩差或有残障"的占 10.1%,属于"普通正常学生"占 1.2%。

工读生入学途径主要有:"家长慕名而来"占 28.8%;"学校直接建议家长送"占 25.3%;"公安部门强制送"占 13.6%;"教育行政部门强制送"占 10.1%;"公安部门建议,学校协调家长送"占 10.6%;"公安部门直接建议家长送"占 9.1%;"其他"途径占 2.5%。

4. 工读学校学生法制观念、是非观念淡薄 工读教育课题的调查结果显示,工读学生普遍存在的问题是法制观念、是非观念淡漠。比如对喝酒吸烟、打架斗殴等不良行为认为是"非常错"和"错了"的普通学校学生比例分别是 90.2% 和 91.1%，而工读学生的比例只有 50.2% 和 61.9%。在一组对某些不良行为自我辩解的测试中，工读学生对这些看法明确持反对态度的明显低于普通学校学生（见表 13.7）。

表 13.7 工读学生与普通学校学生自我辩解的态度比较(%)

具体看法	学生分组	完全反对	反对	不同意也不反对	同意	非常同意
我不是故意闯祸，而是实在忍不住	工读学生(n=1 027)	14.1	21.3	28.2	25.6	10.7
	普通学校学生(n=995)	22.4	30.1	34.3	10.7	2.6
只要没人受损、受伤，犯法也没关系	工读学生(n=1 011)	31.6	36.2	16.2	11.9	4.2
	普通学校学生(n=994)	57.7	32.1	7.2	2.2	0.7
对方动口骂你，他被打就是活该	工读学生(n=1 012)	14.0	21.9	25.9	24.6	13.5
	普通学校学生(n=992)	32.9	29.8	21.8	11.7	3.8
违反看上去不公正的法律，应该没有问题	工读学生(n=1 008)	21.7	35.6	29.8	9.4	3.5
	普通学校学生(n=988)	43.3	36.5	16.0	3.2	0.9
为了不出卖朋友，我只好闯祸	工读学生(n=1 012)	18.5	22.9	27.7	20.7	10.3
	普通学校学生(n=993)	39.0	30.4	19.9	7.9	2.8

上表反映了工读学生对不良行为乃至违法犯罪行为存有较强的侥幸心理，是非观念、法制观念淡漠。

5. **工读学生的利他倾向比普通学校学生低 30 个百分点左右** 调查发现，工读生人生价值观水平低于普通学生（见表 13.8 和表 13.9）。

表 13.8 工读学生与普通学校学生对人生意义的认识比较(可选多项)(%)

人生意义	工读学生 (n=1 053)	普通学校学生 (n=1 004)
不知道	13.0	4.2
没有意义	10.1	5.2
让自己快乐	62.6	74.2
让家人快乐	42.1	58.0
传宗接代	24.4	8.4
让所爱的人(家人或朋友)快乐	61.2	72.7
贡献社会	26.8	57.7
帮助有困难的人	22.0	51.9

表 13.9　工读学生与普通学生生活目的比较(可选多项)(%)

生活目的	工读学生 (n=1 053)	普通学校学生 (n=1 004)
不知道	11.1	3.1
做个孝顺的子女	58.6	67.3
没有目的	6.4	2.9
做个好同学或好朋友	39.0	63.7
享受人生	43.3	40.6
做个好的男朋友或女朋友	37.3	14.0
学习知识和技能迎接未来的挑战	41.6	69.3
做个好学生	37.3	66.8

从整体上看,工读学生消极的人生态度高于普通学校学生,积极的人生态度则低于普通学校学生。尤其是工读学生的利他倾向,如"贡献社会"、"帮助有困难的人"的比例大幅度低于普通学校学生。

工读学生的生活目的比较盲目,如"不知道生活目的"、"没有目的"均高于普通学校学生。"做个好同学或好朋友"、"学习知识和技能迎接未来的挑战"、"做个好学生"的比例与普通学校学生相差悬殊。

6. 六成以上工读学生曾有过学习的不良感受　工读教育课题的调查结果显示,工读在校生在以前的学校学习成绩普遍偏低,自认为学习成绩在班里属于"上等"和"中上等"的只有 3.5% 和 10.1%,"中等"和"中下等"的有 21.1% 和 33.8%,而"根本跟不上"的高达 31.6%,普通学校学生中的这个比例占 3.5%。表 13.10反映了工读学生在以前学校对学习的感受:

从总体上看,工读学生在以前的学校对学习的不良感受均在六成以上。

表 13.10　工读学生在以前的学校对学习的感受(%)

对学习的感受	很不符合	不太符合	比较符合	非常符合
我对我的学习很有信心(n=1 038)	31.5	38.5	21.7	8.3
我讨厌考试(n=1 033)	12.0	23.5	29.8	34.7
我感觉课堂教学很枯燥(n=1 024)	9.4	23.3	34.5	32.8
我不喜欢考试后排名(n=1 031)	12.3	19.9	27.0	40.8
我感到学习压力很大(n=1 030)	13.7	24.7	29.5	32.1
我对学习感到快乐(n=1 028)	43.0	36.4	13.4	7.2
我总觉得学习跟不上(n=1 030)	12.0	20.2	28.3	39.4

7. 七成工读学生曾有过旷课逃学经历 工读教育课题调查发现,在以前的学校上学期间,有71.3%的工读学生有过旷课逃学的经历,其中"经常有"和"偶尔有"的分别为36.6%和34.7%,而普通学校学生的这个比例只有1.5%和8.5%。当问及他们旷课逃学的原因时,与学习和学校有关的方面占了绝大多数(见表13.11)。

表 13.11　旷课逃学的直接原因(可选多项)

旷课逃学原因	频次(人)	应答次数百分比(%)	应答人数百分比(%)
感到学习负担重	286	12.7	39.3
老师处事不公	172	7.6	23.6
厌恶学习	440	19.5	60.4
犯错误怕受到处罚	137	6.1	18.8
想离校赚钱	89	3.9	12.2
家长不让上学	8	0.4	1.1
和同学关系不好	68	3.0	9.3
想出去玩	545	24.2	74.9
被老师挖苦	146	6.5	20.1
被老师体罚	87	3.9	12.0
被学校处分	104	4.6	14.3
被学校点名批评	101	4.5	13.9
其他	73	3.2	10.0
全部回答	2 256	100	309.9

8. 半数左右工读学生经常打架斗殴夜不归宿 工读教育课题调查结果显示,现有学生中有犯罪行为的占6.4%,有严重不良行为的占30.0%,有一般不良行为的占52.3%,没有不良行为只是学习成绩差或有残障的占10.1%,属于普通正常学生的占1.2%。对学生本人的调查结果显示,工读学生不良行为的严重程度明显高于普通学校学生(见表13.12)。

表 13.12　工读学生与普通学校学生的不良行为比较(%)

不良行为	工读学生(n=1 053)	普通学校学生(n=1 004)
结帮派	37.5	4.3
经常违纪	49.3	4.2
打架斗殴	52.3	6.7
与异性发生关系	22.9	2.5
赌博	23.0	2.8

续表 13.12

不良行为	工读学生 (n=1 053)	普通学校学生 (n=1 004)
看黄书黄带	15.3	2.3
吸毒	2.8	0.7
迷恋网吧、电子游戏	59.4	13.6
小偷小摸	14.3	1.9
去舞厅	26.2	2.0
多次偷窃	9.2	0.4
抽烟喝酒	57.3	4.9
欺负同学	37.7	6.5
拦路抢劫	16.5	0.6
夜不归宿	51.5	4.7
辱骂老师	33.0	3.9
破坏公物	26.9	9.1
交不良朋友	51.2	7.3
违法作案	16.1	0.5
其他	4.0	1.7

工读学生中,有一半左右的人经常违纪、打架斗殴、迷恋网吧电子游戏、抽烟喝酒、夜不归宿、交不良朋友,甚至有 16.1％的工读学生已经开始违法作案。而普通学生除迷恋网吧电子游戏的比例相对较高以外,其他平均不到 20.0％。

三、不良少年的不利处境

1. **四成多普通学校学生认为后进生在学校处境不利** 工读教育课题还专门调查了普通学生对后进生在学校处境的看法。认为后进生与其他同学的处境有所不同的达到 41.3％,在普通学生心目中,分别有 64.3％和 69.9％得到同学、老师的特别关心和帮助,但后进生被老师体罚或责骂、被同学嘲笑或看不起、被同学疏远的情况均有近两成左右,有将近四分之一的后进生在班里"很不快乐"(见表13.13)。

表 13.13 后进生在学校的处境

后进生处境	很不符合	不太符合	比较符合	非常符合
得到同学的特别关心和帮助(n=958)	9.1	26.6	46.6	17.7
被老师体罚或责骂(n=951)	47.5	35.1	12.5	4.8
被同学嘲笑或看不起(n=951)	41.1	39.6	16.2	3.0
得到老师的特别关心和帮助(n=951)	6.6	23.4	46.1	23.9

后进生处境	很不符合	不太符合	比较符合	非常符合
被学校批评处分(n=952)	48.3	34.5	13.1	4.1
被同学疏远(n=954)	37.8	42.5	14.8	4.9
他们很不快乐(n=948)	34.7	41.2	17.7	6.3
和其他同学没什么两样(n=954)	15.7	25.6	39.3	19.4

2. **问题学生受到不同程度的排斥**　表 13.14 反映了普通学生对待只是学习跟不上、受到学校处分和受到公安机关处理等不同情况的后进生有着不同的态度。

表 13.14　普通学校学生对不同问题学生的态度(%)

态　度	只是学习跟不上，但没有什么不良行为(n=906)	由于不良行为受到学校处分(n=876)	由于严重不良行为受到公安机关处理(n=885)
留在班里大家来帮助他	87.0	51.9	24.5
留在学校把他们编到一个专门的班级	9.3	22.6	13.3
把他们送到一所特殊的学校	2.1	18.4	39.9
让他们退学	1.2	6.5	21.7
其他	0.4	0.6	0.6

对只是学习跟不上，但没有什么不良行为的同学，同学们绝大部分愿意留在班里大家来帮助他；对由于不良行为受到学校处分的同学，同意留在班里大家来帮助他的比例明显下降了 35.1 个百分点；对于那些由于严重不良行为受到公安机关处理的同学，学生们同意把他留在班里大家来帮助他的不足四分之一，主张有严重不良行为的同学脱离所在学校的达 60.0% 以上。

3. **不良少年大多师生关系较差**　工读教育课题的调查数据显示，工读学生在以前的学校，班主任老师对他们的评价明显低于普通学生，对他们的不良态度和行为则明显高于普通学生(见表 13.15)。

表 13.15　工读学生原校老师和普通学生老师对待学生情况比较(%)

班主任老师态度和行为	学生分组	很不符合	不太符合	比较符合	非常符合
班主任老师认为我是一个好学生	工读学生(n=1 026)	31.8	32.2	25.6	10.4
	普通学生(n=992)	5.5	20.0	48.7	25.8
班主任老师经常表扬我	工读学生(n=1 024)	29.0	39.9	22.5	8.6
	普通学生(n=994)	7.2	45.0	38.5	9.3

班主任老师态度和行为	学生分组	很不符合	不太符合	比较符合	非常符合
班主任老师很喜欢我	工读学生(n=1 027)	29.7	32.2	24.5	13.5
	普通学生(n=993)	6.2	32.1	45.5	16.1
班主任老师很尊重信任我	工读学生(n=1 019)	27.7	26.1	31.8	14.4
	普通学生(n=991)	4.4	17.9	46.9	30.8
班主任老师经常训斥我	工读学生(n=1 020)	25.5	33.3	24.9	16.3
	普通学生(n=997)	51.3	37.2	8.2	3.3
班主任老师经常体罚我	工读学生(n=1 023)	51.0	30.4	9.5	9.1
	普通学生(n=993)	78.5	17.7	2.4	1.3
班主任老师经常讽刺挖苦我	工读学生(n=1 026)	50.3	26.7	11.7	11.3
	普通学生(n=995)	77.5	17.2	3.2	2.1

闲散未成年人课题的调查结果则显示"在学校里经常被赞扬"的闲散未成年犯和普通初中生的比例分别为 10.7% 和 10.6%;"有时被老师赞扬"的比例分别为 39.0% 和 57.7%;"很少被赞扬"的比例分别为 32.1% 和 23.8%;"没有被赞扬过"的比例分别为 18.2% 和 7.9%。

4. **网吧游戏厅是工读学生光顾最多的场所**　工读教育课题调查结果显示,工读学校的在校生很少得到来自社区的帮助。不健康的娱乐场所较多,对未成年人的思想和行为产生不良影响,甚至成为滋生未成年人违法犯罪的"温床"(见表13.16)。

从调查结果看,有相当一部分工读学生经常出入网吧、歌舞厅、录像厅、洗浴中心等不健康的娱乐场所,比例均高出普通学校学生几倍;另一类公益性的教育型文化设施,如少年宫、文化馆、图书馆、公园等,普通学校学生经常去的比例明显高于工读学生。

表 13.16　工读学生与普通学校学生经常去的文化娱乐场所比较(有几项选几项)

文化娱乐场所	工读学生(n=1 053)	普通学校学生(n=1 004)
少年宫	7.9	35.7
游戏厅	50.4	7.1
文化馆	5.8	22.3
台球馆	40.5	9.9
图书馆	20.5	69.7
洗浴中心	16.3	5.4
歌舞厅	31.2	2.3
网吧	74.1	21.3

文化娱乐场所	工读学生(n=1 053)	普通学校学生(n=1 004)
录像厅	11.4	1.7
游泳馆	36.9	37.5
公园	48.1	68.1
其他娱乐场所	12.5	7.9

5. 城市闲散未成年犯的居住环境中低层次文化娱乐场所较多　闲散未成年人课题的调查结果显示,城市闲散未成年犯的居住环境中低层次文化娱乐场所明显多于普通初中生。居住地区中有歌舞厅的城市闲散未成年犯有 72.2%,而选择此项的城市普通初中生只有 26.3%,前者是后者的近 3 倍;选择有录像厅的分别为 74.1% 和 22.9%,前者是后者的三倍还多;选择有游戏厅的分别为 83.0% 和 50.3%;选择有台球馆的分别为 68.0% 和 36.9%。然而在少年宫、文化馆、图书馆的拥有量上,城市闲散未成年人和城市普通初中生的差别不是很大,其中居住地有少年宫和图书馆的城市普通初中生分别为 24.5% 和 46.1%,都高于未成年犯的比例,分别为 19.8% 和 38.4%,文化馆的拥有比例上前者略低于后者,分别为 25.9% 和 29.8%。

6. 七成多城市闲散未成年犯最经常看的电视节目是"武打片"　闲散未成年人课题的调查结果显示,看过黄色录像的城市闲散未成年犯中,55.7% 是在录像厅中看的,而在自己家里、在朋友家、在网吧看的比例分别为 14.4%、27.9%、1.1%。

不良电视节目对未成年犯罪行为的发生有重要影响。城市闲散未成年犯最经常看的电视节目是"武打片",有 71.3% 的被调查者选择此项,高出城市普通初中生这一选择(51.2%)20 个百分点。有 59.0% 的城市闲散未成年犯经常看警匪片,而城市普通初中生只有 48.3% 选择此项。

在"你曾经看过黄色录像、图书吗"这一问题上,城市普通初中生中 90.4% 的被访者表示没有看过,而城市闲散未成年犯中只有 15.0% 的人表示没有看过,仅仅是前者的六分之一;城市闲散未成年犯中有 21.3% 经常看黄色录像或图书,是城市普通初中生这一比例(0.5%)的 40 倍;只是偶尔看过的城市闲散未成年犯有 61.1%,而城市普通初中生只有 6.8%。

四、未成年人犯罪

1. 抢劫是未成年人犯罪的最主要类型　从近十年的司法统计数据来看,我国未成年人犯罪形式严峻。自 1997 年起,未成年犯罪的数量逐年攀升,占全部刑事犯罪人数的比重越来越大。从犯罪类型来看,未成年人犯罪日益呈现出暴力化、团伙化的趋势,其中抢劫、强奸和盗窃三种犯罪比例分别为 64.4%、11.3%、10.5%,

占全部犯罪类型的八成以上。

侵财型的犯罪类型比例增长最快。闲散未成年人课题的调查数据表明,在押未成年犯的首要犯罪类型是抢劫,占到 64.4%,其犯罪目的是"为了钱财"的占 38.8%,排在各种犯罪目的的第一位。

(数据来源:《中国法律年鉴》1990—2004 年收录的数据;2006 年中国青少年研究中心"青少年违法犯罪系列小型课题"的数据报告;2006 年中国青少年研究中心《"十五"期间中国青年发展状况与"十一五"期间中国青年发展趋势研究报告》,下同)

2. 未成年人犯罪数量五年间增长 68% 根据《中国法律年鉴》,未成年人犯罪数即全国法院每年处理的未成年人罪犯的数量统计,从 1990—2004 年,14—17 岁未成年人的数量从 1990 年的 42 033 人上升至 2004 年的 70 086 人,未成年人犯罪数量增长情况更加突出。2000 年全国判决的未成年罪犯为 41 709 人,2001 年为 49 883 人,2002 年为 50 030 人,2003 年为 58 870 人,2004 年为 70 086 人。每年持续上升,五年间上涨 68%,其上升幅度远远超过青少年罪犯及全国罪犯总体(见表 13.17)

表 13.17 14—17 岁未成年人犯罪的数量(人)

年份	1990	1991	1992	1993	1994	1995	1996	1997
人数	42 033	33 392	33 399	32 408	38 388	35 832	40 220	30 446

年份	1998	1999	2000	2001	2002	2003	2004	
人数	33 612	40 014	41 709	49 883	50 030	58 870	70 086	

3. 未成年罪犯占青少年罪犯近三成 未成年罪犯占整体罪犯的比例自 1997 年起开始增长,在 2000 年至 2004 年间增长势头更加明显。2000 年占 6.52%, 2001 年占 6.68%,2002 年占 7.13%,2003 年占 7.93%,2004 年占 9.17%,已经接近 10%(见表 13.18)。

表 13.18 14—17 岁罪犯占罪犯总数比(%)

年份	1990	1991	1992	1993	1994	1995	1996	1997
比例	7.24	6.58	6.78	7.20	7.04	6.60	6.04	5.78

年份	1998	1999	2000	2001	2002	2003	2004	
比例	6.36	6.64	6.52	6.68	7.13	7.93	9.17	

20 世纪 90 年代以来,青少年违法犯罪的初始年龄比 70 年代提前了 2—3 岁。近年来,不满 14 周岁的未成年人危害社会的行为逐渐增多,其中严重刑事案件明显增加。在青少年罪犯中,青年所占的比重逐年下降,相应的,未成年人所占的比

重逐年上升,2000 年占 18.87%,2001 年占 19.68%,2002 年占 22.96%,2003 年占 25.41%,2004 年占 28.17%,已经接近 30%。未成年罪犯比重的增加改变了青少年罪犯以及全国罪犯的总体年龄构成(见表 13.19)。

表 13.19　14—17 岁罪犯占 14—25 岁罪犯比例(%)

年份	1990	1991	1992	1993	1994	1995	1996	1997
比例	12.64	12.45	13.35	16.54	16.73	16.94	14.91	15.28
年份	1998	1999	2000	2001	2002	2003	2004	
比例	16.15	18.09	18.87	19.68	22.96	25.41	28.17	

4. **未成年人刑事案件的低龄化趋势日渐明显**　自 1996 年以来,未成年人刑事犯罪问题不容忽视,其作案成员人数始终占全部刑事案件作案成员 10.0% 以上的比例,2004 年最高,达到 13.8%(见表 13.20)。

表 13.20　未成年人刑事案件作案成员人数占全部刑事案件作案成员总数比例(%)

年份	1996	1997	1998	1999	2000	2001	2002	2003	2004
比例	11.9	12.6	12.7	11.9	11.8	12.0	13.43	13.5	13.8

其中,15 岁以下的未成年人刑事案件的涉案人数占全部刑事案件涉案人数的比例,始终在 5.0% 与 6.5% 之间波动(见表 13.21)。

表 13.21　15 周岁以下未成年人刑事案件作案成员占全部刑事案件作案成员总数比例(%)

年份	1995	1996	1997	1998	1999	2000	2001	2002	2003	2004
比例	5.22	5.45	6.10	5.85	5.42	5.59	5.81	6.40	6.26	5.90

未成年人刑事案件的低龄化趋势日渐明显,15 周岁以下的刑事案件总数占全部未成年人刑事案件的比例始终保持在 40.0% 以上,在 1997 年和 2001 年曾突破 48.0%,逼近 50.0%(见表 13.22)。

表 13.22　15 周岁以下未成年人刑事案件占全部未成年人刑事案件比例(%)

年份	1995	1996	1997	1998	1999	2000	2001	2002	2003	2004
比例	42.65	45.80	48.27	46.12	45.61	47.32	48.14	47.72	47.76	42.93

5. **16 岁是未成年人犯罪的高发年龄**　多数未成年人走上犯罪道路是从不良行为开始的,而初中阶段是不良行为的高发阶段。闲散未成年人课题调查表明,在夜不归宿、吸烟、喝酒、逃学旷课、和社会上的不良青少年交往、打架斗殴、看"黄色"

录像或图书等、赌博、小偷小摸、强行向他人索要财物 10 种不良行为中,平均开始年龄不足 12 岁的一种,占 10%;12 岁以上不足 13 岁的 3 种,占 30%;13 岁以上不足 14 岁的 5 种,占 50%;超过 14 岁的只有 1 种,占 10%。城市闲散未成年犯在犯罪之前的一般性不良行为大大高于城市普通未成年人,平均百分比高达 79.2%;而城市普通未成年人不良行为的平均百分比只有 6.2%。当未成年人的一般性不良行为得不到纠正,便会在其实践中进一步强化,逐步发展为严重不良行为。一般不良行为和严重不良行为是违法犯罪行为的开始。20 世纪 90 年代初期,中国青少年犯罪研究会在全国八省市进行的青少年犯罪调查表明,12-16 岁为初次劣迹的高发年龄,初次劣迹的最高峰值为 14 岁,第一次违法犯罪最高峰值为 16 岁。闲散未成年人课题的调查结果与此相吻合,无论是闲散还是非闲散的未成年犯,还是城市或农村的未成年犯,16 岁都是犯罪比例最高的年龄段。

6. 未成年人犯罪手段呈暴力化、智能化趋势　以 2001 年为例,全国公安机关立案的刑事案件中,主要犯罪类型是盗窃,占 65.61%,抢劫、伤害、强奸、杀人等暴力性质的犯罪总计不到 15.0%。同年,在押未成年犯中的主要犯罪类型是抢劫,占在押未成年犯的 64.4%,其次是强奸,占 11.3%,加上故意伤害和杀人案件累计达到 80% 以上。

另外,近些年来,智能手段犯罪与日增多,例如在通讯工具上使用手机、对讲机,伪造证件、信用卡,利用高科技手段破译、盗用他人密码,窃取钱财。

7. 少年犯罪案件中约有 70.0% 属于团伙作案　少年犯罪的形式具有团伙化、流动性强的特点。从 20 世纪 80 年代以来,团伙犯罪始终是我国青少年犯罪中的主要形态。少年犯罪案件中约有 70.0% 属于团伙作案。湖北省某市曾破获一个名为"飞虎队"的 28 人盗窃团伙,团伙成员平均年龄仅 15 岁,且绝大部分是在校生。这些参加犯罪团伙的未成年人通常通过两种途径参与到犯罪活动中,一是被各种犯罪团伙或带有黑社会性质的犯罪组织吸纳;二是自行组成小集团,模仿黑社会的江湖义气等行事,在犯罪活动中聚力壮胆。

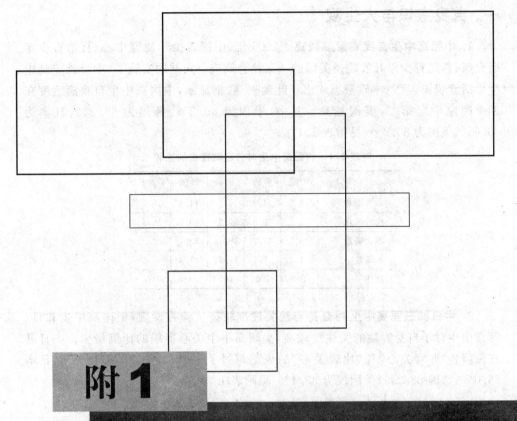

附 **1**

中日韩美四国高中生生活意识比较

一、自我意识与人生观

1. 中国高中生自我满意度较高　2005年,中国青少年研究中心、日本青少年研究所、韩国青少年开发院及美国的一家社会调查公司共同实施了"中日韩美高中生生活意识调查"[46](本章数据均出于此调查)数据显示,中国高中生自我满意度在四个国家中居第二,美国最高。其中,中国为69.2%、韩国为57.2%、日本为43.6%、美国为85.2%(见附表1.1)。

附表1.1　四国高中生对自己满意度的比较

	中国	美国	日本	韩国	平均数
非常满意	16.0	34.9	6.3	11.1	15.7
比较满意	53.5	50.3	37.3	46.1	48.3
不太满意	26.1	12.2	38.7	35.4	28.7
不满意	4.4	2.7	17.7	7.4	7.3
总体	100	100	100	100	100

2. 中日韩三国高中生对自身容貌关注度较高　调查发现,中国高中生和日、韩高中生对于自身容貌的关注度较高,美国高中生关心容貌的比例最少。中日韩三国报告"非常关心"和"比较关心"的人都超过了一半,其中,中国68.5%、日本66.0%、韩国83.2%,美国仅为33.4%(见附表1.2)。

附表1.2　四国高中生对自己容貌的关心程度比较(%)

	中国	美国	日本	韩国	平均数
非常关心(非常感兴趣)	15.3	8.0	26.0	35.6	21.0
比较关心(比较感兴趣)	53.2	25.4	40.0	47.6	45.7
不太关心(不太感兴趣)	28.2	38.7	22.8	14.5	25.4
不关心(没有兴趣)	3.4	27.9	11.2	2.3	7.9
总体	100	100	100	100	100

随着生理、心理上的变化和发展及自我意识提升,高中生们开始关心自己的容貌和内心感受,这是他们希望获得同伴认可、获得归属感的反映,也是成长的标志。但文化差异对此具有一定影响。在集体主义和重视社会趋同性的东方社会(如中、日、韩),高中生更关心容貌和外在形象,这可能是期望更容易地获得群体认可。而在崇尚个人主义的美国,审美多元化,因此容貌并不是高中生们特别关注的自身特性。

3. **中美两国高中生幸福感较强** 调查发现,中美两国高中生对自己有着比较积极的评价,绝大多数中美高中生认为自己是幸福的。其中,82.7%的中国高中生认为自己幸福,83.8%的美国高中生认为自己幸福。而日本和韩国高中生的幸福感却不如中美两国高中生,日本高中生认为幸福的比例为77.4%,韩国高中生认为幸福的比例是73.3%(见附表1.3)。

附表1.3 四国高中生认为自己是否幸福的比较(%)

	中国	美国	日本	韩国	平均数
幸福	39.2	44.0	32.3	13.7	32.6
比较幸福	43.5	39.8	45.1	59.6	47.1
不太幸福	7.1	6.7	6.7	16.3	9.1
不幸福	2.2	3.0	3.7	3.2	2.8
说不清	7.9	6.6	12.3	7.3	8.4
总体	100	100	100	100	100

对于传统上相对保守的中国人来说,能高度评价自我的幸福感,值得欣慰。高幸福感对高中生的身心发展非常重要,表明他们拥有更好的生活品质。

4. **高学历是四国高中生学习的主要目的之一,中国高中生的学历期望最高** 四国高中生在学习上均有较高的目标(见附表1.4)。调查发现,希望今后获得高学历(大学本科及以上)的人数比例很高,其中中国高中生最高,达到了77.5%,其他三国依次为美国74.7%,韩国69.7%,日本52.5%。而中美两国高中生希望获得本科以上学历(硕士、博士)的人数已经接近1/2,分别占到了46.4%和47.0%。而日本、韩国高中生的最高学历期望大多集中在大学本科或者专科学校,期待获得硕士或博士学位的日本高中生为7.2%,韩国高中生为14.8%。

附表1.4 四国高中生希望取得学历的比较(%)

	中国	美国	日本	韩国	平均数
高中	1.7	1.8	8.2	2.8	3.2
专科学校	0.0	1.0	13.6	9.7	2.7
大专	5.3	2.4	6.4	0.0	6.1
大学本科	31.1	27.7	44.3	54.9	38.7
硕士	22.6	31.4	4.4	5.5	16.4
博士	23.8	15.6	2.8	9.3	15.4

调查还发现,四国高中生对毕业后去向的关心比例非常高,均达到90%以上,韩国高中生对毕业后去向最为关心,达到了95.6%。这说明随着年龄的增长,高中生们已经开始关注个人的人生道路了。毕业后去向也成为高中生们不安和烦恼

的主要事情之一。其中,韩国高中生最烦恼(84.1%),其次是日本高中生(52.5%)、中国高中生(50.9%)、美国高中生(38.5%)。

值得注意的是,在追求高学历和自己喜欢的生活之间,高中生们也存在矛盾的心理。其中,有64.4%的中国高中生,44.7%的美国高中生,74.0%的日本高中生和85.3%的韩国高中生认为"比起追求学历,还是做自己喜欢的事更好"。一方面,他们希望取得高学历,另一方面他们又渴望做自己喜欢的事。比较而言,中日韩三国高中生这种矛盾的心态更突出些。对于学历的过度重视,造成了以高学历为贤的局面。另一方面,青春期是自我形成和发展的关键时期,这时他们的自我意识强烈,更希望按照自己的意愿去生活。

5. 中国高中生生活态度更积极 随着年龄的增长,高中生逐渐形成了自己的生活目标和态度。调查发现,与其他三国相比,中国高中生最不甘于平淡的生活,他们的生活态度相对积极,对成功的渴求比较高。只有41.2%的中国高中生认为"能过上普通的生活就满足了",这与韩国高中生(48.4%)比较接近,远低于美国(71.7%)和日本(66.3%)。对于"为了将来,现在应该努力"这一观点,四国高中生有着高度一致的认识。其中,中国高中生赞同的比例为96.9%,美国为96.3%,日本为89.2%,韩国为79.7%。

另一方面,对"不努力学习,将来也没什么可发愁的"这一观点,四国高中生的认同度均较低。仅有16.3%的中国高中生、15.6%的美国高中生、20.6%的日本高中生和31.2%的韩国高中生对此表示赞同。他们中大多数人并不想"有了够生活的钱就悠闲度日"。尤其是中国高中生,赞成这一观点的仅为32.6%。而美国高中生、韩国高中生,尤其是日本高中生赞同率相对高些,比例分别是55.2%、53.1%和65.3%。

6. 韩国高中生生活自主意识最强 对生活的安排,四国高中生们均具有一定的自主意识,尤以韩国学生最突出。对"不管别人怎么想,自己要按自己的方式生活"这一点,四国高中生是相似的,其中,中国72.4%,美国78.6%,日本74.8%,而韩国达到了92.5%(见附表1.5)。

附表1.5 四国高中生"不管别人怎么想,要按自己的方式生活"观点的比较(%)

	中国	美国	日本	韩国	平均数
完全赞成	28.0	30.8	29.9	51.8	34.3
基本赞成	44.4	47.8	44.9	40.7	44.1
不太赞成	24.2	18.4	22.1	6.6	18.9
完全反对	3.4	3.0	3.1	0.8	2.7
总体	100	100	100	100	100

高中生尚未成年,他们正处于个性化的过程中,强烈的自主意识可能使他们更认同自己把握和决定人生,而不甘心被支配、屈服他人的生活态度。

不过需要注意的是,中日韩三国高中生比美国高中生会更多为别人考虑。对"比起为他人还是多为自己考虑的好"这一观点,中国高中生的支持率为48.8%、日本高中生的支持率为47.6%,韩国高中生的支持率为69.6%,远低于美国高中生对这一观点的支持率(88.2%)。

这可能主要是文化差异造成的。东方文化重视集体主义,提倡合作和相互依赖,强调感情联系,而西方文化强调个人主义,独善其身,管好自己的事是首要的,因此他们会认为要更多先为自己考虑。虽然中国高中生希望按照自己的方式生活,但他们还是会更多地为别人考虑,这体现了一种集体主义的倾向。

7. **中国高中生对打工和金钱的兴趣最低,日本高中生对打工和金钱兴趣最高**

对打工和金钱的意识是高中生们认识社会、体验生活的一个重要途径。调查发现,中国高中生中,对打工非常感兴趣的为14.8%,比较感兴趣的为3.1%,合计45.8%,是四个国家中对打工兴趣最低的。日本高中生对打工兴趣最高,为70.7%,其中非常感兴趣的为32.4%,比较感兴趣的为38.3%;其次是美国高中生,比例为63.3%,其中非常感兴趣的为19.1%,比较感兴趣的为44.2%;韩国高中生对打工的兴趣居于第三位,占52.2%,其中非常感兴趣的为16.1%,比较感兴趣的为36.1%。

与此对应的是他们对于金钱的兴趣(见附表1.6),中国高中生对于金钱感兴趣的比例为64.9%,也远低于其他三国(日本90.1%,韩国90.1%,美国78.1%)。

附表1.6　四国高中生对金钱兴趣的比较(%)

	中国	美国	日本	韩国	平均数
非常关心(非常感兴趣)	18.5	30.8	47.6	56.6	18.9
比较关心(比较感兴趣)	46.4	47.3	42.5	33.5	35.3
不太关心(不太感兴趣)	30.6	19.4	9.3	8.9	28.7
不关心(没有兴趣)	4.5	2.5	0.6	1.0	17.0
总体	100	100	100	100	100

造成这一状况,可能与中国高中生课业负担繁重、学习任务紧张有关,他们没有更多的时间去打工。同时,大多数中国父母也缺乏培养孩子独立自主和理财能力的意识,不愿意让孩子分散精力去打工。并且,很多父母也会担心孩子的身体健康和安全,不忍心让他们过早分担经济压力。此外,学校和社会也并没有把高中生打工作为锻炼社会能力的方式,相对于其他三国,中国高中生缺少足够多的打工机会,他们对于金钱的兴趣也因此低于其他三国高中生。

二、学业与学校行为规范

1. 中国高学生最重视学习,对学习成绩最关心 学业是高中生们的生活重心,这一点在中国高中生心目中尤其如此。和其他三国同龄人相比,中国高中生更重视学业(见附表 1.7)。对"作为高中生,学习最重要"这一观点,中国高中生赞同的比例最高,有 38.5%完全赞成,42.1%基本赞成,合计 80.6%。另有 15.8%不太赞成,3.6%完全反对;在美国,完全赞成的高中生为 9.6%,基本赞成的高中生为 40.9%,合计 50.5%。另有 41.0%不太赞成,8.4%完全反对;在日本,完全赞成的高中生为 12.3%,基本赞成的高中生为 33.9%,合计 46.2%。另有 40.6%不太赞成,13.2%完全反对;在韩国,完全赞成的高中生为 15.1%,基本赞成的高中生为 35.8%,合计 50.9%。另有 36.7%不太赞成,12.4%完全反对;调查还表明,四国高中生对学习或成绩的关心比例都很高,其中中国高中生关心比例最高,达到了 93.4%;其次是韩国(88.2%)、美国(87.8%)、日本(74.1%)。

附表 1.7　四国高中生对学习或成绩的关心(或感兴趣)的比较(%)

	中国	美国	日本	韩国	平均数
非常关心(非常感兴趣)	50.3	37.6	23.5	46.8	42.8
比较关心(比较感兴趣)	43.1	50.2	50.6	41.4	45.1
不太关心(不太感兴趣)	5.7	11.3	19.1	10.2	10.0
不关心(没有兴趣)	0.9	0.9	6.9	1.6	2.2
平均数	100	100	100	100	100

2. 学习或成绩是最令四国高中生烦恼、不安的事情 虽然生活丰富多彩,但学习成绩始终牵动着高中生们的喜怒哀乐,由于学业的压力,"学习或成绩"是令四国高中生最不安或烦恼的事情。当被问道"最近你有不安或烦恼的事吗?"在学习成绩、朋友关系、健康、高中毕业后的去向、与家人的关系、自己的容貌或性格、与异性的交往、家里的经济情况、与老师的关系、用于兴趣的时间太少、太忙等多个方面,学习或成绩依然是最令四国高中生们烦恼的事情,居各国首位。

在中国,最令高中生们烦恼的前五项分别是学习或成绩(78.4%)、高中毕业后的去向(50.9%)、朋友关系和用于兴趣的时间太少(并列第三,36.2%)、太忙(31.5%)、健康(25.7%);在美国,最让高中生烦恼的前五项分别为学习或成绩(54.6%)、太忙(45.3%)、高中毕业后的去向(38.5%)、用于兴趣的时间太少(25.2%)、与家人的关系(20.0%);在日本,前五项令高中生烦恼或不安的事情分别是学习或成绩(58.1%)、高中毕业后的去向(52.5%)、自己的容貌和性格(36.5%)、朋友关系(26.0%)、用于兴趣的时间太少(25.6%);在韩国,前五项令高中生烦恼或不安的事情分别是学习或成绩(84.4%)、高中毕业去向(84.1%)、自己的容貌和性格(53.5%)、朋友关系(41.2%)、健康(36.4%)。

横向比较也会发现,学习或成绩更加困扰韩国和中国高中生。其中,韩国为84.4%,中国为78.4%,日本为58.1%,美国为54.6%。可见,虽然在日本、美国学习或成绩也是最让高中生们烦恼的事情,但和韩国、中国相比,他们的比例要低得多。这说明中韩两国高中生的学习压力相对高些,日本、美国学生的学习压力较低。

3. **提高成绩、考上理想大学是高中生们的最大愿望**　学业是目前高中生最为关注的事情,也是高中生最重要的任务之一。高中生最烦恼的事情因学业问题产生,因此他们特别希望提高学习成绩。提高学习成绩、考上理想大学是高中生们的最大愿望(见附表1.8)。

附表1.8　四国高中生目前最大愿望的排序(%)

	中国	美国	日本	韩国
第一	考理想大学(76.4)	提高成绩(74.9)	提高成绩(58.1)	考理想大学(78.2)
第二	提高成绩(75.9)	搞好朋友关系(67.2)	搞好朋友关系(39.9)	提高成绩(74.0)
第三	搞好朋友关系(53.1)	考理想大学(54.2)	做喜欢的事(34.7)	自己决定路(67.6)
第四	有一门技能(46.7)	自己决定路(49.7)	发挥兴趣特长(30.1)	做喜欢的事(51.8)
第五	家人关系好(42)	与喜欢的人交往(46.6)	考理想大学(29.4)	发挥兴趣特长(47.2)

值得欣喜的是,虽然学习是高中生活的主要活动,但是学业并不是高中生活的唯一。对"为了保证学习时间,就不参与其他社会活动"这一观点,四国高中生反对的百分比都很高,其中美国高中生最反对这个观点(80.4%);接下来依次是日本、韩国和中国,比例分别为79.7%、70.3%和69.2%。这说明高中生在学习的同时,仍然希望生活多姿多彩。

4. **中国高中生对学校行为规范最认可**　调查发现,四个国家相比,中国高中生对学校行为规范认可度最高。对"上课时不可以窃窃私语"和"上课时,不可以看课外书"两个观点,中国高中生赞成的比例最高,分别为68.3%、87.0%。中国高中生对"课堂上不可以故意让老师难堪"这一观点也最支持,比例高达91.5%,其次是美国(79.2%)、韩国(57.6%)、日本(57.4%)。对"即使对校规感到不满也应该遵守"这一观点,中国高中生赞成的比例达到76.6%,排在第二,和排在第一的美国高中生(82.5%)只差5.9%,排在第三名的是韩国(71.5%),第四名是日本(68.6%)。在"对高中生的服装或发型不应有规定"这一否定性观点上,中国高中生赞成的比例是最低的。这些都说明了中国高中生对学校行为规范最认可。

但是,调查也发现,虽然中国高中生对学校行为规范最认可,对"课堂上即使再困倦也不可以睡觉"和"上课迟到一会也不可以"两项的选择比例却相对较低,分别为60.1%和53.0%,在四国当中分别排在第三、四位。对"有作业就必须完成"这一点,四国高中生均比较赞成,其中,美国 95.3％、日本 90.2％、韩国 87.7％、中国 87.0％,排名最后。可见,与美国、日本、韩国的高中生相比,中国高中生在大多数情况下都是最遵守规则的群体,但是偶尔也会违反学校行为规范。这可能是因为中国强调集体主义,强调对团体规范的遵守,因此中国高中生在大多数情况下都能遵守学校行为规范。但在遵守集体行为规范时,可能会与个体的主观意愿冲突,表现出服从的行为,因此长期的服从也可能会导致叛逆行为出现。

三、同伴关系与亲子关系

1. **"值得信赖"和"可以相互诉说"成为高中生们择友的重要标准**　同伴关系对青少年具有重要的意义,当被问到"对你来说,朋友是什么样的人(可选多项)",在朋友就是"什么都能一起做的人"、"想法一样的人"、"兴趣相同的人"、"性格类似的人"、"可尊敬的人"、"应该顺从的人"、"什么都可以诉的人"、"一起打打闹闹的人"、"对我体贴关照的人"、"总想打电话或发短信的人"、"可依靠的人"、"表面上交往的人"、"有时视之为敌的人"、"礼节上交往的人"、"烦琐的人"、"可怕的人"、"想反抗的人"、"不是什么都可以说的人"、"有时令人讨厌的人"、"自己的意见可以直说的人"等多个选项中,中国高中生的前五位选择标准依次为"能直接表达自己意见"(66.9％)、"兴趣相同"(65.0％)、"可以互相诉说"(62.6％)、"可以依靠"(61.4％)和"体贴关照"(58.1％);美国、日本和韩国的高中生的选择标准也包含了"能直接表达自己意见"、"可以互相诉说"和"可以依靠",与中国高中生比较类似(见附表1.9)。这说明了高中生们在朋友选择的标准上具有一致性,值得信赖、可以相互倾诉是高中生们的择友标准。

附表 1.9　四国高中生朋友选择标准(朋友是什么样的人)的排序(％)

	中国	美国	日本	韩国
第一	直接说意见(66.9)	一起打闹(93.1)	可以诉说(69.8)	一起打闹(77.5)
第二	兴趣相同(65.0)	直接说意见(84.3)	一起打闹(60.6)	直接说意见(72.0)
第三	可以诉说(62.6)	可以依靠(82.1)	直接说自己意见(57.2)	可以依靠(70.1)
第四	可以依靠(61.4)	体贴关照(68.1)	可以依靠(56.1)	想法相同(53.6)
第五	体贴关照(58.1)	想法相同(63.2)	可尊敬的(32.8)	可以诉说(46.7)

2. **"能和朋友一起打闹"是美日韩高中生选择朋友的重要标准**　调查结果也显示,中国高中生的朋友标准与其他三个国家存在差异。美日韩三国高中生认为,"能够和自己一起打闹"是选择朋友的重要标准,其中美国和韩国把"一起打闹"作为选择朋友的首要标准,分别为 93.1％和 77.5％,日本高中生将此排在第二位(60.6％)。中国高中生将"能够和自己一起打闹"排在第八位,位于"能直接表达自

己意见"(66.9％)、"兴趣相同"(65.0％)、"可以互相诉说"(62.6％)、"可以依靠"(61.4％)和"体贴关照"(58.1％)、性格类似的人(56.7％)、可尊敬的人(48.2％)之后。这说明中国高中生在选择朋友时并不认为这是重要的标准,而是更注重朋友之间精神上的交流,而其他三个国家的高中生更喜欢与伙伴快乐玩耍。

选择朋友的标准不同,朋友数目可能就会有差别。调查发现中国、美国、日本和韩国的高中生基本都有自己的朋友,没有朋友的比例极少。美国(47.6％)和日本(42.9％)高中生好朋友数目在一个到三个的比例远高于中国(24.3％)和韩国高中生(12.8％)。韩国(85.1％)和中国(75.4％)高中生好朋友数目在四个以上的比例远高于日本(50.0％)和美国(48.2％)。

3. **四国高中生"和朋友一起旅游较少"** 调查表明,四国高中生"和好朋友一起做的事情"上有共同之处,和朋友在"一起玩"、"做感兴趣的事"、"谈论人生、未来"、"朋友有难,一定帮助"、"诉说烦恼"和"看电视,听音乐"等方面的比例都比较高,对"注意和朋友不要太近乎"这一选项,四国高中生的选择都比较低(见附表1.10)。可见,高中生们在同伴交往方面具有志趣相同、互动性、社会支持、亲密的特点。另外,"和朋友一起旅游"的比例均比较低少,其中中国高中生的比例最低(18.7％)。这可能是因为高中生时间紧张、没有经济能力的原因。

附表1.10 四国高中生"和好朋友一起做的事情"的比较(％)

	第一	第二	第三	第四
玩	韩国(95.5)	日本(87.9)	美国(85.2)	中国(84.6)
做感兴趣的事	美国(87.7)	中国(82.8)	韩国(76.4)	日本(73.2)
谈论人生、未来	韩国(81.9)	中国(75.3)	日本(73.5)	美国(69.9)
看电视,听音乐	美国(82.5)	韩国(67.4)	中国(60.4)	日本(58.2)
朋友有难,一定帮助	韩国(93.4)	中国(91.9)	日本(88.8)	美国(83.9)
诉说烦恼	韩国(80.2)	中国(79.3)	美国(75.1)	日本(74.4)
注意和朋友不要太近乎	中国(35.5)	美国(26.9)	日本(26.1)	韩国(13.5)
旅游	美国(40.1)	韩国(37.8)	日本(26.8)	中国(18.7)
学习	中国(73.4)	韩国(58.9)	日本(47.9)	美国(37.8)
谈论学习、考试	韩国(76.2)	中国(75.9)	日本(71.5)	美国(22.8)
谈论喜欢的异性朋友	美国(81.6)	韩国(67.8)	日本(65.1)	中国(45.9)
虽然在一起,但各干各的	美国(54.6)	韩国(44.9)	日本(40.9)	中国(28.7)
谈论家里的事	美国(68.7)	韩国(55.9)	日本(53.5)	中国(46.4)
相互借钱	韩国(86.1)	美国(73.2)	日本(40.1)	中国(30.8)
去朋友家过夜	美国(69.6)	韩国(48.0)	日本(39.3)	中国(13.0)
尽量符合朋友的意见	韩国(91.5)	中国(71.2)	美国(55.4)	日本(36.8)

4. **亚洲高中生更愿意和朋友在一起"学习"或者"谈论学习、考试"** 四国高中生在"与朋友一起做的事情"中也存在差别。调查发现,中国高中生和朋友在一起"学习"的人数远高于其他各国,为 73.4%,韩国高中生和日本高中生比美国高中生的比例高些,分别为 58.9%、47.9%,美国高中生为 37.8%;与朋友一起"谈论学习、考试"的韩国高中生、中国高中生和日本高中生也要远远高于美国高中生,依次为 76.2%、75.9%、71.5%、22.8%。可见,"学习"对于中国、日本和韩国高中生的同伴交往影响较大,其中,中国学生更重视学习。

5. **美国高中生最喜欢和伙伴谈论异性朋友** 调查发现,美国高中生最喜欢与伙伴谈论喜欢的异性朋友(81.6%),其次是韩国高中生和日本高中生,依次为 67.8%、65.1%。和其他三国高中生相比,仅有不足一半的中国高中生(45.9%)与朋友在一起"谈论喜欢的异性朋友"。这可能与中国的教师、家长对高中生管理比较严格有关,也与中国高中生相对保守有关。

6. **中国高中生很少与朋友一起谈论家庭的事情** 中国高中生更少与朋友一起"谈论家庭的事情"。四国高中生选择此项的比例分别为美国 68.7%、韩国 55.9%、日本 53.5%、中国 46.4%。这可能与美国高中生比较独立,能参与很多家庭事务有关。而中国父母为了减少高中生的压力,较少告诉孩子家里的事情,因此高中生对家庭事务了解比较少。文化方面的差异也可能导致这一点。中国人乃至亚洲人更含蓄,往往不愿意在公开场合谈论家庭事务。并且,中国高中生"去朋友家过夜"的比例明显低于其他国家高中生,为 13.0%,美国、韩国、日本高中生在朋友家过夜的比例分别为 69.6%、48.0%、39.3%。这可能与父母管教严格有关。另外,中国家庭住房相对狭小,没有更多空间提供给孩子留宿同伴或许也是其中原因之一。

7. **韩国高中生跟朋友借钱最多** 数据显示,中国高中生很少跟朋友借钱,而韩国高中生跟朋友借钱最多(86.1%),其次是美国高中生(73.2%)和日本高中生(40.1%),仅有 30.8%的中国高中生跟朋友借钱。这可能是因为中国父母管教严格或者更多地满足了孩子的经济需要。因此,中国高中生不用自己解决经济问题。韩国高中生和朋友在一起时,会"尽量符合朋友的意见"。其中,韩国 91.5%,中国 71.2%,美国 55.4%,日本 36.8%,这可能是因为韩国高中生更重视团体规范,团体压力感较强,比较注意容纳朋友和尊重朋友的观点。

8. **坦诚相见是高中生们解决朋友间矛盾的主要方式** 当和朋友出现矛盾的时候,四个国家的高中生首先采用的方式就是"当面直说解决","给朋友写信""给朋友发短信或 e-mail 说明"等间接方式也比较常用(见附表 1.11)。可见,当朋友之间出现矛盾时,大多数高中生都能够采取积极的方式去解决问题。虽然朋友可能出现冲突,但是调查结果发现绝大多数高中生对朋友关系的满意度都非常高。其中,美国高中生对朋友关系的满意度最高,达到了 92.5%,其次是韩国、中国、日本,比例依次为91.7%、89.6%、88.0%。

附表1.11　当你和朋友之间有了矛盾,你会怎样处理?(请选一项)(%)

	中国	美国	日本	韩国	平均数
当面直说解决	60.3	60.6	45.6	67.0	59.2
给朋友写信	15.7	3.5	4.8	7.6	9.9
给朋友发短信或e－mail说明	6.9	4.6	14.6	1.5	6.7
和其他朋友商量	12.1	19.3	23.3	14.1	15.8
置之不理	4.5	10.7	10.5	8.8	7.6
和朋友绝交	0.4	1.2	1.2	1.0	0.8
总体	100	100	100	100	100

9. **高中生们对朋友关系满意度较高**　同伴关系是高中生非常重要的人际关系之一,调查发现,四个国家的高中生对朋友关系的满意度都很高(见附表1.12)。其中美国高中生对朋友关系的满意度最高,达到了92.5%,接下来依次是韩国(91.7%)、中国(89.6%)和日本(88.0%)。而且,在"目前最大的愿望"的调查中,"提高朋友关系"是高中生排在前位的愿望。

附表1.12　四国高中生对朋友关系满意度的比较(%)

	中国	美国	日本	韩国	平均数
非常满意	30.0	46.5	32.8	31.6	33.1
比较满意	59.6	46.0	55.2	60.1	57.0
不太满意	9.3	6.8	9.1	7.5	8.5
不满意	1.1	0.8	2.8	0.9	1.3
总体	100	100	100	100	100

10. **韩国高中生的父母对子女期望值最高**　据四国高中生自我报告,父母对孩子的期望都较高,且母亲的期望都高于父亲。对比各国父母对孩子的期望,韩国父亲对子女的期望最高,为76.7%;美国父亲排第二(69.2%),第三是中国父亲(62.0%),日本父亲对孩子的期望最低(57.1%)。同样,韩国母亲对高中生子女的期望也是四国中最高的(78.7%),其次是日本母亲(73.7%),第三是美国母亲(73.1%),中国母亲的期望最低(65.8%)。从这一点上来看,韩国高中生们感到父母对自己的期望最高,中国父母对孩子的期望并不算高,在四国的家长中分别排第三位和第四位。

11. **中国父亲对子女投入的教育最少**　在"对我的教育倾注了一切"这一陈述上,四国高中生的父母得分都较高,这说明父母们对孩子教育的投入都很多。比较而言,美国高中生的父亲们对孩子倾注的教育最多,居首位(61.4%)。日本父亲第二(60.8%),韩国父亲第三(59.1%),中国父亲对子女投入的教育最少,居四国之末(55.8%)。母亲对子女倾注的教育也很多,总体上比父亲们得分高,其中日本高中生的母亲对子女倾注的教育最多,为85.9%、第二位是美国母亲和韩国母亲(均为83.9%),第三位是中国母亲(67.4%)、和另外三个国家的父母比较,中国父母对教育的投入相对较低,均排在最后。

12. **韩国父亲、日本母亲给孩子的压力最大**　父母对孩子的高期望也给高中生们带来了压力,在报告"他/她的期望是我的压力"这一感受时,父亲和母亲的比例都较高。其中,韩国父亲给孩子的压力最大(70.3%)。其次为美国父亲(66.8%)、日本父亲(51.7%)、中国父亲(50.7%)。亚洲三国母亲们给孩子的压力均都高于父亲,其中日本母亲给孩子的压力最大(75.6%),其次为韩国母亲(71.4%)、中国母亲(65.0%)、美国母亲(60.5%)。但比较而言,中国的父母给孩子的压力还是比较小的,分别排在第三位和第四位。

此外,父母们还喜欢将自己的孩子和别人的孩子比较,这也给孩子们带来很大压力。在这方面,母亲们给孩子的压力较大。据中学生们自我报告,日本母亲最爱拿自己的孩子和别人比(81.9%),其次是韩国母亲(79.8%)、中国母亲(74.2%)、美国母亲(68.7%)。比较而言,父亲们在这方面给孩子的压力较小,美国、韩国、日本、中国的父亲将自己的孩子与别人比较的比例分别为49.5%、40.2%、39.3%、39.0%。

13. **八成以上高中生对家庭生活比较满意**　调查发现,八成以上高中生对家庭生活比较满意。其中,87.3%的中国高中生对家庭生活满意(非常满意34.4%,比较满意52.9%),83.1%的美国高中生对家庭生活满意(非常满意35.9%,比较满意47.1%)、82.2%的韩国高中生对家庭生活满意(非常满意28.1%,比较满意54.1%)、80.4%的日本高中生对家庭生活满意(非常满意27.0%,比较满意53.4%)。可见,父母给孩子的压力低,孩子们对家庭的满意度相对高一些。日本、韩国的父母对孩子的期望较高,给孩子的压力较大,喜欢将自己的孩子与别人比较,对孩子倾注过多的教育,这些使得孩子们对家庭满意度不够高。而中国父母给孩子的压力较小,因此高中生们对自己的家庭比较满意。

14. **望子成龙是绝大多数父母的愿望**　考察四个国家高中生父母与子女的亲子关系发现,望子成龙是绝大多数做父母的共同心愿,数据显示:当孩子有了好成绩时,四个国家的父母都特别高兴,其中母亲比父亲更高兴。当孩子有了好成绩时,韩国的父亲们是最高兴的,有75.4%的韩国父亲为孩子的好成绩感到高兴,其次是美国父亲(67.7%)、日本父亲(63.1%)、最后是中国父亲(57.6%)。91.9%的日本母亲当孩子有了好成绩时特别高兴,其次是美国母亲(91.1%)、韩国母亲(89.4%),中国母亲居最后一位(76.4%)。由此可见,当孩子有了好成绩时,中国父母很少喜形于色,而韩国的父亲们、日本的母亲们则会为孩子的好成绩感到快乐。如果将父亲和母亲进行比较也会发现,母亲们比父亲更经常地为孩子感到骄傲。

15. 中国高中生的父母们最少表扬子女 对"父母经常表扬我"这一陈述,有53.7%的韩国高中生们自我报告"父亲经常表扬我",其次是日本父亲(48.7%)、美国父亲(47.4%),中国父亲居最后(47.4%)。比较四国母亲们的行为发现,美国母亲最愿意表扬自己的孩子(80.4%),其次是韩国母亲(80.1%)、日本母亲(77.8%),中国母亲同样居末位(65.5%)。从本组数据中可看出,中国高中生的父母们很少表扬子女。同样,父亲、母亲对比发现,母亲们经常表扬孩子的比例要比父亲们高得多,而父亲们更多时候以威严为主,很少表扬孩子。

16. 母亲对孩子的要求比父亲严格 虽然母亲比父亲更愿意表扬孩子,可是另一方面,母亲们经常训斥孩子的比例也比父亲们高得多。数据显示,美国父亲经常训斥孩子(54.2%),其次是韩国父亲(49.8%)、日本父亲(43.6%),中国父亲训斥孩子较少(42.0%),居四国中的末位。日本母亲更经常地训斥孩子(80.1%),其次是韩国母亲(68.4%)、美国母亲(62.6%),中国母亲训斥孩子较少(61.7%)。对比发现,中国父母训斥孩子较少,均居四国末位。将父亲们的比例进行比较发现,母亲们的比例要比父亲高得多。这说明在一个家庭中母亲对孩子的要求要比父亲严格得多。

17. 中国高中生和父母在一起感觉快乐的比例最低 数据显示,多数高中生都认为和父母在一起比较快乐。其中,认为和父亲在一起很快乐比例最高的是美国高中生(68.1%),其次是韩国高中生(65.4%)、日本高中生(64.3%)、中国高中生(59.3%)。认为和母亲在一起很快乐比例最高的是韩国高中生(91.9%),其次是日本高中生(90.7%),第三位是美国高中生(76.7%),第四位是中国高中生(68.7%)。可见,高中生们和母亲在一起的快乐感要远远高于父亲。另外,四国高中生的数据比较发现,中国高中生们并不觉得和父母在一起很快乐,虽然和其他国家相比,父母们给孩子的压力并不是很大,但可能由于中国父母较少为孩子感到骄傲和快乐,较少表扬孩子,孩子们和父母在一起的时候也难以感到由衷的快乐。

18. 日本父母与孩子交流最多 与父母沟通是青春期少年生活的重要内容,也是他们成长的重要途径。调查表明,四个国家中,日本父母最愿意和孩子交流。据高中生们自我报告,有53.8%的日本父亲经常与孩子聊天。其次是中国父亲(44.8%)、美国父亲(44.6%)、韩国父亲(41.7%)。有93.4%的日本母亲经常与孩子聊天,其次是韩国母亲(92.4%)、美国母亲(83.7%)、中国母亲(74.2%)。从这些数据中可以看出,日本的父母经常和孩子聊天,韩国高中生们的父亲和中国高中生们的母亲和孩子聊天较少。父母对比发现,母亲与孩子聊天比例明显高于父亲,这说明母亲与子女的交流普遍多于父亲。

19. 高中生们有烦恼最愿意找母亲倾诉 当高中生们有了烦恼时,大多更愿意找母亲倾诉。其中,美国高中生更愿意找父亲倾诉(41.7%),中国父亲(39.7%)和韩国父亲(33.0%)也是孩子倾诉的对象,而日本高中生较少对父亲倾诉烦恼(32.7%)。同时,日本高中生最愿意向母亲倾诉(91.2%),韩国母亲(88.9%)和美国母亲(84.2%)也是孩子们的倾诉对象,中国高中生较少对母亲倾诉烦恼(72.6%)。将父亲和母亲比较会发现,孩子们有了烦恼时更愿意对母亲倾诉。上述两组调查数据显示,孩子与母亲的交流和沟通要显著多于父亲。几个国家比较,中国孩子与父母的沟通、交流要少于其他国家的高中生,分别占据第三位和第四位。

20. 中国父母"反对孩子做喜欢的事"比例最低 当被问到父母是否理解自己时,高中生们普遍认为父亲"不太理解我"。其中父亲们获得的比例排序,日本最高(80.8%)、其次是美国(78.2%)、韩国(71.9%)、中国(55.7%);母亲们获得的比例分别为韩国第一(89.4%)、中国第二(54.6%)、日本第三(49.4%)、美国第四(41.5%)。比较发现,日本高中生们认为父亲不理解自己比例最高,韩国高中生认为母亲不理解自己比例最高。将父亲与母亲的比例进行比较会发现,除韩国之外,其他三国的父亲获得较高比例,这说明高中生们认为母亲更理解自己,而父亲往往不太理解自己。父母对孩子的不理解,还表现在"反对孩子做喜欢的事情"上。据高中生们的自我报告,父亲们"反对孩子做喜欢的事"比例分别为韩国75.4%、日本63.1%、美国59.9%、中国51.6%,母亲"反对孩子做喜欢的事"比例分别为日本68.6%、韩国61.6%、美国56.9%、中国56.0%。可见,当孩子做自己喜欢的事时,中国父母的支持度要高于其他三国父母。

21. 日本父母最认可孩子的独立性,中国父母认可度最低 各国父母对孩子独立性的认可程度有所差异,据高中生们报告,日本父母"把我当大人看"的比例最高(父亲72.5%,母亲69.4%),中国父母把孩子当大人看的比例最低(父亲64.7%,母亲50.7%)。总体来看,母亲比父亲管孩子更多一些,除韩国外,其他三国的父亲管孩子均较少,"不太管孩子"的父亲最多比母亲多30%,最少也多出近16个百分点(见附表1.13)。可见,在家庭教育中,母亲仍然担当着重要角色。这可能是因为与母亲相比,父亲更希望自己的孩子独立。同时,因为大多数父亲的工作时间比母亲长,因此对孩子的管理时间比较少。

附表 1.13 四国高中生父母对孩子独立性认可度的排序(%)

		第一	第二	第三	第四
把我当大人看	父亲	日本(72.5)	美国(70.2)	韩国(69.0)	中国(64.7)
	母亲	日本(69.4)	韩国(66.7)	美国(66.3)	中国(50.7)
不太管我	父亲	日本(73.2)	美国(72.8)	中国(67.8)	韩国(63.4)
	母亲	韩国(71.1)	日本(57.4)	美国(42.7)	中国(38.0)

四、生活环境

1. 家和朋友聚会的地方是高中生们最喜欢的生活场所   调查发现,四国高中生们对家里的事都非常关心,比例分别为中国88.5%、美国88.8%、日本79.4%和韩国94.6%。在被问及"你感到最幸福的场所在哪里"时,中国高中生选择的前三位排序依次是家(41.9%)、朋友聚集的地方(27.5%)、个人空间(16.2%);美国高中生的选择依次是朋友聚集的地方(72.1%)、家(48.5%)、课外小组(30.0%);日本高中生选择的依次为家(32.0%)、朋友聚集的地方(30.3%)及其他(12.2%);韩国高中生的选择依次为朋友聚集的地方(71.1%)、家(60.0%)及学校(39.6%)。从这一调查可以看出,家和朋友聚集的地方是与高中生日常生活最密切的场所,也是他们最喜欢的场所。

对四个国家的数据进行比较会发现,中国高中生对感到幸福的场所满意程度相对其他三国来说较低,这可能是因为中国高中生的学习压力大、父母管理严格且外出与朋友相聚的机会相对较少所造成的。家庭、朋友聚集的地方对高中生们来说如此重要,但这些场所却又不能为他们提供足够的情感支持,使得他们对这些场所的总体满意程度相对美、韩两国高中生要低很多。

2. 中国高中生最关心国家大事,对社区的事情关心较少   和家庭事务相比,高中生们对居住社区的事情关心比例相对低些。其中,关心社区事务的中国高中生为39.0%,美国高中生为48.8%,日本高中生为40.8%,韩国高中生为39.9%。可见,比较而言,中国高中生对社区的事情关心较少。但另一组数据告诉我们,中国高中生对国家事务更关心,远高于四国的平均比例58.9%,也显著高于其他三国高中生。其中,"非常关心"和"比较关心"国家大事的中国高中生共有73.7%,美国高中生有45.4%,日本高中生和韩国高中生均为45.9%。

3. 八成左右高中生对学校生活满意,但社会满意度不高   作为主要的生活环境之一,学校生活得到了四国高中生比较高的认同。中美日韩四国高中生对学校生活比较满意的比例分别为76.4%、81.2%、85.2%、80.1%。可见,四个国家相比,中国高中生对学校生活的满意度要略低于其他三个国家高中生。但多数中学生们对当今社会环境不太满意,四国高中生的社会满意度分别为43.9%、52.4%、40.1%和24.5%。和学校满意度相比,还是相差比较悬殊。这一调查结果虽然偏低,但也反映了部分高中生对社会的关心,他们已经不局限于课堂、学校及家庭生活,而是更多的走出学校,放眼社会。

五、流行文化与休闲活动

1. 韩国高中生最关心流行时尚,美国高中生关心程度较低   对高中生的流行时尚(时装发型等)进行调查显示,中美两国高中生对流行时尚的关心程度显著低于日韩两国高中生。其中,美国高中生关心比例最低,为53.2%,中国高中生为54.2%,日本高中生为82.1%,韩国高中生最高,为84.3%。中国高中生对大众文化(漫画、杂志、电影、音乐)关心比例为81.2%,美韩两国高中生分别为63.4%和88.0%,日本高中生关心比例最高,为93.1%。四国高中生对MP3关心的比例,中国为48.3%,美国为57.1%,日本为67.6%,韩国为77.0%。而手机和发短信的比例,中国高中生为47.6%,美国高中生为67.2%,日韩两国高中生分别为85.2%和78.8%。

可见,中国高中生对时装发型等流行时尚、漫画音乐等大众文化、手机短信等新媒介关心程度并不很高,要比韩国、日本低得多。同样,美国高中生对这些关心也不多。

2. 八成以上高中生关注课余生活 现代社会还为青少年提供了丰富多彩的课余活动选择,课余生活(娱乐、锻炼)等休闲活动成为高中生学习生活的重要补充。调查发现,四国高中生对课余生活(娱乐、锻炼)休闲活动都非常关心,平均数都达到80%以上(见附表1.14)。

附表1.14 四国高中生对课余生活关心的比较(%)

	中国	美国	日本	韩国	平均数
非常关心(非常感兴趣)	38.1	49.5	39.6	35.8	39.4
比较关心(比较感兴趣)	46.9	36.8	41.0	45.3	44.1
不太关心(不太感兴趣)	13.3	12.1	15.7	17.4	14.5
不关心(没有兴趣)	1.7	1.6	3.7	1.4	2.0
总体	100	100	100	100	100

但是,对于课外小组的活动,高中生们的关注度却不高。中国高中生对课外小组关心或感兴趣的为61.2%(非常关心或感兴趣的为19.5%,比较关心或感兴趣的为41.7%),美国高中生对课外小组关心或感兴趣的为69.1%(非常关心或感兴趣的为31.3%,比较关心或感兴趣的为35.8%),日本高中生对课外小组关心或感兴趣的为64.9%(非常关心或感兴趣的为33.3%,比较关心或感兴趣的为31.6%),韩国高中生对课外小组关心或感兴趣的为42.9%(非常关心或感兴趣的为11.0%,比较关心或感兴趣的为31.9%)。比较而言,美国高中生对课外小组的活动更关注,更感兴趣。但和锻炼、娱乐等课余生活相比,高中生们还是更关心和喜欢课余生活。或许,在课余生活中他们更有自主性,更能够按照自己的需求去设计活动,因此也会更喜欢。

3. 九成以上韩国高中生关心计算机、上网、电子游戏,居四国之首 调查发现,四国高中生都很关心计算机和上网。平均来说,非常关心(非常感兴趣)的高中生有 33.4％，比较关心（比较感兴趣）的有 40.8％，共 74.2％；对四个国家进行比较发现，对计算机和网络，最关心的是韩国高中生（90.4％），其中非常关心（非常感兴趣）的有 50.5％，比较关心（比较感兴趣）的有 39.9％；其次是美国高中生（73.7％），其中非常关心（非常感兴趣）的有 31.5％，比较关心（比较感兴趣）的有 42.2％；中国高中生排在第三位（68.8％），其中非常关心（非常感兴趣）的有 28.3％，比较关心（比较感兴趣）的有 40.5％；日本高中生排在最后（66.7％），其中非常关心（非常感兴趣）的有 25.0％，比较关心（比较感兴趣）的有 41.7％。

此外，对电子游戏的关心，韩国高中生也位居第一位（60.7％），其次是美国（47.5％），日本（45.6％），中国（35.8％）。但是，对"自己的网页制作"，四个国家的高中生关注度都不高，其中韩国高中生最关心（感兴趣），为 49.0％，中国高中生关心的比例为 38.5％，美、日两国高中生关心的比例分别为 21.9％和 23.4％。可见，韩国高中生对计算机、上网、电子游戏、网页制作的关心程度均显著高于其他三国，这可能与韩国互联网普及率较高，计算机、电子游戏产业高度发达有密切关系。

六、对他国的印象

1. **73％多的中国高中生看过日本动画片**　国际化进程的深入和中国改革开放、对外交流的增加，使中国更了解世界，世界更了解中国。随着了解逐渐增多，中国高中生对其他三国及同龄人都形成了自己的印象。调查发现，中国高中生对美国和韩国的传媒文化最了解，其次是日本。中国高中生看过美国电视、新闻、杂志、书的比例为 51.0％，看过韩国电视、新闻、杂志、书的比例为 49.2％，看过日本电视、新闻、杂志、书的比例为 31.1％。中国高中生看过美国电影、音乐的比例为 60.9％，看过韩国电影、音乐的比例为 52.0％，看过日本电影、音乐的比例为 34.3％。但是中国高中生看过的日本动画片最多（73.3％），其次是美国的（29.9％）和韩国的（21.8％）。从这些数据可以看出，美国作为西方大国，对中国青少年的文化影响是非常重大的。另外，随着韩国电影、电视剧在中国的广泛传播，中国高中生对韩国传媒文化的了解也逐渐深入。值得关注的是，日本动画片产业非常出色，在中国，看过日本动画片的高中生最多。

2. **1/3 美国高中生了解中国传媒，居三国之首**　在日韩美三国中，美国高中生接触中国媒体最多。其中，看过中国电视、新闻、杂志、书的为 30.1％，看过中国电影、听过中国音乐的为 37.4％，看过中国动画片的为 18.8％。日本和韩国高中生看过中国电视、新闻、杂志、书、电影、动画片和听过中国音乐的比例明显低于美国高中生。其中，韩国高中生看中国电视、新闻、杂志、书的比例最低（6.7％）；日本高中生看过中国电影、听过中国音乐的比例最低（11.2％）；日本高中生看过中国漫画的比例最低（2.7％）。

3. **近半数中国高中生想到美国留学** 由于互相的了解,国外留学也成为高中生们思考的重要问题。当被问到最想到哪个国家去留学时,中国高中生最想到美国留学(46.6%),其次是韩国(27.0%)和日本(22.6%)。但其他国家高中生都不太想到中国留学,美国想到中国留学的高中生有6.9%,日本高中生想到中国留学的有5.1%,韩国高中生想到中国留学的有9.9%(见附表1.15)。

附表 1.15 四国高中生想到他国留学的比较(%)

评价者国别 被评价国	中国	美国	日本	韩国
中国	—	6.9	5.1	9.9
美国	46.6	—	19.5	30.5
日本	22.6	14.9	—	21.9
韩国	27.0	4.4	3.1	—

4. **中国高中生认为韩国人最亲切、最彬彬有礼、最重人情** 为了解各国高中生对其他国家国民人际交往的评价,课题组测试了高中生们对他国国民的看法。数据显示,中国高中生认为最亲切的人依次为韩国人(45.7%)、美国人(29.7%)和日本人(15.6%)。同样,中国高中生认为最容易亲近的人也是首推韩国人(40.4%),其次是美国人(27.7%)、日本人(16.1%)。另外,中国高中生认为韩国人、日本人更"有礼貌",韩国人、日本人、美国人"彬彬有礼"的比例分别为54.9%、49.6%、22.4%。在人情交往方面,中国高中生认为韩国人比美国人和日本人更"重人情",比例分别为32.0%、16.9%、16.7%。可见,总体来说,中国高中生对韩国人评价较高,无论在待人接物、人际交往方面,还是在亲情方面。

5. **美国高中生对中国人评价最高,韩国高中生对中国人评价偏低** 调查数据显示,在人际交往方面,美日韩三国高中生认为中国人"亲切"的比例分别为52.4%、13.0%、5.4%;认为中国人"容易亲近"的比例分别为44.1%、11.5%、13.3%;认为中国人"彬彬有礼"的比例分别为55.9%、23.0%、6.3%;认为中国人"重人情"的比例分别为39.4%、16.2%、11.5%。可见,韩国高中生对中国人评价较低,而美国高中生对中国人的评价较高。中韩两国高中生对彼此感觉的错位值得思考。

此外,美国高中生对中国人评价较高还表现在对中国人国民性格的感受上,他们大多认为中国人心胸宽大、忍耐力强、性格开朗。美国高中生更认同中国人心胸宽大(36.9%),其次是日本高中生(9.8%),第三是韩国高中生(9.6%);美国高中生更认同中国人比较有忍耐力(41.1%),其次是日本高中生(34.8%)、韩国高中生(12.5%);美国高中生更认同中国人性格开朗(35.8%),其次是韩国高中生(13.4%)、日本高中生(10.9%)。从这组数据看,美国高中生对中国人的国民性格评价较高,而韩国高中生对中国人的国民性格评价总体上较低。

6. 中国高中生认为美日韩三国国民性格"各有千秋" 调查发现,中国高中生认为美国人心胸最宽大(33.0%),其次是韩国人(27.4%)和日本人(9.6%);日本人忍耐力最强(34.4%),其次是韩国人(30.7%),第三是美国人(15.8%);美国人最开朗(60.6%),其次是韩国人(31.5%),第三是日本人(16.6%)。对四国国民是否性情暴躁的报告还发现,中国高中生认为美国人和日本人性情最暴躁,分别为49.2%、49.1%,其次是韩国人(9.4%)。这表明中国高中生认为美国人性格比较开朗,但易暴躁且忍耐力较差,日本人忍耐力稍高、性情相对温顺但心胸不够宽大、性格不够开朗,韩国人忍耐力较高,但有时会性情暴躁。

7. 高中生们认为日本人最遵守规则,美国人最不遵守规则 对四个国家国民的思维方式和行为方式进行调查发现,中国高中生认为日本人最勤奋(38.7%),其次是韩国人(31.5%)、美国人(25.1%)。而与韩国和日本高中生相比,更多的美国高中生认为中国人勤奋。美日韩三国高中生认为中国人勤奋的比例分别为62.8%、47.8%、13.2%。

对国民是否悠闲进行考察发现,中国高中生认为美国人最悠闲(50.6%),其次是韩国人(31.4%)、日本人(23.3%)。美、日、韩三国高中生认为中国人很"悠闲"的比例均不高,分别为27.3%、9.8%、38.0%。

在遵守规则方面,日本人被公认为是最遵守规则的国民。无论是中国、美国还是韩国高中生,都认为日本人第一遵守规则。相反,中国、日本,包括美国高中生自身,都认为美国国民是最不愿意遵守规则的。但是,韩国高中生却认为四国中,中国人最不遵守规则,认为中国人遵守规则的比例仅为8.8%。

8. 美国国民被公认为最"善于表达自己的意见" 对"善于表达自己的意见"这一做事特点,美国国民依然居首位。中日韩美四国高中生均认为美国国民最"善于表达自己的意见",比例分别为60.8%、67.6%、45.6%、52.3%,其他国家获得的比例均与美国相差悬殊,甚至相差二三十个百分点。美日韩三国中,日本高中生认为中国人还算善于表达,比例为40.4%。而韩国高中生却认为中国人不善于表达自己的意见,仅有13.5%的韩国高中生认为中国人善于表达(见附表1.16)。

附表 1.16 认为国民"善于表达自己的意见"的比例(%)

	中国	美国	日本	韩国
中国人	39.4	32.6	40.4	13.5
美国人	60.8	52.3	67.6	45.6
日本人	24.0	32.7	13.7	28.6
韩国人	25.7	29.2	26.8	40.5

9. 中国人被公认为"思维最守旧" 在思维方式上,除对本国的评价外,中国高中生认为日本人思维方式最守旧(27.9%),其次是韩国人(25.9%),第三是美国人(8.9%)。美、日、韩三国高中生都认为中国人思维比较守旧,几乎位列第一。除了韩国高中生认为本国国民在四国中最守旧之外,其他三国都认为中国人思维最守旧。其中,日本高中生认为中国人思维守旧的最多(52.0%),其次是美国高中生(50.4%),第三是韩国高中生(31.8%)。

总的来说,中国高中生认为美国人生活比较悠闲、不够勤奋,办事不太遵守规则,但他们善于表达自己的意见,且思维较活跃、有创新性。日、韩两国国民相比美国人来说比较勤奋,办事较守规则,但不太善于表达自己的意见;美国高中生认为中国人比较勤奋、办事守规则,但不太善于表达自己的意见,且思维比较守旧。日本高中生认为中国人比较勤奋,办事比较遵守规则,善于表达意见,但思维比较守旧。韩国高中生则对中国人的行为及思维方式评价均较低,他们认为中国人生活比较悠闲、不够勤奋,办事不守规则,不善于表达自己的意见。

10. 日韩美三国高中生公认中国人最具有团队精神 调查发现,中国高中生认为日本人最具有团队精神(49.5%),其次是韩国人(38.0%)、美国人(33.5%)。但美日韩三国高中生都认为除了本国人之外中国人团队精神最强,其中,美国高中生中有45.6%、日本高中生有45.0%、韩国高中生有30.0%认为中国人团队精神最强。

另一方面,中国高中生认为美国人更爱以自我为中心,比例为50.4%。其次是日本人(37.8%),第三是韩国人(11.1%)。美日韩三国高中生认为中国人以自我为中心的比例分别为22.1%、37.6%、13.3%。美国更多地强调个人价值、提倡个人奋斗成功的个人主义价值观,而以中国为代表的儒家文化则倡导集体主义的价值观,团队精神比较强,这在调查中有较明显体现。

11. 韩国高中生对中国人的爱国心、责任心、正义感评价均较低 调查显示,中国高中生认为日本人最具有爱国心,比例为43.1%;其次是韩国人,比例为41.7%;而美国人爱国心不够强,仅有30.9%的中国高中生认为美国人具有爱国心。同时,有59.8%的日本高中生认为中国人爱国心强,38.4%的美国高中生和14.8%的韩国高中生认为中国人爱国心强。

责任感方面,中国高中生认为美国人、日本人和韩国人的责任感相差无几,比例分别为32.1%、33.7%、35.8%。但有50.9%美国高中生认为中国人责任感强,却仅有24.5%的日本高中生和13.3%的韩国高中生认为中国人责任感强,比例相差较大。

正义感方面,高中生们除了对各自国家的评价较高外,中国高中生认为韩国人最有正义感(35.3%),其次是美国人(22.6%),仅有13.5%的中国高中生认为日本人有正义感强。但韩国高中生对中国人的评价很低,仅有 6.4% 的韩国高中生认为中国人有正义感。美国高中生中,有 37.4% 认为中国人有正义感,17.6% 的日本高中生认为中国人有正义感。

可见,虽然爱国主义教育一直是中国教育的一个重要主题,但三国高中生却认为中国国民的爱国心并不强。这可能是由于教育者更多从观念上灌输爱国主义思想,而忽视培养学生以实际行动体现对国家的热爱。

12. 外国高中生对中国的兴趣要高于中国高中生对外国的兴趣 高中生对其他国家是否感兴趣?调查发现,中国高中生对美国、日本和韩国感兴趣的程度差不多,均为 44.0% 左右(见附表 1.17)。外国高中生对中国的兴趣相对高一些,其中 71.1% 的韩国高中生和 70.1% 的美国高中生对中国感兴趣,57.4% 的日本高中生对中国感兴趣(见附表 1.18)。

附表 1.17 中国高中生对美国、日本和韩国的兴趣(%)

	美国	日本	韩国	平均数
非常感兴趣	13.3	14.9	13.9	14.1
比较感兴趣	31.5	28.9	31.6	30.7
不太感兴趣	34.2	36.5	37.0	36.2
不感兴趣	21.0	19.7	17.5	19.1
总体	100	100	100	100

附表 1.18 日本、美国、韩国高中生对中国的兴趣(%)

		中国
日本	非常感兴趣	22.7
	比较感兴趣	34.7
	不太感兴趣	22.8
	不感兴趣	19.9
美国	非常感兴趣	24.2
	比较感兴趣	45.9
	不太感兴趣	20.9
	不感兴趣	9.1
韩国	非常感兴趣	29.4
	比较感兴趣	41.7
	不太感兴趣	20.0
	不感兴趣	8.9

总体来说,外国高中生对中国越来越感兴趣,这可能是由于近年来中国的快速发展,使中国在世界舞台上的地位逐渐上升,外国对中国越来越瞩目,越来越想了解中国。另外,随着韩国电视剧、电影在中国的广泛传播,中国高中生对韩国的印象越来越好,也越来越喜欢韩国。

13. 近半数中国高中生喜欢韩国,但仅有 7.2% 韩国高中生喜欢中国　对高中生们对他国喜爱程度的调查发现,中国高中生最喜欢韩国(46.9%),其次是美国(33.8%)和日本(24.5%)。但日本和韩国的高中生都最喜欢美国,分别为 39.6% 和 24.3%。美国高中生最喜欢中国(30.4%),另有 10.2% 的日本高中生和 7.2% 的韩国高中生喜欢中国(见附表 1.19)。

附表 1.19　四国高中生喜欢该国的比较(%)

评价者国别 / 被评价国别	中国	美国	日本	韩国
中国	—	30.4	10.2	7.2
美国	33.8	—	39.6	24.3
日本	24.5	45.2	—	24.0
韩国	46.9	21.3	16.7	—

14. 亚洲高中生的父母们都最喜欢美国　对高中生们的父母进行考查发现,中国、日本、韩国的父母们都最喜欢美国。其中,有 41.7% 的中国父母、15.7% 的日本父母、17.8% 的韩国父母喜欢美国。喜欢中国的外国父母依次为美国(20.6%)、韩国(8.5%)和日本(6.1%)(见附表 1.20)。

附表 1.20　四国高中生父母喜欢该国的比较(%)

评价者国别 / 被评价国别	中国	美国	日本	韩国
中国	—	20.6	6.1	8.5
美国	41.7	—	15.7	17.8
日本	11.9	25.6	—	7.1
韩国	27.3	15.0	12.8	—

值得注意的是,中国高中生及其父母最不喜欢的是日本,仅有 24.5% 的中国高中生和 11.9% 的中国高中生父母喜欢日本。同样,日本高中生及其父母也最不喜欢中国,仅有 10.2% 的日本高中生和 6.1% 的日本高中生父母喜欢中国。

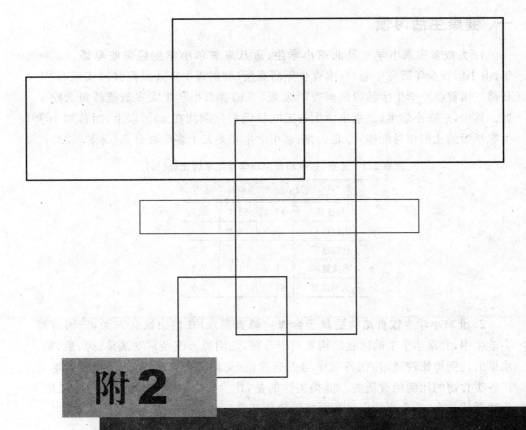

附 **2**

中日韩三国首都小学生的生活习惯

一、健康生活习惯

1. 九成多东京小学生及北京小学生、近八成首尔小学生经常吃早饭 2006年,由中国青少年研究中心、日本青少年研究所、韩国青少年开发院共同实施的"中日韩三国首都小学生生活习惯调查"[47]发现,三国首都小学生大多数能够每天吃早饭。其中,东京小学生、北京小学生每天吃早饭的比例均在85%以上,而首尔小学生吃早饭的比例相对低些,与北京、东京小学生相差二十多个百分点(见附表2.1)。

附表 2.1　北京、东京和首尔小学生吃早饭比较(%)

	北京	东京	首尔
总这样	85.2	86.7	62.7
大致这样	6.9	6.9	17.3
有时这样	4.7	3.8	9.1
不太这样	1.5	1.7	7.1
从不这样	1.7	1.0	3.9

2. 北京小学生饮食结构更趋于合理 调查发现,在健康饮食方面,三国首都小学生中,北京小学生的饮食结构更趋于合理,他们每天或经常吃蔬菜、肉、鱼、奶、水果的比例均比较高,并在各项中均占据首位(见附表2.2)。而首尔小学生吃上述各类食物的比例相对低些。值得关注的是,作为曾以"一杯牛奶强壮一个民族"为骄傲的日本,东京小学生经常喝奶的比例却是三个首都城市中最低的。

附表 2.2　北京、东京和首尔小学生一日三餐的主要食物比较(%)

食物	选项	北京	东京	首尔
蔬菜类	几乎每天	87.8	73.1	50.3
	每周两三次	7.7	16.8	28.2
	偶尔	4.3	8.5	17.4
	从不	0.3	1.5	4.1
肉类	几乎每天	56.3	29.6	15.2
	每周两三次	28.9	47.2	39.0
	偶尔	14.3	21.0	40.7
	从不	0.4	2.2	5.1

附表 2.2

食物	选项	北京	东京	首尔
鱼和水产类	几乎每天	13.7	18.7	14.6
	每周两三次	42.9	48.4	36.1
	偶尔	40.9	29.7	40.3
	从不	2.5	3.2	9.1
水果	几乎每天	84.8	40.3	64.9
	每周两三次	9.7	31.5	21.8
	偶尔	5.1	23.9	11.3
	从不	0.4	4.3	2.1
牛奶	几乎每天	69.8	50.3	60.1
	每周两三次	14.2	14.0	14.8
	偶尔	13.2	17.6	13.9
	从不	2.8	18.2	11.2

3. **四成东京小学生经常吃油炸类和高糖类垃圾食品**　调查发现,在孩子们吃的各类零食中,高糖类、油炸类及方便面类等国际公认的"垃圾食品"占据了一定位置。其中,薯片类等油炸食品,东京小学生吃的最多,有39.1％经常吃,其次是首尔小学生(31.6％),第三位是北京小学生(27.0％);巧克力糖果等高糖食品,东京小学生吃的也最多(40.0％),其次是北京小学生(28.3％),排在第三位的是首尔小学生(23.3％);对于方便面等食品,北京小学生和首尔小学生常吃的比例接近,分别为18.9％和19.0％,东京小学生经常吃的比例为12.2％。可见,东京小学生对油炸类零食、高糖类零食均比较热衷,在三国首都小学生中居首位。北京小学生吃方便面类方便食品较多(见附表2.3)。总体来说,三国首都小学生的父母对孩子科学吃零食良好生活习惯的培养较为忽略。

附表 2.3　北京、东京和首尔小学生经常进食的零食(％)

食物	选项	北京	东京	首尔
薯片等零食	几乎每天	10.1	11.9	8.7
	每周两三次	16.9	27.2	22.9
	偶尔	64.1	43.6	43.8
	从不	8.9	17.3	24.6
巧克力等糖果	几乎每天	8.4	12.8	6.1
	每周两三次	19.9	27.2	17.2
	偶尔	60.8	41.2	44.6
	从不	10.9	18.8	32.1

附表2.3

食物	选项	北京	东京	首尔
方便面	几乎每天	3.8	2.7	4.0
	每周2、3次	15.1	9.5	15.0
	偶尔	69.5	39.9	43.0
	从不	11.6	48.0	38.0

4. 小学生边看电视边吃饭的就餐方式比较普遍，东京小学生最多　调查发现，边看电视边吃饭的现象在三国首都小学生中均比较普遍，东京小学生这方面的习惯最突出，"总这样"的达到46.4%，而北京和首尔小学生"总这样"的均在12.0%左右（见附表2.4）。

附表2.4　北京、东京和首尔小学生边看电视边吃饭的情况（%）

	北京	东京	首尔
总这样	12	46.4	11.8
大致这样	13.2	20.5	21.4
有时这样	19.6	13.7	16.9
不太这样	17.9	8.3	17.6
从不这样	37.3	11.1	32.3

5. 东京小学生与家人一起吃饭的比例最高　调查发现，三国首都小学生与家人一起吃晚饭的比例较高，北京为91.7%，东京为94.3%，首尔为88.2%。而与家人共进早餐的小学生比例，要比与家人共进晚餐的小学生比例低得多，北京为68.0%，东京为79.3%，首尔为74.5%。三国首都小学生比较，东京小学生经常和家人一起吃饭的比例最高，而北京小学生早饭时一个人吃、与同学一起吃的比例最高，首尔和北京小学生一个人吃晚饭的比例最高（见附表2.5）。

附表2.5　北京、东京、首尔小学生早饭、晚饭和谁一起吃（%）

	早饭			晚饭		
	北京	东京	首尔	北京	东京	首尔
总是和家人一起	56.0	44.9	38.5	82.2	54.4	48.7
大多和家人一起	12.0	34.4	36.0	9.5	39.9	39.5
大多一个人	19.9	18.8	16.8	2.2	3.9	10.0
大多和同学一起	8.6	0.1	0.2	6.0	1.6	0.9
基本上不吃	3.5	1.8	8.5	0.2	0.1	0.9

分析认为,如果孩子经常单独进餐,不能和家人在一起享受吃饭的乐趣,不能在席间与父母温和地交流,孩子往往很难拥有较好的食欲,甚至与家人的感情也可能逐渐生疏。另外,单独吃饭的孩子大多难以理智地选择均衡饮食,也缺乏进餐礼节方面的实践,对身心健康不利。

6. 北京小学生起床最早,首尔小学生起床最晚 调查发现,在起床时间上,北京小学生主要集中在 6 点半到 7 点这一时间段,比例为 54.1%,其次是 6 点到 6 点半时间段,比例为 30.7%;东京小学生起床的时间主要集中在 7 点至 7 点半,比例为 50.3%;其次是 6 点半至 7 点时间段,比例为 22.4%;首尔小学生起床时间主要集中在 7 点半到 8 点时间段,比例为 50.4%,其次是 7 点到 7 点半时间段,比例为 26.9%(见附表 2.6)。

附表 2.6 北京、东京、首尔小学生起床时间比较(%)

	北京	东京	首尔
6:00 以前	5.6	2.4	0.5
6:00—6:29	30.7	7.1	2.2
6:30—6:59	54.1	22.4	5.8
7:00—7:29	9.0	50.3	26.9
7:30—7:59	0.3	17.1	50.4
8:00 以后	0.3	0.7	14.2

7. 北京小学生睡眠时间略长于东京和首尔小学生 在睡觉时间上,北京小学生主要集中在晚上 9 点到 9 点半这一时间段,比例为 33.1%,其次是晚上 9 点半到 10 点时间段,比例为 32.4%;东京小学生睡觉时间主要集中在晚上 10 点至 10 点半,比例为 29.0%;其次是晚上 10 点半至 11 点时间段,比例为 17.0%;首尔小学生睡觉时间主要集中在晚上 11 点到 11 点半时间段,比例为 28.8%,其次是晚上 10 点到 10 点半时间段,比例为 18.4%(见附表 2.7)。

附表 2.7 北京、东京、首尔小学生睡觉时间比较(%)

	北京	东京	首尔	平均数
20:30 以前	5.2	0.8	0.3	2.0
20:30—20:59	14.1	1.1	0.2	4.7
21:00—21:29	33.1	10.8	3.1	14.4
21:30—21:59	32.4	13.7	4.8	15.7
22:00—22:29	9.2	29.0	18.4	18.8
22:30—22:59	3.6	17.0	16.7	12.8

续附表 2.7

	北京	东京	首尔	平均数
23:00—23:29	0.8	13.9	28.8	16.0
23:30—23:59	1.1	6.7	14.9	8.3
24:00 以后	0.5	7.0	12.8	7.3

可见,北京小学生普遍早睡早起,首尔小学生普遍晚睡晚起,东京小学生居中。在睡眠的时间长度上也略有差别。比较而言,北京小学生每晚睡眠时间大多为 9 个半小时到 10 个小时,要略长于东京和首尔小学生。

8. 北京小学生睡眠更规律,独立起床和起床后自己叠被子习惯较好 调查发现,北京小学生经常"早上不用人叫,自己起床"和"早上自己叠被子"的均在一半以上,而东京和首尔小学生经常"早上不用人叫,自己起床"的均未过半,经常"早上自己叠被子"的甚至未达到 1/3(见附表 2.8)。

附表 2.8 北京、东京、首尔小学生自己起床、叠被的情况比较(%)

	自己起床			自己叠被子		
	北京	东京	首尔	北京	东京	首尔
总这样	38.3	22.7	19.0	33.9	14.8	14.9
大致这样	24.1	24.5	26.6	21.6	13.8	14.1
有时这样	26.7	31.2	25.7	23.4	19.3	23.5
不太这样	5.6	13.5	19.6	12.7	21.7	24.8
从不这样	5.2	8.1	9.1	8.4	30.4	22.7

9. 多数小学生具有良好的口腔卫生习惯 调查发现,绝大多数小学生都能够坚持每天早晨起床后刷牙,其中北京小学生这方面的卫生习惯最好,比东京小学生高出 22 个百分点。另外,七成左右的小学生能够坚持每天睡觉前刷牙(见附表 2.9)。

附表 2.9 北京、东京、首尔小学生刷牙情况比较(%)

	早晨刷牙			睡前刷牙		
	北京	东京	首尔	北京	东京	首尔
总这样	86.6	64.2	82.9	74.8	74.5	72.0
大致这样	5.9	15.0	9.0	11.7	13.0	15.1
有时这样	3.6	9.9	5.4	8.4	6.0	7.9
不太这样	1.9	5.5	2.0	2.6	3.1	3.0
从不这样	2.1	5.4	0.7	2.5	3.3	2.0

10. **三国首都小学生个人基本卫生习惯良好,但忽略卫生细节**　调查发现,90%以上的北京(93.2%)和首尔(94.3%)小学生总能够做到早上起床后洗脸,但东京小学生这方面的习惯要差一些(67.5%),比北京和首尔要低25个百分点以上。

　　吃饭前要先洗手,这已经成为公认的个人基本卫生习惯。调查发现,94.3%的北京小学生、72.8%的首尔小学生、58.3%的东京小学生具备这样的卫生习惯。

　　但是,对于"不洗手就揉眼睛或者摸鼻子、嘴巴"这样的行为,能够做到"从不这样"的北京小学生占49.2%,东京小学生占35.6%,首尔小学生占40.3%,均未过半。这说明孩子们还没有全面养成勤洗手的卫生习惯,忽视了生活中的一些卫生细节。

11. **多数小学生能够主动与家人打招呼**　调查发现,多数小学生能够主动和家人打招呼,尤其出门前能主动与家人打招呼。但是,早上起床后与家人打招呼的比例偏低,最多不到六成。三国学生的数据比较发现,总体来说,北京小学生主动与家人打招呼的基本家庭礼仪习惯要好于东京和首尔小学生。但在早晨起床后与家人打招呼方面不如东京小学生,相差11个百分点(见附表2.10)。

附表2.10　北京、东京和首尔小学生打招呼情况比较(%)

打招呼的情况	选项	北京	东京	首尔
出门前给家人打招呼	经常	89.5	82.9	80.9
	有时	8.8	10.8	11.5
	几乎不	0.9	3.8	3.9
	从不	0.8	2.6	3.7
回到家时,给家人打招呼	经常	85.3	79.5	73.3
	有时	11.2	10.6	13.0
	几乎不	2.2	5.5	7.2
	从不	1.4	4.4	6.4
家人回来时打招呼	经常	82.4	67.7	63.0
	有时	13.8	16.9	18.4
	几乎不	2.5	9.0	10.4
	从不	1.2	6.4	8.1
早上起床后,给家人打招呼	经常	45.4	56.9	28.0
	有时	32.6	16.0	19.3
	几乎不	13.4	13.6	28.0
	从不	8.6	13.5	24.7

12. **多数小学生能够使用基本礼貌语言,但面对陌生人展示微笑的比例较低**　调查发现,三国首都小学生均能够使用基本礼貌用语,其中北京小学生做得更好一些,而东京小学生、首尔小学生这方面相对逊色。例如,遇见同学打招呼,经常这

样做的北京小学生为77.0％,东京小学生为58.5％,首尔小学生为75.4％;遇见老师打招呼,经常这样做的北京小学生为87.6％,东京小学生为58.6％,首尔小学生为60.9％;碰到别人说"对不起",经常这样做的北京小学生为88.6％,东京小学生为66.4％,首尔小学生为57.4％;受到别人帮助,说"谢谢",经常这样做的北京小学生为90.3％,东京小学生为75.1％,首尔小学生为69.9％。

当遇到陌生人时,一些小学生也能够主动微笑。小学生和熟悉的人打招呼比例更高,而当他们面对陌生人时,能经常主动微笑的北京小学生不足半数,东京、首尔小学生仅一成多(见附表2.11)。这也说明了小学生在公共礼仪习惯养成方面还不够全面和深入。

附表2.11　北京、东京和首尔小学生与陌生人目光相遇时主动微笑的情况比较(％)

	北京	东京	首尔
基本这样	46.8	12.7	15.1
有时这样	24.3	19.8	20.4
不太这样	17.8	31.7	28.5
从不这样	11.2	35.7	36.0

13. 九成多北京小学生能够做到上下楼梯靠右行　调查发现,有94.3％的北京小学生能够基本做到或者有时做到乘手扶电梯或上下楼梯靠右行,其次是首尔小学生(85.1％),东京小学生(76.8％)排在第三位(见附表2.12)。

附表2.12　北京、东京、首尔小学生"乘手扶电梯或上下楼梯靠右行"情况比较(％)

	北京	东京	首尔
基本这样	76.6	56.5	57.3
有时这样	17.7	20.3	27.8
不太这样	4.5	11.4	8.9
从不这样	1.3	11.8	5.9

14. 北京和东京小学生环保礼仪行为好于首尔小学生　调查发现,多数小学生能够在外出时"收好自己的废弃物",尤其是北京(94.1％)和东京(93.2％)的小学生,经常这样做的均在90％以上,而首尔小学生为75.1％,要比北京和东京小学生低18个百分点以上。此外,对"打喷嚏时用手帕或纸巾捂住口鼻"这一礼仪行为,北京小学生的表现也要好于东京和首尔小学生,经常这样做的北京小学生为93.1％,东京小学生为69.3％,首尔小学生为92.2％。打喷嚏时用手帕或纸巾捂住口鼻,是个人文明涵养的体现,也是尊重他人的礼仪行为,这类礼仪细节已经得到多数小学生的重视。

二、学校生活和课余生活

1. **北京小学生花在上学路上的时间最长**　调查发现,北京小学生花在上学路上的时间是最长的,93.8%的东京小学生、89.7%的首尔小学生从家到学校所花的时间在20分钟以内,但仅有74.9%的北京小学生能在20分钟内从家到学校;甚至有13.3%的北京小学生要花半小时以上的时间才能到学校,而在东京和首尔小学生中需要花半小时以上的时间从家到学校的比例分别仅为1.7%和3.4%。这表明北京小学生上学的便利性不如东京和首尔,另一方面也揭示出北京的小学生父母为孩子择校而不是就近入学的现象更为普遍。

　　调查还发现,北京小学生上学的主要方式是走路(39.0%)、父母开车送(24.2%)、骑自行车(19.2%)和乘公交车(8.9%),而绝大多数的东京和首尔小学生是走路上学的,比例分别高达96.6%和81.5%。

2. **半数左右的北京小学生上下学由家人接送**　调查发现,北京小学生上下学由家人接送的方式最为普遍,58.1%由家人送去学校,46.8%放学后由家人接回家,而在东京和首尔这两个比例均未超过3.0%。43.4%东京小学生与同学朋友相约一起上学、72.2%的东京小学生和63.5%的首尔小学生与同学朋友相约一起放学回家,但只有9.0%和22.5%的北京小学生与同学朋友一起上、下学。可见北京小学生上、下学主要由家人接送,而东京和首尔小学生上、下学主要跟同学朋友一起。这虽然与许多北京小学生住得离学校较远有关,但也反映出北京父母对孩子的安全担忧和溺爱心态。

3. **四成北京小学生表示"一定会去阻止"班里同学吵架**　调查发现,在遇到班里同学吵架时,40.5%的北京小学生表示"一定会去阻止",高于东京(15.9%)和首尔(27.0%)的小学生,而表示"看情况,有时会去阻止"的北京小学生(52.2%)少于东京(61.5%)和首尔(55.0%)小学生,表示"不愿惹事,不理睬"的北京小学生(7.3%)也少于东京(22.6%)和首尔(18.0%)小学生。这说明北京小学生有更强的集体观念,在同学出现问题时更愿意帮助同学。

　　进一步的分析发现,不同年级的学生在遇到班里同学吵架时采取的处理方式有显著差异(见附表2.13)。随着年级升高,表示"一定会去阻止"的学生越来越少,而采取"看情况,有时会去阻止"和"不愿惹事,不理睬"的学生越来越多,在三个国家的小学生中都表现出同样的趋势。这表明随着年龄的增长,小学生逐渐学会更理智地根据现实情况来处理问题,另一方面也表明随着年龄的增长,帮助同学、坚持正义的风气则有所减弱。

附表 2.13　不同年级学生在遇到班里同学吵架时的处理方式比较(%)

	北京			东京			首尔		
	一定会去阻止	有时会去阻止	不理睬	一定会去阻止	有时会去阻止	不理睬	一定会去阻止	有时会去阻止	不理睬
四年级	48.1	45.7	6.2	18.7	62.2	19.1	28.6	55.7	15.8
五年级	37.9	55.0	7.1	19.5	60.5	20.0	30.0	53.6	16.4
六年级	35.5	55.9	8.6	10.2	61.7	28.2	22.3	55.6	22.1

4. 随着年级升高,感觉上学非常愉快的学生逐渐减少　调查发现,59.7%的北京小学生感觉上学非常愉快,远多于东京(37.0%)和首尔(22.5%)小学生。数据分析表明,在北京和首尔,不同年级学生对上学的感受呈现出显著差异,随着年级升高,感觉上学"非常愉快"的学生越来越少,从四年级到六年级下降了十几个百分点,而感觉上学"还可以"以及"不太愉快"的学生越来越多(见附表 2.14)。这可能与随着年级升高,越来越临近升学,小学生的学习压力也越来越大有关。对性别差异的比较发现,在三个国家,女生感觉上学"非常愉快"的比例都要显著高于男生(北京:女生 63.8%,男生 55.6%;东京:女生 39.6%,男生 34.5%;首尔:女生 23.6%,男生 21.5%)。

附表 2.14　不同年级学生"上学是否愉快"的比较(%)

	北京				东京				首尔			
	非常愉快	还可以	不太愉快	一点不愉快	非常愉快	还可以	不太愉快	一点不愉快	非常愉快	还可以	不太愉快	一点不愉快
四年级	68.9	28.2	1.5	1.4	36.0	47.7	11.3	5.1	32.2	52.2	11.7	3.9
五年级	58.0	38.5	2.9	0.6	40.3	48.5	8.2	2.9	20.5	58.1	16.1	5.2
六年级	52.0	43.3	3.8	1.0	35.2	47.6	13.0	4.3	14.9	61.8	18.8	4.4

5. 九成多东京和首尔小学生下午 5 点前放学回家,而北京小学生仅有一半多　调查发现,97.4%的东京小学生和91.3%的首尔小学生在下午 5 点以前放学回家,但是下午 5 点前回家的北京小学生只有 53.7%,甚至有 7.0%的学生晚上 7 点以后才能放学回家。

6. 北京小学生放学后以学习为主　对"放学之后做什么(可选多项)"的调查发现,北京小学生最经常做的事情是"回家,一个人学习",其次是"回家看课外书",第三是"在学校做作业、看书";而东京和首尔小学生均以"回家后去补习班、兴趣班或跟家教学习"为最多,其次是"回家看电视、玩游戏",第三位的事情略有差异,东京小学生是"在学校和同学打打球、玩一玩",首尔小学生是"和同学在外面玩后回家"(见附表 2.15)。可见,北京小学生放学后最主要的活动是学习,而东京和首尔小学生除了学习还可以玩游戏和运动。

附表 2.15　北京、东京和首尔小学生"放学之后做什么"排序比较(可选多项)(%)

	北京	东京	首尔
第一	回家,一个人学习(66.5)	回家后去补习班、兴趣班或跟家教学习(59.0)	回家后去补习班、兴趣班或跟家教学习(63.8)
第二	回家看课外书(54.2)	回家看电视、玩游戏(47.7)	回家看电视、玩游戏(34.4)
第三	在学校做作业、看书(35.3)	在学校和同学打打球、玩一玩(41.7)	和同学在外面玩后回家(21.1)

此外,调查发现,东京和首尔小学生回家看电视、玩游戏的比例要分别高出北京小学生 27 个和 14 个百分点(北京小学生的比例为 20.3%)。而且,仅有 10.1% 的北京小学生放学后在学校和同学打打球、玩一玩,仅有 6.2% 的北京小学生和同学在外面玩后回家,这两个比例均较东京和首尔小学生低 10 到 30 个百分点。

7. 北京小学生学习更具有主动性　调查发现,北京小学生主动做作业以及主动预习、复习的比例要高于东京和首尔小学生。95.3% 的北京小学生经常自己主动做作业,而东京和首尔分别仅有 66.5% 和 64.8% 主动做作业;68.7% 的北京小学生经常主动预习或复习功课,而东京和首尔分别仅有 29.4% 和 26.0% 经常主动预习或复习功课。

8. 首尔小学生课外学习时间最长　比较小学生们的课外学习时间发现,三国首都小学生的课外学习时间都比较长,尤其以首尔小学生的课外学习时间最长,课外学习时间在 1 小时以上的首尔小学生最多(78.1%),其次是东京小学生(58.2%),北京小学生有 56.4%。在首尔,甚至有高达 38.4% 的小学生课外要学习 3 小时以上,在东京这一比例为 15.5%,北京为 10.2%(见附表 2.16)。可见,课外时间用来学习在这三个国家的小学生中是非常普遍的现象,这可能是因为三个国家的父母都非常重视子女的教育和学习,同时与这三个国家入学考试竞争都非常激烈也有很大关系。

附表 2.16　北京、东京和首尔小学生"回家后学习时间"的比较(%)

	北京	东京	首尔
回家后不学习	0.9	3.5	4.4
1 分钟—30 分钟以内	12.7	17.8	5.9
30 分钟—1 个小时以内	30.1	20.5	11.7
1 个小时—1 个半小时以内	15.3	14.3	10.1

续附表 2.16

	北京	东京	首尔
1 个半小时－2 个小时以内	14.8	13.8	9.4
2 小时－2 个半小时以内	6.5	6.4	9.2
2 个半小时－3 小时以内	9.6	8.2	11.0
3 小时以上	10.2	15.5	38.4

此外,小学生们的课外学习时间随着年级升高逐渐增长。以北京为例,课外学习时间在 1 小时以内的从四年级的 49.8％,下降到五年级的 45.2％,再降到六年级的 35.8％,而学习时间在 1 小时到 2 小时的从四年级的 28.8％,增长到五年级的 29.4％,再增至六年级的 32.4％,学习时间在 2 小时以上的更是从四年级的 21.5％,增长到五年级的 25.4％,再增至六年级的 32％。可见,随着"小升初"的临近,小学生的课外学习时间逐渐延长,学业负担逐渐加重。

9. 北京小学生自主支配时间少于东京和首尔小学生　在课外时间的支配上,北京小学生的自主支配时间(除上课、吃饭、睡觉、写作业、预习复习功课和做家务之外)要少于东京和首尔小学生。自主支配时间在 1 小时以内的北京、东京、首尔小学生分别为 55.6％、20.9％、27.1％,在 1－2 小时的北京、东京和首尔小学生分别为 21.5％、25.0％和 25.7％,在 2 小时以上的北京、东京和首尔小学生分别为 22.8％、54.2％和 47.2％。这说明北京小学生的课外生活受到更多的约束,这在一定程度上限制了孩子自主发展的可能性。

另外,随着年级升高,北京小学生的自主支配时间有所增长,自主支配时间在 1 小时以内的四、五、六年级学生分别有 59.3％、58.9％、48.8％,在 1－2 小时的分别有 20.9％、19.8％、23.7％,在 2 小时以上的分别有 19.8％、21.4％和 27.5％。这与小学生自主能力的发展和对自主的需求是一致的。

10. 休息日北京小学生学习的比例高于东京和首尔小学生　调查发现,北京小学生的休息日也基本是在学习中度过的。69.1％的北京小学生"在家学习",高居休息日最经常做的事情之首;此外,有 52.0％"在家看课外书"、50.1％"上文化补习班",分列第三和第四位。北京小学生休息日的主要娱乐活动是看电视和活动锻炼。东京和首尔小学生休息日最经常做的事情是"看电视";其次是"和朋友一起玩"、"玩电子游戏"以及"和家人一起外出";"在家学习"仅位列第五,比例也分别比北京小学生低 27 和 37 个百分点(见附表 2.17)。

附表 2.17　北京、东京和首尔小学生"休息日干什么"排序比较(可选多项)(%)

	北京	东京	首尔
第一	在家学习(69.1)	看电视(64.9)	看电视(52.4)
第二	看电视(53.2)	和家人一起外出(60.1)	和朋友一起玩(51.0)
第三	在家看课外书(52.0)	和朋友一起玩(56.8)	玩电子游戏(50.4)
第四	上文化补习班(50.1)	玩电子游戏(51.1)	和家人一起外出(39.7)
第五	活动锻炼(46.5)	在家学习(42.6)	在家学习(32.9)

11. 暑假东京小学生参加夏令营和社区活动的比例高于北京和首尔小学生
调查发现,东京小学生的暑假生活与北京和首尔小学生有较大差别,主要表现在参加"学校组织的夏令营等活动"和"参加社区活动"上(见附表2.18)。这两项是东京小学生暑假最经常参与的活动,参与率均在一半以上。但在北京和首尔,小学生参与这两项活动的比率均未超过两成(参加学校组织的夏令营等活动,北京为11.2%,首尔为9.5%;参加社区活动,北京为18.4%,首尔为9.1%)。假期是小学生广泛地接触社会,参加社会实践活动的良好时机,从调查的情况看,北京和首尔小学生与社会的接触不多,作为社会和集体一员的体验比较缺乏。

附表 2.18　北京、东京和首尔小学生"暑假做了哪些事情"的比较(可选多项)(%)

	北京	东京	首尔
第一	去爷爷奶奶家或亲戚家住了几天(51.3)	参加学校组织的夏令营等活动(60.8)	去爷爷奶奶家或亲戚家住了几天(56.8)
第二	去图书馆(40.0)	参加社区(小区)活动(55.8)	上补习班或请家教补课(45.4)
第三	去外地旅行(国内)(38.5)	参加兴趣班学习(51.6)	看电影或听音乐会、看演出等(41.1)
第四	上补习班或请家教补课(33.1)	去外地旅行(国内)(48.4)	去美术馆或博物馆等(30.2)
第五	看电影或听音乐会、看演出等(33.0)	去爷爷奶奶家或亲戚家住了几天(45.9)	参加兴趣班学习(26.6)

12. 北京小学生做家务的比例高于东京和首尔小学生　"经常"主动帮家人干家务方面,北京小学生、东京小学生、首尔小学生分别为35.1%、27.3%和31.5%,"有时"这样的分别为58.5%、53.1%和52.7%,"基本上"或"从不"的分别为6.3%、19.6%和15.8%。总的来看,多数北京小学生能主动帮助家人干家务。家务劳动是孩子体验生活的重要途径,主动帮助家人干家务有助于孩子自立和"利他"品质的发展。
对家务劳动内容的调查发现,北京小学生主要做的家务有扫地(76.0%)、收拾

房间(75.4%)、倒垃圾(70.1%)、洗碗或收拾碗筷、饭桌(63.7%),首尔小学生与北京小学生类似,主要做的家务有扫地(67.5%)、洗衣服或晒衣服(47.5%)、倒垃圾(47.1%)和收拾房间(43.1%),而东京的小学生参与厨房的劳动更多一些,他们作的最多的家务是洗菜等做饭的准备(54.1%)、洗碗或收拾碗筷、饭桌(52.7%),其次才是收拾房间(46.6%)和倒垃圾(45.4%)

13. 东京小学生参加社区活动的比例最高　随着家庭结构的核心化以及少子女化,社区已经成为孩子社会化的重要场所。调查发现,东京的小学生参加社区活动的比例要远远高于北京和首尔小学生,72.2%的东京小学生经常或有时参加社区组织的活动,其次是北京小学生(39.0%),第三是首尔小学生(23.4%)。28.6%的北京小学生回答"社区没有组织过活动"。这说明,社区教育的重要性在北京仍然没有得到重视,社区教育还远未普及。

三、自我和朋友关系

1. 道德品质优秀是三国小学生共同的做人标准　对小学生"想成为什么样的人"的调查发现,北京小学生最想成为努力勤奋、乐于帮助他人、正直、学习好、受人信赖、朋友多的人;东京小学生最想成为受人信赖、乐于帮助他人、努力勤奋、有勇气、能够体谅他人、善于挑战新事物的人;首尔小学生最想成为努力勤奋、学习好、有勇气、为了将来现在就要努力、乐于帮助他人、能够体谅他人的人(见附表2.19)。总的来说,三国首都小学生最想成为道德品质优秀的人,而不是个人能力强或具有某一方面特长的人。

附表 2.19　对北京、东京和首尔小学生"想成为什么样的人"排序比较(%)

	北京	东京	首尔
第一	努力、勤奋(83.1)	受人信赖(67.1)	努力、勤奋(79.1)
第二	乐于帮助他人(80.6)	乐于帮助他人(65.3)	学习好(78.8)
第三	正直(79.9)	努力、勤奋(65.0)	有勇气(77.4)
第四	学习好(79.9)	有勇气(60.7)	为了将来,现在就要努力(73.3)
第五	受人信赖(79.0)	能够体谅他人(60.4)	乐于帮助他人(73.2)
第六	朋友多(79.0)	善于挑战新事物(59.0)	能够体谅他人(72.0)

注:每个问题都有"完全如此"、"基本如此"、"不太这样想"、"完全不是"四个选项,表中数值为"完全如此"的比率。

2. 北京和首尔小学生最重视"努力、勤奋"的道德品质,东京小学生最重视"受人信赖"的品质　与东京和首尔小学生相比,北京小学生对自己的道德品质表现出更高的要求,更希望成为品德高尚的人。总的看来,北京和首尔小学生最看重的是努力、勤奋,而东京小学生最看重的是受人信赖。83.1％的北京小学生想成为"努力、勤奋"的人,略高于首尔小学生(79.1％),远远高于东京小学生(65.0％)。乐于助人、正直、受人信赖、有勇气等也是北京小学生非常注重的品质,约有八成北京小学生想成为这样的人,比东京小学生要高出 12 个到 22 个百分点,比首尔小学生也要高出 7 个到 24 个百分点(有勇气除外)(见附表 2.20)。

附表 2.20　对北京、东京和首尔小学生最重视的道德品质的比较(％)

	北京	东京	首尔
努力、勤奋	83.1	65.0	79.1
乐于帮助他人	80.6	65.3	73.2
正直	79.9	57.8	55.9
受人信赖	79.0	67.1	60.6
有勇气	78.2	60.7	77.4
积极帮助同学	77.8	57.7	61.2
能够体谅他人	74.3	60.4	72.0
自己的事自己决定	71.8	55.3	64.2
善于挑战新事物	68.1	59.0	61.3

3. **东京小学生更看重"体育好"**　调查发现,北京和首尔小学生对"学习好"非常看重,79.9％的北京小学生和 78.8％的首尔小学生想成为"学习好"的人,而东京小学生仅有 43.5％;相比较学习和音乐、绘画特长,东京小学生更看重"体育好",51.6％的东京小学生想成为"体育好"的人。

4. **北京小学生希望成为受同学欢迎、受老师喜欢的人**　与东京和首尔小学生相比,北京小学生还更希望自己能够有很多朋友、受同学欢迎、受老师喜欢和当班干部。79.0％的北京小学生想成为"朋友多"的人,东京和首尔小学生分别有56.8％和 63.7％;61.2％的北京小学生想成为"受同学欢迎"的人、62.1％想成为"受老师喜欢"的人,高于首尔小学生(分别为 53.9％和 48.2％),而东京小学生的比例则非常低,分别为 25.4％和 10.5％。对于当班干部,也有 47.5％的北京小学生希望如此,但首尔小学生仅有 33.6％,东京小学生仅有 12.1％。

5. **约四成首尔小学生认为"只要现在快乐就行",比例高于东京和北京小学生**　相比较而言,更多的首尔小学生觉得"只要现在快乐就行",比例高达 41.0％,其次是北京小学生(23.3％),第三是东京小学生(20.9％)。另外,也有 19.7％的北京小学生、18.6％的首尔小学生和 9.8％的东京小学生觉得"只要自己感到满足,不管别人怎么说"。可以看到,约 1/5 的北京小学生认为"只要现在快乐就行""只要自己满足就可以",这是不愿意控制自己、不愿意思考未来的表现,但在人人凸显个性的当今社会,这种倾向往往被认为是有个性、忠实于自我的表现,这是令人忧虑的。

6. 北京小学生更喜欢学习好的朋友,而东京和首尔小学生更喜欢有趣的朋友

调查发现,北京小学生最喜欢的朋友依次是:可信赖、在一起很愉快、会关心帮助他人、理解我、学习好。东京和首尔小学生最喜欢的朋友也具有可信赖、在一起很愉快、会关心帮助他人以及理解我等特征,可见这些特征是小学生们选择朋友的共同标准。但是,东京和首尔小学生最喜欢的朋友与北京小学生也存在一定的差别,69.5%的东京小学生、54%的首尔小学生更喜欢有趣的朋友,分别位列他们喜欢的朋友特征的第四位和第五位,而东京和首尔小学生都不太重视朋友是否学习好,仅有 19.3%的东京小学生和 21.7%的首尔小学生喜欢学习好的朋友(见附表 2.21)。

附表 2.21　北京、东京和首尔小学生"最喜欢什么样的朋友"排序比较(%)

	北京	东京	首尔
第一	可信赖(74.3)	在一起很愉快(80.2)	可信赖(72.6)
第二	在一起很愉快(73.4)	会关心帮助他人(72.6)	在一起很愉快(67.3)
第三	会关心帮助他人(68.6)	可信赖(70.3)	理解我(65.7)
第四	理解我(63.7)	有趣(69.5)	会关心帮助他人(64.3)
第五	学习好(52.3)	理解我(47.5)	有趣(54.0)

四、家庭教育

1. 北京小学生的父母更重视学习方面的规定,东京和首尔小学生父母更注重消费方面的规定　调查中研究者列举了 20 项家庭教育中常见的规定,请被调查的小学生们画出父母对他们有规定的项目(可选多项)。这些规定分别是:①起床时间;②必须吃早饭;③早上要刷牙、洗脸;④睡觉前要刷牙;⑤学习时间;⑥看电视的时间;⑦可看的电视内容;⑧玩游戏的时间;⑨和朋友玩的时间、场所;⑩结交什么样的朋友;⑪睡觉时间;⑫回家的时间;⑬零花钱的数额;⑭给零花钱的日子;⑮吃零食;⑯学习成绩;⑰上网的时间;⑱可浏览哪些网站;⑲做家务;⑳按时完成作业。

统计发现,中日韩三国小学生父母在家庭规范教育方面,主要重视基本生活制度教育。例如,吃饭、刷牙、洗脸、起床时间、睡觉时间等成为各国父母共同关注的主要内容。第二,学习规范教育也是父母们关注的主要内容。三国的父母们均在"按时完成作业"方面对孩子提出了规定,并且均排在前三位。这从一定程度反映出三国父母对孩子学习习惯的重视程度以及对学习的关心(见附表 2.23)。

附表 2.23　北京、东京、首尔小学生主要家庭规则排序比较(%)

	北京	东京	首尔
第一	按时完成作业(74.0)	睡觉前要刷牙(64.3)	零花钱的数额(51.1)
第二	早上要刷牙洗脸(72.4)	必须吃早饭(64.0)	按时完成作业(47.6)
第三	必须吃早饭(70.1)	按时完成作业(63.7)	给零花钱的日子(45.4)
第四	睡觉前要刷牙(68.9)	早上要刷牙、洗脸(57.2)	玩游戏的时间(41.1)
第五	起床时间(65.2)	零花钱的数额(51.6)	上网的时间(34.7)
第六	学习成绩(61.4)	回家的时间(49.0)	早上要刷牙、洗脸(33.7)
第七	睡觉时间(59.2)	睡觉时间(47.7)	睡觉前要刷牙(32.9)
第八	看电视时间(58.8)	给零花钱的日子(42.4)	起床时间(31.4)

但是,在家规方面三个国家首都的父母们也是有区别的。例如,北京小学生的父母给孩子提出的家规较多;北京小学生的父母更关注孩子的学习习惯;多数北京小学生的父母对孩子的看电视时间做了规定,而东京和首尔这方面比例较低。

另外,半数左右的东京和首尔小学生父母对孩子的零花钱数额和给零花钱的日子均作出规定。这说明他们特别重视对孩子的消费教育,多数家庭给孩子零花钱都有固定的数额和日期。而北京小学生的父母这方面的比例较低,排名未在前八名之内。

2. 多数父母对孩子管教细致而全面,尤其重视前途人品及生活习惯　课题组列出了父母经常对孩子说的一些话,请孩子们自我报告父母经常对他们说的话有哪些。这些话主要包含四个方面的内容:学习、生活起居、休闲、做人原则。其中,学习方面有:①做作业了吗;②该学习了;③只要管好自己的学习就行了;④好好学习将来有个好工作;⑤在家里学习的事可不能跟别人说。生活方面有:①早点睡;②多吃点;③吃饭不要挑拣;④赶紧起床别迟到了;⑤把周围都收拾干净。休闲方面有:①别看电视了;②别玩游戏了;③别看课外书;④出去玩会儿吧;⑤帮忙干些家务。做人方面有:①好好听老师话;②好好听父母话;③和朋友好好相处;④说到做到;⑤不要给别人添麻烦;⑥不要撒谎;⑦给人打招呼;⑧自己的事自己做。

总的来看,希望孩子未来有个好前途、独立生活、诚实守信、礼貌待人、讲究卫生、耐心接受长辈的教育等是三国首都父母们共同的期望。比较而言,北京小学生父母最常说的话是好好学习将来有个好工作(55.2%)、其次是早点睡(52.2%),说到做到和给人打招呼并列第三(47.9%);东京小学生父母最常说的话是早点睡(45.9%),其次是把周围都收拾干净(41.2%),第三是自己的事自己做(32.0%);首尔小学生父母最常说的话是该学习了(47.8%),其次是早点睡(46.0%),第三是把周围都收拾干净(45.0%)。可见,北京小学生父母更重视孩子的前途及做人习惯;东京小学生父母更重视生活习惯和独立;首尔小学生父母更重视学习和独立生活习惯。

3.**北京小学生的父母更关注孩子的学习与前途,而东京、首尔的父母更关注孩子的学习行为本身**   调查发现,北京的父母们最常对孩子说的与学习相关的话是"好好学习将来有个好工作",东京和首尔的父母们最常说的是"该学习了"。这说明北京小学生的父母们经常将学习与前途挂钩,而东京、首尔的父母们更多关注学习行为本身(附表 2.24)。

附表 2.24   北京、东京、首尔小学生父母常对孩子说的与学习相关的话(%)

谈话内容	选项	北京	东京	首尔	平均数
做作业了吗?	经常说	43.9	26.9	29.5	32.9
	有时说	29.2	35.3	39.2	35.1
	不太说	26.9	37.8	31.3	32.0
该学习了	经常说	32.7	30.6	47.8	38.2
	有时说	28.6	34.3	35.4	33.1
	不太说	38.8	35.1	16.7	28.7
只要管好自己的学习就行了	经常说	23.2	6.3	35.1	22.9
	有时说	22.4	11.9	31.7	23.0
	不太说	54.4	81.8	33.2	54.1
在家里学习的事可不能跟别人说	经常说	11.4	4.6	5.5	6.9
	有时说	12.1	7.0	9.3	9.4
	不太说	76.5	88.4	85.3	83:7
好好学习将来有个好工作	经常说	55.2	17.9	41.9	38.5
	有时说	28.1	18.8	28.6	25.5
	不太说	16.6	63.3	29.5	35.9

4.**睡眠习惯和卫生习惯普遍得到三国首都父母的重视**   调查发现,三国首都小学生的父母们均比较重视孩子在生活方面的习惯养成,其中尤以睡眠习惯和卫生习惯被父母们重视。数据表明,基本生活习惯方面,北京、东京、首尔三地的小学生父母们对孩子最经常说的话都是"早点睡",位居生活基本习惯的第一名。其次父母们常说的话是"把周围收拾干净"(附表 2.25)。

附表 2.25　北京、东京、首尔小学生父母常对孩子说的与生活基本习惯相关的话(%)

谈话内容	选项	北京	东京	首尔	平均数
早点睡	经常说	52.2	45.9	46.0	47.8
	有时说	30.0	35.2	33.5	33.0
	不太说	17.8	18.9	20.5	19.2
多吃点儿	经常说	38.5	15.2	31.7	28.7
	有时说	27.2	18.6	30.8	26.1
	不太说	34.3	66.2	37.4	45.2
吃饭不要挑拣	经常说	41.9	19.1	40.2	34.3
	有时说	25.3	24.6	25.5	25.2
	不太说	32.8	56.4	34.3	40.5
赶紧起床别迟到了	经常说	19.5	21.6	36.2	26.9
	有时说	22.0	25.4	26.5	24.8
	不太说	58.5	53.1	37.3	48.3
把周围都收拾干净	经常说	46.0	41.2	45.0	44.2
	有时说	30.4	36.7	36.2	34.6
	不太说	23.5	22.2	18.8	21.2

5. 北京小学生父母不希望孩子看电视太多,而东京和首尔小学生父母不希望孩子玩游戏太多　调查发现,北京小学生的父母们希望孩子不要看太多电视,而东京和首尔小学生的父母们希望孩子不要玩太多游戏。这样的结果一方面反映出父母们可能缺乏一定的尊重孩子休闲权利的意识,另一方面父母们也可能担忧看电视或者玩游戏过多会影响学习(附表 2.26)。

附表 2.26　北京、东京、首尔小学生父母常对孩子说的与学习相关的话(%)

谈话内容	选项	北京	东京	首尔	平均数
别看电视了	经常说	36.9	13.4	21.3	23.4
	有时说	32.3	30.9	36.9	33.7
	不太说	30.8	55.8	41.9	42.8
别玩游戏了	经常说	31.6	20.3	29.2	27.2
	有时说	23.9	35.0	30.9	30.1
	不太说	44.5	44.7	40.0	42.7
别看课外书了	经常说	14.7	9.1	11.9	11.9
	有时说	22.3	19.2	23.3	21.8
	不太说	63.0	71.6	64.8	66.4

续附表 2.26

谈话内容	选项	北京	东京	首尔	平均数
出去玩会儿吧	经常说	22.3	6.9	13.8	14.2
	有时说	36.9	16.6	29.9	27.9
	不太说	40.8	76.5	56.3	57.9
帮忙干些家务	经常说	27.0	19.8	18.1	21.2
	有时说	33.4	34.0	30.3	32.3
	不太说	39.7	46.3	51.6	46.5

6. 北京小学生父母更重视诚信和礼貌待人，东京小学生父母更重视独立和诚信，首尔小学生父母更重视听老师的话和独立 调查发现，在做人方面，三国的父母们侧重点也各有不同（见附表 2.27）。北京小学生的父母们更重视孩子的诚信品质及文明礼貌行为，"说到做到"、"给人打招呼"是父母们最经常跟孩子说的话。东京小学生的父母们除了重视孩子的诚信品质外，还很重视孩子的独立生活。其中排在前两位的是"说到做到"和"自己的事自己做"。首尔小学生的父母们更希望孩子能听老师的话，这一比例要高于其他选项。

附表 2.27　北京、东京、首尔小学生父母常对孩子说的与做人相关的话（%）

谈话内容	选项	北京	东京	首尔	平均数
和朋友好好相处	经常说	37.1	11.2	29.9	26.4
	有时说	27.4	13.7	29.4	24.1
	不太说	35.5	75.1	40.6	49.6
好好听老师的话	经常说	46.3	20.4	43.9	37.5
	有时说	24.5	25.6	30.1	27.1
	不太说	29.2	54.0	26.0	35.4
好好听父母的话	经常说	42.9	18.7	39.0	34.0
	有时说	24.8	29.4	35.0	30.4
	不太说	32.3	51.8	25.9	35.6
要说到做到	经常说	47.9	26.6	31.2	34.7
	有时说	26.7	32.4	28.9	29.3
	不太说	25.5	41.0	40.0	36.0
不要给别人添麻烦	经常说	30.0	21.1	32.3	28.2
	有时说	26.7	28.7	29.0	28.3
	不太说	43.3	50.2	38.6	43.5

谈话内容	选项	北京	东京	首尔	平均数
不要撒谎	经常说	47.2	21.0	39.9	36.3
	有时说	18.2	26.7	27.9	24.7
	不太说	34.6	52.2	32.2	39.0
给人打招呼	经常说	47.9	26.2	35.8	36.4
	有时说	28.0	27.2	27.1	27.4
	不太说	24.1	46.5	37.1	36.2
自己的事自己做	经常说	47.4	32.0	42.8	40.9
	有时说	28.3	33.9	31.1	31.1
	不太说	24.3	34.1	26.1	28.0

7. **多数父母能够用鼓励和安慰等积极态度对待孩子的学习** 对"当你取得好成绩的时候,你的家人是什么态度?(可选多项)"这一问题,多数小学生认为父母们经常给他们夸奖和鼓励。统计发现,北京小学生父母最经常的态度是"鼓励我继续努力"(78.3%),其次是"夸奖我"(42.5%),第三是"给买我想要的东西"(21.8%),第四是"没有什么特别的夸奖"(8.4%);东京小学生父母更多的是"夸奖我"(73.6%),其次是"鼓励我继续努力"(26.5%),第三是"没有什么特别的夸奖"(16.1%),第四是"给买我想要的东西"(13.0%);首尔小学生父母最经常的态度是"夸奖我"(37.0%),其次是"给买我想要的东西"(33.2%),第三是"鼓励我继续努力"(24.7%),第四是"没有什么特别的夸奖"(5.1%)。数据表明,多数北京、东京小学生的父母对孩子以鼓励及奖励为主,首尔小学生的父母虽然也夸奖孩子,但一些父母把物质奖励作为鼓励孩子学习的主要方法。

8. **当孩子成绩差时,北京小学生父母关注度较高,东京小学生父母关注度较低** 调查发现,当孩子成绩不好时,多数父母能采取宽容的态度,并且安慰孩子继续努力,但也有一些父母对孩子采取严厉训斥的否定态度(见附表2.28)。七成多的北京父母、近六成的首尔父母、四成多的东京父母能安慰孩子,并且鼓励孩子下次考好。值得关注的是,孩子成绩不好时,有一半多的东京父母"没有什么特别的反应",首尔父母的比例是18.1%,中国父母这方面的比例最低,仅为3.1%。可见,东京父母对孩子的成绩并不是特别关注,他们往往能够用平常心坦然面对孩子的成绩,而北京父母对孩子的成绩关注较多。

附表 2.28　当孩子成绩不好时,北京、东京、首尔小学生父母的态度比较(%)

	北京	东京	首尔	平均数
安慰我别太难过,下次争取考好	70.1	44.6	58.7	57.9
严厉训斥	27.6	14.5	12.8	17.7
禁止看电视	16.1	3.9	0.8	6.3
禁止玩游戏	14.4	6.0	3.3	7.4
禁止和同学玩	6.9	4.8	0.9	3.8
取消安排好的活动,如不许去旅游	13.2	5.9	5.4	7.9
没有什么特别的反应	3.1	50.6	18.1	23.3

注　释

¹ 当代中国少年儿童发展状况调查

1999 年、2005 年全国少工委办公室、中国青少年研究中心两次联合开展了"当代中国少年儿童发展状况调查"。两次调查主要采用问卷调查和访谈的方法,所采用的问卷内容基本相同(2005 年的问卷在 1999 年的基础上稍作修改)、调查所选择的区县完全相同。1999 年共在广东、福建、山东、广西、吉林、湖南、安徽、河南、四川、贵州等 10 个省的 45 个区县发放问卷 4 339 份,回收问卷 4 135 份,回收率为 95.28%。2005 年在同样的地区发放问卷共 5 589 份,回收问卷 5 438 份,回收率为 97.3%。调查对象均为小学一年级至初中三年级学生。

本书中涉及这两次调查的数据分别来源于由中国少年儿童出版社 2000 年 1 月出版、孙云晓主编《新发现——当代中国少年儿童报告》一书及中国青少年研究中心 2005 年"中国少年儿童发展状况调查"数据统计报告。

² 中国青少年思想道德状况调查

2006 年 12 月,中国青少年研究中心在全国范围内开展了"中国青少年思想道德状况调查"。调查主要采用问卷调查的方法,问卷内容依据当代青少年的生活现状设计,并对 1999 年、2005 年中心所作"当代中国少年儿童发展状况调查"的部分内容作了追踪调研。调查采用等距抽样的方法,在北京、上海、吉林、江苏、浙江、福建、山东、河南、湖南、广东、四川、河北、甘肃十三个省市发放问卷 3 726 份,问卷回收率 100%。调查对象为小学四年级至高中三年级的在校学生。

书中本项调查的数据均来源于中国青少年研究中心 2006 年中国青少年研究中心"中国青少年思想道德状况调查"数据统计报告。

³ 中国少年儿童素质状况抽样调查

中国儿童中心于 2000 年 5—12 月实施了"中国少年儿童素质状况抽样调查"。该项调查在全国 30 个省(直辖市、自治区)实施完成(不包括西藏)。共抽取 0—15 岁少年儿童及他们的父母(或监护人)各两万人,同时抽取教师 2 000 名。本次调查主要采取多层、分阶段系统抽样方法。本调查被列入了国家调查计划,并得到了联合国儿童基金会的支持。本次接受调查儿童男女性别比为 1.12∶1;父母的职业主要是农民、工人、服务员、一般职工,农村父母的文化程度集中为"初中"文化程度,城市父母的文化程度集中为"高中"文化程度;单亲家庭的比例 2.74%。

书中本项课题的数据均来源于中国儿童中心《中国少年儿童素质状况抽样调查报告》(摘要)。

⁴ 2005 年中国居民生活质量指数研究

《2005 年中国居民生活质量指数研究报告》结果来自于零点调查与指标数据合作完成的"2005 年中国居民生活质量指数研究"。调查采用多阶段随机抽样方式,于 2005 年 10 月针对北京、上海、广州、武汉、成都、沈阳、西安、南通 8 个大中城市,浙江绍兴诸暨、福建福州长乐、辽宁锦州贝宁、河北石家庄辛集、湖南岳阳临湘、四川成都彭州、陕西咸阳兴平 7 个小城镇及其周边农村(外加湖北黄陂)进行了调查,样本总量为 4 128 人。

⁵ 千名母亲问卷调查

2005 年,全国妇联儿童部、《中国妇女》杂志、中国家庭教育学会和华坤女性调查中心开展了"你对孩子了解多少"千名母亲问卷调查,本次调查的对象是 11—17 岁孩子的妈妈,共回收有效问卷 1 021 份。

如无特殊说明,本调查数据均来源于《北京青年报》2005 年 05 月 29 日《千名母亲调查显示:三成妈妈不知如何与孩子沟通》一文。

⁶ 中国青少年学习和生活的现状与期望调查

2005 年 9 月,为了解当代中小学生的学习和生活状况,倾听他们的心声,中国青少年研究中心在北京、上海、广东、云南、甘肃和河南六个省(市)进行了"中国青少年学习和生活的现状与期望调查"。调查主要采取问卷调查、座谈会等形式进行,共发放问卷 2 420 份,其中小学生问卷 720 份,中学生问卷 1 200 份,职高生问卷 500 份。调查对象涉及小学四、五、六年级,初中一、二、三年级,高中二、三年级,职业高中二、三年级的学生,共 60 所学校,其中农村学校和城市学校各 30 所。

书中涉及本项课题的数据均来源于中国青少年研究中心 2005 年《中国青少年学习和生活的现状与期望数据统计报告》

⁷ 中小学生学习与发展调查研究

由中国青少年研究中心、北京师范大学教育系、北京出版社共同组织的全国大型调研活动——"中小学生学习与发展调查研究"作为联合国教科文组织"国际 21 世纪教育委员会"的著名报告《学习——财富蕴藏其中》在中国的一项后续活动而展开的,其目的是考察我国中小学生在学习、做事、与人共处和做人等方面的现状,分析影响我国中小学生学习和发展的家庭及社会因素。调研以问卷调查为主,共回收学生和家长问卷各 3 737 份,其中参与统计的有效问卷各为 3 371 份,问卷有效率为 90.2%。在回收的学生问卷中,一类学校占 36.1%、一般学校占 63.9%;男生比例为 47.8%、女生比例为 52.2%;小学、初中、高中、职业高中所占比例分别为 19.16%、35.63%、27.08%、18.13%。学生和家长样本均为分层随机抽样所得。调研涉及北京、天津、上海、辽宁、江西、陕西、河南、山东、四川、广东十省市。

书中本项课题的数据均来源于中国青少年研究中心《中小学生学习与发展调查研究报告》及孙云晓,郑新蓉主编的《21 世纪教师与父母必读》,北京出版社 2006 年 1 月版

⁸ 中国城市独生子女人格发展现状及教育

1996 年,中国青少年研究中心组织进行了"中国城市独生子女人格发展现状及教育"的大型调查研究。调查采用问卷调查方法,采用多阶段分层抽样方法,抽出 12 个城市的 60 所学校共 3 349 名儿童和他们的家长,共发放独生子女问卷 3 349 份,回收有效问卷 3 284 份;家长问卷 3 349 份,回收有效问卷 3 224 份。调查对象为 10—15 岁的城市独生子女。

书中本项调查的数据均来源于《培养独生子女的健康人格》,孙云晓、卜卫主编,天津教育出版社 1999 年 6 月第 4 版

⁹ 江苏省大中小学生健康状况

2005 年,"江苏省大中小学生健康状况"课题组在江苏省 13 个城市对江苏省大中小学生的人生理想进行了调查。其中,对高中生的共发放问卷 1 950 份,有效问卷回收 1 792 份;对初中生调查发放问卷 1 950 份,有效问卷回收 1 916 份。高中生年龄全部分布在 15—20 岁,其中以 17 岁和 18 岁为主,样本平均年龄 17.32 岁。初中生年龄全部分布在 12—18 岁,其中以 14—16 岁为主。样本平均年龄 14.84 岁。数据来自魏国强主编的《江苏省大中小学生健康状况蓝皮书》,南京大学出版社,2005 年 12 月。

¹⁰ 进城务工农民子女的社会融入及其与城市少年儿童和谐相处研究

"进城务工农民子女的社会融入及其与城市少年儿童和谐相处研究"课题于 2006 年 4 月由中国青少年研究中心主持实施,该研究采用问卷调查的方法,对北京市大兴区、海淀区、丰台区、宣武区、东城区、西城区的 13 所学校共 2 395 名学生进行了调查,调查学校包括 2 所民办打工子弟学校、4 所公办打工子弟学校、4 所公立混合学校、2 所未注册打工子弟学校和 1 所普通公立学校,调查对象为小学四年级至初中二年级的学生,其中进城务工农民子女 1 650 名,城市少年儿童 745 名。有关该课题的数据来源于中国青少年研究中心专题研究报告《进城务工农民子女的城市生活适应性研究报告》,该报告于 2007 年 1 月内部出版。

11 中小学学生学习生活状况专项调查

　　受教育部委托,国家统计局于 2005 年 9 月开展了"中小学学生学习生活状况专项调查"。调查涉及 4 个直辖市、26 个省会城市(不包括拉萨)和 5 个计划单列市(均含市辖县)的 276 所中学、105 所小学,安徽、江西、河南、湖北、湖南、四川、云南、陕西 8 省的 29 所中学。在被调查的中学里,既有设在城市的中学,也有设在城关镇和其他乡镇的中学;既有办学条件较好的中学,也有办学条件一般和办学条件较差的中学。调查的登记时间为 2005 年 9 月 27 日—29 日。调查共发放学生问卷 41 595 份,教师问卷 6 649 份,校长问卷 381 份,回收率均为 100%;发放家长问卷 32 801 份,回收 30 488 份,回收率为 93%。在回收的学生问卷中,小学生问卷 10 175 份,其中四年级和毕业年级学生分别占 49% 和 51%。在回收的 31 420 份中学生问卷中,初二占 16%,初三占 17%,高二占 34%,高三占 33%。被调查的中学生居住在城镇的占 74%,居住在农村的占 26%。

　　书中本项调查的数据均来源于国家统计局《中小学学生学习生活状况专项调查报告》。

12 城市少年儿童生活习惯研究

　　2003 年,中国青少年研究中心对全国六大城市(长春市、北京市、上海市、广州市、兰州市、成都市)2 500多名中小学生进行了少年儿童生活方式调查。此项"城市少年儿童生活习惯研究"是全国教育科学"十五"规划课题——"少年儿童行为习惯与人格研究"课题的深化和具体化。本次调查对象为大城市 8—13 岁儿童,即小学三至六年级和初一、初二的学生。调查采用多段分层和简单随机抽样相结合的方法,在上述六大城市分别抽取学生、家长样本各 440 份。抽取学生兼顾年级、班级类别(如重点班、特长班、普通班等)、性别等因素,按比例抽取。调查共获得学生有效问卷 2 498 份,家长有效问卷 2 471 份。在问卷调查的同时,研究人员还在被调查的学校以小型座谈会和个别访问等方式作了深度访谈,共涉及学生 54 人、教师 54 人。此外还对5 名相关问题的专家进行了专访。

　　书中本项课题的数据均来源于中国青少年研究中心·少年儿童发展蓝皮书《孩子健康生活的 6 个要领——来自中国城市少年儿童生活习惯研究报告》,孙宏艳、关颖主编,北京出版社,2005 年 1 月出版。

13 中小学生心理素质建构与培养研究

　　2001 年,北京师范大学发展心理研究所"中小学生心理素质建构与培养研究"课题组按照国际心理卫生健康标准,分别在北京、河南、重庆、浙江、新疆等五个不同地区 16 472 名中小学生的心理健康状况开展了比较广泛的调查研究。

14 《青少年心理健康状况蓝皮书》

　　2006 年,《青少年心理健康状况蓝皮书》由上海思想政治工作研究会和上海社会科学院青少年研究所公布。该调查由上海思想政治工作研究会和上海社会科学院青少年研究所共同开展,采取问卷调查和焦点组访谈相结合的实证研究方法,研究对象分别为生活在社区和学校中的青少年。问卷调查以全市 11—18 周岁的青少年为总体,参照上海市 2003 年统计年鉴,用按比例分层随机抽样的方式抽出来自不同区域、不同学校的青少年作为调查对象。课题组在调查过程中对调查员进行了集中培训,并在问卷中对注意事项做出了清楚地说明。样本共发放 1 440 份,成功回收 1 155 份,回收率 80.2%。其中,男生占 43.3%,女生占 56.7%;在读学生占 84.9%,闲散青少年占 7.5%,实习、工作等其他情况占 7.7%。这一比例分布与本市青少年人口统计资料基本保持一致。经过一段时间的汇总分析,形成《青少年心理健康状况蓝皮书》公布于众。

15 国内五城市未成年人发展联合调查

　　"2005 年国内五城市未成年人发展联合调查"项目组于 2005 年 5 月开始对北京、上海、广州、汕头和昆明五所城市的中学生发展状况进行调查。该调查采用集体问卷的形式,主要调查对象是 13—18 岁五所城市的初一、初二、高一和高二的中学生,共获得有效问卷 5 875 份。此外,还对部分教师和家长进行问卷调查和座谈会形式的集体访谈调查,获得有效家长问卷 131 份,有效家长问卷 369 份,家长和学生配对问卷 219 对。

¹⁶ 《意见》发布一年后的调查

2005 年 3 月,中国青少年研究中心在全国 46 个区县 92 所小学、92 所初中的 2 760 名中小学生进行调查,获得有效问卷 2 688 份。调查的省市涉及广东、福建、广西、吉林、山东、湖南、安徽、河南、四川、贵州共 10 个省(自治区),旨在了解中共中央、国务院发布《关于进一步加强和改进未成年人思想道德建设的若干意见》一年后全国各地的落实情况。简称为《意见》发布一年后的调查"。

¹⁷ 中国少年儿童思想道德文化状况调查

1996 年 3 月全国少先队工作委员会、中国少年报、中国青少年研究中心少年儿童研究所联合开展了"中国少年儿童思想道德文化状况调查"。调查组分别在中国初中生报和中国少年报刊登了中学生和小学生调查问卷,共回收中学生问卷 5 560 份,小学生问卷 16 350 份。

¹⁸ 两岸四地(广州、香港、澳门和台湾)健康教育促进项目

2006 年,"两岸四地(广州、香港、澳门和台湾)健康教育促进项目"课题组采用分层随机整群抽样的方法,抽取广州市小学四年级至六年级、中学初一至高三年级中小学生进行问卷调查,共发放问卷 8 100 份,获得有效被试 7 527 名,其中小学生 2 397 人,初中生 2 841 人,高中生 2 012 人,另 277 人年级身份信息缺失,样本平均年龄 14.43 岁,男女比例为 1:1。

¹⁹ 全国 14 城市中学生调查

"中国独生子女青少年的社会化过程及其结果"课题,系原华中理工大学社会学系主任风笑天教授主持课题组于 1998 年 10 月-1999 年 3 月在全国 14 个城市开展的调查。包括 5 各省会城市,6 个普通城市,3 个直辖市,调查对象为中学生,有效问卷 1 855 份。本调查资料来源于杜荟苑、风笑天《城市独生子女青少年的传媒生活与社会化》,《青年探索》2004 年第 6 期。

²⁰ 2000 年中国学生体质与健康调研

2000 年中国学生体质与健康调研是继 1985 年以来的第 4 次全国学生体质与健康调研,也是 20 世纪最后一次全国多民族的大规模学生体质与健康调研。该项工作由教育部、国家体育总局、卫生部、国家民族事务委员会、科学技术部共同组织实施。

本次调研历时 1 年,调研范围覆盖了我国除台湾省外的 31 个省、自治区、直辖市,21 个民族(汉族、回族、藏族、蒙族、朝鲜族、壮族、维吾尔族、瑶族、土家族、黎族、羌族、布依族、侗族、苗族、水族、傣族、白族、东乡族、土族、撒拉族、柯尔克孜族),调查学校达 1 947 所,调研人数达 348 768 人。其中,汉族 7-22 岁大、中、小学生 287 295 人;20 个少数民族 7-18 岁中、小学生 61 473 人。检测项目涵盖身体形态、生理机能、运动素质、健康状况 4 个方面的 22 项指标(包括身高、体重、胸围、脉搏、血压、肺活量、50m 跑、立定跳远、引体向上、斜身引体向上、仰卧起坐、握力、50m×8 往返跑、800m 跑、1 000m 跑、立位体前屈、视力、龋齿、血红蛋白、粪蛔虫卵、月经初潮、首次遗精)。本次调研不仅获得了 2 000 年我国学生体质与健康状况的基础资料,也获得了 1985-2000 年 15 年间我国学生体质与健康状况的动态变化资料,为我们全面总结过去 15 年我国学生体质与健康状况和学校体育卫生工作所取得的成绩,制定"十五"期间我国学校体育卫生工作发展规划和干预政策提供了重要依据。同时,也为我国社会、经济、教育等事业的发展提供了宝贵的基础数据资料。

如无特殊说明,《未成年人生长发育及健康状况》全章相关数据均来源于《2000 年中国学生体质与健康报告》

²¹ 中国居民营养与健康状况调查

2002 年 8-12 月,卫生部、科技部和国家统计局 在全国范围内联合开展"中国居民营养与健康状况调查"。本调查采用多阶段分层整群随机抽样方法,共抽取全国 31 个省、自治区、直辖市的 132 个县(区、市)243 479 人,实际调查 218 920 人,应答率为 89.9%。

22 中国青少年校外活动场所现状与发展调查

2003 年,中国少年宫协会"中国青少年校外活动场所现状与发展调查"课题组在全国 31 个省市、62 个抽样调查点中,共发放问卷 2 751 份。

23 未成年人思想道德建设调查

2004 年 10—11 月,国家统计局、中央文明办"未成年人思想道德建设调查"在全国 12 个有代表性的省(市)进行,随机抽选的 1.2 万名成年人和 6 000 名未成年人接受了国家统计局直属城市调查队和农村调查队的直接入户访问。

书中本项调查数据来源于国家统计局、中央文明办《未成年人思想道德建设调查结果分析报告》

24 全国青少年创造能力培养社会调查

1998 年,2000 年和 2002 年,教育部科技司、共青团中央学校部和中国(科协)科普研究所在全国开展了三次"全国青少年创造能力培养社会调查"。三次调查均以大、中学校学生为对象,调查采用随机抽样方法:即分层与整群抽样相结合的方法。如每个省(自治区、直辖市)共发放 380 份调查问卷,上述 380 份调查问卷中,有 250 份是需要对中学生进行调查的。调查小组首先要将所赴省(区、市)所有县一级行政区域进行编号,然后用抽签方法从中随机抽取一个县作为调查区域。接着,用同样的方法,再从所选县的中学中抽取一所县级完全中学和一所乡级初级中学作为调查学校。最后,再从所抽取的县级完全中学抽取一个初中班(50人)和一个高中班(50 人),从乡级初级中学抽取一个班(50 人)进行问卷调查。

其次,用同样的方法,从全省(区、市)中地级以上市(或州、区)抽取一个市,并从该市抽取一所完全中学的一个初中班(50 人)和一个高中班(50 人)进行调查。大学生的调查,亦用上述抽样的方法,从所在省(区、市)抽取一所综合性大学的文科一个班(30 人)、理工科两个班(60 人);抽取一所非综合性大学(或大专)的一个班(40 人)进行调查。

上述三次调查,每次都由教育部科技司、共青团中央学校部和中国(科协)科普研究所联合发文,依托中国政法大学团委组织近百名学生作为调查员,于当年 7—9 月份分赴全国 31 个省(区、市)的 62 所大学和 91 所中学进行调查。每次调查共发放问卷 11 800 份。1998 年问卷回收率为 96.6%,2000 年和 2002 年问卷回收率分别为 99.2% 和 100.0%。

上述调查设 $\alpha=0.01$(即可靠程度 1%),当样本 $n=10\,941$ 时,按简单随机抽样方式据公式计算,最大抽样误差小于 1%。

如无特殊说明,本课题数据均来源于《中国科学技术指标 2000——科学技术黄皮书第 5 号》,科学技术文献出版社 2001 年 7 月第 1 版;《青少年创造力国际比较》,科学出版社 2003 年 4 月第一版;《青少年科学探究》,中国言实出版社 2005 年 4 月第一版。

25 2004 年农村在校学生科普现状调查

由中国科协开展的"2004 年农村在校学生科普现状调查"系采用问卷调查方式,采用分层与整群抽样相结合的方法。首先,在全国按东北地区(黑、吉、辽)、华北沿海地区(京、津、冀、鲁)、黄河中游地区(豫、晋、陕、蒙)、华东沿海地区(沪、苏、浙)、华南沿海地区(闽、粤、桂、琼、港澳台)、长江中游地区(鄂、湘、赣、徽)、西南地区(渝、川、黔、云、藏)、西北地区(甘、青、宁、疆)等 8 大区中,非随机选定辽宁、北京、江苏、安徽、广西、河南、甘肃、四川等 8 个省(自治区、直辖市)为省(自治区、直辖市)一级调查区域;其次在每个省(自治区、直辖市)经济发展居中下水平的县中随机选择一个县作为县一级调查区域;然后在每个县中随机选择一所乡(镇)小学、一所乡(镇)初中、一所县级高中和一所职业高中(中专、技校)作为调查学校。

在每所选定的乡(镇)小学五年级和六年级的学生中各随机发放 50 份问卷,合计 100 份问卷。在每所选定的乡(镇)初中一年级、二年级和三年级各随机发放 30 份问卷,合计 90 份问卷。在每所选定的县级高中一年级、二年级和三年级各随机发放 20 份问卷,合计 60 份问卷。在每所选定的县级职业高中(中专、技校)一年级、二年级和三年级各随机发放 15 份问卷,合计 45 份问卷。如上所述,每个县共发放问卷 295 份,8 个省

（区）总计发放问卷 2 360 份。

　　截止 2004 年 12 月 30 日，总计回收问卷 2 300 份，回收率为 97.5％；其中有效问卷为 2 205 份，有效率为 95.9％。依照中国政法大学青少年创造力研究中心对有效问卷进行的统计，被调查者中男性为 1 116 人，占 50.6％；女性为 1 089 人，占 49.4％。共涉及 4 个民族，其中汉族 1 871 人，占 84.9％；回族 5 人，占 0.2％；满族 42 人，占 1.9％；壮族 287 人，占 13.0％。从被调查者就读的学校来看，小学 726 人，占 32.9％；初中 683 人，占 31.0％；普通高中 479 人，占 21.7％；职业高中（中专、技校）317 人，占 14.4％。从被调查者父母的职业来看，55.8％的被调查者的父亲为农民（其中 12.3％进城务工），64.1％的被调查者的母亲为农民（其中 7.2％进城务工）。

　　如无特殊说明，本课题数据均来源于《科普研究》2005 年第 5 期农村青少年科普现状调查及对策研究专辑。

26 中小学生人身伤害的处理与防范

　　中国青少年研究中心 2001 年"中小学生人身伤害的处理与防范"调查采用分层和多级简单随机抽样相结合的混合抽样方案。在抽取各省市时采用分层抽样，抽取各年级学生时采用多级抽样，以教育部 1999 年《中国教育事业统计年鉴》上的我国各省市小学五年级至初中四年级的在校学生人数为准，按比例抽取；在抽取学校及学生时采用简单随机抽样。调查分别在北京、上海、重庆、山西阳泉、山东青岛、湖北襄樊、陕西西安、广东深圳、浙江萧山、辽宁锦州 10 城市进行，发放问卷 6 000 份，回收 5 958 份，有效问卷 5 846 份。课题组还对所抽取学校的教师和所抽取学生的父母进行了随机调查，其中教师问卷的有效人数 370 人，父母问卷的有效人数 245 人。如无特殊说明，本章各表格数据均来源中国青少年研究中心·少年儿童发展蓝皮书《新焦点——当代中国少年儿童人身伤害研究报告》，劳凯声、孙云晓主编，北京师范大学出版社，2002 年 6 月出版。

27 北京市儿童意外伤害调查

　　该调查于 2003 年 10 月开始，由国务院妇女儿童工作委员会、卫生部疾病控制司、北京市妇女儿童工作委员会办公室联合开展北京市儿童意外伤害的研究和调查。技术与资金支持：联合国儿童基金会驻中国办事处、儿童安全联盟、联合国儿童基金会驻东亚及太平洋地区办事处。课题组对全市 18 个区县的 28 084 户家庭进行了入户问卷调查，共包括 81 604 名应答者，其中 13 058 名为儿童。北京市儿童意外伤害调查报告是针对包括从婴儿到 18 岁生日之前的所有年龄组的儿童所进行的。

28 天津市中学生家庭教育调查

　　"天津市中学生家庭教育调查"是于 1998－1999 年进行的问卷调查。调查样本是在天津市区采取分层定比抽样方法，在不同类别的 6 所中学、初一至高三 6 个年级中取得的。调查对象为中学生及他们的家长。共回收有效问卷各 428 份。此项调查问卷采用华中理工大学风笑天教授主持编制的"中学生调查问卷"及"中学生教育调查表"。

　　参见关颖：《社会学视野中的家庭教育》，天津社会科学院出版社 2000 年版。

29 1998 年全国五城市少年儿童调查

　　1998 年，受中宣部出版局、国家新闻出版署图书司的委托，中国社科院新闻所等机构进行了全国五城市儿童阅读状况调查研究，即在北京、上海、广州、郑州、成都的小学四、五、六年级和初中三个年级进行抽样问卷和访谈。调查共收集了 2 000 多条来自中小学生的对儿童读物的批评、意见、建议和希望。

　　本调查数据来自全国少工委办公室、中国青少年研究中心编：《新发现——当代中国少年儿童报告》"中国少年儿童媒介使用及评估"，中国少年儿童出版社 2000 年版。

30 2000 年中国社会科学院对全国 5 城市互联网使用情况调查

　　2000 年，在国务院信息化办公室的支持下，中国社会科学院社会发展中心与新闻与传播研究所媒介传播与青少年发展研究中心合作,进行了关于中国青少年互联网使用状况及其影响的调查。调查总体为北京、上海、广州、成都和长沙五个城市城区小学四、五、六年级学生,普通初中和高中学生。采用按年级及重点和非重点校分层,再在层内以班级为单位作整群抽样的方法,在 2000 年 10－12 月间,总共调查了 126 个班的5 000 个中、小学生,回收有效问卷 4 804 份。当把五城市作为一总体时,加权样本量为 2 136,置信度 95％时,最大容许误差约为 3％。当五城市青少年用户为一总体时,样本量为 741,置信度 95％时,最大容许误差约为4％。

本调查资料来源于卜卫、郭良:《青少年互联网使用状况及影响》,《中国经贸导刊》2001 年第 19 期。

³¹ 2005 年中国社会科学院对全国 5 城市互联网使用情况调查

2005 年 1 月底－3 月初"中国社会科学院对全国 5 城市互联网使用情况调查"的目标城市设定为:北京、上海、广州、成都、长沙,调查对象为城市常住人口中年龄为 16－65 岁的男性与女性居民。调查采用随机抽样、入户后由被采访对象直接填答问卷形式,最终获得有效样本为 2 376 个,网民样本为 1 169 个,非网民样本为 1 207 个。

³² 预防闲散未成年人违法犯罪研究

2001 年,中央综治委成立了预防青少年违法犯罪工作领导小组,以加强对预防青少年违法犯罪工作的领导和协调,建立多方配合、齐抓共管的机制。为了更好地为青少年违法犯罪的预防和治理提供智力支持,同时满足公众知情的需求,在新世纪之初,预防青少年违法犯罪工作领导小组办公室与中国青少年研究中心合作开展课题研究,设立了"预防青少年违法犯罪专项课题",简称"红皮书"。迄今为止,"红皮书"课题组已经完成了四项"预防青少年违法犯罪专项课题"。本章中的数据主要来自 2001 年的"预防闲散未成年人违法犯罪研究课题"和 2005 年的"中国工读教育研究"课题。

2001 年,"预防闲散未成年人违法犯罪研究课题"调研从中国内地 31 个省、自治区、直辖市中抽取十个省、直辖市设计取样框,为了兼顾大区的分布,同时考虑每个省在押未成年犯的数量等因素,最后选取了黑龙江、甘肃、北京、江西、上海、河南、湖南、广东、四川和云南。调查对象分为两个群体,即未成年犯群体和普通初中校的中学生群体。

未成年犯的抽样样本数为 3 000。总样本以上述十个省市未成年犯管教所的全部在押未成年犯为总体,采取多阶段随机取样方法选取调查对象。普通初中校的中学生群体为本次调查的参照群体,抽取样本数为1 100。总体样本以上述十个地区的省会城市或直辖市的一所普通校为总体,采取非概率的定额抽样方法抽取调查对象。

本次调查采取访谈法和问卷法收集资料。未成年犯问卷由 96 个问题构成,主要询问了未成年犯的犯罪状况、闲散状况、家庭结构与特点、受教育状况、社区环境与综合治理及社会矫正等六个方面的问题。对照组普通初中生的问卷删除了一些关于犯罪方面的问题,由 78 个问题构成。实际发放未成年犯问卷 2 856 份,回收问卷 2 777 份,其中有效问卷 2 752 份,有效回收率为 96.3％。发放普通初中生问卷 1 100 份,回收问卷1 095 份,其中有效问卷 1 087 份,有效回收率为 98.8％。主要研究成果为:《预防闲散未成年人违法犯罪研究报告》,北京:中国档案出版社,2002 年 12 月。

³³ 2006 年央视市场研究股份有限公司调查

CTR2006 中国青少年调查是央视市场研究股份有限公司与中国青少年研究中心共同合作,于 2006 年4－6 月在北京、上海、广州、西安、成都、武汉、南京、沈阳八个城市各抽取 1 000 名 13－18 岁的中学生进行调查,可推及 13－18 岁未成年人 2 452 689 人。调查采用多阶段分层随机抽样方法:首先根据学校类型和性质将学校划分为 5 类,然后根据中国教育统计年鉴、教委以及教育行政管理部门的中学学校名单、年级设置和学生人数建立样本框,最后在每一类型学校中,分三阶段抽取样本:(1)PPS 抽取学校,(2)抽取每一年级,(3)随即等距抽取学生。本项目采用校园访问、辅助填答的形式,即以学校为访问地点,被访者在访问员的讲解和指导下填写问卷。调查内容涉及中学生的个人和家庭情况,生活习惯、生活态度和价值观,以及他们的媒体接触习惯,产品消费行为等方面。

本书第 11 章所选数据均来源于此次调查。

34 中国九城市流动儿童状况调查

"中国九城市流动儿童状况调查"课题由中国儿童中心主持,该调查在 2000 年全国人口普查资料对流动儿童的总体状况进行分析的基础上,于 2002 年 11—12 月对全国九个城市开展了流动儿童的专题调查。调查主要采用入户问卷调查的形式。调查的对象为流动人口家庭户中"18 周岁以下人群"及其监护人。"流动人口家庭"的标准为:家庭成员的户口登记地在县及县以下的农村或乡镇。在调查城市的市区居住半年以上但尚未取得城市户口,家中有 18 周岁以下随带儿童。各类调查对象年龄的界定以 2002 年 11—12 月现场调查时间为依据。调查采取分层抽样方法,在全国东部、西部和中部各抽取大、中、小城市 1 个,共选取北京、武汉、成都、深圳、吉林、咸阳、绍兴、株洲、伊宁等九个城市。在被调查城市按比例将调查样本分配到各区,在被调查区内选取流动人口集中的 2 个或以上街道,在被选中的街道内随机抽选流动人口家庭。该调查共访问了 6 677 户流动人口家庭,有效问卷 6 343 份,其中共对 12 116 名流动儿童监护人和 7 817 名 18 周岁以下流动儿童进行了调查。有关该课题的数据来源于《让我们共享阳光——中国九城市流动儿童状况调查研究报告》,该报告于 2003 年 9 月由国务院妇女儿童工作委员会办公室、中国儿童中心、联合国儿童基金会联合发布。

35 中央教科所对江苏省沭阳县、宿豫县、甘肃省秦安县、榆中县、河北省丰宁县五个县的调查

中央教科所教育发展研究部在 2004 年 6 月 1 日—7 月 5 日之间,分别对河北省丰宁县、甘肃省榆中县、秦安县、江苏省沭阳县、宿豫县等中西部地区的农村留守儿童情况进行了调研。采用"农村学生情况调查表"和调研访谈相结合的方法。调查小组分为五个组,分别负责江苏省沭阳县、宿豫县、甘肃省秦安县、榆中县、河北省丰宁县五个县的调研工作。调研方法主要是班级整群抽样,每县选择 1 所初中样本校、一所村级小学样本校。各调查小组在 2004 年 6 月 15 日—7 月 5 日之间,分别对五个县进行了问卷调研工作。此次调查选取三省五县为调查区域,各县样本量占总样本量的比例分别为:甘肃省秦安县 11.3%、甘肃省榆中县 11.8%、河北省丰宁县 17.4%、江苏省宿豫县 30.4%、江苏省沭阳县 29.0%。

调查对象为农村义务教育阶段一至九年级在校生,年龄分布在 7—18 岁之间。其中男生人数占 59.1%,女生人数占 38.9%;留守儿童人数占总样本数 47.7%,其中,男性留守儿童占留守儿童总数 62.2%,女性留守儿童占留守儿童总数 35.5%;被调查的学生中有 44.1%住校,53.2%走读,留守儿童中住校学生超过一半(占 54.5%)。

36 长沙市农村留守儿童现状的调查

2006 年 4—9 月,长沙市妇联组织有关人员就农村留守儿童的思想、学习和生活状况进行了专题调研。调研组通过走访留守儿童家庭、发放调查问卷、召开座谈会等形式,对所辖长沙县、望城县、浏阳市、宁乡县等 4 个县市的 23 个乡镇、1 310 所农村中小学进行了全面深入的调查摸底,了解和掌握了有关情况,并针对当前农村留守儿童的现状提出了一些解决问题的初步意见。

37 中国中西部农村地区劳动力外出务工对留守儿童的影响研究

2004 年 9 月,由中国农业大学人文与发展学院组成的"中国中西部农村地区劳动力外出务工对留守儿童的影响研究"课题组在国际计划的支持下,对陕西、宁夏、河北和北京地区的 10 个县 10 个村的留守儿童进行了深入研究。课题组对留守儿童在父母外出打工后的生活、学习、心理等现状及其变化情况进行了调查,并在此基础上分析了留守儿童成长环境的变动对他们身心健康等方面带来的影响。研究成果——《关注留守儿童》一书已由社会科学文献出版社于 2005 年 9 月出版。

38 中南社会调查研究

2004 年 5 月,就农村留守儿童话题,"大家谈"专栏组委托中国社会调查所,对武汉、北京、深圳、广州、河南、四川等省市的 670 位公众(成年人和未成年人的比例为 6∶4)进行了调查。中南社会调查研究所参与实施了这项定向调查。

39 青岛市农村留守儿童状况调查

据统计,目前青岛市约有农村留守儿童 2 万人。2006 年 12 月,青岛市妇联对即墨、胶州、胶南、平度、莱西五市 600 名留守儿童(小学生占 78%,初中生占 22%)进行了问卷调查,共下发问卷 600 份,回收有效答卷 592 份,回收率 98.7%。

40 安徽省关于农村留守儿童状况的调查

2005 年安徽省政协妇界分别对巢湖市进行了调查,巢湖市政府、市农委的统计数字是全市共有农村劳动力 210.3 万人,常年外出打工的有 95.2 万人,夫妻双方同时外出打工的有 11 万多人,留守儿童有 11.6 万人。其中,学龄前儿童 5 100 人,占学龄前儿童的 8%;小学阶段的儿童 5.8 万人,占小学生总数的 15%;初中阶段的儿童 4.2 万人,占初中学生总数的 18.3%;高中阶段的学生 1.1 万人,占高中学生总数的 11.8%。留守儿童中 99% 有监护人,1% 无监护人。

41 四川广安市文明办对当地农村留守儿童的调查

2005 年,四川广安文明办对农村留守儿童现状作了一次调查,据初步统计,目前广安市在外务工人员达 121 万人,农村留守儿童 26 万人。该调查走访了 100 户留守儿童家庭。留守儿童父母亲外出务工以父亲单独外出务工和父母亲双双外出务工居多,分别占 54% 和 32%,母亲单独外出务工占 14%。调查数据显示,仅 32% 的留守儿童与父亲或母亲一起生活,其中,与母亲生活在一起的留守儿童比例稍高。调查中发现:在父母双双外出务工的情况下,留守儿童大多与祖父母一起生活。

42 湖南农村留守儿童调查

共青团湖南省委在 2005 年 8 月对湘北、湘中、湘南、湘西的八个外出务工人员较多县(市)的十六个乡镇,进行了一次对全省留守儿童问题的系统调查。并完成了《湖南农村留守儿童调查报告》。

43 荆门市妇联关于全市部分农村中小学农村留守儿童的调查

2006 年 5 月,湖北省荆门市妇联在全市部分农村中小学中开展了农村留守儿童的调查。调查在全市随机选择了 10 所农村小学、5 所乡镇中学作为调查地点,共发放调查问卷 205 份,回收有效问卷 181 份。被调查的留守儿童中,男生 95 人,占 52.5%,女生 86 人,占 47.5%。小学生 129 人,占 71.3%,初中生 52 人,占 28.7%。

44 中国工读教育研究课题

2005 年,中央综治委预防青少年违法犯罪工作领导小组办公室与中国青少年研究中心合作开展了"中国工读教育研究课题"调研。调查主要采用了访谈和问卷调查的方法。在与全国教育学会工读教育专业委员会交流和沟通的基础上,选择了工读教育系统中比较有代表性的十个城市作为我们深入调研的对象。它们是北京、上海、广东、成都、太原、重庆、苏州、阜阳、长沙、武汉。每个城市的具体访谈对象包括:主管工读学校的政府部门决策者、从事青少年犯罪有关工作的公安部门决策者、工读学校和普通初中校长、工读学校和普通初中教师、工读学校和普通初中家长、工读学校在校生和工读学校毕业生。北京有所不同,增加中央相关部门决策者及有关专家和学者的访谈。最后,我们总计完成访谈 95 人次。我们对这些录音资料进行了文字转写,通过使用 NVIVO 软件对访谈资料进行了编码和分析。

本次调查,共使用了四种问卷:工读学校校长调查问卷、工读学校在校生调查问卷、工读生家长调查问卷、普通初中在校生调查问卷。采用普查和抽样调查两种形式,并采用当面填答问卷和邮寄问卷两种方式进行。(1)校长问卷,对每所工读学校的校长进行问卷调查。总共发放问卷 67 份,回收 67 份。(2)工读在校生问卷,对工读学校义务教育阶段的学生进行抽样调查。总共发放问卷 1 054 份,有效回收 1 053 份,有效回收率为 99%。(3)工读学生家长问卷。在抽样确定的工读学校中同时发放家长问卷,总共发放 398 份,有效回收 394 份,有效回收率为 99%。(4)普通学校学生问卷。分别在抽中的 10 个地区各选择一所当地教育水平中等的普通中学进行问卷调查,根据随机抽样的原则每所学校选择 100 名初中学生(北京地区为 116 名),总共发放问卷 1 007 份,回收有效问卷 1 004 份,有效回收率为 99%。主要研究成果为:《中国工读教育研究报告》,北京:中国人民公安大学出版社,2007 年 1 月。

45 2005 年中日韩美高中生生活意识调查

2005 年中日韩美高中生生活意识调查由中国青少年研究中心、日本青少年研究所、韩国青少年开发院及美国的一家社会调查公司共同实施。共调查了四个国家 156 所学校 7 304 名高中学生。其中,中国调查了北京、上海、广州、四川、陕西、黑龙江六省市 72 所学校,共 3 240 名高中及中专生;日本调查了长野县、爱知县、静冈县等 12 个地区 12 所学校,共 1 342 名高中生;韩国调查了江原、光州、釜山等 15 个地区 60 所学校,共 1 714 名高中生;美国调查了北卡罗来纳州等 12 个地区 12 所学校,共 1 008 名高中学生。

46 中日韩三国首都小学生的生活习惯比较研究

"中日韩三国首都小学生的生活习惯比较研究"课题自 2006 年 10 月开始实施,中国青少年研究中心、日本青少年研究所、韩国青少年开发院三家研究机构对三国首都北京、东京、首尔小学生同时进行生活习惯调查研究。调查对象为三国首都小学四至六年级的学生。实施方法是在三国首都分别随机抽取若干区,每个区抽选两所学校,每所学校在四、五、六年级各抽取一个班,集中发卷、集中收回。其中,北京市调查了海淀区、丰台区、石景山区、宣武区、西城区、通州区共 12 所学校 1 551 名小学生;东京调查了荒川区、北区、杉并区、涉谷区、目黑区共 16 所学校 1 576 名小学生,首尔调查了中浪区、东大门区、麻浦区、西大门区、永登浦区、衿川区、道峰区、松坡区、江东区、瑞草区、城东区、江北区、种路区、阳川区、铜雀区、城北区共 17 所学校 2 114 小学生。

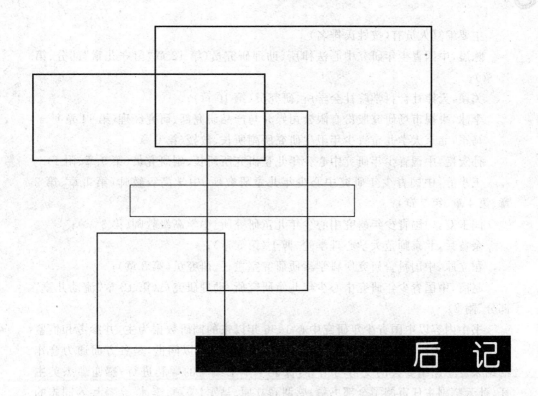

后　记

　　中国未成年人的调研数据是反映中国未成年人发展状况的重要科学指数,当《中国未成年人数据手册》一书终于能够完整呈献在读者面前时,一直紧绷着的弦,才稍稍放松下来。

　　我国拥有占全国总人口约 28.0% 的未成年人群体,随着改革开放的不断深入,他们的发展状况受到了学术界、全社会乃至国际社会的广泛重视和关注,对未成年人发展状况的调查研究亦日益广泛深入。1996 年来,仅中国青少年研究中心就曾进行过《中国少年儿童思想道德文化状况调查》等近二十次关于未成年人的大型调查研究。我们注意到,研究积累的大量调研数据均存在于不同的研究报告和书籍之中,给数据的查询、比较带来了诸多不便;同时我们还注意到,现今中国尚无一本能全面、系统、客观反映中国未成年人发展状况的数据文献。将已有研究数据分类收集、梳理,编纂《中国未成年人数据手册》是久存我们心中的夙愿。

　　2007 年 3 月,中国青少年研究中心专门成立了《中国未成年人数据手册》编委会,由中国青少年研究中心主任郗杰英研究员任主任,中心副主任孙云晓研究员任副主任,中心少年儿童研究所所长孙宏艳副研究员任主编。本书编纂人员都是来自著名大学和科研单位的专家、学者及研究人员。

主要编纂人员有（按姓氏排名）：

陈晨，中国青少年研究中心法律所、助理研究员（第12章"留守儿童"部分、第13章）；

关颖，天津社会科学院社会学所、研究员（第10章）；

李冰，央视市场研究股份有限公司媒介与产品研究部、研究经理（第11章）

马军，北京大学儿童青少年卫生研究所副所长、教授（第6章）

孙宏艳，中国青少年研究中心少年儿童研究所所长、副研究员（第9章、附1）

王小静，中国青少年研究中心少年儿童研究所、中学高级教师（第1章、第2章、第4章、第7章）；

闫玉双，中国青少年研究中心少年儿童研究所、中学高级教师（第3章）；

余益兵，北京师范大学心理学院、博士（第5章）；

翟立原，中国科普研究所科学素质研究室主任、研究员（第8章）；

赵霞，中国青少年研究中心少年儿童研究所、助理研究员（第12章"流动儿童"部分、附2）

书中内容以中国青少年研究中心1996年以来的调研数据为主，并参考和借鉴了国内外相关研究机构近年来现有研究成果。本书得以问世，是各方面通力合作的结果。感谢编委会的支持与指导，保证了本书编写的顺利进行；感谢郗杰英主任、孙云晓副主任审阅了全部书稿；感谢翟立原、马军、关颖、李冰、余益兵等同志的参与，使得本书的内容得以更加丰富全面；感谢中国青少年研究中心研究会办公室副主任李广文为数据的查阅与收集所做的大量工作。

《中国未成年人数据手册》凝结了编者多年来的期盼，我们期待她的问世能成为关心未成年人发展的人们和从事未成年人工作与研究的人员手边的必备文献，更期待她的问世能为促进我国未成年人的全面健康发展贡献一点绵薄之力。

由于数据浩繁、时间匆促，加之编者水平有限，本书难免存有疏漏之处，敬请广大读者批评指正，我们将不断补充、更新，使之更加完善。

中国青少年研究中心少年儿童研究所

2007年9月